自举

徐统存 著

作家出版社

第一章

"人人四肢五官各个相似，然而人人命运各个不同。"

一个身着陆军新兵服的瘦小伙在一旁蹲着，边看满脸古铜色的老父亲余德厚用他那满是老茧的手教他打背包时，边想起这句话。

很显然，这句话是他从托尔斯泰的《安娜·卡列尼娜》一书的第一句"幸福的家庭都是相似的，不幸的家庭各有各的不幸"中受到启发得来的，他自认为这是他的经典名句。

这天是国庆节后的一天，黄海之滨的东台市人武部征兵大楼里，父亲教他"三横两竖"打背包法，他看了两眼就学会了，毕竟他是高中毕业生。父亲把自己的盼头打进了背包："到部队要多做事，少说话……"

鸡叫的时候，母亲早早地起床了，生火做饭。昨夜，母亲睡得最晚，打完黄豆后，又为他裹了十来个粽子，屋里飘着粽香。大清早，当村庄里炊烟缭绕成一片时，一家人正送他走。

二仓河边的芦苇长得很茂密，比人还高，不少斜伸到了路上，让并不太宽的南北乡间土路显得更窄，芦苇上的露水沾到了他的脸上，凉凉的。

此时秋意正浓。

母亲把他送到村口的小木桥上，此时太阳刚好露出蛋黄似的脸。他看到母亲欲流泪的样子，停在桥中央反身抱住母亲的肩头，自己的眼泪也在眼眶中直打转，他极力控制着自己的情绪，用他那不大不小匀称的手拍拍母亲的后背，安慰母亲说："放心吧，妈，我会好好干的，您在家多保重！"

母亲含着泪点了点头。

他坐上哥哥余统荣的脚踏车后座，低头看了一眼胸前的大红花，抬起头迎着朝阳出发了！

"砰、叭"两声巨响，他那个子高大的大姐夫杨家旺在桥头放了个大炮仗。新鲜的空气中立马就有了火药味，炸过后的炮仗和粉尘纷纷飘落。

母亲依然站在桥中央，河面上的晨风挟着薄雾撩起她那黑白参半的头发。他跟母亲挥挥手说："回去吧！"

可母亲仍然没动，一直看着他，挥着她那裂满口子的手。他远远还能看到母亲抬起另一只手用袖口擦了擦眼泪，他的视线立马变得模糊起来。眨眼的工夫，母亲的身旁怎么又多出了一个姑娘的身影？是紧邻西家的小霞，正踮着双脚向他用力地挥着手呢，他也朝她挥挥手。

就这样，母子俩直到互相看不见了。

父亲和姐姐、哥哥、姐夫送到镇武装部本可以都回家了，可父亲还执意要送。新兵是统一乘车的，父亲上不了就挤上城乡的公共汽车，尾随来到市人武部。新兵的午餐也是统一安排的，父亲一直没离开，午饭也没吃。高考落榜，他想复读高三，可父亲则站在哥哥一边，没有支持他，这才逼上梁山迫使他当兵去。

送兵干部是他熟悉的齐部长。于是，他厚着脸皮，鼓起勇气对齐部长说："部长，我想多要一份饭菜。"

齐部长说："人这么瘦小，饭量还不小呢，吃不饱，尽管吃！"

他支支吾吾地说："老父亲早上吃得早，又有胃病，到现在一口还没吃。要不我不吃，省下来送给他吃。"

听了这话，齐部长有点感动。

"这样吧，你藏起来悄悄从后门送出去，别给别人看到，那么多家长都在，没法安排。"

他依计而行。老父亲接过饭菜盒时，手抖了一下，手心上泼了一些饭菜，差点泼到地上。父亲把手心上的饭菜捂到嘴里，还没咽下，就说："公家的饭真好吃呀！"

"好吃你就多吃一点。"

车窗外飘起了毛毛秋雨。

送行人的脸上泪水、雨水混杂在一起蒙眬着双眼。

车上四十多名新兵挤在窗前，纷纷伸出手来，跟送行的亲人朋友挥手道别。

他坐在最后一排靠右边车窗，他叫余统华。他的名字还是他那上过私塾的爷爷取的。

尽管有些记恨父亲，但他还是打开车窗，伸出头手。密密麻麻的细雨丝落在他头上、手臂上，不大一会儿就湿了，他没缩回来，仍跟老父亲挥着手道着别，水珠从老父亲那灰白的头发上、脸上滚落下一滴滴一行行。此情此景，让余统华多少有些感动，泪水再次模糊了他的视线。他于心不忍："爸，雨落大啦，你早点家去，别淋坏身子！"老父亲点点头。

就这样，父子俩互相挥舞着手，直到看不到为止。

大客车没走多远，车内先是几个人哭了；没多久，哭的人越来越多；到后来，哭声一片！

谁说男儿有泪不轻弹？只是未到动情处！

这个叫余统华的新兵耳闻目睹大家都在哭，想不到哭也会传染人，感觉鼻子酸酸的，像要掉鼻涕。泪水在眼眶内转了好几个圈，硬是没掉下来。

他知道，掉眼泪是没有用的！他仰起头，后脑勺靠在座椅背上，慢慢地合上那泪汪汪的双眼。

农村的夏夜，天上繁星密布，萤火虫拖着亮尾飞来飞去，远处传来蛙声一片。

洗过澡了，余统华在门外的椅子上坐了下来，扇着芭蕉扇，望着房前郁郁葱葱的桑树叶。他家房子的三面都是桑树。

小时候爬桑树吃桑果的记忆犹新，历历在目。那时几乎没吃过什么水果，偶尔吃过的苹果，还是大人在路过集镇不远的烈士陵园旁的苹果园时买的，不是虫子、鸟吃过的，就是风吹掉下来的那些还没真正成熟的青苹果。虫子、鸟吃过的地方，卖苹果的人就用刀削掉。这样的苹果相对便宜多了，可在他的记忆中，也只吃过两次。还有一种水果是梨子。夏季海边受台风影响又多又大，风过后，掉下来的梨子便有人用自行车驮着走村串户叫卖着。梨子有快成熟和已成熟的，这倒吃过好几次，觉得水特别多特别甜。但这已经是上初中、高中的事了。小学之前（余统华没上过幼儿园），最爱吃的就是这桑果。这也是他吃得最多的水果。

丰收河由西向东，流经百里，注入一望无际的黄海。河的北岸边上有一大片桑园。那时还是大集体，都是生产队的。他和儿时的伙伴们挑猪草的时候常钻进去，大多数桑树抬腿就能跨上去，吃得满嘴、满手都是紫红的。他也吃出了经验，那种又大又紫又亮、蚂蚁爬得最多的果子最好吃。去的次数多了，把不少桑树折腾成了"残枝败叶"。矮树吃得差不多了，再爬高的。高高的桑树上挂着一串串又红又紫的果子，馋得他们直流口水，扔下猪草篮子，蹬掉鞋子，双手抱紧树身，小脚丫蹬着树干，像猴子一样"噌噌"地往上爬，邻居家的女孩小霞爬不上去，站在树下，眼巴巴地望着。余统华摘下来后分些给她，看她吃得津津有味，小嘴巴也染得紫红，余统华不由得充满了成就感，别提多开心了。每个人的小嘴巴和手指都被染成紫红，个个大快朵颐。他觉得他这辈子也忘不了那种酸甜的味道、那段美好的记忆。

夏天的桑树在余统华的眼中是一道美丽的风景。可他知道这桑树是家里的摇钱树，这风景背后母亲有多辛苦！母亲养蚕，他也帮过母亲的忙，摘桑叶，喂桑叶，用石灰粉给蚕消毒。

至今，他还能熟练地背得宋朝张俞写的《蚕妇》：

> 昨日入城市，归来泪满巾，
> 遍身罗绮者，不是养蚕人。

养蚕人穿不起蚕丝服。母亲和两个姐姐身上，到目前为止，他没看到一件蚕丝服，更甭说家里的男人了。谁不渴望穿上那轻飘飘的蚕丝服？他没穿过，甚至连摸都没摸过，当然不知道那种冰凉玉滑的感觉。在当时这简直就是一种奢望。家中的境况虽然在慢慢地改善，但这种改善的速度、幅度太慢太小了。

想到这儿，余统华再也坐不住了，起身来到他住的西房间。晚上已经停电了，他点起了煤油灯。他知道这煤油还是二姐从二姐夫开的商店送来的。

"要珍惜！"他赶紧看起书来，房间里又闷又热。

没多久，大他两岁的哥哥统荣走进来了，嘴巴鼓得像一只蛤蟆的肚子，一口气吹灭了灯。

他俩争吵起来。

"我看书碍你屁事？"

"死了那条心吧，和我一起好好种田挣钱砌房子娶婆娘。"

父亲在一旁观战，只顾吧嗒吧嗒抽着旱烟，未发一言，没说谁对谁错。

父亲余德厚一脸的麻子，小时候得天花落下的，村里人都喊他余麻子。他也是迫于无奈，母亲丁凤平一共生了三儿三女。头一胎是个儿子，可就在不到一岁时，睡觉不小心，被被褥盖住鼻子，捂死了。接着又生了两个，都是女儿。农村人重男轻女，因此给二女儿的小名取名"拦英"，就是拦住女孩。农村人常用给女儿取这种小名，来祈祷生儿子，他有个侄女居然小名叫"小鸟"，是想下一个生个"小鸟"。可接下来，丁凤平生的还是女孩，这女孩命薄，六七岁时自己到河边洗萝卜，萝卜漂走了，她想用手捞回来，可萝卜越捞越往河心漂，就这样她和萝卜一起永远地漂走了。后来终于生了个儿子，余麻子这才松了口气。两年后，又怀上了，从经验上判断，这次怀的还是个儿子。丁凤平说，不想要了。男人说，还是生下来吧！两个儿子总比一个儿子好，要是一个不孝顺还有另一个呢。这才有了二小余统华。长大的两女两男，个个大眼睛大鼻子，模样都还俊俏。

长女余统菊高中毕业不到一年，就嫁给了一个当兵的，奔自己的光景去了。大姐出嫁应该是喜事，可余统华见母亲那段时间常常一个人偷偷流泪。大姐是被姐夫用自行车娶走的,刚出门没走多远,爆竹的烟雾还没散尽,母亲再也控制不住放声大哭起来,哭得余统华莫名其妙。那时他刚上初中,就忍不住问母亲为什么哭。

母亲边哭边说:"你姐出嫁了,家里就少了一个劳力,你和你哥都还在上学,都要用钱,这日子又要难过了。"

余统华此时才理解母亲"哭嫁"的真正含义。听母亲这么一说,他的眼里也涌上了泪水,只好安慰母亲说:"困难只是暂时的。"

到了二姐余统琴要出嫁的时候,他知道,这种喜事对于他们家来说,不如没有。他知道母亲的心里这次更难受,更舍不得了。因为二姐初中都没念完,就辍学在家干活了,是家里的大劳力,在家里干农活的时间也最长,对家庭的贡献最大,二姐的嫁妆也比大姐要多两只箱子、几把椅子。

二姐多的那几把嫁椅,也就是农村里普通的刷成朱红色的木椅,可就是那简单便宜的木椅还是在余统华的脑海里留下了深刻的印象,家里的几把木椅老得掉牙,脏兮兮的,油漆都刷不上去。他多想自己的家里也多几把那朱红色的椅子,坐在那上面,吃东西的感觉肯定不一样,也一定会给这个没几样像样家具的家里增色不少。趁二姐夫还没运走的时候,余统华一有空就去坐坐摸摸那椅子。

丁凤平为二女儿流的泪比大女儿的还要多。

母亲对两个姐姐的"哭嫁",让余统华早早地懂事了。

他的身高还没灶台高的时候,就已开始站在小凳子上烧饭煮猪食。放学后赶紧写作业,做完后,便到学校垃圾堆里捡废纸等废品,还要割猪草羊草。他至今还记得三年级时的一天下午,没上文化课,老师让学生捡废品。放学前,要交劳动成果。几乎所有的学生都去捡废纸,哪儿有那么多的废纸捡?当班长的他就回到家,把平时捡的一大篮废纸提到学校全部交到班里。得到了班主任老师的表扬,他开心极了!晚上收工回来的父亲见一篮子废纸不见了,就问他哪儿去了。他还兴奋地告诉父亲全交到班里了。谁知父亲扬起手打了他一个耳光,气得什么也没说。当时他根本不理解,还记恨父亲。好长时间后,他才觉得父亲打得对。个人的生存是第一位的,一篮子废纸可以买好几支铅笔呢，做好事也要量力而行！

于是，他又早晚出去捏癞宝浆。癞宝学名蟾蜍，又叫蛤蟆，头上两个凸出的地方用铝夹子一捏就能捏出浆来，用来做药材，丰收河的南边有收购点。刚开始，他也不太愿意抓癞宝，有些瘆人。可看到别的孩子很从容，没什么可怕可瘆的，很快也就习以为常了，常常起早贪黑。这天，在一条青草茂盛的沟里，有许多只癞宝、田鸡，他忙得不亦乐乎，恨不得多长几只手，鞋子、裤腿被青草上的露水打湿了，他全然不顾。他心里开心极了，像农民丰收那般高兴。突然，他看见一条蛇缠在癞宝身上，顿时汗毛倒竖，浑身起鸡皮疙瘩，便赶紧绕了过去。

为了省四分钱摆渡费，他和几个小伙伴一样，常常游水过河。在丰收河边脱下衣服，光着屁股，一只手托着衣服和癞宝浆，另一只手划着水。河面有一百多米宽，有一次游到河中间，他突然感到腿抽筋，快要沉下去时，他本能地大喊了一声："救命！"游在前面的堂哥统全和几个小伙伴听到后，立即反身游过来，把头发还漂在水面上、正在下沉的余统华架住，返拖到岸边。他沉下去的时候喝了好几口水，一会儿就好了，也只后怕了一会儿。返程时又照游不误。如此下来，他挣到了不少小钱，多少也减轻了一点家庭的压力。

家里两个男娃，只有三间瓦房。余德厚的能力就这么大，他已经尽力了。大儿子已到婚龄，而女方家的条件便是这三间瓦房，那他和老伴还有这个小儿子住到哪里呢？

做哥哥的倒也没有自私，拼命地干农活，想多挣些钱再盖几间房子。白天他割麦时，一抓一大把，很快就割完一垄了。村上的小婆娘们都不是他的对手。他挑起小麦能装到扁担。他让弟弟挑，弟弟试挑了一下，简直站都站不起身，甭说挪步了，真是寸步难行！

从那以后，余统华就知道，自己不是干重体力农活的料。

七月流火的日子，他随父母和哥哥一起下地。当时已分田到户，他家有六七亩地。丁风平知道二小力气小，总是把轻活交给他。诸如每日的午饭就让他回去做。

一天，在家做午饭的他，见一个瞎子在一个妇人的搀扶下，从他家门口走过，一看就知道是个算命的。

过了一会儿，瞎子竟然跟在丁风平的身后来到了堂屋前的树荫下。

丁风平给算命的搬来了两把椅子，这是家里最好的座椅。余德厚不忙的时候也时常搞卫生，擦桌椅擦自行车，一到大忙就顾不上了。余统华看不下去脏，曾把那黑漆麻乌的椅子仔细擦洗过，有些泛白。瞎子刚准备坐下。

他走过来问母亲："妈，你请他做什么？"

"请他帮你算算命。"

"妈，都什么年代啦！你还信这个？"

"信不信由你。"

母亲的固执他早已领教，干脆忙自己的去，眼不见心不烦。

时间不长，算命的走了。

吃饭时，丁风平边吃边说："瞎子眼睛看不到，竟然知道我家住得比周围人家地势高，说我家住得高，家中要出高人呢！"

余统华家的宅基地，原先是大队部。后来大队部搬到北边马路边的十字交叉路口处，好方便群众办事。他家的草房正好在规划的河道上，要搬迁。他记得那时在草房子四周插了许多长竹杠子、长木头，全队的男女大劳力一起把房子抬起来，移到了老大队部。他和村里的一群孩子一起跟在后面看热闹。

听到母亲的话，余统华"扑哧"一声笑出声来，差点把饭喷出来。

"瞎子眼瞎，但腿脚有感觉，上坡下坡他不知道吗？"余统华反问道。

母亲没理会，只管接着说："瞎子还说，我家二小将来能上大学，上军事大学。听了我心里可舒服了，也不觉得累了。爽快地给了算命钱。"

二小是余统华的乳名，他有点心疼地问："给了多少钱？"

"三十块。"

他摇摇头，心更疼了！那时挣个钱多么不容易，心想真不值得！母亲没文化真可怕！他从来就不信有什么救世主，也不靠什么神仙皇帝，要创造自己的幸福，全靠自己去努力，不是算命先生就能算来的！

时隔三年，当余统华考上军校后，再回想起这件事，觉得是母亲帮他树立了人生的奋斗方向、奋斗目标，他反而觉得母亲花的算命钱，值！他觉得农村里最常见最普通最可怜的瞎子，坐在那再普通不过却又是他家最好的座椅上帮他算出了最灵的命！

余德厚的大哥余德才是镇上银行行长，他的大儿子余统文当上了农具厂副厂长后，不时悄悄地给镇领导送绸缎面、送自行车、送缝纫机，没过多久就把副字去掉了。余德厚找大哥把余统荣送进农具厂干了几年翻砂工，效益不好后，又回来了。余德才的二儿子余统武倒插门做了上门女婿，在临海镇当上了农业公司经理。

一个周日上午，余统华跟父母说到二堂哥那边去看看能不能找点事做做。

二堂哥家他一次都没去过，鼻子底下就是路，问！他蹬着自行车，骑了八十多里路，到了镇上，找到了邮局，他知道堂嫂在这里上班。不巧堂嫂休息，当班的人告诉他她家怎么走，住的是什么样的房子。他在水果摊上买了两样水果，很快就找到了堂哥家。

堂哥、堂嫂都在家。堂嫂见他来，就主动到街上买菜去了。堂哥领着他参观他的楼房，从一楼到二楼，客厅、卧室、棋牌室、卡拉OK室，卫生间、洗澡间有好几个。楼房后面是单独的两间厨房，一间是灶台，一间是餐厅。功能设施齐全，像一个小宾馆。他边看边羡慕，看完就想，我哪天能住上这样的房子，那该多好啊！

好酒好菜招待，刚高中毕业的他不怎么能喝酒，一两下肚，就有点飘飘然了。香烟更是一支也不会抽，又吃了些菜。他有些困了，堂嫂安排他去睡午觉。醒来时，他听到楼上的麻将声。

于是，他上楼见到堂哥正在打牌，就跟堂哥说："哥哥，我要回家了。"

堂哥说："不走，在这儿吃晚饭。"

他心想自己的事还没说呢，就答应堂哥，又看不懂麻将，就到外面转转。

晚上，堂哥和几个打麻将的人又喝了不少酒，明显喝多了。他不肯再喝，堂嫂留他住了下来。

第二天一早，早饭过后，堂哥堂嫂都要去上班。他知道此时再不说就没时间了，于是连忙把此行的目的说出来，大学没考上，想请哥嫂帮忙，找点事做做。

明明是找堂哥帮忙，但说话时还要把嫂子带上，让嫂子听着舒服，这对他来说还是略知一二的，毕竟从一年级到初三他当过多年的班长。

堂哥说："公司也没什么好工作，当农民不也挺好的嘛！"

他愣了一会儿，说了句："谢谢哥嫂！"其他什么话也没说，并和嫂子的家人打过招呼，就回来了。一路上他心里一直记恨堂哥。

回来的路上，必经三堂哥余统双上班的银行门口，又快到吃午饭的时候，他进了营业厅。

低头办公的余统双一抬头看到余统华，愣了一下，马上反应过来："你稍等一下，我马上好！"

余统双领着堂弟往宿舍走，他一直没见过三嫂。他们结婚时，余统华正在念书。见到三嫂，很有礼貌地叫了一声："嫂子。"

嫂子又年轻又漂亮，也在银行上班。三哥到门口店里买来啤酒，那时乡下刚有啤酒没两年，对他来说，是第一次喝啤酒。农村人说啤酒有恶水味，不好喝。可他觉得在这炎炎的夏日里，喝啤酒真是一种享受。虽然啤酒有种特有的怪味，但越喝越感到喉咙清爽。他知道三哥是顶替大伯到银行上班的，现在只是一般工作人员，也没提找工作的事。便说是到二哥家去玩，回来时路过来看看你的。

下午，哥嫂都要上班，他便回到家，把去的情况一五一十地告诉父母。

记得宋代岳飞有首词中写道："三十功名尘与土，八千里路云和月。莫等闲，白了少年头，空悲切！"如今，他才走了两个八十里。与岳飞的八千里差得远呢！

第二天中午，余统华躺在自家巷子里，阵阵凉爽的夏风吹来，让人感到舒服。但他心里头怎么也舒服不起来，好像一块石头压着。看着蓝蓝的天，白白的云，多美啊！自己的命运就像那飘浮不定的白云。云的姿态千变万化，一片云活像一匹马从空中飘来，又从眼前飘走。那个中午，他骑上了那匹四蹄生风的天马！

八月下旬的一天，他乘外出收废品的机会，骑自行车来到南边邻县的镇上。听老师同学讲，这里的高考复习班办得很好，录取率高。在这里他意外地遇到了高三时的同班同学凌云志。凌云志已经在这里租了房子，开始复读起来。凌云志请余统华到小镇上吃了鱼汤面。他问凌云志复读一年需要交多少钱。

凌云志说："不光是钱的事，还要高考分数达到一定的分数线才可以报到名。"问过后余统华知道自己符合报名条件，可哥哥能同意吗？

吃完面，他推着自行车跟着凌云志，走在古镇上一段古老的青石板铺就的老路上。路中间走的人多，显得光亮，靠墙边的地方长着绿苔，石板路坑坑洼洼，弯曲着伸向小巷深处。

余统华反复问自己：路在何方……

到凌云志出租房里坐了一会儿，因他下午还要上课，余统华很知趣地离开了。骑了一百多里路才回到了家，把这事悄悄地跟母亲说了。

母亲问："钱够不够？不够，把我的私房钱拿给你。"他知道母亲的私房钱是用一块旧的花手帕包着的，藏在床铺的草席下面。

"报名交的钱我攒够了。准备过两天就去报名。"

刚过了一天，村上的民兵营长郑国安看到正在田间拾棉花的余统华，便在路边上停好脚踏车，走到余统华身边问："老二是想复读呢还是……？"

"还没想好呢。"余统华用眼睛的余光瞟了一眼不远处的哥哥，发现他正竖着两耳听着他和营长说话。余统华力气虽小，从小就打不过哥哥，但他从不畏惧哥哥，有时明知是鸡蛋往石头上撞，打不过也要打，为的是坚持真理、捍卫正义。

"想不想当兵？"

"也想过，但还没想好究竟走哪条路。"

"你可以到部队考军校，人家都说部队考军校比考大学容易些，题没考大学的难，没考大学的深。你好好想想，要是想去，明个子一早什么也不吃，连水也不要喝，七点到我家集合，骑车到镇上体检。"

"谢谢营长！"

郑营长走后，余统华边拾棉花边想当兵的事。他想起小学时，当班长的他和副班长苏彩云一起，戴着红领巾抬着花圈敬献新五五角烈士纪念亭。那次他听到了一个感人的故事，新四军团长林少克为保卫苏北根据地，肚子被日本鬼子打成窟窿，肠子流出来了，他把肠子塞进去，继续战斗，直至流尽最后一滴血。

他上高中时在镇影剧院看过锡剧《陶勇伏虎》，说的是家乡海边上的孙二虎从海匪到英雄的成长故事。他崇拜戏里的英雄！

他也听过自己父亲讲过的故事，讲七战三仓，讲苏中七战七捷，讲到渡江战役。他从没见过父亲穿军装的照片，没觉得父亲是一个英雄，只觉得他就是一个地地道道、本本分分的农民，但他又比周围的农民爱干净。听父亲说起办理享受解放战争待遇时，年轻的民政干部要他找证明人时，他为此发了一通火："老子打江山的时候你还不知在哪片树叶上飘呢？我的腿上至今还留着敌人的弹片。"谁知那干部说了一句："这江山又不是你一人打下的，牛什么牛？"气得他无语。

这一夜，余统华梦到自己当了解放军，还当上了英雄！

第二天早早的，余统华上身穿着一件胳膊上缀着两条长白杠的蓝运动衫，家里实在找不出一件像样的衣服。骑着父亲的旧自行车，来到了郑营长家门前。人齐后，再看十来个小伙子中余统华家族中的人就占了一半。

在镇卫生院，余统华看到前面的人在称体重，有个瘦小的，已被淘汰了。他赶紧借口小便跑到自来水龙头旁，嘴对着水龙头，"咕咚咕咚"喝了满肚子的自来水，哪里还顾得了漂白粉的味道，一会儿真要撒尿了，他只好憋着忍着，心想能多几两是几两。等称完体重四十九公斤，刚好过关。再量身高一米六八，也过关了。其他内科也没毛病。

俗话说，两条腿走路。第三天，在母亲暗地里的支持下，他悄悄去复读补习班报了名，并交了钱。哥哥知道后，在家里掀起了轩然大波。他也就没去上课，待在家，等当兵的结果。

几天后，余统华体检、政审都合格了。可村里男青年多，又没有更好的事去做，所以那年当兵合格的人特多，后来他才知道光他的高中同学就有三十多个，而每个村名额又有限制。

这天晚上，能说会道的小妹余德风来到余德厚家，和嫂子聊了一会儿家常，就来到余统华的房间，低声说起当兵的事："这次，我们家族里验上了五个，我家两个，你一个，小舅家两个，我找过民兵营长，他说最多给我们家族两个名额。"

"定下谁走吗？"

"还没有。"

"不过，营长说年龄大的学历高的先走。还有一家两个的最多只能走一个，甚至一个也走不了。"

"我和统全哥都是高中毕业生，应该先考虑我俩吧。"

"营长也这么说，那我家两个就没戏了，今天来找你，就是想想办法确保你和我家走一个。"

"有什么办法呢？"

"写人民来信。"

"写什么呢？"

"说统全身体上有毛病。"

"什么毛病？"

"编呗！"

"怎么编？"

"瞎编，说他有狐臭。"

余统华想到堂哥统全小时候曾救过他一命，想了想说："我做不出来，小姑妈，我有点瞌睡了，就不陪你啦。"于是打了个哈欠，伸了个懒腰。

小姑妈碰了壁，只好起身走了。

余统华把小姑妈的话告诉了母亲。母亲说："该你吃的大米饭，你自己就该去争取。当农民的都知道这样一句，芒种不种，过后落空。"

他觉得母亲的话很在理，躺在床上翻来覆去，第二天一早便蹬上自行车，来到镇武装部，找到部长。说了自己的情况和家庭情况，想到部队考军校，减轻父母家庭压力。

部长见余统华是个高考落榜生，在校时成绩还不错，就对他说："定兵时，我会考虑的。"

又过了几日，郑营长来到余统华家，对他说："武装部齐部长来电话说让你到他那儿去一趟。"

他又蹬上自行车，两手空空去了部长办公室。

齐部长从那把古色古香的木椅上起身为余统华倒了杯水，要余统华坐。因为齐部长刚才坐在椅子上面，挡住了视线。现在腾空了，余统华再次细看了齐部长坐的那把椅子。这是一把古式的木椅，至于古到什么年代，他也说不准。但至少可能是民国时期的，甚至是明清的，或更久远的。很像电视上包公或过去县太爷坐的椅子。至于木质，余统华更说不上来，他还不懂什么红木、梨花木。但他觉得那朱红色深沉，比二姐嫁椅的颜色还要好看得多。椅背中间雕刻着一只鹤立鸡群的丹顶鹤，那顶上的丹红红得有点发紫，昂首挺立在青松枝上。左右两个扶手把柄上也刻着什么，因为是倒看，余统华没看清楚。不过，这已是他长这么大看到的最好的椅子。

齐部长见余统华还站着发呆，又叫他坐。余统华这才回过神来，正襟危坐在办公室来人坐的原色木椅上。

齐部长回到椅子上，挺起腰，两手搭在扶手上，正色道："今年的新兵名单已定，我把你当宝贝定下来了，但兵种不太好，去向也不太好，你要经受住考验才行。过几天就要走了，到部队要好好干，为父母争光，为自己争光，为家乡争光！"

他连忙嗯着答应："感谢部长给我机会，给我出路，我一定好好珍惜！"

这让他懂得了在农村想去当兵保卫祖国也不是件容易的事。

当兵的事一定下来，他就去补习班办了退学手续。虽然交了钱，但好在一天课也没上，就全额退了。

海面上空各种海鸟在盘旋着，不时俯冲下来抓起一条鱼；海边的人们在为生存忙碌着，一如他的父母。海边的地名依然保持以前煮盐时的老地名，什么"头灶""三灶""四灶""六灶"，还有存盐的仓库地名一仓、二仓、三仓。

在这个刚刚过去的夏天里，他才第一次觉得海边的空气腥咸难闻，家乡的房子单调乏味，沙土的农田平淡无奇。赤脚、泥腿、牛粪，他多么想远离它们！他之前的理想就是一辈子能在小镇上拥有一座两层小楼房，再娶个非农户口的姑娘。可此时的他觉得，即使在这个小镇上待上一辈子，能会有多大前途呢？

他暗自庆幸自己从这里走出了第一步！

第二章

"下车集合！"

送兵干部的口令打断了余统华的回忆，一下子把他拉到现实中来。

已是晚上十一点多，新兵队伍行进在徐州火车站站台上。

余统华背着背包，拎着一本本数理化和母亲包的粽子，他感到沉甸甸的，显得有些吃力，走着走着，一不小心踩进站台上一个凹坑，扭伤了脚。他咬咬牙，一声不吭地跟着队伍走，谁也没发现。

这是余统华第一次坐火车，看到了与家乡不一样的房子，不一样的土地，觉得新鲜！家乡的房子是人字形屋顶，路边的房子是半边顶；家乡的土是黑土，这里的土是黄土。

火车走得很慢。同来的新兵可以走动相互认识，他和高中的同学牛辉、郑林、文安国，还有几个不同班的，坐到了一起，正在谈天说地呢。

文安国说："统华，你的野心不小啊。统华，统华，统一中华，哪天打台湾，就靠你啦。"

"那是我爷爷的杰作。他上过私塾，识文断字，就给孙子辈男孩按照'文武双全荣华富贵'字序来叫名，女孩按照'梅兰竹菊琴棋书画'的字序。十里八村的人都说我爷爷给晚辈的名字取得好。我是家族中的第六个男孩，自然就叫'统华'。哪像你文能安国呀！"

大家一听不由得哈哈大笑起来。

牛辉说："一个是一统中华，一个是文能安国，你吹我，我吹你，你俩互相吹吧！"

这群小伙子一路上说说校园往事，又暗地里憧憬着未来。

余统华见他小姑妈家的儿子卫宝一个人坐在座位上，便走过去和他聊起了家常："我俩走了，也不知统全今后如何打算。"

"在家能干什么呢？"余统华隔了一会儿，又说了一句。

卫宝没吭声。

两天一夜下来，火车终于把他们丢在了一个小站上。

队伍集合后，军医在队伍前大声地问："有谁不舒服，需要取药的，到我这里来。"

余统华担心因脚伤把他退回去，只字未提自己脚崴的事。自然没去拿他急需的伤湿膏、红花油。

新兵依次登上解放卡车，前后十几台车，车灯连成一片形成一条光带，在一个小溪流淌的山谷里向前穿梭。有的地方有水，有的地方没水。路不像路，河不像河，到处是小石子、石块，新兵在车厢里颠来颠去。车队终于开上一个水库大坝，不远就到了营房。

营房里响起了爆竹声，新兵被点名分到各个连队去了。卫宝分到了六连，余统华分到了八连一排一班。老兵们端来了一盆盆热水。余统华右脚上的解放鞋好不容易才脱下来，脚面和脚脖子肿得老高，脱一只鞋竟脱出了一身汗。他美美地泡了好一会儿脚，才觉得脚有那么一点点儿好些了。班长发现后，给他找来了膏药，帮他贴上后，又用手在膏药上来回搓，直到把膏药搓热为止。

余统华感动地说："谢谢班长！"

班长笑了笑望了他一眼。

铺板搁在两层砖头上，两块铺板互相靠在一起。余统华他们就睡在这样的床上，却美美地睡了个好觉。第一天没出操，起床后，先来的兵已打扫好了门外的卫生。老兵开始教他们如何整理内务。看到班长的被子大衣叠得像一块块豆腐，有棱有角，余统华想，这叠被子大衣也有这么多讲究和学问，叠大衣的边角甚至拿训练用的手榴弹砸出一条笔直的线来。好不容易整理好内务，余统华一泡尿憋了很久。

"报告班长，我要上厕所。"

"去吧。"

因为是冬天，门是虚掩着的。他拉开门，真是开门见山！再细看，周围尽是山！他在一望无际的平原长大，从没看到过山，觉得稀奇！赶紧撒尿，撒完再看。

一轮朝阳从东方冉冉升起，朝阳下，近处的山，光秃秃的，像大坨的牛粪。远处的峦，散着枯黄的色泽，像出浴的黄牛。一座比一座高，一座比一座大，都是荒山，没有绿色，不像人们说的那种青山。这让余统华多少有些失望。

早饭后上的第一堂训练课便是站军姿。一个个新兵脚后跟贴着墙脚，小腿贴着墙，屁股靠着墙，收腹挺胸。开始从几十分钟不断往上加，用不了多久，腰酸背疼。

余统华想不到就这样简单地站着，竟然比在家干农活还要累！

第二天早上天还没亮，起床号刚响过，连队值班班长的哨声就跟着响起："起床，出操。"

穿衣就像打仗一样，平时在家起床，可以开着灯，可到了部队，就只得在黑灯瞎火中穿衣。余统华动作慢了点，到一班队伍里时已是倒数一二名。跑了没多远，余统华脚下被小石块绊了一下，"啪"地倒地，两手向前一伸，爬起来一看，两只从家里带来的黑手套上，露出了大大小小的海绵。

训练了一天真累！

晚上刚躺下，正要睡着时。

"紧急集合"的哨声响了。

队伍集合完毕，值班班长在队伍前严肃认真并且大声地说道："接上级敌情通报，有一小股敌人空投到我部附近，上级命令我连捉拿歼灭这一小股之敌……"余统华一听直觉得血往脑门上冲，一种崇高的使命感顿然而生。一来就打仗了，真过瘾！跟着队伍迅速跑到营房外，在营房外的山沟坎上跑。一不小心，一股脑儿滚球似的滚到沟底。爬起来，竟然一点儿也不碍事，只感到衣服上、背包上沾满了野刺。继续跑，在山间绕了一个大圈子，又跑回了营房。

值班班长讲评时，余统华热得快要晕倒了！穿着棉衣、棉鞋，戴着棉帽，背着棉被，全身棉，热得透不过气来，嗓子像要冒火，要是有根冰棒该多好啊。他原以为是真抓敌人，原来是训练，他像一只泄了气的皮球。这一夜，紧急集合拉了三次。有的新兵干脆和衣而卧，等。

一班长杨剑是个四川兵，也是高中生，考军校没考上。班长找余统华谈心时，告诉他的。班长问余统华为什么来部队。

余统华说："想考军校。"

班长就提议让余统华当他的助手——副班长。

余统华每天把自己的工作麻利快速地干完，就拿着小凳子坐在床铺前看带来的数理化书。

班长支持他。班长没实现的梦想，想在他的身上实现。

他从班长身上学到了不少东西。一到部队，就学会天天晚上洗屁股，就像乡下女人每天晚上那般讲究卫生。每天换裤头，换袜子，不像在家多少天不洗，骚烘烘、臭兮兮的。现在上厕所，习惯用卫生纸擦屁股，不再像以前在家上茅坑用茅草、大叶子、捡来的旧报纸随便擦。并且，在公共场合走路不吃东西。

新兵开始写家信了。余统华把到部队的见闻写信告诉了家人，只字未提他脚扭伤的事。不到两个星期，他收到了哥哥的来信，信中说，父亲那天送你走后，回到家抱着母亲大哭了一场。这是哥哥第一次见到父亲哭，余统华从未见过父亲哭，看到这里，他又用劲咬咬下唇，鼻子又是酸酸的，眼泪在眼眶里直打转转，硬是没掉下来。

父母为什么哭？为谁而哭？

都说国民党抓壮丁，其实在新四军苏北根据地，共产党为了发展壮大，也有摊派任务。家中有几个男娃的，必须送一个。父亲兄弟三个，大哥怕死，弟弟又小，爷爷就让父亲去当兵。父亲说，那时经常是选择最恶劣的天气去攻打敌人，穿的草鞋还没走几步，就跑掉了。于是就光着脚打仗，打仗的时候顾不上脚，可一仗打下来，才发觉脚上到处是小伤口。白天为防止敌人反扑，部队就藏在海边那一眼望不到边的茅草地里。有一次，敌人放了一把大火，差点把他们活活烧死，但还是烧死了不少伤病员。苏中七战，父亲毫发未损。后来竟在百万雄师横渡长江时，因腿部受伤，回乡务农。他常叹息自己要是能上个完小，识几个字，就不会回来种地了。靠海边不远的农民开始是农民，到不再"割资本主义尾巴"时，就变成半农半渔，即半是农民半是渔民。母亲则是地地道道的海的女儿。

父亲抱住母亲，两位老人的放声大哭，让余统华体会到做父母的难处。父母亲就这么大的能力，已经尽力了！四个孩子三个上完高中，做儿子的还苛求老人什么？要苛求还是苛求自己吧！

刚到部队的余统华，觉得一切都是那么新鲜！他把这些"鲜货"与同学分享，显然分给女同学的要比男同学的多。他的时间真的不够用，便想出了一个节省时间的办法，把复写纸垫在信纸下面用劲写，前面的抬头空着，最后写上同学的名字。第一次擦冲锋枪、手枪，第一次站岗，第一次投手榴弹，他把这些见闻和感受一一写信告诉女同学、男同学。他尤其喜欢擦手枪，他知道那是排长以上的干部才配的，要是哪天自己当上排长发把手枪，那该多神气啊！营部书记给他拍新兵照时，他就穿上书记四个兜的军官服，手上握着一把五四式手枪，整个人神采飞扬起来。

第一次晚上站岗，是老兵带着的，没觉得害怕；第二次就没人带了，一个人提着冲锋枪，没发子弹。夜黑得伸手不见五指，山中的风很大，"呜呜"地吼着，像鬼哭狼嚎一般，令人毛骨悚然，毛发倒竖，他害怕起来，没子弹怎么办？他想到把冲锋枪上的刺刀打开，自己给自己壮胆，端着枪，往坡下的伙房警惕地小声地走去，看看有没有坏人偷煤；又壮着胆子来到菜窖，看看有没有人偷菜。一个多小时的岗，他觉得是那么漫长！那么难熬！

余统华臂力小，单双杠成绩在班上倒数。战友们睡觉了，他悄悄地从被窝里爬出来，披上大衣，来到单杠前。在做单杠二练习翻圈时，一下子又翻过了头，摔了下来。额头上、嘴里满是沙子，鼻孔里也进了一些。额头上擦破皮的地方慢慢地渗出了血，余统华用手擦擦血，坐在沙坑四周的一处边沿上，泪水又一次在眶里打转。

当兵的饭也不好吃呀！

他仰头问苍天："三百六十行，哪行工作是我的？城市里万家灯火，哪套房子是我的？城市里那么多妩媚的姑娘，哪个姑娘是我的？"

他想到了家乡的堂哥统全，你现在在做啥？于是给他去了信，说了些部队的情况，并问他今后的打算。

统全来信说，有人写我人民来信，说我有腋臭，我一定要把他查个水落石出，当不上兵不说，叫我讨老婆也难讨了。万般无奈之下，好不容易凑了些钱，刚刚报到，上了复习班。

一个星期六的晚上，一排长跟一班长说："晚上叫小余睡到我房间，我找他谈谈心。"

小余来到排长房间，排长叫小余睡到和他同处一室的三排长床上。一排长和小余是邻省的，在这里可以称得上半个老乡，甚至就是老乡。

一排长说："小余，我发觉你的来信比较多，都是哪些人写来的？"

小余如实回答："同学来信居多，同学中女同学来信又占大多数。"

"有哪些女同学？说来无妨，我俩谈谈心。"

小余脸上有点红了："有老家镇长的二女儿、镇派出所所长的女儿、镇建筑公司经理的女儿，还有镇影剧院经理的女儿……"

排长由衷地说道："我不反对你和她们交往，但我是过来人，不谈领导，只谈兄长。你现在的主要精力要放在工作学习上，如果你考不上军校，如果你事业不成功，即便你天天写情书，她们中的人都不太可能成为你的老婆。一个男人事业不成功，爱情之花就不会鲜艳绚丽。家有梧桐树，何愁没凤凰？我给你提个建议，你可以和她们保持好同学关系，但不要浪费过多的精力和宝贵的青春时间。你成功之时，自然有人追求你。"

排长的一席话使余统华一下子找到了方向感。如醍醐灌顶，大有胜读十年书之感。他知道该如何去做，劲往何处使。这个晚上对他来说，简直就是个人成长路上的"遵义会议"啊！

家信说，小霞的妈妈托人来提亲，还有堂姐小鸟也上门做媒。余统华回信说，谢谢她们！现在一概不谈。

吴晓红、李兰、贡婵娟成了余统华的干姐，余统华比她们小几个月自然成了干弟。此时的余统华是想保持这一份份男女同学的友情，等到有一天，自己的条件好了，再考虑其他的也不迟。

八连的文书下班排当班长，新文书要从新兵中挑选。一班长、一排长都向连长推荐了一班副。这天训练结束后，通信员通知余统华到连长房间。连长先叫他写了几个钢笔字，后又让他临场发挥写了一篇短文。第二天，余统华当兵仅一个多月就当上了文书。一到连部，小余格外用功了，利用到县城的机会，买来了庞中华的字帖，练硬笔书法，学文书业务，很快就上手了。

确切地说，到部队后，余统华才真正知道自己是在百万大裁军后当的兵。1985年他上高二，两耳不闻窗外事，一心只读圣贤书。国家进行了新中国成立以来最大的一次裁军，他也不知道。高考时的时事政治复习题是统一买的，那时上学的学生哪有报纸电视看？军装上也发生了变化，陆军的单帽换成了大檐帽，光板的红领章改了上面加五角星，士兵的津贴也相应地提高了几块钱。

余统华庆幸自己在这种大背景下当上了兵，因此愈加珍惜这来之不易的机会。工作上样样肯干，生活上的事不会的，他也用心学着做。

自此，全连都叫余统华文书，很少有人直呼他大名。他还负责看管全连的被装仓库。余统华跟着连长可学到了不少东西。比如说学会了中午、晚上刷牙，这样一天要刷三次牙。

想到刷牙，又勾起他高中时的一段往事。有一天，他发现宿舍地上有把牙刷，还有几成新，尤其牙柄上还有一幅"黛玉葬花"图十分好看，就捡起来用开水烫了烫，留着自己用。过了几天，同学许兴华看到了他的牙刷，对他说："你的牙刷怎么跟我的一模一样。"

余统华诚实地说："是我前几天在地上捡的，我还以为哪个同学不要了，觉得扔了怪可惜的，就拾起来用开水烫了烫，留着再用一段时间。"

他边说边倒开水，烫了烫那把牙刷，伸手还给他。

许兴华见他一副老实相，就说："我已买了新的了，你不嫌弃，就留着用吧！"

余统华羞愧起来，谁叫自己没钱呢？

毕业那年，许兴华和他一样名落孙山。许兴华要去闯关东，投奔亲戚。余统华送他上了长途汽车。

现在，他觉得不仅仅是生活习惯改变了，他正从一个农家子弟向城市人转变，从一个学生向一个合格军人转变。

和他一起的通信员刘波是山东人，憨厚老实。给连长洗衣服在水里打了几个滚，就拖出来晾。连长一看原来脏迹还在上面，洗衣服的任务就落到了文书手上。穷人家的孩子，哪有不会洗衣做饭的？连长、指导员的领章缀钉，被子的拆洗自然也落到了文书手上。文书越来越能干了，他能把连干部的后四五步要做的事提前安排好。连长睡午觉后习惯洗脸刷牙，他把洗脸水打好，牙膏挤好。下午训练，他就把训练服放在床头柜上。训练完了，领导要喝水，他早早地把水倒好，到下操时正好温茶。余统华用心地做完事，就去翻数理化。连长喜欢上了他，连自己的钱和粮票放哪儿都放心地告诉他。一次跟他谈心，你先去努力考军校，万一考不上，到时改选志愿兵。那时的志愿兵也算是跳出"农门"。余统华干劲更大了，劲头更足了，这下在部队干有盼头了，有底气啦。

连长的老婆带着小女儿来连队探亲，小女儿对余统华说："叔叔我想吃红薯。"

余统华找遍了周围的小店，没有红薯卖。

熄灯号吹过后，余统华叫上通信员，来到营房外的山坡上，这里有老乡栽的红薯。俩人像电影《奇袭》里侦察兵那样匍匐前进，顺藤摸薯，有时摸到的是石块，石块比较硬，红薯相对软，在眼睛看不见的情况下，也能分辨出来。连长的小女儿吃到了红薯，连长问哪来的，余统华如实回答，连长郑重其事地批评了余统华，以后不许再犯类似的错误。

连队驻在大山沟里，生活条件倒不是很差。当地老百姓穷，部队的伙食还不错。尽管如此，又是一个晚上熄灯后，余统华还是叫上通信员，带着手电筒来到营房西边的小溪。清澈见底的溪水流向营房前的水库，水库里有许多黑魆魆的树影，那是杨柳。

在冬天，那里有余统华眼里最美的风景！水库里有许多野鸭游在水面上，那也是他到这里后才认识的精灵，野鸭子扑棱棱地飞起来，给这片贫瘠的山区带来了活力！

沿着小溪，余统华和通信员好不容易抓到了四只青蛙。当他俩循着青蛙凄惨的叫声，用手电一照，一条叫不出名字的蛇缠住了一只青蛙，真是田鸡要命蛇要饱。余统华怕蛇，不由自主地后退了几步，准备喊通信员转身走，不知怎的，他又弯下腰，捡起一块小石头，朝蛇砸去，青蛙趁机跳了出来！余统华还心有余悸，无心再抓青蛙了。

余统华想起了小时候家里住草房时，檐壁上有块木头边子有一块缺口，那下面是鸡生蛋的窝，妈妈拿鸡蛋时多时少，后来发现是条家蛇偷吃的，就重新移了鸡蛋窝，那条蛇后来就没再见过，但怕蛇就从那时开始。

青蛙不够做盘菜，余统华就把它们放了。抓青蛙送连长拍马屁，结果就这样泡汤了。

工作之余，一有时间他就学习。当他打开那本历年来军校招生考题书时，发现里面夹了一张五元钱，他猜想是谁放的呢？

很快他就想到：一定是连长放的。他又把这五元钱放到他替连长洗好晾干的上衣下面的大口袋里，因为这个口袋放东西、取东西的频率高，容易发现钱。

没过两天，连长直接把五元钱送来："小丫头有次不好好吃饭，我问她为什么，她说文书叔叔给她买了袋饼干。"

余统华跟连长推让了几次，见连长态度坚决，只好收下了。

洛阳牡丹甲天下。

四月初的第一个星期天，连长只带了余统华一个人到了洛阳城。余统华像刘姥姥进了大观园。

他终于知道大城市是什么样子，马路很宽，中间还有绿岛，他不知道那个叫绿岛。洛阳马路两旁的树很粗很高很大，说明树栽的时间很长，证明城市的历史悠久。他在上学期间连县城也只去过可数的几次。他向往大城市是受一个知青的影响。在余统华孩提的时候，村里头来了个无锡知青，白面书生，能歌善舞。很快，他班主任老师的女儿也是吃定粮的，就和知青好上了，两人在村里的草沟里，他亲眼见到知青趴在老师女儿的身上。没过几年，知青把他们大队最漂亮的姑娘带走了，带回了无锡大城市。也就在那个时候，他觉得无锡肯定比村里好。从那时起，他就向往无锡，向往大城市。在他上高中时，那个知青回到村里头，把农村过去用的碌碡、榨油工具、弹花弓……收了一大车运回城里，办了农趣馆，让城里人花钱来看，来体验农民生活。

眼前，马路左右两旁都有 5 路车，坐哪边的呢？好在有连长在，他跟在连长的屁股后面。一起来到连队新兵小曹的家中，小曹正在家。他的爸妈见儿子的连长来了，喜形于色，赶紧倒茶，坐下来后，就问儿子在部队的表现。余统华拿起水果盘里的香蕉剥给连长，一下子香蕉皮剥过了头，香蕉掉到了地上，余统华一阵脸红。他是第一次剥香蕉，就发生这样尴尬的事，好在连长一点也没在意到他。

谈完话后，小曹陪连长和余统华来到了王城公园。这里正在举办牡丹花节，眼里看到的是上千种牡丹花盛开，游人如织。这让余统华想起唐代诗人刘禹锡的一首《赏牡丹》，诗中写道："唯有牡丹真国色，花开时节动京城。"耳朵听到的是蒋大为的《牡丹之歌》，花好看歌动听。当他看到名叫大乔和小乔的牡丹花煞是好看，便买了一套牡丹明信片。

回去后，把大乔小乔分别寄给了他自认为关系靠前的两个女同学。

手榴弹实投的日子到了，余统华兼任连队的军械员，自然要到训练场。实投的起点安排在半山腰上，挖了一条壕沟，大半人深，新兵一个班一个班地投。三个排长蹲在新兵身后，余统华和排长紧挨着。新兵投完实弹后，把手榴弹的拉火环交给排长。其实是不需要交的，排长们是想用来做窗帘扣。

又一个班的新兵上来了，"取弹""打开后盖""拉出拉火环""套上拉火环""投"。一个新兵一紧张，心一慌，手榴弹没扔出去，带回来，掉到身边壕沟里，正冒着烟！离排长、余统华也就四五米。一旁的大个子三排长，飞身上去，推倒新兵，迅速捡起冒着烟的手榴弹飞速地扔向壕沟外。

紧接着，"轰"的一声巨响，手榴弹在半空中爆炸了。

一次重大训练事故化险为夷了！

目瞪口呆的余统华终于长长地舒了口气：好险呀，要不是三排长反应快，我们这几个人就得被炸死！

投弹暂停了下来，连长再次讲了投弹动作要领，并要余统华把发生的事写好后上报。

投弹的事刚过没几天，连队又出事了。

这天，二排到山上炸石，余统华负责保障雷管炸药。在炸石过程中，二排长一直很细心，没出任何问题。回来时，二排长主动帮余统华把没用完的电雷管收好，拿在手上，上了解放卡车驾驶室，随手把电雷管放在挡风玻璃旁边。余统华则搬起剩下的炸药爬上车厢。二排长从驾驶室里伸出头来，叫余统华下来坐到驾驶室来。余统华心想那是你们干部坐的地方，就说不下去了。二排长见余统华不到驾驶室，就对驾驶员说："走吧！"

刚点火，驾驶室里就发生了爆炸。

车厢里的人飞身跳下来，拉开车门，二排长两手捂着眼睛，脸上手上全是血，驾驶员伤势较轻。电雷管只剩下导线，原来是电雷管搭铁，瞬间爆炸。

驾驶员忍住伤痛赶紧开回来，大家急忙把二排长送到营卫生所。卫生员赶紧处理后，跟营长报告立即送到团卫生队。后又转送洛阳部队医院。二排长的双眼炸瞎了，浑身小弹片。

连长带着余统华给受伤的二排长送来了一袋好大米，拿出一个信封对二排长家属说："这是全连官兵的一点心意。"排长家属含泪收下了。连长还把余统华留下来照顾二排长一段时间，他知道余统华心细、善解人意。

余统华在洛阳部队医院悉心照顾着二排长，他觉得他亏欠二排长的。

团里安排二营帮助山里村民打井，营长把这个任务交给了八连。第一天打井时，挖了有四五米深后就挖不下去了，用炸药炸。爆炸声刚过一会儿，三班长就喊了一声："跟我下！"两名战士紧跟着跳下去，一会儿的工夫，仨人就倒在井底。一排长得知后，组织抢救。井上的战士们把毛巾浸到水里捂住鼻子跳下去把人抬上来。幸亏抢救及时，三名战士脱离了生命危险。目睹全过程的余统华想到了三班长"跟我下"不能"瞎下"，要讲科学，要等井里的一氧化碳、二氧化碳等气体排后再下。回来后，他写了这篇新闻稿。军区报纸在头版头条加编后刊发了，提出不能蛮干要科学地干。

转眼就到了粽子飘香的端午节，这勾起了余统华的思念，他思念起家乡的粽子，思念起远在家乡的母亲。

母亲出生在黄海之滨的渔村，出生没几天，外婆就过世了，母亲是在她奶奶家长大的，她没有得到多少母爱，甚至不识一个字，却把那么多的母爱给了孩子。外公的家庭很不幸，母亲唯一的亲哥哥在准备结婚的前三天出海，就再也没有回来，母亲就更苦了！母亲生了六个孩子，儿多母苦！从他记事时起，他就看到母亲总是最后一个睡觉，第一个起床。大集体时，夜里很晚很黑，有时还摸到集体胡萝卜地里偷胡萝卜，胡萝卜缨子喂兔子，胡萝卜喂人。冬天的早上，母亲就端着两碗胡萝卜和山芋来到床边，一碗给哥哥，一碗给他。有剩菜剩饭时，母亲总是先把它吃了，才吃新做的。如今，端午节到了，他又想起母亲亲手裹的粽子，想到这，余统华拿起笔，有感而发写出了《又到粽子飘香时》。

去年秋天，我在高考落榜，家里经济拮据，不能供我复读的情况下，报名参了军。爸爸曾经当过兵，妈妈知道当兵的苦，心里真舍不得我走。临走的前一天，不知妈从哪家找来一大把干箬叶，说是要裹粽子给我吃。

"妈，我不太喜欢吃黏食，就别裹了。"

"妈听人说，吃了粽子（谐音'中子'）就能中举——中状元，你到部队后就能考上军事大学。"

"妈，那是迷信，别信人家的，再说现在正忙，田里的黄豆都炸开了，哪有闲工夫裹粽子？"

"再忙我也要裹几个。"妈妈的固执我是知道的。

收黄豆忙到很晚，我睡觉后，妈还没歇下来。

第二天一大早，我睁眼便闻到箬叶的清香。早饭桌上，妈已剥好了几只粽子，倒上了红糖。

"妈，我真的不喜欢吃。"

"那你就少吃几口，让妈了却一桩心事。"

抬头看妈脸时，一眼便看到妈妈熬红的眼睛，我鼻子一酸，眼泪差点掉到粽子上。

临走前，我向妈妈又要了几个粽子装在塑料口袋里，和那一本本"数理化"放在一起。我感到这粽子的分量——沉甸甸的……

到部队后每每见到或想到粽子，我对工作、学习便不敢有丝毫懈怠和偷懒。

写完后，他就寄给了家乡的报社。没过多久，就收到稿费及编辑寄来的报纸。

时间在工作、复习中过得很快。

春节刚过，通信员刘波的母亲来部队了，一个齐鲁大地上的农村妇女，又让余统华从中受到了一次深刻的教育。老母亲说，在刘波当兵刚走后，老伴就查出肝癌晚期，刘波的父亲是一个小学教师，在他弥留之际，尽管非常想念儿子，想见儿子最后一面，但他仍叮嘱妻子不要告诉儿子，不要让他回来，就这样一直隐瞒了一年多。天底下哪家父母不盼望儿女早日成人成才啊！

从那以后，刘波就像换了一个人似的，工作更加努力了。

团里要挑选一个军械仓库保管员。虽然是个小小的保管员，但保管的却是全团的武器弹药，位小责任大。连长向后勤处长和军械助理员推荐了自己连队的文书。

临走前，连长对余统华说："我真舍不得放你走，但为了你的前途，我只好割爱，天高任鸟飞，海阔凭鱼跃。我等着你的好消息！"

余统华眼里含着泪："连长恩情无以为报！"

他依依不舍地登上了吉普车。

第三章

　　爬上一道道盘山路，钻进一条条隧道。一辆辆拉煤车来来往往，下过白雪的山里被这些煤车拉成了黑色，还时不时地遇见一辆辆驴拉的板车。

　　车子走了大半天，到了河南巩县（今巩义市）的一个小镇，过了小镇向北就进入一座座营院，这里便是团后勤军械修理所和军械仓库，离团部有二百多公里。

　　先前这里有两个军械仓库保管员，因为其中的一位要退伍了，余统华到时，那位老兵跟他交接工作后，第二天就返乡了。还有一位孙忠，跟他同年兵，山东人，又高又白，身材匀称，真称得上白面帅哥。

　　在这里，余统华第一次见到窑洞。窑洞是利用土山的便利条件，向里掏挖出来一个又长又大又高的洞。说是冬暖夏凉，余统华感到还没他家乡苏北的瓦房好。家乡的房子前后有许多窗户，采光通气好，而窑洞的另一头是土壁，只有大门口两边有两个小窗户。

　　到了这里一段时间，余统华才从当地老乡那里得知，"吐尽人间疾苦词"的杜甫就出生在这里。余统华想，真巧了，新兵连的地方，李白也到过。现在的地方竟出了中国历史上最有名的"诗圣"，不由得对此地刮目相看起来。

　　余统华从老乡口中还得知，巩县也有一处杜甫墓，他想有时间去拜祭一次。

　　他想起在《全唐诗》中读到裴说写的《经杜工部坟》：

骚人久不出，安得国风清。
拟掘孤坟破，重教大雅生。
皇天高莫问，白酒恨难平。
悒快寒江上，谁人知此情？

此时的余统华还处在中学生刚过阶段，只知道杜甫忧国忧民。

多年以后，当他两次到过成都的杜甫草堂，对杜甫的认识才加深了许多。

渐渐地，余统华知道了巩县因“山河四塞，巩固不拔”而得名，自古就是兵家必争之地。古老到是裴李岗、仰韶和龙山文化的遗址之一。他只知道与华夏文明渊源深厚的中原，但不知道巩县是中原的核心。

渐渐地，他知道了伏羲、神农、黄帝、尧、舜、禹、汤等都曾在这里活动。历史上和这里有过关系的古代近代著名事件、武士文人多了去了。

除了杜甫墓外，这里还有我国地面遗址最为完整的陵墓群，北宋九帝中除徽、钦二帝被金人掳去囚死在漠北外，其余七帝均葬在巩县，加上赵匡胤父亲的陵墓，统称“七帝八陵”。还有皇后陵、皇室宗亲墓、名将勋臣墓近千座，犹如一座浩瀚的大宋历史博物馆。

余统华参观过离县城最近的一个陵——宋仁宗的寝陵。宋仁宗就是民俗演义《狸猫换太子》中的太子，算是宋代帝王中的明君圣主之一。

余统华心想，自己虽然当不上皇帝、总统，但至少要努力当个军官、当个干部，不，当个好干部，为兵、为百姓做些好事！

晚上，两个姑娘来到孙忠和余统华的宿舍。余统华替孙忠帮两位姑娘倒上水，就埋头看自己的书。两位姑娘和孙忠闲聊着。

姑娘走后，孙忠跟余统华说：“刚才来的两位姑娘是铝厂篮球队的，我们修理所和她们打过几场篮球就熟悉了。”

余统华根本不在意这些，他刚来，这里的工作听孙忠安排。可仅仅过了几个月，助理员在工作上从以孙忠为主渐渐转移到以余统华为主。

两位姑娘也奇了怪。几个月下来，也渐渐地要找余统华玩，很少找孙忠。余统华知道，她们是孙忠的朋友，自己要保持好距离，免得让孙忠生气。

孙忠请假回山东老家结婚了。两位姑娘就常来找余统华。余统华早知道她俩的名字，个子高一点，身材苗条型的叫黄秋娟；长得白净一些，且丰满型的叫陈芳圆。孙忠不在，余统华只好丢下书，接待她俩，陪她俩说说话。

她俩约余统华第二天到山上摘野柿子，余统华欣然答应。

三人上得山来，零星的野柿子树散落在山坡上，树上的叶子掉得差不多了，还挂着几片在秋风中飘动，红红的小柿子零星地挂在枝头上，这是秋的果实，这是秋的收获。树底下落了一层层金黄色的叶子。三个人都会爬树，各自采摘着红红的野柿子。余统华带来的军用挎包快采满了，他骑在树枝上大声地问："你们摘了多少了？"陈芳圆说："我的包快满了。"黄秋娟说："我的花布袋也快装不下了。"

这是山的果实。余统华的家乡是一望无际的平原，平原的东面是一望无际的黄海。在当兵之前，他从没见过山。新兵连营房周围的山都是一座座荒凉荒凉的山，山很大，也有点高。余统华开始还稀罕它，可后来一点也不喜欢它。从山缝间吹来的风，在冬天像西伯利亚的寒风，像刀子一样割人脸；他的白床单上一天下来，就有一层薄薄的细黄沙，尽管房子的后窗户是关着的，黄沙还是从窗户的缝隙中钻了进来。

余统华身上有着苏北水乡青年的特质。置身于中原的山野间，他渐渐地吸收了山的性格。风吹不动，雪压不垮。山的脊梁就这样挺立着！

回到宿舍，余统华把柿子小心翼翼地排放在抽屉里，熟透一个，他吃一个，熟透两个，吃两个。后来全熟了，他抓紧吃。这种野柿子特别甜，比起自家屋后的柿子好吃多了。

陈芳圆喊他到她们宿舍玩。快到午饭时间，余统华见两姑娘的饭菜就是白菜切好后，用盐稍抓一下，挤去水分，再倒上点油，就着馒头吃。余统华感受到，生存生活对每个普通人而言，其实都不容易。到机关，伙食等各方面条件都比连队好多了。吃得比学校、家里都好。他长这么大，现在是吃得最好的时候了。他心里感激部队，现在吃饭穿衣一点都不用愁。

他至今记得小时经常山芋胡萝卜当饭，还吃过好几年粗糙的大麦片，不像现在超市的麦片，连拉出来的屎都是干巴巴的，拉得屁眼都疼。小时候，家里偶尔有一两样干货菜，非等到客人来，要不就是长毛生霉了，才不得不把它吃了。那时候余统华最盼家里来客人，可农村人一年到头难得有几个客人来，但凡家里来客，父亲不是叫统荣就是叫自己去把爷爷奶奶接来一块吃顿好的，那时在父母身边不觉得，现在离开了，才明白那是父母对爷爷奶奶的一种孝敬。

现在几乎天天有肉吃，但余统华仍然留恋学校那个冬瓜汤，那个青得发黑的菜汤味。他回想起校园生活：

那时中午吃一盒蒸饭，比半斤的大些，有七八两；两分钱的汤是集中订的，不是冬瓜汤就是菜汤。常吃的中饭菜也是早晚吃粥一样的菜，炒萝卜干。看到一些同学吃炒菜，他也想吃，偶尔馋起来，才买上一两次。学校食堂里有个师傅和余统华同村，周末放学回家的路上常遇到，就多打点菜给他。

上学吃的米都是住校生各自从家里带来的。余统华家不种水稻，只能拿钱买米。

有一次问父亲要钱的时候，父亲又从身上衣袋里掏出那块有些脏的方格子手帕，细心地打开来。左手拿着毛票，右手放到嘴唇边沾上口水后，大拇指在食指上轻轻地摩擦几下，边点钱边说："我苦这点钱也真不容易啊，大都是下小海挣的，有时能捞到上百斤欢子，心里真欢喜！挑回来时，潮水涨上来有时很猛，舍不得扔，又要命，又要钱；年纪大了，又跑不动，就拼了老命往上跑！跑快了，又岔气。于是一只手按住肚子，一只手按住担子，额头上的汗珠像黄豆般大直往下掉，潮水'呼呼'地跟在屁股后面追，打湿了裤头、后背。就这样好不容易熬到岸边，一撂下担子，就一屁股瘫坐在海岸上，好久都爬不起来！"

听着听着，余统华早已是热泪盈眶，泪流满面。

这样的话比世上任何一堂政治课都生动、都管用、都有效！

他心中暗暗下定决心，一定要好好读书，考上大学！

下晚自习，余统华常常饥肠辘辘，住校的同学几乎每人都要加餐，有时用开水泡大饼晒成的干，有时用开水泡炒面粉。偶尔花一毛钱买上一个面包，面包很小，黄油涂得黄黄的，余统华吃得狼吞虎咽，三口吃下去，还想吃。有时候食堂还加班卖汤圆，偶尔吃上一次，余统华想到囫囵吞枣这个词，总感到偶尔吃到的东西特别香、特别甜，特别让余统华回味无穷。

中原吃馍多，可余统华觉得不好吃，不如他家乡镇上轧花厂的馒头好吃。他上高中时，一到冬天，每个星期到镇上轧花厂洗个热水澡后，在厂食堂买几个馒头，没有任何菜，光吃馒头，他能吃好几个，那馒头的味道至今让他念念不忘，留味齿间。尽管他的战友吃得特香，有的一次能吃七八个，把铝盆的菜汤用馒头蘸得一干二净，但还是没能让余统华胃口大开。他仍然保持原来的体形，但比以前精干多了。

到部队后，余统华每月的津贴从第一年的十二元，第二年的十五元，涨到第三年的十八元，他平时从不乱花一分钱，不会抽烟，也不好酒。他尽可能地省吃俭用，每月只有两三块钱的开支。营房门口的商店里，摆着好多种罐头。他在农村，没吃过，也很少见过。馋瘾上来了，每月只花两块钱左右买一瓶罐头尝尝，不重复，这样一年下来，就是十二种罐头；两年下来，就是二十四种，商店里的罐头基本上已被他尝遍了。

其实对余统华来说，从不讲究吃穿。但他也爱美，也曾把肥大的军裤改小，还去买了一双高跟黑皮鞋。

孙忠婚后和老婆一块回来了。两人在余统华的眼中非常般配。孙忠也在余统华面前夸媳妇多好多好。余统华一开始没听懂，山东、河南人管老婆叫媳妇，而在余统华的家乡媳妇就是儿媳妇的意思。

在巩县过了大半年的光景，修理所和军械仓库就搬到了离团部不远的花山庙。余统华来不及拜祭杜甫墓。

黄秋娟、陈芳圆来看过他和孙忠。黄秋娟给余统华写过一封信，但他知道，尽管两个姑娘对他心生好感，但他觉得她俩都不是他的意中人。出于礼貌，回了一封，就没再回，从此断了联系。

现在对余统华来说，最重要的是有更多的时间学习啦。他一直没放松，大年三十晚上他照样看书。在这个特殊的夜晚，他竟然看到很晚，瞌睡时他想到古人锥刺股、头悬梁的精神，竟然又多看了好长时间。到了第二天时，头晕晕的，浑身没劲，人整天不在状态，学习效果不佳，他才意识到那样做其实并不科学，适得其反、得不偿失。

正月十五，县城里闹元宵，远处的锣鼓声，撩拨得全城人坐卧不安。余统华从来没看过，心痒痒得想去。思想斗争了好几回，最终还是抵不住诱惑。

刚走到营房门口，见到一同入伍交情甚笃的老乡战友薛海骑着自行车来了，余统华兴奋地对薛海说："走，我们一同去赏灯！"

不想薛海却说道："兔崽子，你今晚还想赏灯，我就是来检查你，看看你在干什么的。"

余统华顿时领悟到战友兄弟情深，折返回宿舍挑灯看书。

功夫不负有心人，全团预考，余统华第一名。

团里集中考生复习三个月，余统华信心百倍、胸有成竹。终于考过了，余统华舒了一口气，静候佳音吧！

然而天有不测风云，余统华因档案年龄有涂改迹象未被录取。和他类似的全师有十二个。

余统华心知肚明，那是自己在八连当文书时经常到军务股，接触全团战士档案，把"7"改成"9"，将年龄改小两岁，这样就又可以多考两年军校，真是聪明反被聪明误！

他心情沮丧睡了一天一夜，睡得头发晕。

不能这样消沉下去，这不仅于事无补，对不住自己，更对不住江东父老！我要努力，绝对不能再回到从前！好不容易跨出了第一步，怎能轻易退回去？农村里有不少当兵的退伍回来，周围人都瞧不起，说在部队白绕了一圈，又回来了，浪费了几年好光阴。

虽然为考军校改年龄，但凡事总得有个规矩杠杠。于是，余统华向领导请了假，回去重办《公民入伍登记表》。

一上火车，他的心就飞到了家乡。他在想回去后找谁办，怎么办。先找齐部长，他对我好。实在不行还可去找干姐贡婵娟，她爸爸是镇长……

此时，车厢里的一个人早已瞄上了这个穿着绿军装、但没佩带领章、没戴军帽的小伙子，见他时不时地按按军装左上口袋，一猜那里头肯定装有钱，或者是别的贵重的东西。

那个人就开始往余统华身边走。余统华本来是有座位的，他看到一个妇女带着一个小儿子，就学雷锋把座位让给了那对母子，自己倚着车厢过道门站着。

那个人走到余统华面前，停了下来，斜对着面对面。仅仅过了一会儿，余统华就反应过来，这人往前走，怎么走到我面前就不走了？他低头一看，那人手臂上托着的衣服正好挡在他的上衣口袋，他一把抓下他的衣服，手一抖，抖搂下一地东西。他赶紧弯腰去捡，都是他自己的钱、一张火车票、士兵证、党费证。等他再找面前那个人时，那人已不见踪影。

好险呀！要不是发现及时，他连家都回不去，还怎么办事情？余统华吸取了经验教训，把东西换了个地方放，自己也不再时不时地看它、时不时地摸它了。

到家后的当天，余统华就急匆匆来到镇武装部。他满以为齐部长对他好，这事不会有多大问题。进了武装部，一看，坐在齐部长那古色古香的椅子上的人不是齐部长，换了一个中年男人。他猜想这个人就是新部长，于是恭敬地问道："部长您好，请问送我当兵的齐部长高升到哪里去啦？"

"老部长一年前就当副镇长了，你找他有事？"

"我休假来看看他。"

"齐镇长在二楼左边第三个办公室，我刚才还见到他。"

余统华谢过部长，来到齐副镇长办公室。齐副镇长一见是小余，满面春风地从沙发椅上走下来倒茶。

"考上了，是去军校报到来向我报喜，哪所军校？"

齐副镇长一连串的话余统华不便打断，等他说完了，他才面有愧色地说："镇长有点对不住您了，今年考是考上了，但是没走成。"

齐副镇长吃惊地问："出了什么事？"

于是余统华如实地汇报了他改档案年龄的事，齐副镇长对此表示理解。

"我这次来，就是请镇长帮我重新办理《公民入伍登记表》，否则我就是明年考上了，还是走不成。"余统华恳求地说。

"你找过武装部没有？"

"我刚去过，但没说。"

齐副镇长拿起电话："严部长，我求你点事，有空吗？"

"老领导找我，随时都有空。"

"那我下来到你办公室说。"

"老领导，你别折煞我，我马上就上来。"

没几分钟，严部长就像一阵强风吹上来了，仍带着当年当兵的气质。一进门就说："老领导，有什么需要我办的，尽管吩咐。"

齐副镇长指着余统华对严部长说："这是从我手上送出去的兵，今年考军校超过分数线了，但没被录取，原因是档案年龄有涂改迹象，可能是我们工作上的失误造成的，为了不影响他明年考试，想请部长关心重新办理《公民入伍登记表》。"

"空表武装部就有，只是后面有许多章要补盖，有的还要请示分管领导同意。"

"不能因为我们工作上的失误而影响一个人的命运，你先做，遇到什么难处我来协调。"

"我马上就去办。"

齐副镇长对小余说："你跟部长去办吧。"

"谢谢镇长！"余统华给齐副镇长行了个标准的军礼。

镇上和大队的几个章在齐副镇长的关心下一一迎刃而解，最后一个章是市征兵办公室的章。严部长向市人武部汇报，市人武部的答复是："现在不是征兵期间，征兵办公室的印章处于封存状态。要动用必须经过主要领导同意。"

余统华怀揣着这张关乎他一生命运的表回到家中，看得出来有些闷闷不乐，便主动告知父母。父亲说："你大姑妈的二女儿的大叔子在市里当秘书，你去找找大姑妈看看。"

这个消息无疑是个天大的好消息！仿佛在茫茫大海上一个快要淹死的人抱到了一块救命木板。

余统华马上就去大姑家，跟大姑爹、大姑妈说了。大姑妈要大姑爹第二天一早就陪余统华到县城找高秘书。这是余统华第四次来县城，他清楚地记得，第一次是来贩鱼卖，好不容易赚了五块钱；第二次是来参加高考，因差七分而名落孙山；第三次是当兵走的时候，老父亲执意送他到县城。他无心回忆往事，更无心城里的任何事情，心里只装着他人生中的大事。

高秘书见弟弟的老丈人来了，马上从那把黑色人造革的椅子上起身，绕过小老板桌，边倒茶边说："姨丈，一会儿我请您到饭店。"

大姑爹说："秘书长，我有事来求你。"

"什么事还劳您亲自跑一趟？"

大姑爹就小声地说了侄子余统华的事，是按照齐副镇长的说法。

哪知高秘书恰好是市政府分管武装工作的副市长的跟班秘书，他拿起电话打给市武装部部长："部长您好，我是……"

"听出来了，是高主任，有何指示？"

"哪有指示，是向您汇报，老家有个当兵的小伙子入伍表上年龄模糊不清重新填了张表，乡镇都盖过了，最后一个章要请示您。"

"现在快吃饭了，叫他下午一上班就过来吧。"

"那我就替小伙子谢谢部长！"

"别客气，有空过来指导工作。"

余统华真没想到，一个市政府秘书的电话竟然这么管用，他又暗自羡慕起高秘书来，要是哪天我能当上县里的秘书，天天坐在那人造革的椅子上，那该多潇洒，那该多逍遥，那该多神气，那该多好啊！

中午的饭菜余统华吃得特香、特多、特快。

下午上班的时间刚到，余统华就到了，一切顺利！

他仍将错就错把真实的年龄改小两岁，准备第二次迎考。他小心翼翼地放好入伍登记表，这比他的命还要重要！

小霞这几天常来余统华家串门，余统华在忙自己的大事，只是照个面，打声招呼。这不，余统华前脚从城里回来，她后脚就来了。她当然不知道余统华在忙什么。余统华这么重要的人生大事怎么可能跟一个小姑娘说呢。更何况他已懂得人心叵测，他压根儿就不会让不该知道的人知道。其时，小霞心里春情萌动，喜欢邻居这个兵哥哥。可对余统华来说，他从没往她身上想。

经过省城南京时，余统华来到医学院，他来看看凌云志。两人叙叙各自情况，余统华在他宿舍住了一晚。他心中羡慕起凌云志的大学生活，愈加明白自己要努力的方向。

邓波是余统华的顶头上司，后勤处军械助理员。余统华把从家乡带来的糯米酒和海边的鱼罐头送了一份到他家里，邓波留他吃晚饭，正好后勤处处长田诗文的妹妹田诗爱和邓波的老婆余秀是同乡，在她家玩，也请她留下来一起吃饭。

邓波说："今年走不了了，想开点，早一年晚一年，不就是三百六十五天吗？继续努力，如果真走不了，我给你保底，至少转个志愿兵。"

余统华心存感激。

田诗爱看着面前的小伙子，个头不高，言谈举止间透露了一些才气，甚至还带种傲骨之气。又得知余统华考上没走成，一种好感油然而生。

饭后，余统华要帮余秀洗碗，余秀这次没肯，田诗爱也要帮忙，被余秀拦下了："你们走吧！"

出门后，余统华问田诗爱："处长在不在家？"

田诗爱说："哥和嫂子都不在家，我来帮他们带几天女儿。"

余统华说："那我先回宿舍一趟，等会儿来找你玩，欢迎不？"

田诗爱正求之不得呢："我等你！"

两支烟的工夫，余统华提着同样的一份礼品，两瓶糯米酒，一箱黄花鱼罐头，来到田诗文院门前。处长家是带院子的房子，余统华来过好几次了，一点也不陌生。

院子的电灯开着，听到敲门声，田诗爱很快开了门。

"我从老家带了点土特产给你哥，不成敬意。"

田诗爱说："我帮你拿，等哥回来，我会把你的心意告诉他。"

田诗文的女儿田思思正在看电视，她看到余统华来了，不仅认识也熟悉，就喊了声："余叔叔好！""思思好！"

田诗爱早就准备好水果和茶水，两人坐在客厅的两个单人沙发上，田思思七八岁，坐在沙发前的小凳子上，离他俩有一人多远。

田诗爱和余统华就开始闲聊起来，互相谈了各自家乡的情况，余统华才得知田诗爱只读到初中。

田诗爱见他不拿水果吃，便把水果送到余统华手里，田诗爱的小手细皮嫩肉，像电击了一下余统华。随之，两人的眼睛又互相对视了一下，那相互充满笑意的眼神，仅仅一眼，就已心照不宣，两人都对彼此产生了好感。

第二天晚上开饭时，司务长见余统华挂上了上士军衔，说了一句："余统华也能当上上士班长。"

余统华置之一笑，心想要不了多久，我还要当军官呢！你不就当个志愿兵吗，我的明天一定比你好！

当兵第三年的军校招生预考又到了，余统华又报了名。因为他去年正式考试已超过录取分数线，团里开了绿灯，让他预考免考，直接参加统考。

当时，考军校有条规定，获得过优秀班长的，加20分。余统华的老乡牛进在政治处宣传股报道组当报道员，把这一好消息告诉了余统华。

"我已经填表了，20分已经到手了。"牛进兴奋地说。

余统华觉得这20分对他来说，也很重要，得到它，就等于系了条保险带。

事不宜迟，余统华找到邓助理员汇报了此事。邓波立马打电话给田诗文处长，处长说："我来问问政治处高主任。"

过了一会儿，处长就给邓波打来电话，叫余统华到政治处干部股填表。

余统华深知，自己平时工作踏实肯干，领导自然喜欢你，关键时候，就肯出手帮你。

余统华填好表后，又到政治处盖章。因为是后办的，又属于补办性质，因此，后面的事都需要自己跑。

办这件事的时候是星期六，当时是周六工作制。表要在星期天送到集团军干部处柳干事手里，还要到师干部科盖章。而团部所在地在嵩山少林寺以南二百多公里，师部在少林寺以西一百多公里，而军部却在另一城市。

余统华拿起一个空军用挎包。刚当兵时，从家里带来的二百元钱已用完，这次考试没好意思向爸妈要，于是写信向他的二姐夫、二姐说是借二百元考军校用，姐夫很快就汇过来了。

余统华乘火车到师部盖章，因为团里早已经汇报过了，事情办得很顺利。

出了师部已是快下班的时候，余统华来之前已打军线电话给卫宝。卫宝此时在师直属队汽车连当汽车兵。

余统华和卫宝一起离开家乡，一起分到一个团里。有一天，卫宝的妈妈从老家来部队，之所以他父亲没来，是因为他父亲早年出过工伤，一直瘫痪在床，因此家里男人应该做的事都落到她的头上。余统华知道后，就请姑妈到他这里来吃顿饭，连队晚上吃的菜他每样打了一盘子，又早早地从伙房向司务长要了些菜，和通信员一起择好、切好、洗好，装上盘就等人来，在煤球炉上炒。

姑妈吃到侄子为她做的饭，很开心。多年以后还一直夸他。

姑妈看到余统华办公桌上有一盆带刺植物，几朵小黄花开得正艳，就问统华："这叫什么花？"

"仙人掌开的花，一年难得见它开花，花期又短，属于昙花一现一类的。"

余统华知道姑妈在农村，和自己父母一样，田都忙不过来，哪有闲情逸致去养什么花！

余统华接着说："仙人掌放在沙土里，几乎不怎么浇水，晚上把它放在外面，吸收露水或空气中的水分就能自然生长，如果水浇多了，反而会烂根、浇死。"

饭后，约好第二天去嵩山少林寺。

外出请假，其实只需连长、指导员任何一个人批准就行，但当了文书之后，余统华考虑问题就不一样，觉得部队两位主官都要说，他先向指导员请假。指导员说："去吧，好好陪陪你姑，路上注意安全。"

余统华出门后，又来到连长宿舍："连长，我想明天陪姑妈去趟少林寺。"连长说："你跟指导员说一声。"

余统华懂得尊重领导、尊重上司，两位主官关系很融洽，很团结。因此，文书、通信员的工作更加顺畅好做。

天没亮，余统华和卫宝以及卫宝他妈走到营房前的村庄，正走到一棵树下时，听到雄鸡在树上报晓。老家都有鸡窝，这里的鸡竟然会上树。

地方不同，连动物的生活习性也不尽相同。

过了村庄，沿着铁路走了二十多里到县城乘车。

余统华和卫宝兴致很高，在车上开心地唱起"少林、少林，一时多少英雄豪杰……""日出嵩山坳，晨钟惊飞鸟，林间小溪水潺潺，坡上青青草……"

两个年轻人几乎是一路吼歌到少林。

天下功夫出少林，少林功夫甲天下。

到了少林寺大门前，门前的苍松翠柏很粗、很老，有的一个人都抱不过来。清朝康熙皇帝亲笔所题"少林寺"三个大字的黑匾悬挂在门檐中央，一种历史悠久的感觉油然而生。

练功房的地面上凹凸不平，那是少林寺弟子练功的见证，就像马克思在英国图书馆磨留下的脚印。

一座座塔，高度不同，错落有致，才知那是僧人的坟墓。他在塔林还留了影，后来才知道人们都忌讳和死人的墓碑合影。

达摩洞在山上，要走好远。

姑妈不想跑，但余统华想去看，卫宝陪他妈妈在约定区域转转。

余统华匆匆来到嵩山五乳峰中峰的上部，在离峰顶不远的地方看到一个天然石洞，这就是他久仰的达摩洞。洞前有一小草坪，周围古木参天，浓荫蔽日，不见天空。洞门面向西南方，洞口用青石块砌成拱门，余统华进入洞内，高宽各3米多，进深约7米，洞内台上有三尊石像，中为达摩坐像，两侧为其弟子。洞内石壁上，遗有高1米多、宽约60厘米的凹槽，那是当年挖凿达摩面壁石时的痕迹。

禅宗初祖达摩从南天竺（即古印度）来到中国后，当时小乘佛教盛行的中国佛教对他的禅法无法接受，又由于语言不通，便只身来到此洞，达摩于公元527年到536年把这个天然石洞作为他修性坐禅的地方。整日面对石壁，盘膝静坐，一坐就是九年，他的大乘佛教思想才一步一步被人接受，而经过这九年的面壁过程，达摩的身影印入了面壁石上，就连衣褶皱纹也隐约可见，宛如一幅淡淡的水墨画，留下了极富传奇色彩的"达摩面壁影石"。

这是何等的毅力！

余统华暗暗佩服达摩的毅力惊人，才达到佛教的顶峰。

他从中吸收了达摩持之以恒、坚韧不拔的那种精神。

精神财富同样也会转化成物质财富。余统华已认识到这一点。

中午吃饭，余统华找了家干净稍有档次的饭店请姑妈，点完菜后，老板说："要不要再来一个素菜？"

余统华心想素菜又贵不到哪儿去，就接口说："好的，你安排。"

最后老板点的素菜上来了，余统华不知是海参，只觉得蛮好吃的。他在海边长大，吃过大蛏，见过海参，但就是没吃过，也没见过泡发的海参。

买单的时候，他大吃一惊，便问老板："您是不是搞错了？"

老板说："没错啊。"

"那怎么这么贵呀？"

"海参当然贵啦！"

"我没点啊？只同意你加一盘素菜。"

老板说："海参也是素菜。"

"素菜难道就是海参吗？"余统华反诘道。

扯皮宰客的事来啦，余统华和卫宝都是当兵的，不好多讲，要吃哑巴亏了。

可姑妈心疼钱，跟老板理论起来，纠缠了好长时间，老板才退让了一步，少收了些钱才了结了。

余统华的心情被搅坏了，回来的路上再也没心情唱歌。

回来后，姑妈说要去洛阳。

新兵连时挑选驾驶员，卫宝名列其中，后来到了师汽车连。

余统华后来回家时听父母告诉他，那次姑妈是去为儿子学驾驶找关系的，找的是邻乡的一位在洛阳当团长的帮的忙。这时他才明白小姑妈真有心计，为了儿子的前程，连侄子都不告诉一声，难道怕侄子抢了他儿子的工作？

余统华心想，当个驾驶员还这么难，我才不当别人的驾驶员，我还要别人当我的驾驶员呢！

想到这里，余统华加快了脚步，赶紧到卫宝那里填饱肚子。卫宝带他到外面水饺店点了两盘水饺，炒了一荤一素，两瓶啤酒。

吃完后，卫宝送余统华到火车站，并叫他办完事过来玩，此时他哪有心思玩！

到了军部所在城市，已是深夜 12 点多，余统华一时找不着军部士兵招待所，就在火车站附近找了家便宜的旅店住了一晚。第二天一早，早饭也没吃，就到店里买了两瓶瓷瓶精装的杜康酒，找到军干部宿舍区柳干事家。

柳干事说："星期一就要定下来，你今天一大早就送来了，真及时。"

"真的好感激您的关心，带两瓶差酒不成敬意。"

柳干事也没推辞。

余统华出了柳干事家门，长长地舒了一口气，我的 20 分也到手啦！

回到团里，余统华一头扎进书堆里。

就在集中去师部参加军校招生考试出发前的那一刻，收发室的收发员喊道："余统华，等一等，你的信。"正在登车的余统华回转身兴奋地拿到了信："谢谢兄弟！"他一看信封，就知道是他最要好的女同学写来的，她的每封信都在鼓励他，就像他的加油站。他把信放在胸口捂了又捂，一股爱的暖流涌上心头。他拼命地学习，或多或少也与她有关。他登上解放车坐下来后，想仔细读她的来信，慢慢品尝爱的滋味。

这是他高一时的同桌女同学吴晓红写来的，自从余统华到部队后，他俩通了不少信。前段时间，她来信说，她和男朋友可能不谈了，余统华心里还暗自窃喜。当他拆开信一看，她在信上说，她和男朋友订婚了。在苏北农村都有订婚的风俗，是结婚之前要走的仪式。

余统华傻眼了，心里打翻了醋瓶，鼻子也是酸酸的，眼泪又在眼眶里打转，他用上排牙紧紧咬住自己的下巴，咬出了一个个深深的牙印。

我未成名卿已嫁，卿之心中无我人。

至今，我没有闪烁的金币与珠宝，没有高贵的权杖与华盖，没有豪华的宫殿与红地毯；而我却拥有不多的土地与种子，拥有远大理想与抱负，拥有用之不竭的激情与力量。

这难道还不够吗？

余统华体内那种久远的情愫经过近两年的发酵本想早晚会酿成美酒，可现在要停止体内的化学反应，哪能说停就停？

抽刀断水水更流，举杯消愁愁更愁！

吴晓红，我就是死，也一定要爬到军校门前。余统华暗暗下定决心。

人坐在卡车上晃来晃去，余统华的思绪又回到从前。

上高一时，他和一个白白净净的女生分到了第一排的一桌，她就是吴晓红，是镇上派出所所长的女儿。她的英语不错，余统华的英语也不差。他在村里上到小学五年级，那时是五年制。小学考初中，一个乡镇分几个片区，一个片区有一个好的初中学校，每片区把小升初考试的前两名放在初一甲班，余统华和同一个生产队的高小考进了甲班，甲班是重点班，十分重视英语。有时，他故意不讲全，更多的是因为讲不全，而用中文夹杂英文来对话。

"你不要把你的 hand 放到我的 desk 上来。"吴晓红对余统华讲。

经常讲得两人捧腹大笑。

吴晓红家就住在镇上，不住校，晚上不来上晚自习，她的位置就空下来。余统华晚自习时，有时心里空落落的，一上课，精气神就来了，两人都很开心，也都很用心学习。

学校的生活很艰苦。早晚吃粥，一大木桶抬回来分，剩下的再加给吃不饱的。别看余统华人小，饭量大，一大瓷盆都不够，好几次把木桶屑儿都刮下来，盛到碗里，觉得有些难堪！一次，他把木屑用小挑子挑出来，挑子里还有粥，他舍不得扔，就把挑子靠到瓷盆内壁，把粥漏下来，才把木屑挑出去。余统华大口大口喝着，谁知还有小木屑卡到口腔内壁上，怎么弄也弄不出来。卡得余统华坐立不安，心神不宁。

刚到座位不久的吴晓红问："你怎么了？身上有跳蚤呀？"

"刚才吃粥，不小心卡了根木屑。"

"给我看看。"

"嘴张大。"

"再大。"

"看到了。"吴晓红变魔术似的取出一根针，帮他把刺挑出来了，还出了点血，她用她那叠得方方正正、干干净净的花手帕要帮他擦。

余统华抬手不肯，怕弄脏了手帕。

"脏了洗一下，不就好了。"

余统华还是没肯，抬手擦到了手掌心里，走出了教室……

余统华第一次期中考试，语文、政治、历史、英语、化学五门课在全高一四个班都是第一名。同学都对这个小个子、小瘦子刮目相看。贡婵娟是副镇长的二女儿，每到周末放学，就把她的新女式自行车借给余统华骑回家。秋季上高一，期中过后快到冬天，贡婵娟又把自己的红围巾、绿尼龙手套借给他用，余统华星期一再还给她。那时，余统华还没有完全发育，没想过谈恋爱的事。有天晚自习后，贡婵娟叫余统华陪她到班主任老师那里，天黑黑的，贡婵娟像姐姐似的，主动拉住余统华的手，朝班主任老师宿舍走，他属于晚熟的小伙子，心里一点杂念都没有。多年以后，他甚至有点后悔，这么好的机会怎么就轻易放过呢？其时，余统华想得最多是要考上大学，大脑根本就没往男女之事上想。

吴晓红上高二时，随她父亲工作调动转到了邻县。

余统华当兵后，才通过吴晓红的闺密李兰，知道了吴晓红的通信地址，两人鸿雁传书。

当兵临走前，余统华和同学们聚会告别。因为吴晓红在邻县太远，没时间去。在他临走前的一天，李兰又召集了贡婵娟、叶红、余亚玲来到他家玩，家里条件简陋，连茶叶也没一颗。余统华想起家里还有半斤红糖，就在白开水里放上了，余统华又拿筷子搅开了。李兰说："吃红糖是喜事，我们这里结婚时吃糖饭，你当兵走时请我们喝糖茶，今后肯定能考上军校。"

余统华听了心里很开心，说："李兰人长得漂亮，嘴又甜，家里条件又好，肯定能嫁个好人家。"

"嫁个好男人才是最重要的。"叶红插话道。

李兰有点不好意思，脸微微红起来，像桃花一样。

临走前，几个人分别拿出礼物放在余统华手里头，不是日记本，就是钢笔。连饭也没吃，就走了。其实余统华家就没准备请姑娘们吃饭，因为家里头实在拿不出什么好菜来招待她们。余统华心里真有点过意不去。

余统华想请吴晓红帮他打件毛衣，汇了20元钱过去，吴晓红欣然接受了，只谦虚地说："打得不好看，别怪我。"后来线不够，晓红又添钱买了线，并在信中告诉了余统华，余统华要汇钱过去，晓红不肯。那时谈恋爱，常有女方为男方织毛衣的习俗，一针一线把姑娘的爱都织进毛衣里。

不久，余统华收到晓红寄来的包裹，毛衣穿在身上，暖在心里。这与他十岁过生日时，妈妈为他织的一件毛衣感觉是不一样的。

晓红还告诉余统华，他所在的大队辅导员跟她当派出所所长的爸爸是工作上的朋友，帮她介绍了同一个大队出去当兵后考上军医大学的徐卫国，余统华认识，那是他哥哥从小学到高中的男同学。

人家捷足先登，怪只怪自己不成才，要是高中毕业就考上大学，说不定这缘分就是自己的。

从那个时候起，余统华就暗暗下决心，要和徐卫国一决高下。看谁将来更有出息。

卡车颠簸了一下，余统华又把思绪拉回到手上的信。

自己心中最喜欢的"干姐"已投入他人怀抱，这种醋意的感觉他是第一次产生，并且还如此浓烈。他才真正知道什么叫恋爱，什么叫暗恋，什么叫单相思，他才想明白，这份朦胧的爱是他的初恋。他要调整自己，让自己变得理智。自己不是读书读到"书中自有颜如玉，书中自有黄金屋""家有梧桐树，何愁没凤凰""天涯何处无芳草""天下谁人不识君"吗？

余统华很快调整自己，化失恋为力量，当前的首要大事是考试。

临时住地是防化连的营房。考生自带背包，在地上放一块铺板，统一睡地铺，考试的地点是在师部大门外的一所中学。

这是余统华第二次考试，他轻车熟路。

试考完了，余统华又一次长长地舒了一口气，伸了一个又长又大的懒腰。

一回到营房，余统华像一只鸟飞来邓波家，汇报了考试情况。尽管他胸有成竹，很有把握，但他还是谦虚地说考得一般化，极力掩饰自己高兴的心情。因为怕万一考不上，被人笑话，讲话不能太满。

助理员不在的时候，余统华就喊余秀叫姐，在的时候就喊嫂子。

余秀经常打电话叫统华来她家吃饭。统华一喊就到，眼里看到活就抢着干，搞卫生、帮厨，他样样做得出色。

过了一个多月，余统华接到邓波电话，叫他到他办公室来一下。

来到办公室，邓波满怀喜悦，像自己的孩子中举一样，从台板上拿起红色硬板纸。

"小子，真有你的，这是你的军校录取通知书！"

余统华欣喜若狂，多年的夙愿终于实现了。他一时也不知怎么做，脑袋像短路一样。

短路只是暂时的，余统华很快缓过神来。

"这录取通知书是助理员您帮我努力来的。"

助理员笑着说："你在瞎拍我马屁。"

余统华动情地说："说的全是真话，您当初不把我从连队调上来，我哪有那么多复习时间，您放我回去办档案，又帮我争取优秀班长加分，您和嫂子是我的大恩人。今天晚上，我想请您全家吃饭！"

邓波说："谁要你请！晚上我请你。"

邓波拿起电话，打到家里。

"晚上不做饭，我们为小余庆贺庆贺。"

余秀一听就知道小余考上了，满心欢喜，连声说："好的好的。"

饭店是邓波预订好的，是县城里上档次的酒店。人少菜多，这是余统华有生以来吃得最奢侈的一顿饭，从中学生到军人从来没抽过一支烟，酒量只有一两多，尽管这样，他很想陪助理员多喝几杯。

邓波知道余统华酒量不行，就说："我喝三杯，你喝一杯。"

多年田舍郎，今登天子堂。

人生得意须尽欢！

这顿酒喝得轻松，喝得开心，喝得其乐融融！多年的寒窗苦，没有白吃，在今晚尽情释放！

余统华知道，下属能让领导一家人把他当家人一样待，这个世界上能有多少？

酒喝得差不多了，余统华要去买单。邓波说什么也不肯，最后还是余秀买了单，余统华心里莫名感动。

第二天余统华收到了郑林的来信，他因执行任务耽误了考军校，被直接保送。余统华为他庆幸，庆幸他安全回来，庆幸他保送军校。

第四章

回来后，余统华开始收拾整理自己的东西，复习的书就留给正准备考军校的保管员杨德。

杨德是去年春天，余统华参加预考后集中复习时，就调来准备接替他工作的，既然没走成，第三年还要考，杨德也就留下来继续准备接替。这样一来，一个人的工作两个人干，工作更轻松了，学习的时间更宽裕了。

杨德比余统华晚一年兵，本来余统华第三年再考时，杨德是第二年兵，也可以报考，但邓波考虑到工作，就做杨德思想工作让杨德放弃一年，晚一年考试。

部队考试不像地方，谁想考就考，部队还要考虑到工作，组织让你考你才能考。

杨德生长在江南水乡，一次他在看同学毕业合影时，恰好余统华也在，杨德指着他的同学说，这个考上了什么大学，那个考上了什么大学。一个女生让余统华眼前一亮。杨德介绍说，她叫文彩云，考上了警官学院。

余统华问："能联系得上吗？"

"我翻翻同学留言簿，看能不能找到她家地址。"

杨德马上就办，不仅因为余统华是他的班长，两人兄弟感情也很深，一个是八连文书，一个是七连文书，又都是高考落榜生，两人同是天涯沦落人，同病相怜，两人既是战友又是老乡，同一个省的，一个苏北，一个苏南。

"找到了！"杨德兴奋地说。

余统华接过留言簿一看，她的字写得比男生都要好，且带有女生特有的秀气，一种好感油然而生。

余统华问杨德能不能和她交个朋友。

杨德说："这有什么能不能的，我们共同努力。"

于是他俩商量怎样联系。

余统华觉得先请杨德写封信给文彩云，说说他在部队现状，同时自己也写封信说明和杨德是战友，看到毕业合影上的你和留言簿上的字，加之你已考取大学，很想向你学习。

几个回合下来，余统华和文彩云已成了书信中的好朋友。

余统华回家休假时，专程去看望老部长齐部长，这时才得知部长爱人是自己高中时的男同学刘勇的姐姐，刘勇在读完高二后，没读高三，就去当兵了，并且考取了军校。刘勇的姐姐说起叶红想和刘勇谈恋爱的事。

余统华只听，未发一言。

在返回部队的途中，余统华绕道去警官学院见文彩云。

余统华提前告知文彩云他的车次，文彩云喊上她要好的女同学芮芳一起到火车站接他。

一见到文彩云，余统华觉得她真是姑娘中百里挑一，人长得眉清目秀，小巧玲珑，身材匀称，戴一副眼镜，举止文雅连说话声音都感觉像音乐。一同来的芮芳简直就像一个男人，更衬托出彩云姑娘那迷人的风采。时值隆冬，那天正飘着小雪，文彩云把来时路上购买的新伞递给余统华，在火车站附近上了城市公交。在警官学院大门外附近的饭店吃饭时，余统华抢着付钱，文彩云不肯。

"到我这儿，哪有客人付钱的道理？"

后来，余统华得知文彩云那个月的生活费提前用掉了，又只得向她哥哥伸手。心里一直想如何补偿她，给她寄钱她不一定肯收。想来想去，一连想了好几天，觉得还是买书送她好，买什么书呢？言情小说，太俗，不好；美容方面的，她已是貌若仙子，多此一举。最后定格在学习用的工具书，于是就买了一本厚厚的《辞海》寄给她，花了他好几个月的津贴。而他自己却还没有，好多年之后，他的女朋友才送他一本盼了很久很久的《辞海》，圆了他的梦。

晚上文彩云和芮芳一起陪余统华看电影，彩云坐中间，余统华坐左边，芮芳坐右边。看的电影名以及什么内容，余统华什么都没记住。只感觉这是他有生以来看的最有意思的一场电影。以前，在农村看电影，经常跑很远的路，而且都是露天广场电影，拷贝还需跑片。看电影的路上，曾有和小伙伴一起偷摘路边的梨子柿子、偷拔路边萝卜的快乐，但比起现在和心仪的姑娘肩挨得如此之近地看电影，才觉得自己好像掉进蜜罐里，这也是他人生中的第一次。

看完电影，回到女生宿舍，文彩云把早准备好的一套新洗漱用品拿出来，打洗脚水、挤牙膏，余统华心里感到暖洋洋的。

洗漱好后，余统华还和文彩云同宿舍的其他几个女生说了些部队的趣事。

文彩云送余统华到男生宿舍她的高中同学刘小平那里，刘小平很友好地接待了余统华。后来，余统华从文彩云那里得知刘小平当时已在追求她，但她什么也没表示。余统华不禁佩服刘小平的做人、气度。

走的时候，雪停了，余统华把伞还给文彩云。

文彩云说："带上吧，或许路上还有用。"

余统华就把伞放在挎包上面，挎包里全是文彩云给余统华准备路上吃的面包、茶叶蛋、水果、榨菜，甚至连餐巾纸、口香糖都备齐了。

文彩云把余统华送到了列车上，见没有座位，文彩云后悔没想到带个小凳子来。

余统华说："没关系，我从部队回来时站了20多个小时，就把它当作军事训练。"

列车快要启动了，余统华催文彩云赶紧下去。

列车开动了，余统华从车窗内伸出头、手，不停地挥手，文彩云也在不停挥手，直到看不见对方的身影。

一路上，他把文彩云送的水果食品吃得差不多了，尽管他有些舍不得，想留作纪念，但这些东西哪能留住呢？最后，他只好把装东西的塑料袋洗净沥干后，叠成小手帕那样的小方块，保存起来。每每看到它，就会想起彩云那心细如发、心热如火、爱心如海的浓浓情意！

在部队当兵三年，余统华整理了两大木箱行李。现在看来，一样值钱的东西都没有，但都是他自己用过的东西，敝帚自珍。一个炮弹壳是铜的，带回去想请工艺师做只和平鸽。又把平时和战友一起用子弹头、壳做成的飞机、坦克等玩意儿装了一小包。余统华从仓库多余的零散子弹箱找了一把子弹，悄悄地藏在行李箱中。过了几年，余德厚觉得没什么用处，就自作主张扔到废弃的井里。

和余统华一起来的战友中有五个人成了好兄弟，他们是薛海、文志权、夏春涛、周春晓。余统华排在老五。这几个兄弟不是江湖兄弟，而是相互鼓励的好兄弟，自然要好好喝顿酒。

牛进也是老乡，是从其他团调进来的，他的性格、做事风格跟一般人不一样，虽是老乡，很少有人找他玩。这次牛进也考上了。只不过他考的是初中生考的中专类指挥院校，牛进报到早，和余统华说我们一起请客，各出一半钱。牛进请的客，绝大多数也是余统华想请的人，只不过多了他的报道组组长张华。既然牛进这样说了，余统华就照办了。牛进在酒席上唱主角，好像没他似的。付了一半的酒席钱，余统华后来后悔了，他的几个好兄弟还是要单独请的。

这顿酒安排在临走的前一天晚上，兄弟几个还出了份子钱，由大哥薛海交给余统华，余统华好感动，特别是薛海三年中一直很关心他，一直在督促他好好学习。

那年正月十五晚上，薛大哥灯会都没看，独自骑着卫生队买菜用的自行车，来到十多里外的仓库驻地，看看余统华在干什么，其实是督促他复习。

仅这一次就让他刻骨铭心。

余统华用份子钱付了酒饭钱，还剩余了100多元。

邓波送给余统华一支钢笔和一个日记本。

别了，第二故乡！

别了，令我尊敬的领导！

别了，亲爱的战友兄弟！

在五个战友兄弟和杨德的目送中，余统华幸福地离开了这块中原福地，一块让他走上成才之路的地方！

丰收河从西向东，奔流入海。河北有一所文庙，这里曾是新四军枪械修理所。庙前的一棵银杏树已有两百多年，古木参天，两个人都合围不过来。据说当年陈毅、粟裕还在这棵树上拴过战马呢。

余统华辗转回到家。堂屋的正面墙上贴着"光荣之家"，东西两面墙上贴着历年来慰问军烈属的年画，还有慰问信，余统华家是双份。

喜悦的氛围充满着农家小院。两个姐姐、姐夫都赶过来吃顿饭庆贺庆贺。晚饭坐在厨房门前的一棵苦楝树下，余统华抬头看看树，树正挂着一串串黄中泛白的种子呢，这让他想起一件事：

那是五六岁和泥巴玩的时候，把楝树种埋在厨房前的地上。不久，长出了这棵小树苗，余统华一有空，就给它浇水，有尿就直接尿在它身上，大人见了说，那样会烫死它，后来余统华就尿在树的周围。小树渐渐地长大，后来分了杈，长成了"丫"字形。父亲对余统华说，这树长大了正好用来做拉磨杆，是你栽的就留给你。

那时农村都是用石磨磨粮食，天然的"丫"字形拉磨杆并不常见。苦楝树长高长粗了，淡淡的紫花开了，香味袭人，全家人常在树荫下吃饭、乘凉。

正当苦楝树长成可用之材时，余统华却离家参军去了。如今家里的石磨早已退出农民的生活被遗忘在墙角，这棵楝树也失去了拉磨杆的用途。再说，如今余统华考上军校，也用不着它了，只好让它继续生长着，现在树冠如盖，树皮又老又粗，可楝树依然飘香挂果！

余统华说起苦楝树的故事，全家人都听乐了。

哥嫂也开心，这下二小不可能再要农村的房子了。姐姐、哥哥各给了弟弟一百元，父母也要给钱，余统华不肯要。在家住了一晚，余统华陪父母聊家常。在妈妈的催促下才去睡觉。

余统华怀着无比兴奋的心情到了长沙火车站，看到军校有老学员举着牌子接站，学院接站的车子是大客车，比部队的卡车好多了。坐在客车上等其他新生的时候，余统华听到火车站整点报时的时候，响起《东方红》的音乐，多么熟悉的旋律，这是毛主席的家乡，是全国人民心中的朝圣之地。

车到军校大门口，余统华赶紧抬眼看校门，校名是张爱萍将军的题字。显得神圣、高大。

余统华终于跨进了军校大门。

学院坐落在美丽的浏阳河畔，每天起床前学院的大喇叭放的音乐就是《浏阳河》，多么悦耳动听！

紧接着响起出操声。传来带队员"一、二、三、四"的口令声和学员"一、二、三、四"的呼号声。

指挥型军事院校和技术型院校不同，对学员的要求、所具备的素质、体能要求也不一样。余统华上的是指挥型军事院校，三个月内有十项军事科目考核，五公里越野、三公里武装泅渡、百米障碍、驾驶、木马、单双杠、手榴弹投掷、冲锋枪和手枪射击，如果有两门补考后，仍不及格，就退回老部队。

学员五队一到四班为一区队，五到八班为二区队，各有一个区队长负责军事训练。学员队还设一个中队长，一个政治教导员。区队长在新学员完成三个月定型训练后就调回原岗位。

余统华所在的中队就是大专五队，一共有一百二十五名新学员。他分在二区队六班。一个房间上下铺睡了十四个人，可宿舍里每天窗明几净，一尘不染，在地板上打个滚，也不会有灰尘。每个人都有卫生包干区，每天都有人戴着雪白的手套检查卫生。上午四节文化课，下午两节文化课，其余时间基本上全部是训练时间。

三个月的定型训练，还要练军姿，这不算在十项军事科目中。

长沙是中国四大火炉之一，虽然入学已是八月底，但炎热不减，还有秋老虎紧随其后。站军姿从三十分钟、四十分钟、五十分钟到一个小时，不时有学员晕倒。迷彩服干了湿，湿了干，像余统华家乡海边上的盐碱地那样白花花一片。

才训练了不到一个星期，一名学员主动打报告要求退学。余统华后来才知道他的父亲是地方上的人事局局长，他退伍后，他父亲能帮他安排好工作。余统华心里很瞧不起这样的人。他主要瞧不起的原因是，觉得男人这点苦都吃不了，算什么男人？没志气的男人，孬种！

"流汗流血不流泪，掉皮掉肉不掉队。"在五队二楼的栏杆上挂出了这样一条横幅，余统华把它写进了日记本。他身单体薄，力气小，文化学习没什么问题，可军事训练却是老难题。三公里武装泅渡对他而言倒没什么，他出生在海边，水性好。可五公里全副武装越野，既要速度又要耐力，他几乎天天练长跑，浑身湿透了，回到洗漱间就只能冲冷水澡。单双杠把他白嫩的双手磨出了厚厚的老茧，像他父亲的手。

中午在楼下等着开饭的空隙，大家都不肯放过。五班的唐人志身轻如燕，单杠八练习大回环能一口气做上五六个，在余统华的眼里，唐人志就像体操王子李宁。而他和他的差距太大了，他不免心忧起来。

这天下午文化课结束后，学员队组织跳木马。木马一练习是双手按马双脚起跳从马上横过，这倒不难。难的是木马二练习，从踏板上起跳，双手按马竖过木马。站在余统华前面的陈阿辉起跳力度、高度不够，下身撞到了马头，双手捂着下身，痛苦地蹲了下去。班长田庆走出队列照看着他。轮到余统华了，他吸取了陈阿辉的教训，起跑的长度长、速度快，可快到踏板时，他的腿软了，双手不敢按木马了，从木马旁擦身而过，引起一阵哄笑，他自己也觉得丢人。二区队长的眼睛圆鼓鼓地盯着他，狠狠地说："重来！"

余统华抖擞精神，助跑、弹跳、按马，结果骑在马背上，又引起一阵哄笑。区队长笑着说："进步了，有进步就行，等会儿再来。下一个。"

一段时间训练下来，余统华身上有三大难题。一是扔手榴弹不行，手腕不会发力，只能扔到二十五六米，而要过关，至少要扔到三十五米；二是百米障碍，特别是三米高墙翻不过去；三是手枪射击不行，经常脱靶。但余统华冲锋枪卧姿、跪姿射击成绩都不错，十发子弹成绩均在 85 环以上。余统华知道这三项中如果有两项不及格，补考仍不及格，自己的军校梦就要止步。

和余统华一个班的学员有个叫张小宝的，训练基础也不好，难兄难弟在一起互相关心、互相鼓劲！几乎天天中午开过饭后，余统华和张小宝不用人说，就自觉背起几十颗木柄训练手榴弹来到操场上，你扔过来，我扔过去，一扔就是一中午，两人的胳膊都扔肿了！下午课堂上坐在一起的两人竟都握不住笔，两人相视苦笑起来。

两节课后，又要训练百米障碍。余统华在战斗班训练时间不长，跨壕沟，过独木桥时还行，可到翻越高墙时，体力就明显不够，没劲，翻不过去。区队长拿着腰带，凶神恶煞地跟着他后面追打。起初，他的后背也着实被抽打过好几次，他理解这是区队长为自己好。抽打过后，更激起他的斗志，有时还真管用，一咬牙，一蹬脚，一使劲，就过去了。

余统华心想，要是区队长是真正的老虎，大家肯定会死命往上爬，爬不过去就被老虎吃掉，爬过去的才能活命。

既要学文化，又要学军事，学员们苦不堪言。几乎每次文化课间休息，教员一说下课，哗啦，一倒一大片，绝大多数的学员都趴在课桌上睡觉。特别是上电教课时，几乎所有的学员都觉得上的是睡觉课。余统华有时想睁开眼多看看电教片上的国外军事，但不一会儿就闭上了，实在太困了。

练手枪瞄准射击，右手臂伸直，为了增加臂力、腕力，常常在枪管口挂上灌满水的军用水壶，砖头，装有训练用的手榴弹袋，一伸伸好久。憋得余统华满脸通红、满头大汗。

余统华的手枪射击不好，与他当军械仓库保管员有关。邓波经常打手枪，他都要跟着保障。在地上排放着一些没用的瓶子，坏了的电灯泡，邓波练到最后，几乎是神枪手，五十米开外一枪打碎一个。邓波打完后，也让余统华过过枪瘾，可余统华在扣扳机的瞬间，习惯闭眼睛，养成痼癖动作，难改。这样一来就经常脱靶。

浏阳河弯过了九道弯，流进了层林尽染的湘江。河两边的菜畦里结了许多红红的尖椒和绿绿的苦瓜。

余统华刚到长沙时，吃这里的每道菜几乎都辣得要死。他的母亲一点辣都吃不了，因此他也很少吃辣。现在这菜又比河南时吃的菜辣多了，余统华强迫自己吃下去，辣得嘴直呼气，到大便时屁眼都疼。刚吃苦瓜时，也不习惯，他在河南偶尔吃过当地的苦菜，就觉得进口像吃药一样苦，比苦瓜苦多了，咽下去以后，喉咙口才泛出一丝丝甜味。苦菜、苦瓜虽苦，但对人有好处，就像上军校吃苦一样。

余统华吃这些苦，受这些累，每每写信回家时，只字不提这些，他从不让父母担心；家中有什么不好的事，父母也从来不让哥哥写在信上，都是报喜不报忧。

在这般辛苦中，余统华苦中找乐，他找到了两个提神醒脑的办法。没枪打的时候，累了、困了，他就划根火柴放在他那特有的大鼻子前，把火柴头朝上，先闻火药味，再闻柴火味，一般一次只点一根。火药味让他兴奋，柴火味让他闻到了家乡烧锅膛的味道，回味无穷。不像有的学员躲到厕所里抽烟提神，还有的躲在宿舍门顶上的柜子里，把自己关在里面吸。同学说，总统的习惯像林彪，因为余统华的名字有个"统"字，因此一个班上的同学都喊他"总统"。余统华后来借来《林彪传》一读，林彪真有闻火柴味的习惯，这真的是巧合了。

余统华的第二个提神法是听枪炮声。他翻录了一盒军事教学磁带，专门介绍我军武器的枪炮声辨别，对不同口径的炮声、不同口径的枪声有何区别，余统华听了几遍后，就能分辨出来。

手枪射击正式考试时，余统华五发子弹中了二发，至少要中三发才能及格，但手榴弹、百米障碍两个拦路虎已被他拿下了。一周后，要补考手枪射击，即使不及格，只有一门，是不退学的。这天，手枪补考的有三十多人。余统华和一区队一班的童伟东站在一起，相隔三四米，他俩是老乡，一个省的，童伟东是省城南京的，射击速度快，打了3枪，藏在壕沟下的战士一枪报一次靶，童伟东见自己补考过关了，扭头问余统华："打得怎样？"

余统华没在意看报靶，就说："不太好。"

童伟东扭过身子，对着余统华的靶子打了最后二发子弹。

这下余统华信心大增，砰、砰、砰三声枪响，报靶的战士傻眼了，五发子弹竟然报出了七发成绩。最后考官取其中打得好的五发成绩，再好，也没用，因为是补考，只能算及格过关。

余统华这才松了口气，舒心地笑了。

社会上的人常说，新兵连苦。可谁知道，上军校的这三个月，比新兵连不知苦了多少倍。

三个月的定型训练，让余统华再一次觉得自己被火烧了一把。刚当新兵时，自己是把土，但这把土没烧多久，就到连部当了文书。如今这把火，烧得很旺，终于把自己烧成了陶，定型了！永远不会回到那土的状态。即便后来破成了碎片，但永远区别于土，每一个颗粒依然坚硬，依然散发着特殊的光彩！而土，就算是捏成了形，涂上了绚丽的色彩，一旦受压，一旦遇水，又会回归松散，其间的差距，就是一场火的历练。

这三个月让余统华深深体会到：军官的饭真不是那么容易吃的呀！

第五章

三个月下来，余统华所在的二区队，淘汰了一名山东籍学员时成才。他家弟兄五个，四个哥哥都是光棍，本指望他能为全家争光，可他却是一个另类，另类到人不合群，常常背道而驰。中队学员去训练百米障碍，他一个人却去扔手榴弹。真是众人打狗，他偏赶鸡，众人向东，他偏向西。结果十项军事科目考核他有两项不及格，补考后仍不及格，加之他平时表现不好，中队领导只好按规定把他报上去作退学处理。

余统华望着时成才背着背包黯然离去的背影，真替他惋惜，恨铁不成钢。训练场上的情景再次浮现在眼前：

早操，操场上，学员们正大声练习报告词。"军长同志，全师应到八千人，实到八千人，请指示！天下第一师师长时成才。""稍息！""是！"

"连长同志，全排应到三十七人，实到三十七人，请指示！一排长余统华。"……

此后，学员们都喊时成才"时师长"，如今他的师长梦成了肥皂泡。

军事训练考核刚过不久，文化上的考试又来了。部队从士兵中招收的军校生，都是在地方考大学没考上，甚至连预考都没过。那时考大学，先要预考，达到一定成绩，才有参加正式考试的资格。高等数学这门课，相对军校学员来说比较难，有的学员听不懂，作业就抄别人的，这一抄，就像吸毒似的，一直要抄下去，因为知识有时是一环套一环的，上环不懂，下环就更不懂了。

考高等数学安排在上午，一区队三班的两名学员考试时互换试卷，被监考教员抓了个正着。两个人同时作退学处理。

真凄惨！

余统华后来知道，是学习差的那名学员向学习好的要卷子抄，学习好的碍于情面，只好把卷子悄悄地给他一张，又怕监考教员发现他少卷子，他多卷子，只好暗示他把另一张卷子先放在他桌上。结果，被错判成互换卷子，互相作弊。

成绩不好的"死"了，还拉上一个垫背的，真是可惜了那位成绩好的学员。

他真的成了冤死鬼！比窦娥还冤！余统华心里为之难受、为之不平了好几天。

这次作弊事件，对余统华来说，无疑是一剂及时有效的预防针，如果帮别人不能有效地保护好自己，切莫做第二个冤死鬼。他的文化成绩相对好多了。在教导员宿舍里看到他考军校时各门成绩，语文92、数学86、物理87、政治96，化学和英语都是98分。但那时是100分的卷子，化学英语两门分别只算20分，考100分，加到总成绩只算20分，还有优秀班长加的20分。

考试作弊退学的事，在以后的几年里还时有发生。就像当官受贿一样，屡抓不绝。

军校和地方大学还有一个不同的地方，那就是每个学员队每天都要安排两个学员帮厨，这在地方大学是没有的。余统华心想，这或多或少也影响一些学员文化课的学习，有的因为帮厨，一天要少上好几节课。

和文彩云通信，成了余统华军校艰苦生活的精神支柱，一大快事。每天放学回宿舍，学员们都排着整齐的队伍，右手提着书包，书包是统一发的，连草稿纸、擦皮都定期发，就像共产主义社会，实行的是供给制。值班学员干部一喊"解散"，余统华和其他学员一样都像小孩子一样冲上楼"抢"信，有时抢到其他学员恋爱对象的信还可以敲点小竹杠，或者开玩笑当着面拆开来，大声地读给大家听，有的学员不好意思要把信抢回去，其他同学就一起上前拦住他，或去掩护手持信者。

一阵玩笑，解除了疲劳，增进了同学间的战友兄弟情。

余统华和文彩云的信很有规律，几乎是收到就回。而且一写少则七八页稿纸，多则十三四页，最多的一次写过十八页的，由于超重，需分成几个信封装。学员属于义务兵阶段，不拿工资，只拿战士津贴，因此寄信仍享受义务兵免费信件待遇，盖上三角戳就可以发出去了。

两人谈论的话题，用现在的一个词来概括：正能量的多。

军校生和警校生属于门当户对型的。余统华向文彩云要照片，彩云寄来了一张，余统华像得到宝贝一样，买了小相框放好，放在宿舍自己做作业的课桌抽屉里，不时拿出来看看。文彩云也向余统华要照片，余统华把在军校大门口的留影，以及在韶山毛主席故居前的照片寄给了她。这两张照片是余统华从众多照片中精心挑选出来的。军校门前的这张，他从高中生到战士，从战士再到军校生，一个新的起点又开始了，他踌躇满志，充满着对未来美好生活的向往和信心。在毛主席老家门前的那张，是学院安排学员上政治课去参观的，接受的是"红色"教育。余统华的下颌微微翘起，脸上略带微笑，带着一股傲骨、傲气在展望未来。

还真有点那股男人味！

余统华自己都在体味欣赏，修正提高自己的品位。

这时的他，已学会把一只眼睛放在前方的半空中俯看自己，看自己有哪些优点要发扬光大，哪些缺点要坚决克服。

他已觉得，自己已经脱胎换骨过了，他的身上继承了农民的勤劳、朴实、善良的诸多优点，多年的军营生活和现在的军校生活，就像城市生活一样，但他身上又没有城市小市民的俗气和市侩，他是一个农村人和城市人优点集于一身的人，是二合一混合香型的男人。

定型训练关历经千辛万苦，终于熬过来了！

余统华开始编织起自己未来的梦想，当时正流行一首歌《我的未来不是梦》。他很快就学会了，并放声高歌——

你是不是像我在太阳下低头，
流着汗水默默辛苦地工作；
你是不是像我就算受了冷漠，
也不放弃自己想要的生活！

你是不是像我整天忙着追求，
追求一种意想不到的温柔；
你是不是像我曾经茫然失措，
一次一次徘徊在十字街头。

因为我不在乎，别人怎么说，
我从来没有忘记我，
对自己的承诺，对爱的执着！

我知道，我的未来不是梦！
我认真地过每一分钟；
我的未来不是梦，
我的心跟着希望在动。
我的未来不是梦，
我认真地过每一分钟。
我的未来不是梦，
我的心跟着希望在动！
跟着希望在动！

唱完了，他似有所悟，掏出一本红绸缎封面日记本，这样写道：

少尉（两年或三年）——中尉（三年）——上尉（三

年）——少校（三年）——中校（三年）——上校（三年或四年）——大校（三年或四年）——少将。

　　余统华又算了加法，干到少将要用二十年左右的时间，此时他又想起拿破仑的那句名言：不想当元帅的士兵不是好士兵。现在他改成：不想当将军的士兵不是好士兵。

　　余统华又把宋朝宰相寇准的那句经典名言写在将军梦的下面。

　　将相本无种，男儿当自强。

　　写到这句时，他想到了类似的一句："王侯将相宁有种乎？"但没有写下来，他觉得上面这句话已经包含了他的理想。

　　接着写了陈胜那句名言："燕雀安知鸿鹄之志哉？"

　　余统华写完这些，意犹未尽，觉得通篇日记上只是文字，灵感说来就来。他跑到学员队部去，因为余统华的文章和字在中队一百多名学员中处于上乘地位，因而朱栋梁教导员常安排他出黑板报并参加学院评比。他很快找来了几支画笔和出黑板报用的颜料，在一张厚白纸上画起来。

　　他先画了个少年，仰着头，眼睛大大的，炯炯有神，正羡慕地看着高空中展翅高飞的鸿鹄，一只小麻雀站在水牛背上环顾四周，水牛悠然地吃着青草，弯弯的小溪流淌着清澈的溪水。

　　画完之后，余统华细细品味其中的味道。又在想，要是陈胜画的，该是怎样的一件稀世珍宝？又该是怎样地价值连城？

　　同桌的张小宝目睹了刚才余统华所做的一切，笑着对他说："人小志大，我可没你那番志向，得过且过。"

　　余统华也报以一笑："我是在画饼充饥。"

　　一旁的陈阿辉听见了："画的什么饼呀？给我看看！"

　　说得他俩忍不住大笑起来。

　　上军事地形学课需要走出教室，这天来到黄花机场周围。休息时，好多学员都想进机场看看飞机，长这么大还没坐过飞机呢，却被机场保安拦下了，不让进。只能站在围栏外，远远地看上两眼。回来后，余统华在日记中写道："哪天才能拥有自己的专机呢？"

二班的纪立和余统华是一个地级市的老乡。定型训练后，学员星期天按比例请假外出，他去国防科大找他的高中女同学胡彩蝶玩。一来二往，拉开了恋爱的序幕。彩蝶飞来时，众目争睹，羡慕不已。彩蝶上的计算机专业，科大的银河计算机举世闻名，又给彩蝶增添了一份迷人的色彩！

余统华很少佩服人，但多少有些佩服纪立，不仅人长得帅，标准的男子汉，而且成熟中还带着城府。

纪立为了能多约会，让同学们把更多的外出机会让给他，他和同学关系处理得很好，回来时准带些好吃的，并且把同学交办的事办妥。同学说："你去饱餐了彩蝶的秀色，我们只能填填胃了。"

此时的余统华对恋爱、对金钱还不太上心，他把理想看得高于天、高于一切！

节假日，他来到湘江的橘子洲头，从毛主席的诗词中领悟到伟人还处于求学时期的远大理想和政治抱负。

前几天余统华收到哥哥来信，父母要他写信告诉弟弟，海边渔村舅舅家隔壁邻居姑娘王婷婷的父母请人上门说亲，还说他们家已准备了十多万元，给女儿砌楼成家用，你想把楼砌在哪儿就砌在哪儿。余统华知道，在八十年代初，万元户就很富有了，现在还正处于八十年代末，这笔钱是多么诱人啊！

对于王婷婷，余统华一点也不陌生。那是他儿时到外公家经常的玩伴，后来长成了大姑娘，真的是亭亭玉立，只是在海边，风吹日晒得多，显得有点黑，上完初中后没考上高中，就在海边下海挣钱，做男人一样的活。后来，开了店，贩卖海产品。说实在的，王婷婷是余统华儿时的偶像。

海边人挣钱不易，更看重金钱，因此尤其显得小气。说媒的人本以为这门亲事铁成，结果却是摇头而去。

放寒假前，余统华和文彩云信上约定，回老家前来看看她。彩云回信：恭候大驾光临！！！一连用了三个感叹号，说明她心里也非常渴望他来。其时彩云已走上工作岗位，分配到苏南家乡的一个劳改煤矿当警官。

余统华从长沙坐火车到株洲，是起点站，有座位票。到株洲转车到上海，在株洲火车站转乘一列从广州到上海的车，因为快过春节，在南方打工的人都要回来过年，因此车上的人就爆满。列车到站后，几乎没开门，余统华见一扇车窗打开，双手抓住车窗，一翻就上来了，挤得连落脚的地方都没有，里面的人就不乐意了，对坐在窗边的人说："挤不下了，快关窗户。"

余统华说："对不起，我哥还在外面呢。"

窗户边的人想想也是，出门谁没有难处，总不能把人家兄弟拆分了吧？和他一起来的朱东晖赶紧把行李递过来，也翻上来了，人挤得快抬起了。余统华个子小，低头想钻到座位下，谁知座位下已经有人了。余统华就只得踮着脚尖，倚在走道边的两排椅子共有的中柱上。

一会儿的工夫，余统华的嗓子要冒烟了，大冬天的列车上居然这么热，要是有根冰棍该多好哇！想着想着还真看见走道里一个卖冰棍的捧着个小盒子，上面盖着小棉被在吆喝着，挤来挤去。

余统华买了两根，一根递给朱东晖。

余统华先咬了一口冰棍，含在嘴里，先把那喉咙之火灭了，然后才有点斯文样子，慢慢地吮吸着冰棍。此时他的脑海里又想起他舍不得吃冰棍的往事。

乡下卖冰棍一开始卖的是糖水冰棍，两分钱一根，后来有了奶油冰棍五分钱一根。丁风平曾掏钱买给孩子们吃过。高考过后，余统华借了二姐夫收鸡蛋的两个蛋箱，到农户家收鸡蛋，然后再送到供销社，一斤鸡蛋能赚到一毛多钱。有一天余统华骑车走到农场的一条河沟，因他力气小，好不容易费了九牛二虎之力，才把车推上了马路，恰好有一个卖冰棍的，正敲打着冰棍箱子，骑着自行车从不远处过来。

"心忧炭贱愿天寒"是卖炭翁所想，"心忧冰卖愿天热"是卖冰棍的所想。卖冰棍的故意在余统华旁慢了下来，心想骑了这么久，遇到一个满头大汗的小伙子，十有八九会有生意。

余统华口渴得不行，但他还是忍住没喊停卖冰棍的。

卖冰棍的在失望的等待中，不甘心地往前去了。

这时的几分钱他都舍不得花，他一定要在假期里攒够上复习班的钱。于是，他撑好自行车，来到沟底用双手捧着水喝。可刚喝了一口，他又吐了出来。因为临近海边，这沟里的水咸得很！

整个假期他没乱花一分钱，自己也没花钱买过一根冰棍。

可缺德的人竟从他身上骗走了将近三十元。余统华记得那天上午，从二姐家出门后不久，一个农民模样的人从他身后骑车超过了他，回头问他收不收鸡蛋。

余统华说："收。"

那人说他家有十多斤鸡蛋，还有五六斤鸭蛋，要余统华跟在他后面骑。

骑不多远，后面又跟上来一个驮着小猪苗的人。说家里有蛋卖的人问："小猪卖不卖？"

"卖。"

两人停下来，谈好价钱。有蛋卖的人掏口袋没掏着钱，就对余统华说："你反正到我家收鸡蛋，你先帮我垫一下，到家后再算给你。"

余统华二话没说，就把钱给了他。小猪没地方放，就先寄放在余统华的一只空箱里。卖猪的收了钱，折返回头骑车走了。余统华和有蛋卖的人又一起往前骑。

没骑几步，有蛋卖的人说："哎哟，我刚才有样东西忘在街上了，你在这等我一下，我去拿回来，一会儿就过来。"

说完，就调转车头，跟卖猪人一个方向去了。

余统华心想：他的小猪还在我蛋箱里，也没拦他，就在路边等，左等右等，就是不见人来，这下余统华才知道上当受骗了。只好先回去把小猪放在二姐家的猪圈里，再出来收蛋。

姐夫晚上回来才知道此事，告诉小舅子现在苗猪不好卖，价格低，并安慰小舅子："你只不过花高价买了头小猪，吃一堑，长一智。"

二姐周围的邻居后来问是不是那个买小猪的小伙子考上军校啦。

余统华被人骗了后，心里难过了好几天。那时还没想到当兵，只想尽快攒够补习的费用。他把收购来的鸡蛋有时卖给养蜂的，比送供销社价格还贵几分。为了多赚些钱，他也学会用小一点的砣称蛋，卖给养蜂的。本来九个鸡蛋一斤的，现在八个左右就可能达到一斤。但要骑很多路，因为养蜂的人大都住在偏僻的树林里。

这天他就用小砣法把鸡蛋卖给养蜂的，养蜂的说："今天没钱，你明天来拿。"

余统华就回到大姐家吃住，并告诉姐，蛋卖给养蜂的，叫他明天拿钱。

大姐一听，就对二弟说："要是养蜂的今晚搬走了，你明天找谁要钱去？你到哪里找人？"并要他赶紧拿钱去。

余统华赶紧出门，骑自行车而去，找到养蜂的，说明姐姐的担心，养蜂的从另一处养蜂的人身上拿钱给了他。

余统华心中的一块石头终于落地，浑身轻松。

养蜂的人正在收蜜，余统华在旁边看着，他问："这蜜蜂是如何采蜜的？"

养蜂的人说："小蜜蜂是通过细小的吸管伸入花茎的底部吸取甜汁，一只小蜜蜂需要采一万次左右才能采到一克蜜。"

"真不容易！"

余统华心想，我应该好好学学小蜜蜂的这种精神！

回来的路上，天说变就变。不一会儿，电闪雷鸣，雷暴雨骤然而至。先前的雨点溅起路边的灰尘，路面上冒出一缕缕热气。不一会儿，就被黄豆般大的雨点劈头盖脸地封住了。余统华赶紧把纸币装进一个小塑料袋里。天漆黑漆黑，伸手不见五指。余统华就像一只落汤鸡，看不到路，犹如盲人。

电闪雷鸣很吓人。

余统华长这么大从没听过这么大的雷声，更没见过这么怕人的闪电。用五雷轰顶有点夸张，用炸雷轰顶一点都不过分。雷声大时，他的手都不敢握车龙头，生怕电到他；闪电像要把漆黑的天劈开，从空中延伸到他前面几里远的地面上，真是一道闪电裂长空。紧接着，又是一阵闷雷声由远而近，由小到大，最后像一个炸药库在他前方一公里外爆炸，像要一下子把这黑暗轰走似的，他借着光亮看到一棵大树被雷劈倒了。心想是不是自己做了亏心事，用小砣称蛋给人家，这是老天要惩罚自己。他丝毫不敢停下来慢下来，他知道在如此恶劣的天气里待的时间越长，就越有生命危险。他在战战兢兢中好不容易才回到大姐家。

大姐见弟弟平安归来，后悔不迭地说："不该叫你去，什么事也做不成，一直朝外面看着，担心死了。"

第二天，大姐告诉弟弟说："昨天那雷从教室屋顶上穿过，劈死了一个小学生。"

余统华想起那雷那闪，至今都觉得心有余悸。

收鸡蛋、收废品交替进行着。有天收废品时，遇到一个农村电工，他家有近百斤废铝线。余统华用磁铁试了试，吸不住，不含铁，全铝的。余统华仅这一笔生意就赚了两百多元。一个暑假里余统华挣了六百九十多元，这在八十年代中期，已算相当可观的了。

一路辗转，终于到了苏南水乡市。余统华此前跟杨德通过信，杨德信中说，你到县城有什么需要找我哥杨道，并把他哥的地址给他。余统华很快找到杨道，借了一辆自行车，马不停蹄，直奔文彩云而去。

从水乡城里到煤矿有五十多里路，余统华也许是赶火车没休息好、没吃好，骑着骑着，突然感觉自己快要晕倒，就停下来，到路边沟里捧了些冷水喝，歇了一会儿，这才缓过神来，继续赶路。

路边的许多鱼塘抽干了水，农民们正在取鱼过年。余统华骑在车上都能看到那活蹦乱跳的大鱼，有七八斤，有十多斤的，这在他苏北家乡也不多见，难怪人们都说江南是鱼米之乡。余统华无暇顾及这些水鱼，他要急着看他的美人鱼去。

两人相见，相视一笑，一切尽在不言中。

文彩云在宿舍里备好了晚饭，还挺丰盛的，这是余统华上军校以来吃得最好、最开心的一顿饭。两人边吃边聊。余统华吃饭时想起，带了两瓶酒给文彩云的父亲，就拿了出来。

文彩云说："你带给你爸。"

"我还有两瓶。"

晚饭后，文彩云拿起毛线活儿，带余统华到她的一群姐妹同事那里玩。一群姐妹见彩云来了，叽叽喳喳，问她是不是男朋友。

"是，男性朋友。"文彩云冲余统华一笑，大声回答说。

同事们问了余统华一些军校的情况后，她们又在交流如何织毛衣。余统华感觉有点困了，文彩云见他要睡觉，就把他送到招待所房间，把洗漱的东西都放到位。余统华实在太困了，也没留她多待会儿。

文彩云只好说："你早点休息吧，明天早上我来喊你吃早饭。"轻轻带上门。

余统华也没洗漱，把外套一脱就倒下了，一觉到天亮。

醒来就有点后悔了，昨晚文彩云送他到房间，自己一点也不主动，就想睡觉，真是错失良机。

早饭过后，文彩云留余统华。

余统华说，要赶回去。

文彩云说："你走我就回妈妈家过年。"

班车刚好到了，余统华先送文彩云上了班车，挥手道别，文彩云在车上打开车窗，伸出头，再次挥手！余统华右手扶车把骑着车，左手不停地挥动，跟在班车后边走了好远，直到看不见文彩云那舞动的手。

朝阳照来，射出西边天际上一团彩云，真美！

余统华还了车，谢了杨道。回到苏北老家和父母一起过年。

这是一个幸福之年。

余统华过得踏实、过得有盼头。

大年初二，女婿、女儿要回来给父母拜年，这是当地的风俗习惯。余统华拿出学院计划购买的"长沙"烟，各拿出两包给两个姐夫，留一包招待客人及周围邻居，余德厚那时偶尔还抽烟，但余统华一直坚持不送父亲一包烟，更甭说一条了，如果那样，他觉得是在害自己的父亲。

但每次回家，余统华总要买上当地的好酒。这是上军校后的第一个寒假，买的是两瓶酒鬼酒，第二次放假买回来的是湘泉酒。以前从河南回来，买的是瓷瓶装的杜康酒。他至今清楚地记得曹操的那句"何以解忧，唯有杜康"，让那出自中原的烧酒有了别样的滋味。

酒席上的菜，都是二姐夫掌勺，其他人打下手。二姐夫有年来拜年，见自己的丈母娘年纪也大了，烧菜既慢又不太符合年轻人的胃口，就主动掌勺，这一掌，以后每次来，都交给他了。哥知道这应该是他承担的事，但厨艺一般，干力气活他行，像厨师那样烧菜，哪个也比不上二姐夫。嫂子知道自己技不如人，也是能偷懒则偷懒，但也自觉当下手。平时父母这边有什么，她想拿就拿。母亲有时暗地里生气，父亲就劝她，有时还为这些鸡毛蒜皮的事吵架，嫂子也不让婆婆，一年总要闹几次。有次，母亲找哥哥评理，口水都溅到了哥哥脸上，哥哥抬起胳膊用袖子擦擦。尽管哥哥力大如牛，可从来没对父母说过忤逆的话，或有过忤逆的行为。哥哥为此狠狠地教训了老婆一次，动手打了她，嫂子跑到河边要寻死，哥哥见势不妙，又把她追了回来。从此，也不再动手打她，只是斗嘴。嫂子平时小气得很，可这时还是顾全大局的，主动把自家的好菜奉献出来。

门前朱胜一家也是兄弟两个。哥哥是哥哥的同学，弟弟是弟弟的同学。余统华至今记得朱胜和哥哥的一件事。他俩上高中时，中午在学校吃蒸饭，那时八两的铝盒是二分钱的蒸饭票，半斤的是一分钱的票。就为这点钱，朱胜还是显示出他的聪明才智。他用白萝卜刻了印，用蓝墨水在火柴盒上印，与真的蒸饭票不仔细看是看不出来的。他给了余统荣一些，两人就开始用了。没多久，学校发现了，扣下了放假票的饭盒。这时，朱胜和余统荣死活不承认，那时不像现在到处有监控，食堂的人只好放他俩回去。过了一段时间，朱胜不甘心，又想出一招，在食堂放饭盒时，把别人饭盒上的真票和自己的假票对换，并叫余统荣如法炮制。就这样，又使用了几天。后来食堂派人盯着饭盒，假蒸饭票才无法使用了。现在想来，还是因为一个穷字，不穷谁会想起做这件事。弟弟朱利经常是学校打过上课预备铃声，脸不洗才匆匆进教室，当班长的余统华总看不惯他，家就在学校隔壁，就不能早点。余统华可不像朱利那样，每天早早地到教室早读领读。

朱利连初三都没考上，就回家种田。又嫌种田苦，就去做小生意，后来发展到把劣质酒包装成中上档次的酒出售。不知这一招是不是跟他哥学来的，因此犯了诈骗罪。坐过牢出来后，老婆跟他离了婚，老婆要把小儿子接走，可朱利的父母不干，硬是把小孙子留下来。可谁知孩子的父亲出来后多少年都不回家，爷爷奶奶又教不好小孙子，结果成了村子里的坏小孩。

有一次朱胜路过余统华家门口，余统华喊他："胜哥一起来喝酒。"

他假装推辞说："吃过了。"

"那就坐下来喝杯酒。"

第一次喝的是杜康，他连说："好酒、好酒！"此后，他只要在家，只要见到余统华回来，就在他家门口转。只要见到他，余统华家人就喊他吃饭、喝酒，都知道他是个好酒的人。

这次喝的是酒鬼酒，朱胜喝了一小口后，咂了咂嘴，连说："这酒好，香！"

余统华等他吃了口菜后，说："胜兄，倒满，我敬你一杯。"

"谢谢老二。"

余统华的大姐夫退伍后在当地白酒厂当工人，酒量大，一人一斤一点问题都没有，二姐夫也是六七两的酒量，父亲半斤左右，哥哥不好酒也不抽烟，二三两都会倒，余统华的酒量最小，只有一两。两瓶好酒用不了多久就喝完了，余德厚早准备了村里小店里卖的普通酒接着喝。余统华心里有点不是滋味，每次买酒的初衷，是带给父亲的，可两个姐夫又待他不薄，每次回来两个姐夫都要给他钱，做路费零花钱。余统华又没有更多的钱买更多的酒送他们，即便有，也不一定能做到。

酒喝过了，两个姐夫挺开心。余统华要在饭里泡汤，那是他最喜欢的青菜豆腐汤，他出去三年了，最想喝的汤就是家乡的青菜豆腐汤，可在外面就是吃不到家乡的味道。二姐夫说："我们这里的豆腐是盐卤点的，有些地方是石膏点的，两种味道就不同。"

母亲对余统华说："大年初二不作兴泡汤，以后出门就会下雨，办事不顺就会泡汤。"

余统华知道这是迷信说法，但也不好违背母亲的好意，就另外用一只小碗来盛汤。

饭后，余统华觉得都来齐了，是拍全家福的大好时机，他在此前已做了准备。定型训练结束后，学员队适时提出每个学员至少要有一项业余特长。开始，余统华借班上同学的吉他试了几次，大拇指的肉按得都疼，索性就放弃了。买来一只上海牌口琴，吹了几天，仍觉得自己是在滥竽充数。思来想去，最后觉得自己的强项仍是写文章，于是开始主攻新闻学。因为新闻有时需要图片，便买了一台二百八十多元的凤凰相机，开始学摄影。余统华指挥小外甥搬来长条凳，放在堂屋大门前，爸妈坐在中间，妈妈手里抱着孙女余阳，两个外孙子蹲在外公、外婆前面，其他人围着两位老人，余统华把相机调到自拍功能上，按下键，快速回到父母身边。几秒钟后，"咔嚓"一声，全家福拍好了。

第六章

一回到家，余统华想到海边去，尤其想看海上日出。于是就跟父母说："我想去看海上日出，顺便看看舅舅舅妈他们。"

余德厚说："海上日出就像一个红鸡蛋，有什么好看的？我经常下海，看到海上日出，就像没看到似的。"

丁风平说："你随他吧，他想去哪儿就让他去呗。"转身就从女儿和大儿子送的年礼中挑选几样东西带给自己的两个堂兄弟。

余统华不肯带，想留给父母吃，带走了，有钱他们也舍不得买，还不如自己去街上买。

母亲嗔怪道："你真不会过日子。"他一笑了之。

余统华跟姐夫、姐姐打过招呼，骑上摩托在街上买了几样物美价廉的食品，直奔海边。在途经林场的路上，恰巧看到高中时的同学林海，林海也看到他，他俩都停下车。

余统华问林海："现在怎样？"

"大学没考上，现在在林场场部上班。听说，你当兵去了。"

余统华说："当年高考没过，只好出去混口饭吃，现在在读军校。"

"还是你有出息！"

"天不早了，那我先走了。"余统华见天色不早，加之和林海上学时关系一般，就道别赶路，连通信地址也没留给林海。

林场公路两旁青色的松柏一排排如战士般矗立着。在落日余晖的映照下，成了一道美丽的风景，像一把把高大的绿伞，又像一堵堵倾斜的绿墙。

余统华停下来，不停地变换角度拍摄了好几张。

过了老海堤公路，抬眼望去，白花花的盐碱地边上，生长着紫红色、青绿色的蒿草，形成独具特色的"盐碱之花"。

他趴在地上拍了一张近景，又拍了一张全景图。

余统华来到了熟悉的滨海渔村，村子里有几十户渔民。外公家就住在海堤围成的村子东头，距离海堤只有四十多米远。在家中便能听到涨潮的声音，在余统华的记忆里，自己经常枕着海浪声入眠。

下了海堤坡就到大舅家。余统华小时候嘴就甜，人也勤快，滨海村的人都喜欢他。

大舅一家人见到余统华都非常高兴，又加烧了几道海鲜，喝酒吃饭自不必说。

舅舅当过滨海村党支部书记，现在退下来了，他对余统华说："隔壁家的婷婷在我们这儿可是女能人。人长得漂亮，又会挣钱，不少人踏破门槛来提亲，总是她看不上人家。你小子真有能耐，人家看上你，你却看不上人家。"

余统华说："舅舅，感情这东西有点复杂，一时半会儿说不清楚，来我敬您酒，祝您健康长寿！"

酒足饭饱，余统华还要到小舅舅家。大舅要他过来睡，余统华说不过来，其实他从小就喜欢小舅妈。

小时候，小舅舅在海滩上插了丝网。潮水一退，余统华就跟着小舅妈去取丝网上的鱼，舅妈家的小黄狗摇着尾巴跟着他。别小看那不起眼的丝网，网到的鱼还真不少，且基本上不卖。余统华从这条网上吃了不少鱼，也认识了不少鱼。嘴尖得像铁丝的银条鱼，身子如香烟那般粗细，仿佛白银一般的颜色，故名银条鱼。那鱼没小刺，吃起来很方便。余统华小时候就想怪不得海鸥喜欢，这样的美味他也很喜欢。还有一种鱼，在夏季时，它的身上叮着蚂蟥，故而当地人称它为蚂蟥支鱼。余统华曾经在稻田里被蚂蟥叮过，想不到蚂蟥也叮鱼。此外，最常网到的还有黄鱼、小虾、小蟹等。

海边的人没田地，只有房前屋后一点自留地，种了些蒜、韭菜之类的蔬菜。靠海吃海，海边的人早晚吃粥就的咸菜，那时都是海蜇头，而且都是很好的。余统华现在想来，真是有点奢侈，但在那时，就只有这个条件，这种资源。还有一种咸菜，是海蟹捣碎加盐做成的，那味道很是鲜美，至今让余统华回味无穷。

滨海村子里，弥漫着爆竹烟花味，混杂着厚重的咸腥味，这特殊的味道闻起来让人很不舒服。白天，好多人家都会在自家门口晒鱼虾，有的小鱼小虾用来做饲料。这种滥捕让余统华心疼。

海边的天空湛蓝湛蓝的，夜幕降临，举头看天空，星星也不像夏夜里那样繁密，星星点点闪烁着，点缀着夜空。好久没看到这样清澈、纯净的夜景了，余统华索性把摩托车熄火，推着车边慢慢走边慢慢欣赏这迷人的景色，这静谧的夜色里，心也随之变得沉静、淡然。

平时一刻钟的路，余统华走了二十多分钟，小舅妈见到余统华高兴得合不拢嘴。

小舅妈问余统华："是不是从西面来的？"

余统华说："是的，在大舅家吃的饭。"

小舅妈泡好茶，余统华边喝茶边和小舅舅、小舅妈谈家常。小舅舅的儿子丁海安在镇政府工作，家在镇上。

说起丁海安，余统华记得表哥那时是选送上的大学。1973年夏，全国高校普遍恢复招生。当时的招生方式是实行推荐选拔制，即上级把大专院校的招生名额分配到县上，由公社给县文教局上报推荐对象，文教局负责政审及向大专院校推荐。当时的招生虽是文化课考试与社会推荐相结合，但因是招收工农兵学员，特别强调出身与表现，只要政审不出问题，招生院校一般不做改变。

余统华就问舅舅、舅妈："村子里那么多人当年怎么就保送海安哥呢？"

小舅舅说："你舅妈的姐姐那时是公社党委书记，是她姐姐关心，才上的大学。"

余统华心想，表哥毕业后工作的安排当然也是他姨妈关心的。真是一人得道，仙及鸡犬。

聊了好长时间，小舅妈才想起去准备晚上洗漱用品和睡觉的床上用品。

余统华在小舅妈的侍候下，洗好了。临上床前，对小舅妈说："舅妈，明天早上喊我，防止我睡过头了，我想到海边看日出。"

"乖乖，没问题，你早点睡吧！"

余统华睡到西房间的这张他早已熟悉的床。七八岁的时候，他和爸爸就睡在这张床上，那段时间小舅舅出海了，去舟山打带鱼去了。爸爸是来下小海的，那时还"割资本主义尾巴"，采取的是人民公社计工分制，控制农民到海里捞海货。爸爸说到海边看外公才带他来的。

天刚蒙蒙亮，小舅妈喊余统华时，他已经醒了一会儿，他答应着，很快起床，跟舅舅、舅妈打声招呼，轻轻带上门。上了海堤公路往南走，过了挡潮闸，再过一座挡潮闸，每个挡潮闸都有十个闸门，余统华小时候在这里玩耍时数过。挡潮闸顾名思义是阻挡潮水的闸门。这两道闸为当地农民丰收作了大贡献，涝了就把河水放到海里去。余统华的家就住在北闸一直向西的河的北面，经常看到河水有时向东流，有时向西流，就是挡潮闸在调节水量。水利是农业的命脉。这两条河是六七十年代父辈们人工一锹一镐辛辛苦苦挖出来的，是当地的"红旗渠"，余统华钦佩他们的吃苦耐劳，感恩他们的辛勤付出。

向左沿着海堤路走到尽头，这里便是看日出的最佳地点。

坐在堤石上，堤脚边散落着几只喝空的矿泉水塑料瓶，他知道这里有中、韩、日三国的矿泉水瓶，以前他捡过，还把韩国和日本的矿泉水瓶带回家留作纪念。现在想想，把洋垃圾当作宝贝觉得有些可笑。

海堤边的沙滩上，许多小螃蟹一会儿从洞里钻出来，一会儿又钻进去。余统华知道，小螃蟹相当狡猾、机敏，不容易抓到它们，等你走近了，它们呼哧一下全钻进洞里。四下张望，近处的海滩上有些地方有积水，分布不均匀，远远望去，那一片片仿佛天女散花般闪亮。

向东眺望，可以看到海面风平浪静，因泥沙含量大，水面比较浑浊，不是人们想象中的蓝色海水，而是黄色海水，黄海的名字也许就是由此得来的。再往东看，海和天连接在一起，那海天一色的景色美不胜收。

不一会儿，海面上空改变了颜色，像点起了几盆火，火焰很高，那上面的云也被下边的火映红了。余统华站起来，踮起脚，伸长脖子，仿佛要看到海的尽头下面是不是有个海谷。渐渐地，火焰慢慢回落，在海的尽头回落成一条红线，红线由细变粗，余统华定睛细看，红线的两头变化不大，中间慢慢地呈弧形隆起。这时候，余统华看清楚了，太阳像女人生小孩一样先露出头顶，红红的颜色渐变成草鸡蛋的蛋黄色，弧形越来越高，把海尽头映成金黄色，金黄色在慢慢伸展，太阳从半弧形变成半圆形，渐渐地露出大半个圆形，金黄色离他越来越近，从大半个圆形到整个太阳喷薄而出，时间很短，像一滚而出，一个完整的如红黄色蛋黄的太阳便立在东方海平面上。蛋黄渐渐地升高，渐渐地变小，颜色也从红黄色渐渐变成红色，天空中的云朵被照得霞光万丈，整个海面铺满了阳光的红色，渐渐地太阳由红变白，渐渐地海面由红色变成满是闪光的鱼鳞片状。近处的海滩上的积水被太阳一照，仿佛散落的珍珠，闪烁着光芒，这种感觉妙不可言。

这是他迄今为止看到的最美的日出。

以前没考上军校，哪有心情去看？如今的他才刚刚有了出头之日。他想起了孙中山的一句话："革命尚未成功，同志仍需努力。"他还想起当年去找统武哥找个事做做，如今，再也不需要了，堂哥本事再大，也安排不了我上军校。他对堂哥的记恨减退了。眼下，他想把看到的海上日出写出来，也许能写出来的感觉已不是真正的感觉，但至少是接近感觉。他自信能写出一篇最美的日出，他要与巴金的《海上日出》比一比。

他沉醉在这样的美景中，这时身后的喧闹声惊扰了他的思绪，三五成群的渔民渐渐走近，只见他们把网兜、两齿耙缠绕在扁担一头，另一头放在肩上用手搭着，向海里走去，嘻嘻哈哈的说笑声打破了海的宁静。

不大一会儿，便又传来了《赶海谣》的歌声——

　　走喽，嗯啦——
　　男子汉咧往左走

小娘们哇朝右行

光溜溜的不许偷看

海王老爷会抱不平

嗨哟，嗨哟——

黄海就是我的家

赶海就得手脚勤

渔船一响人不闲

一网鱼蟹一网金

起风喽，快进港

昨晚预报听没听

今早天象看没看

平常还没煮夜饭

那烟囱咋就冒出了龙

进港了，平安无事喽

回家喽，睡婆娘去了

太阳一出海岸阔

太阳一落海潮静

担子挑起回家去了

别让娃儿揪着个心

明个子早些来——

  这时余统华发现，原来走在一起的男女渔民，又分开了道，男的直行，女的向右边斜行，男的在一条海沟边脱掉裤子，把整个下身衣服全脱光了，涉水过去后，又用毛巾擦擦，穿好衣服。女的在相隔不远的地方也和男的一样脱完下衣，一个个女人的白屁股他都能看得清楚，这些"海景"他早在儿时就已司空见惯，见怪不怪。可现在，他看到了，觉得身上腾地燃起一团青春的火焰。

他想到了儿时的偶像王婷婷，他问自己要不要去看她。最终拿定主意，既然不谈，就别打搅人家。

回到小舅妈家，早饭已准备好。

小舅妈说："今天天真好，下了好多天雨，你来了，天也晴了，看来你可真是个贵人。"

早饭后，余统华收拾行囊准备回家，小舅妈执意留他，因为她从心里喜欢这个男孩，从他小的时候就喜欢。余统华小时候身材就瘦小，为了能让他多吃几块肉，她采取金钱奖励法，余统华吃一块肉奖励五角钱，他还真的多吃了几块肉。小舅妈当场兑现了他几块钱，余统华记忆犹新。那个时候，余统华还没上小学，他记得上小学一年级的学费也就一块多钱。

小舅妈见余统华现在的品位和以前农村孩子的品位不一样了，就说："你下午看过涨潮再走。"

余统华喜欢小舅妈，不仅是她人长得漂亮，更重要的是她对人很有爱心，非常善解人意。小舅妈的话一下子捉住余统华的心，好久没看涨潮了。

"就听您的。"

小舅妈从上午忙到中午，就三个人吃饭，还是忙了七八个菜，多以海鲜为主，也都是余统华喜欢吃的。韭菜爆炒文蛤虽在海边最为常见，但仍是他的最爱。文蛤用专门的小刀劈开挖肉去壳，小时的蛤蜊油就是用这文蛤壳装的。文蛤肉洗净后，灶火烧得旺旺的，铁锅烧得红红的，油盐姜丝一起先放下去，再放文蛤肉，稍炒几秒，再放韭菜，紧炒几下，放点酱油，立即起锅，连味精都不用放，韭菜绿绿的，文蛤肉鲜嫩无比又有味。红椒炒泥螺又辣又鲜，此外还有红烧黄鱼、油炸带鱼、清蒸海蟹。海蜇头是凉拌的，上好的海蜇头呈深褐色，放几个切开的黄瓜片，再配上地道正宗的酱油，是最好的下酒小菜。余统华端起酒杯："舅舅、舅妈，我敬你俩。"吃菜、敬酒，一连敬了好几杯。小舅妈指着小红花生米说："这个菜是你们家的，是你妈上次带来的。"汤是青菜豆腐汤，也是余统华爱吃的，里面还放了欢子，更加鲜美。这顿美味竟让余统华吃得有点撑。

饭后余统华睡了一会儿午觉，小舅妈喊他时间差不多了。

大海的潮汐是有规律的，是受地球、太阳、月球等引力引起变化的。海边的人都知道，何时大潮，何时小潮，哪天何时涨潮。余统华不懂，但他的父亲和哥哥都很内行。

余统华还是来到早上看日出的地方。早上出去下小海的男人、女人们，挑着文蛤、欢子，陆陆续续往岸上走。

此时太阳偏西，下午三点多钟的样子，余统华的站立点的东面和南面全是海，北面是呈"U"字形的港口，"U"字形的开口向东。海风习习，天气晴好，海风不怎么冷。

刚到一会儿，耳畔就听到连续不断的呼呼声，像夏天暴雨由远而近的声音。余统华抬眼向东望去，只见东边的海面上从北到南"一"字形堆起一层层海水，海水上面是白色略带浑浊的浪花，海水伴着浪花从东向西整体推进，呼呼声越来越响。海鸟追逐着浪花，不时地俯冲下来又拉升上去，有时果真叼到鱼，叼着大鱼的扬长而去。潮水铺涨到近处十几海里远的时候，余统华感觉潮头的高度比在远处高了几尺，潮水的速度也很快，用呼啸而来稍微夸张些，用疾驰而来更为贴切。

看着汹涌澎湃的潮水，余统华的目光停在一个曾经令他后怕的地方。那一次他差点葬身鱼腹，至今心有余悸。

读高二那年暑假，他和大舅妈一起到海边拾泥螺。退潮后，海滩上会有很多像蚕豆大小的新鲜泥螺，拾回来可以自家吃，更多的是可以卖钱。他身材瘦小，拾得又快又多，不到半天就装了两蛇皮袋子。为了省力，他用绳子扎紧袋口，在海滩上拖着走。潮水上来了，海水很快没过膝盖，他心想跟着舅妈，离岸边也不远，应该不会有什么危险。没想到，一盏茶的工夫潮水就涨到了胸口，他落在舅妈后面，走着走着，怪了，怎么蛇皮袋子跑到前面来了，仔细一看，原来身旁的水流在加速，再往前看，我的妈呀！眼前不到二米处正有一个大漩涡，此时正吸着两个袋子往里钻，他使劲往外拽，漩涡死命往里吸，真好比虎口夺食，他使出吃奶的力气，猛地一拽竟拽出涡口，他出了一身汗，也不知是吓的还是用劲拽的。他赶紧改道，刚走了一步，光着的脚在海水下的泥滩上又打滑了一下，他几乎失去平衡，被卷进漩涡的危险再一次上演。他急中生智，一只脚用力向漩涡的方向斜插过去。身子稍向后倾，死死地撑住后，再慢慢地一点一点稳扎稳打地改道。刚脱离险境，他就大声叫道："舅妈，等等我！"舅妈听到他的呼喊声，停下来等他。"舅妈，我两次都差点被卷进漩涡里。"舅妈听了很后怕，赶忙将他拽到她身边："你走我前面。"

后来还有一次，比这更惊险，凶险无比，他和船上的人都以为回不去了。

从1983年开始，海边兴起捕捞鳗鱼苗，一条鱼苗比牙签还细，稍长一些，一开始几块钱一条，后来涨到了三十多元。渔民如果在海里碰上一头死猪，那一下子就有可能变成万元户，因为死猪周围会有大量的鳗鱼苗。因此鳗鱼苗有软黄金之说。整个海边农村方圆上百里的农民趋之若鹜，纷纷下海。高三那年寒假，余统华上了表哥的捕鳗船打算干点苦活挣点零花钱。船上淡水紧张，几天不洗脸、不刷牙，更奢谈不上热水洗脚。他真正体会到渔民的辛苦。比辛苦更可怕的事来了。一天夜里天很冷又很黑，海上突遇寒流风暴。狂风怒号，海浪比家里的屋顶还高。他想起看过的《鲁滨逊漂流记》里描写的惊涛骇浪，眼前的海浪也相差不了多少。人在船上根本无法站立，他把黄胆都吐出来了。船老大海平哥根本控制不住船，其他渔民更没任何办法，心想只能听天由命了。好在海平哥有经验，把船上仅有的三个锚放长锚绳下在船尾的后面，狂风吹着船，顺拖着锚，船任凭咆哮的大海肆意摆布。

余统华第一次见到大海的真正凶相，打破了他儿时的美好想象。

那时还没上学，他要跟父亲下海，父亲怕他跑不动，就不带他去。第二天早上，他就早早地埋伏在父亲下海的必经之路旁，尾随父亲，总是被发现后赶回家。他就在头脑中想象深海、描绘深海，把大海的深处想得很美好。

可眼下，大海正向他索命呢！

狂风裹着暴雨，渔船一会儿被推到浪尖，一下子又跌到谷底。都说人定胜天，可眼前人在大自然面前竟是如此渺小，如此束手无策，如此无能为力，只能听天由命，其他人都躲到船舱里。只有丁海平死死抱住桅杆，船就是他的家，船就是他的命，他在心里默默地祈祷：老天爷呀，千万不要船翻人亡！千万不要撞船！回去后，我就到龙王庙里给您烧高香磕响头。正在这时，余统华找了一件雨衣跌跌撞撞给他送上来了。丁海平大声地叫他下去躲雨，余统华说："让我陪陪你！"于是余统华死死地抱住身旁的锚桩，任凭风吹雨打……

天刚亮时，他们的船已从北边的海上漂到五六十海里远的南边海边港口。海面上惨不忍睹，到处是漂浮物和一些人的尸体。那个晚上，仅一个县就死了四五十人，余统华小学的一个同学和他的哥哥一起失踪，连尸体都没找着。这对那户农民家庭是何等的打击！

表哥对余统华说："如果昨晚我把锚下在船的左边、右边或前边，都极有可能船翻人亡，那我们也死定了。"

大海养人命，大海又要人命！

海边的人们以海为生、与海共生、与海相搏，有不知其数的渔民葬身鱼腹而不言弃，也有无以计数的鱼蟹在人们的腹中实现其生命的价值。余统华站在船头，望着一眼望不到边的茫茫大海后，又举头望望无边无际的天空。发出生命的拷问，思索生存取向，探求生活的抉择。我这辈子靠什么生活？怎么生活？我何时才能脱离"苦海"？

潮水拍打着礁石，激起大片大片的浪花。那声响将他从回忆中拉了回来。想起课本中学过的"惊涛拍岸，卷起千堆雪"，以此来描述眼前的情景也不为过。潮头向"U"字形的港口冲去，中间快，像"山"字形，潮头撞击到闸门后，分成两股，沿着"U"字形的两边，向东游走，与后面赶来的潮水相冲撞，激起层层浪花。这只是先头部队，没过多久，潮水如大军蜂拥而至，整个港口海水位高了很多。

不远处，几十艘渔船浩浩荡荡向港口驶来，那飘扬的五星红旗迎风招展。

余统华往回走，走到北闸门北边的堤坝上。一些渔民已经在往岸上挑着一筐筐海鲜，愉悦动听的号子声此起彼伏。只见他们把筐挑进一间大房里。

他想买点海鲜带回去给父母。走进去一看，到处是海货，鲜味扑鼻。一个年轻女人的手里拿着计算器，定睛一看，这不是王婷婷吗？

王婷婷也认出了穿便装的余统华，一点儿也不害羞，仍有些惊喜问道："你什么时候来的？"

余统华说："我昨天晚上到的。"

王婷婷一边忙，一边和余统华闲谈起来。

谈了一会儿，余统华说："我走了，晚上还要回家吃晚饭。"

王婷婷说："你等一下。"拿起一只泡沫箱，垫上了些碎冰块，挑了几样海鲜，装了大半箱子，上面又压上冰块，至少有十斤重，封好。动作娴熟麻利。

"没什么好东西送你，靠海吃海。"

余统华不肯要。

王婷婷讪讪地说："不要我人没关系。但这点东西你最好带走，也是我的一点心意，权当留作纪念吧！"

余统华体会到一个海边渔村姑娘的泼辣、能干。他知道此时王婷婷的心里是何等难受，又是如何强作欢颜，他对她不由得刮目相看。

余统华想想自己是不是像路遥《人生》中的高加林？王婷婷是不是刘巧珍？自己是不是古时候的陈世美？王婷婷是不是秦香莲？

答案都不是，王婷婷只是余统华儿时潜意识中的偶像。如果余统华不上军校，王婷婷也未必就想嫁给他。

这样一想，余统华心里坦然多了。觉得自己没什么愧疚的。

王婷婷到门口右边的街面上叫来一个送货的电瓶车。这才注意到余统华大冬天只穿着一件白衬衣，外面套了件外套。

"大冬天的你就穿这么少，冷不冷？"

"还好，有意冻冻。"说这话时，余统华想起韦庄的一句词"如今却忆江南乐，当时年少春衫薄"，自己正处在精力最饱满的青春韶华期，哪里还怕冷呢？他没说出那句词，觉得没必要。

"你真是要风度不要温度，你也要美丽动（冻）人呀？我正忙着呢，就不留你啦，有时间过来玩！"

余统华伸手到裤袋里掏东西，被王婷婷按住手："见外了吧，走吧，走吧！"

余统华到大舅舅那边打声招呼，并留了一百元钱要大舅舅交给王婷婷，说是买鱼的钱她当时没肯收。大舅舅的儿子丁海平也在一旁，并且插话说："我们这里的人不叫她王婷婷，都叫她王一刀。"

　　余统华感兴趣地问："怎么叫这个名字？"

　　"她做生意，出货都是一口价，一刀砍下去，不还价。就这样，都管她叫王一刀。"

　　余统华回到军校后收到表哥丁海平的来信，王婷婷不肯收这个钱，已转交给姑妈了。

第七章

南方春早。

返回军校的路上，一夜过来，火车到了江西、湖南境内，随处可见黄黄的油菜花一大片、一大片散落在田野里，绿黄相间的山野，像一幅幅画。

余统华家乡的油菜花估计还要晚一个月左右。

地理位置上的差别，带来植物成熟早晚上的差别，同样也带来人的思想认识上的差别。

在列车上，遇着了李忠、夏天、余水强同学，甚是高兴。下车前收拾行李，李忠眼尖看到夏天带了好几盒巧克力，就说："你小子，真小气，也不给我们同学尝几块？"

"那是买给教导员儿子的。"

余统华咽了咽口水，多像自己那年买鱼罐头！

那是余统华回老家办理好档案后，骑自行车到离家三十多里远的海边罐头厂买罐头，回来途经高中时同学林松的家，才知道他妈已是胃癌晚期，当他妈得知余统华是去海边买鱼罐头，便问他，买的是什么鱼。当时，余统华也没在意，又因为只买了两箱，没计划给同学妈妈，便吝啬了一下，没舍得拿两瓶给林松妈妈。心里盘算着另有用处，后来得知她已过世，心里十分难受，毕竟林松妈妈待他不错。有时帮儿子炒咸菜时，顺便多炒点给他，余统华还经常在林松家吃饭。这件小事成了余统华心中一件永远的憾事。

他有过如此的经历，能理解夏天，反倒觉得他成熟得早。

回到军校，余统华像加足油的汽车跑得更欢了。

除了正常的学习、训练外，余统华还练演讲与口才，他觉得当官就要讲话，讲话就需要口才。这时候他对阅读有着饥不择食的渴求，军校的图书馆能满足他。

他在读柳青《创业史》，读到一句名言："人生的道路虽然漫长，但紧要处常常只有几步，特别是当人年轻的时候。"他把这句话写到日记本的首页。现在他更加懂得如何抓住青春的时光认真读书，更懂得读书与丰富阅历的目的是为了日后做大事。

1992年1月，邓小平南方讲话后，一篇《东方风来满眼春》的新闻通讯，让余统华看了好几遍。作者陈锡添后来因此文而享受国务院特殊津贴。余统华想，写一篇好文章就能成为国务院特殊津贴专家，他好羡慕陈锡添。《东方风来满眼春》的发表成为新闻界在思想解放运动中的一件标志性事件。

从此余统华便开始主攻新闻。在本科队里，有一个余统华的老乡战友，和余统华第一次考军校时就被录取的朱东晖。此时已是学院的新闻骨干，余统华就拜他为师。余统华还认真从书本中学，看到毛泽东的新闻名篇《人民解放军占领南京》，他更加佩服伟人，不仅诗词写得好，连新闻稿也写得好。

班里其他同学都睡午觉了，唯有余统华一个人在默默地爬格子写新闻。写错了的字，他重新在另一张空白稿纸上写好，剪下，用胶水贴上，字也写得相当认真。

他真的是把别人睡午觉的时间都用在写稿上。

有的学员就在背后说风凉话，说什么癞蛤蟆想吃天鹅肉，说什么挣的稿费还不够买稿纸和墨水。

余统华心想：走自己的路，让别人去说吧！

功夫不负有心人。

一天下午，一阵阵雷雨过后，在学院门前不远处的天空中，出现了一条从地上到天空的彩虹，像一座彩虹桥，把人间和天空连在一起，余统华觉得好美的景致，站在楼上，赶紧拍下来，并配上文字。晚饭后，送到省报夜班编辑手上，第二天，《雨后彩虹桥》见报了，余统华见到自己的稿子见报了，兴奋得吃不下饭。

牛顿研究彩虹的光学性质，一道彩虹被分解得只剩下水蒸气。水蒸气编织的彩虹竟能如此夺目，茫茫人海中的我能否像彩虹那样出彩？

余统华想着，努力着，从此一发而不可收。

接着，《解放军报》又用了余统华的两篇稿件。第一篇是读者来信，余统华在部队和军校见有人把铺板的板拆下来钉木箱，就写了《莫用铺板钉箱子》的来信，很快就刊用了。第二篇写的是《刘伯承：送"金钥匙"的人》，刊登在校苑栏《将帅治学轶事》。

这三篇稿件的见报大大增强了余统华写稿的信心。他越来越有兴趣，越来越投入，见报的稿件也就越来越多。

五队队长牛伦是从地方大学毕业后穿军装的，其时已是小有名气的诗人，课余时间就教学员如何写诗，写诗要有意念。那时流行汪国真、席慕蓉的诗，"不求天长地久，但求一时拥有"成了多少青年男女的信条，写诗也在社会上流行起来。余统华学写诗也学写散文，散文也要有感而发，还要做到"形散而神不散"。

此后几年，余统华才深深体会到《东方风来满眼春》那篇文章对推动全国改革开放的作用。

此后，余统华更加认识到写一篇好文章绝非易事，它需要多年的寒窗功。

时间在余统华笔尖下匆匆流过。转眼暑假就到了。

仍在南京读医科大学的凌云志是余统华高三时最要好的男同学。他们信中约定，凌云志利用暑假来长沙，游三湘四水。

军校每到放假，班里要留人看守，余统华报名留下了。

学生的自助旅游方式既经济又有独特的感受，余统华后来觉得甚至比跟旅游团好。

在长沙火车站，余统华接到凌云志。火车站的大时钟上正逢整点播放《东方红》的音乐，凌云志停下脚步，侧耳细听。余统华已听过好几次了，像听《浏阳河》那样，百听不厌。余统华也跟着停下来。

听完后，余统华对凌云志说，长沙火车站时钟上的《东方红》，在全国火车站仅此一家，是道特有的风景。

后来，余统华到北京学习，在北京火车站也没听到《东方红》。他想，应该把《东方红》放到这里，"东方红，太阳升，中国出了个毛泽东"。在中国的首都，让全世界的人一到北京，就知道毛泽东是新中国的缔造者、新中国的引路人，是中国人民的大救星。

余统华给凌云志准备了一张席子，又跟同学借了顶蚊帐，宿舍里那么多铺空着，随便睡。每个队留校的学员在一起开小灶吃饭，学员轮流买菜做饭，餐费统一安排。凌云志和余统华一起吃，不需要交伙食费，更谈不上住宿费。

白天，余统华和凌云志一人挎一只装满开水的军用水壶，凌云志的相机比余统华的好，就由凌云志带相机。先登湘江上的橘子洲头。橘子洲是湘江江心中的一条狭长的冲积沙洲，也是世界上最大的内陆洲，被誉为"中国第一洲"。湘江大桥横跨上面，从大桥中部下来，便到橘子洲。他俩驻足在毛泽东《沁园春·长沙》的词牌前，轻吟道：

独立寒秋，

湘江北去，

橘子洲头。

看万山红遍，

层林尽染；

漫江碧透，

百舸争流。

鹰击长空，

鱼翔浅底，

万类霜天竞自由。

怅寥廓，

问苍茫大地，

谁主沉浮？

读到这里，余统华停下来对凌云志说，毛泽东的"问苍茫大地，谁主沉浮？"我理解的意思是："苍茫大地，我主沉浮。"

凌云志说，到此一游，我才知道，在湖南师范读书时的毛泽东已有了如此伟大的理想。

余统华说，我上一次来，也以为是毛泽东求学时写的。后来才知道《沁园春·长沙》写于1925年，他从上海回韶山冲养病，九月途经湘江橘子洲头到广东农民运动讲习所时写下的，当时已参加革命工作多年了。

走过橘子洲头，他俩又来到岳麓山上的爱晚亭。

余统华对凌云志说，这里曾是毛泽东和杨开慧恋爱的地方，我们也坐坐。

两人停顿了一会儿，余统华开口了："你经常考我，今天我也来考考你，中国的四大名亭是？"

凌云志不假思索地说："欧阳修赞美的醉翁亭应该算一个，其他三个我就真不知道了。"

"我们所坐的就是一个，还有北京先农坛的陶然亭，杭州西湖的湖心亭。终于难倒了你一次，真不容易。"

"长见识了。"

晚上，余统华和凌云志睡在宿舍里谈感受。一个是军校生，一个是地方大学生，两人从一党制谈到多党制，从整党谈到腐败，两人的思想认识不同，常常争得面红耳赤，但这一点也不妨碍他们的同学友情。

第二天，余统华当向导，陪凌云志来到毛泽东故居。

毛泽东故居位于韶山冲，冲是山谷间冲下来的平地。如果把韶山比作一条龙，毛泽东的家就坐落在龙头上，房前的水塘恰似龙的眼睛。

余统华这样一说，凌云志觉得毛泽东家的风水真好，怪不得出了伟人。

返回长沙的路上，他们又顺道参观了雷锋纪念馆。余统华刚上军校，政治课就安排集中参观过。

凌云志的文字水平，余统华是佩服的。凌云志游一趟黄山，写了一篇长达十三页信纸的《黄山行》的游记散文，寄给没到过黄山的余统华，他细细地读，细细地品，犹如欣赏徐志摩的《再别康桥》。

余统华说，你上次写的《黄山行》我当作范文，隔天我们去岳阳楼，这次，你还要写一篇《岳阳行》。

凌云志说，这要看景和人的感觉感受，有没有电到心灵，心灵能不能产生火花。

第三天早上，凌云志和余统华兴致勃勃地来到火车站，登上北去岳阳的列车，太阳是八九点钟的太阳，在列车的东方。

岳阳楼在岳阳城西，离岳阳站不远，没走多远就到了。远看岳阳楼只有三层楼高，黄黄的琉璃瓦在太阳的照射下，显得有种皇家气派的尊贵。

他俩先来到楼的北面，凭栏而立，举目望去，除前边不远处湖里有座君山，其余全是湖水。

在炎热的夏天，站在洞庭湖的南岸边，凉爽的湖风轻拂着全身，真是一种舒心惬意的享受。余统华和凌云志在享受这一刻的同时，余统华问凌云志："洞庭湖在中国四大湖中排名第几？"

凌云志说："上地理课时只记得江西的鄱阳湖是第一大淡水湖，好像下面就轮到洞庭湖。我记得杜甫也来过洞庭。"

"我只知杜甫颠沛流离，具体去了哪些地方还真不知道，只知道他去过成都，我们学过的《茅屋为秋风所破歌》就是杜甫在草堂写的。"

余统华接着又说，我看过《全唐诗》，背过杨收的《入洞庭望岳阳》，你看写得如何。

飞鸥撒浪三千里，暮草摇风一万畦。
黛色浅深山远近，碧烟浓淡树高低。

过了一会儿，凌云志才说："好诗，对仗工整。"

上中学时，《岳阳楼记》是要求背诵的。余统华至今背得。

"衔远山，吞长江，浩浩荡荡，横无际崖；朝晖夕阴，气象万千。此则岳阳楼之大观也。"

想到这里，余统华感慨道："范仲淹写《岳阳楼记》时，没到过岳阳。当时在我们的家乡西溪任盐官，修筑海堤，这条海堤当地人为纪念他取名范公堤。他凭着好友滕子京送来的一幅岳阳楼图画，就写下了流传千古的名篇，真了……"

"打住打住，你说错了。"凌云志插话道。此时湖风吹进了他的嘴里，缓了口气，接着说道："范仲淹做盐官在前，1045 年被罢黜参知政事，贬到邓州今河南邓县，第二年时滕子京重修岳阳楼落成，给范仲淹送去了洞庭晚秋图，范仲淹凭着丰富的想象在那一年的九月十五日写下了这千古名篇。"

"不愧是大学生！你应该像鲁迅那样弃医从文。"余统华由衷地赞道。

"你知道那其中名句的由来吗？"凌云志又问道。

"我还真不知道呢。"

"当时赵宋王朝的背景是：先天下之乐而乐的官员渐渐多起来，官场流行一个词'享国'，享受国家。这也是历代王朝的一大弊端，一道大坎。范仲淹借《岳阳楼记》发出他的呐喊，'先天下之忧而忧，后天下之乐而乐'成了宋朝最为感染人的口号，一直被世人称道和广为传诵。"

余统华愈加佩服起凌云志。他知道范仲淹是从他家乡盐官任上走出去，后来官至参知政事，相当于副宰相。在他之前还有两个做到宰相，余统华记得他俩的名字，一个是吕夷简，一个是晏殊。他还读过晏殊的诗词，"无可奈何花落去，似曾相识燕归来"。这一句记忆犹新。他把这些放在心里，说出来怕凌云志认为是故意跟他比拼。

看完外景，余统华和凌云志都急于想看内景。

亲登斯楼，只见《岳阳楼记》的全文刻在一块块板上，镶嵌在楼的正面内壁上。余统华和凌云志一边重温这篇美文，一边欣赏《岳阳楼记》的书法。

"登斯楼也，则有心旷神怡，宠辱皆忘，其喜洋洋者矣。"

余统华借用《岳阳楼记》中的词句描述他观岳阳楼胜景的感受，因为没有酒，谈不上"把酒临风"，他把这句省去了。

返回列车，落日的余晖在列车的西方。水牛在稻田边悠闲地吃着青草；白鹭大胆地站在牛背上，头不停地摆动着，寻找目标。

一篇《岳阳楼行》正在凌云志脑中形成。

余统华望着车窗外的美景，轻吟道——

> 早发长沙城，
> 登临岳阳楼。
> 吾辈今来拜，
> 方知胜景优。
> 湖畔名楼立，
> 牛背白鹭站。
> 范公人未至，
> "忧乐"千古流！

凌云志静静地听完后夸道，好诗！好诗！好一句"'忧乐'千古流"！

第八章

衡阳因在衡山之南而得名，抗日战争中衡阳会战的悲壮使之得到了"中国抗战纪念城"的称号。

作为军人，余统华了解得更多一些、更深一些。

这一年的暑假没放假，余统华所在的中队全体学员被安排到衡阳驻军某部实习。

周末的晚上，自由活动。余统华想不到这里的部队连用水都困难，简单地用冷水冲了冲身子，水还是浑浊的。

连队文书早早把电视机搬到了外面。

余统华走过来，一个战士见实习排长来了，想让座给他，余统华摆摆手，用手按住战士的肩头。

电视正播放一位女明星主持人采访一位烈士的母亲。

她的儿子军校刚毕业，背包还没来得及到火车站取，就登上了抗洪军车，加入到抗洪大军。在一次救民船上的老百姓时，不幸牺牲。

余统华为烈士扼腕叹息：出师未捷身先死！又在想如果此事落到我头上，我的妈妈会怎样呢？

为纪念八一建军节，驻军部队要举行阅兵式，每个连队组建一个方队。军校的阅兵分列式水平高，参加过长沙市大型公益表演。因此这次阅兵任务的训练自然落到了这些学员身上，阅兵虽比不上天安门前的国庆阅兵，但训练要求之高，训练之辛苦，要把军校的训练水平带到部队来，为此就得加班加点，嗓子沙哑了，喝胖大海、含润喉片。

八一阅兵如期举行，余统华和班上几个学员一起训练的方队获得方队评比第一名。返回营房的路上，余统华想开车，征得老排长的同意，驾驶员把位置让给他，紧挨着他好把住安全关，老排长坐到紧靠右边窗口的位置。余统华在学院学过开解放CA10B，刚开时他有点紧张，车上还有一车人呢，一会儿就觉得顺手了，一直开到离营房不远。老排长怕营连干部看到，就让驾驶员换了他。

老排长请他星期天一起到他衡阳城家中吃午饭，这是老排长犒赏他训练有功。排长的娇妻长得非常好看，做的菜也是色香味俱全。这顿饭他吃得很满意，吃了好多菜，还喝了一两多白酒，脸红得像关公。

回来的路上，他一直在羡慕排长拥有娇妻和可爱的女儿，非常向往这样的家庭生活！

大街上音响专卖店门口的喇叭正播放着潘美辰的《我想有个家》。作为一个二十四五岁的男人，余统华多么渴望爱情！多么渴望事业！多么渴望拥有自己的家！

艰苦的阅兵训练过去了，也该轻松一下了。

来衡阳不看衡山，岂不白来？

于是几个学员，相约一起请假爬衡山。

东岳泰山、西岳华山、南岳衡山、中岳嵩山、北岳恒山。五岳中余统华现在只到过嵩山，嵩山带给他达摩般的毅力。

晚上六点多钟，余统华和四个同学一起来到衡山脚下，在售票处旁不远找了家干净的小饭店点了几个菜，每人一瓶啤酒，因为夜里要爬山，他们都是理智型的，自觉不喝白酒，也不多喝啤酒。

孙敏杰时任学员队指导员，五人团听他指挥。吃完饭，他们每人备一瓶矿泉水，孙敏杰又到西瓜摊前买了两个大西瓜，用一只网兜装着搭在肩上，前一个后一个。

在检票口处，出示了学员证，军免。

天渐渐黑下来，他们也没带手电，对于当兵的来说，可有可无。前边有拨人，有男有女，有说有笑，听出来是地方大学生，他们中有一支手电，五人团就跟在他们后面。很快，两支队伍就融合成一支队伍，互相问这问那，女大学生走不了多久，就围在军校生的前后，男女搭配，爬山不累。为了抄近路，就从小路上山。在漆黑的夜晚，真有点探险和冒险，有时候攀住树枝，手脚并用，前面的人踩下一小块石头，滚下来，引起后面人的一阵恐慌，好在有惊无险。爬上一道道坎，越过一个个坡。这样下来，才真正得到爬山的乐趣。

军校男生为了吸引地方女生，就像雄性动物爱在雌性动物面前表现一样，开始放喉高歌。军校男生大多唱的是军歌，女生的情绪也被男生点燃了，从温温柔柔、羞羞答答，到大大方方，男女合唱了一首又一首。两个看似不经意地轻松唱歌，其实在暗暗较劲、在比赛。军校生和地方生比，军校男生和地方男生在女生面前比。

余统华心想，怪不得人家少数民族青年男女爱对歌，因为对歌能对出水平、对出爱情！眼前的唱歌多么酷似对歌！

西瓜在五个人的肩上轮流转，终于孙敏杰提议歇下来，减轻负重，消灭两个瓜，孙敏杰相邀地方大学生一起吃，地方大学生欣然接受了，唱得吼得都渴了累了，这时候的西瓜犹如雪中送炭。孙敏杰早已备好水果刀，按照人数分瓜，一人一片，男生毫不客气，女生也不秀气，大口吃起来，那两个西瓜也非常争气，又红又甜。子夜时分，在衡山的半山腰间吃西瓜，真是别有风味。

吃了西瓜就像加了油一样，大家继续往上爬，歌声又开始了，引来了前后一起爬山的附和合唱声，歌声在山谷盘旋回荡。

人生得意须尽欢，爬山开心须唱歌！这是青年活力的展示！是美好生活的表现！流露了迎接衡山日出的向往之情！

从小路拐上了登山大道，余统华起了个头："我们走在大路上，预备——唱！"

"我们走在大路上，意气风发斗志昂扬……"

歌声被一个女生的惊叫声打断，那个女生脚底下踩到一个软软的圆条状的东西，差点滑倒。低头一看，是条蛇，吓得女生浑身发抖，男生围过来时，蛇已窜到路边的草丛中去了。

站在女生旁边的余统华伸出手来，轻轻拍拍她的后背："别怕，别怕！"

余统华不知是说给女生听的，还是说给自己听的，其实兼而有之。他的手在拍女生的背部时触及女生的乳罩带，心头为之一振！

孙敏杰跟其他四个人说，大家路上要小心，安全第一。

歌不唱了，一行人都在小心翼翼向山上走。

还好，接下来，一路无恙。

月亮悄悄地隐进浓浓的云层里。

凌晨两点多，终于到了祝融峰。

祝融峰上有一座房子，房子里已有不少人，有的在打牌，有的在聊天，还有的在打盹，都是等待看日出的人。山上的夜真冷，余统华身上起了一层鸡皮疙瘩，旁边有租大衣的，一件 10 元，余统华觉得自己能扛得住，五人团里也没有一个人去租，他只好向人多的地方钻，看人家打牌，主动跟别人聊天来打发时间。

等待的时间是熬人的！余统华没看过山上日出，小时候经常在海边看日出日落没感觉，上军校后专程看了一次海上日出，感觉是看到最好最美的日出。

天快要亮了，天公不作美，竟然下起了毛毛雨。这让等待了一个晚上的人们好失望！余统华心里倒无所谓。天渐渐放亮了，毛毛雨时断时续。余统华随着人流走向祝融峰顶，紧贴着栏杆，举目四望，四周到处是一大团一大团的雾，在飘动，忽浓忽淡，底层的大雾如纱，根本看不清山下的树木山头。雾飘到余统华的腿脚，他好似腾云驾雾，飘飘欲仙，伸手可捧一大团一大团云雾。他仿佛置身于玉皇大帝的天宫，犹如仙境。绕着祝融峰缓缓地走了一圈，感觉到头发湿了，要滴水，这是雾气、雾水使然，而非毛毛雨。他出来的时候，毛毛雨已停了。

余统华心想，有失必有得，失去了一次看日出的机会，却可以看衡山雾海茫茫的美景。山风吹来，余统华打了个冷战。

其他几个人在喊："走啦，走啦，没什么好看的。"

余统华赶紧请孙敏杰帮他拍一张雾景照。

五个人谁也没吃早饭，就下山了。下山途中，遇到一拨又一拨同一个队的学员正往上走，打着招呼。

晚上上山时看不清山景，这时候景观呈现在眼前。处处是茂林修竹，加上细雨的洗涤，更显得碧绿欲滴，奇花异草在朦胧细雨中依然飘着香，山上的瀑布一个接着一个，一路不断，难怪有"南岳独秀"之美称。下山的途中路过一处蒋介石曾住过的地方，因为下着细雨，大家都无心去看。一路小跑，到了山脚下，出了衡山南门，五个人一起把早饭、午饭一顿吃了。

余统华在来衡山前，读过清人魏源《衡岳吟》："恒山如行，岱山如坐，华山如立，嵩山如卧，惟有南岳独如飞。"今天，他对"南岳如飞"已有亲身感受啦！多么渴望自己能早日展翅高飞！

实习快结束了，大家都忙着写实习体会。

又回到原先的轨道。

余统华提着六个塑料茶瓶，左右各三个。一路上他都在想烈士的老母亲。打水回来的路上，手里沉甸甸的，感到心里也是沉甸甸的，更感到肩上沉甸甸的。

想了很久，他终于提笔写道：

朱妈妈：

收到这封自称儿子的来信，您是否相信？

朱妈妈，我第一次认识您是在电视上，那时我正在部队代职实习，军报刊登您儿子的英雄事迹，我都仔细读过，很受感动。新学期伊始，我们学院还开展了"学宁为民事迹、做宁为民式学员"的活动。

您的儿子匆匆地走了，他还有很多事没来得及做，他还没来得及报答您的养育之恩。我只恨那无情的洪水。军报上"学雷锋"同志的事又一次深深地打动了我，一个工人能从他每月工资中提取二十元，每月1日定期寄给您，作为您儿子的同行人、同龄人，我能为您做些什么呢？想了很长时间，我决定做您的儿子，替他照顾您孝敬您。这不是一时头脑发热，感情冲动，我为此想了整整三个月。虽然，我的亲生父母都还健在，我上面还有哥哥姐姐，我相信，他们会支持理解我的这一做法。

妈妈，上了一定年纪的人，都知道身体的重要，您也一定深有感受吧。儿现在也在军校学习，儿想在今年寒假春节时去看您。苦于不知道您的地址，故烦请当地人武部负责同志转去我的信，并随信寄去照片一张。

妈妈，如有空，请您来信告知。我会常给您去信的。妈妈，儿有机会带您到大城市玩，让您享享福！

妈妈，您多保重！

崇高军礼！

您未曾见面的儿子：统华　敬上
11 月 8 日

写完之后，他找了一张崭新的五十元人民币和照片一起夹在信中。五十元虽少，但它是余统华一个月的津贴费。他的津贴根本不够花，有时还靠他姐姐、哥哥支援呢！

很快，就收到朱妈妈的回信。

统华：

你好！

来信收阅，知道你信上所讲的情况，很高兴，你确实是一位有材（才）能，又有出息的好孩子！

统华，你寒假来家看望的决心这么大，我很佩服你，我全家很欢迎你来家过春节。今天我写信给你，想告诉你，你到县城，先去人武部，找杨郝部长，我已同他联系过，如果有时间我到县城里接你，真抽不出时间，人武部部长会接你，我已同他讲清楚，请人武部安排车送你到家。还有，你动身前，先打电报通知我，我也好有准备！切记！

近来我身体较好！家中近况也好！请勿念！有话来家面谈！

祝新年快乐！

妈妈
12 月 18 日

第九章

转眼快到寒假。

朱东晖和余统华联系预订回家的车票。余统华告诉他："我先到烈士母亲家过年，过完年再回自己家。"

新闻敏感性很强的朱东晖觉得这是一条好新闻，于是跟余统华商量，想跟他一起去，做一次跟踪采访。

余统华觉得没必要，自己只是从良心出发，做一些微不足道的事，压根就没想过宣传的事。但朱东晖坚持要去。

余统华知道，自己学写新闻，好多知识还是朱东晖这个师父教的，哪有徒弟不听师父的道理？

两人登上了去烈士母亲家的列车。出发之前，余统华没打电报给朱妈妈，他不想给她老人家添忙。途中转了一次车，到达县城已经是晚饭时间，余统华找到了武装部。值班干部很客气，倒上茶后，就打电话报告杨部长。没多久，杨部长就到了值班室，热情地接待他和朱东晖。

余统华把朱东晖介绍给杨部长："这是我军校的校友，老家邻镇，他也想过来看看朱妈妈。"

杨部长说："欢迎，欢迎！还是我们部队教育得好啊！"

杨部长问他俩吃饭没有。

余统华说："刚下火车，就直接到您这儿了。"

杨部长打电话安排晚饭，把他俩带到武装部食堂。菜端上来了，杨部长吩咐上酒。

余统华和朱东晖异口同声说："不喝酒！"

杨部长说："我在家刚端上碗，得知你们来了，放下筷子就来了，正好陪你们一块吃！"

杨部长见他俩吃得快，就叫他俩慢慢吃。

余统华说："我们还要赶路呢！"

部长说："朱妈妈住在山区，白天路都不好走，何况晚上呢！考虑到安全，你俩今天在这儿住一晚，明早派车送你们去。"

边吃边聊。杨部长转业前在驻南京某部任团职干部。朱东晖和余统华一个说，您是前辈；一个说，您是榜样。

杨部长听了这话，虽有拍马之嫌，然觉得两个年轻人知事、懂事、识礼，不免对两个年轻人产生好感。

部长又把他俩带到招待所，余统华要付钱。

部长说："哪能收'雷锋'的钱？"

第二天一早，杨部长又陪他俩吃过早饭。

"我已通知乡武装部周部长，请他转告朱妈妈你们上午去。其实我也很想陪你们去看看她，但今天有事，实在去不了，代我向她老人家问好！"

杨部长回头又叮嘱司机，路上一定要注意安全。

出县城不远，桑塔纳就驶进了山区。

这一段还算好走，可越往里面走，颠簸得越厉害。路是在山腰间凿出来的。路的一边是高山，另一边则是万丈深渊。山底下腾起一大团一大团雾，给人深不见底的感觉！

盘山公路，盘着山走。世间还有如此难走的路！

都说蜀道难，难于上青天！余统华没见过蜀道，心想这道恐怕比蜀道好不到哪里去。这些对于余统华来说还是第一次见。前面下坡处，还真有一辆农用车翻落在山间小溪里，车子支离破碎。他心想那开农用车的人一定摔得粉身碎骨。

越往里走，山越来越高，两面都是山，再往里走，前面也是山。车走到"U"字形山路的底部，在村口停了下来，朱妈妈一家人已在这里等候。

"妈!"余统华边喊边抱住朱妈妈。

朱妈妈的鼻子一酸,泪水差点就要出来了,但她还是控制住了。

余统华的泪水在眼眶中打了个滚,也是忍住没掉下来。

余统华松开朱妈妈,拉住朱东晖,对她说:"我校友朱东晖,很想来看看您!"

朱妈妈说:"谢谢你们!跑那么远来看我一个农村妇女。"

家里其他人抢着拿行李,沿着山间小路回家。

余统华请驾驶员一起去,驾驶员说杨部长还要用车,要赶回去。

"谢谢,辛苦啦!回去慢点,注意安全!"

送走驾驶员,余统华拉着朱妈妈的手,走在后面,朱东晖走在旁边。

走进一座房子,四周连在一起,有十几间,分别住着好几户人家。房前是走廊,中间是空地,呈"回"字形,都是木头、木板房,这是山区特有的房屋。

余统华以前在电视上见过,见一个奶奶在门前择菜,就喊了声:"奶奶,您好!"

奶奶没听懂,朱妈妈翻译了一下,奶奶点点头。朱妈妈带他们往里面走。

到了家,洗把脸。

朱妈妈的女儿已经把桂圆、荔枝、红枣汤端上来,余统华和朱东晖感到甜丝丝的。

朱妈妈早把三个女儿和三个女婿喊回来一起吃中饭。吃完后,余统华从行李箱中把带来的中老年奶粉、蜂王浆冻干粉、蜂蜜等补品拿出来,说是东晖带给妈妈的。

余统华在这里说话做事都很小心,说话不主动提及烈士,以免让老人伤感。做事不让人生厌,但又要显得随和大方,不让人感到做作。

午饭后,朱东晖要到村子里走走,朱妈妈的大女婿是小学老师,主动陪他去。

余统华要朱妈妈休息会儿,自己也睡了会儿午觉。

余统华在朱妈妈家人陪同下，分别看望了烈士的大姐、三姐家。

晚饭后，和朱妈妈老两口聊了会儿家常，余统华考虑不让老人累，不让老人厌，掌握好分寸，就和朱东晖回到了烈士生前住的房间。

睡觉前，朱东晖把下午的经过说与余统华。在他的提议下，大姐夫带他到烈士生前所在的小学去了，见到了校领导和两个任课老师，其中的一个任课老师是大姐夫。谈到烈士，都说他是个品学兼优的学生，是个穷且益坚、不坠青云之志的人。后来朱东晖在大姐夫的陪同下，到村部与村干部聊了会儿，村干部都说烈士是个好青年。

余统华对此很感兴趣，他俩聊了很久，他想更多地了解烈士成长的轨迹。要不是东晖第二天早上要走，余统华这才打住，让他休息。

早饭后，朱东晖准备走了。临行前，他掏出一百元钱给朱妈妈。

朱妈妈不肯收，说："你们已经带了那么多东西。"

东晖说："那是统华孝敬您的，这是我的一点儿心意，您一定要收下。"

余统华见两人推来推去，就说："那我代朱妈妈收下。"

朱妈妈回到自己房间，把早准备好的桂圆干、荔枝干，还有山货笋干拿来，并从余统华睡的房间取出一件新毛巾被送给东晖。

东晖也是不肯收，又是一番推让。

到村口把东晖送上中巴车。

余统华暗暗佩服朱东晖的做事能力，将来他的前程一定会很好。

回来后，他把东晖的一百元拿给朱妈妈，她要他回军校时带给他，余统华劝说一番，老人家这才收下。

两天很快就过去了，转眼就到了除夕之夜。

余统华深知，这个时间对于这个不幸的家庭来说是个最敏感、伤心的时候。

年夜饭，余统华用朱妈妈家中自酿的米酒，敬了老人，敬了家人，一时间其乐融融。

饭后，余统华陪二老回到了他们的房间。

谈家常。

朱妈妈谈起了牺牲的儿子，谈起儿子的懂事，谈起儿子的孝顺，开始抽泣起来。余统华认真地听进每一句话，并不时点点头，不知不觉他的眼泪也充满了眼眶，他很快发觉自己失态了，赶紧控制自己的情绪，适时地插上几句。他想，换了谁也都难以承受。父母含辛茹苦好不容易把儿子养大成人成才，正指望他为家庭出力，赡养老人呢，可儿子说没了就没了，这种打击谁受得了？余统华仿佛觉得自己一下子成熟了许多。他从一些大的方面，从一些高度上劝老人不要停留在悲伤中，要更加坚强起来，我们的生活还要继续，九泉之下的他希望父母更健康、更长寿，生活过得更安逸、更幸福！

余统华深知，这个晚上对这个家庭来说是不能看春晚的，尽管他也很想看，从当兵后一年都没落，今晚情况特殊！

朱妈妈坐不住了，上床半卧在被窝里，靠着床头，泪不时地流。

余统华也上床坐在干爹的被窝里，和朱妈妈肩并肩地坐着。轻轻地说些话，故意岔开话题，说些轻松的事。

几个小时后，两位老人终于止住了眼泪，慢慢地恢复了常态。

余统华知道，这最艰难的一夜已经过去了。其实说起来容易，余统华经历这件事对他来说是头一次，做起来相当不易。

新的一天开始了！新的一年开始了！对于这个家庭而言，新的生活又开始了！

大年初一，大姐、二姐、大姐夫、二姐夫背着老人，都对余统华说了许多感谢的话："要不是你在，我们这个年还不知道怎么过，老人还不知道有多伤心呢！"

余统华诚恳地说："见外了，我做得还不够。"

朱妈妈的家务活，余统华力所能及地去做，家里人不让也不肯让他做。

"U"字形的山外是个什么样的世界？余统华感兴趣地问起。

大姐夫说："那里住着山里人，很少下山来，几乎过着与世隔绝的生活，我在山上偶尔也见过。"

余统华觉得好奇，都什么年代了，居然还有人过着桃花源武陵人式的生活。

大年初一，朱妈妈要回她的母亲家给老人拜年。余统华陪朱妈妈一起去。出去走走，朱妈妈的状态明显好多了。

大年初二，余统华这个时间要回自己亲生父母那儿，他来这里过年此前已写信告知父母，父母在信中嘱咐他做好一点儿，不要给人家添乱。

虽然只有短短的几天，让身在其中的余统华更趋成熟，更爱思考，更能站在别人的角度去考虑问题。

要走了，姐姐们要给钱，像当年给烈士弟弟一样，余统华不肯要，她们就生气了："你是不把我们当姐姐啦？"

话说到这个份儿上，不收是不行的。余统华只好勉强收下，并谢谢姐姐、姐夫。

朱妈妈准备了礼物，让余统华带给自己的父母，余统华要朱妈妈留给自己吃，朱妈妈说："我那儿还有。"

朱妈妈让二女婿送余统华回县城，余统华不要他送那么远，朱妈妈不肯。

回到自己家，已是大年初三晚上十点多钟，父母丝毫没有责怪儿子，反而觉得儿子更有爱心，更有孝心。

丁风平对二小说："我家统华真懂事了。"自从二小上了军校，丁风平再也不喊统华的小名了。

刚回到军校，朱东晖就来找余统华。平时，余统华找他的次数多，这次是师父主动上门找徒弟。余统华和他谈起他走后，他和朱妈妈一家是如何过年，如何度过难挨的除夕之夜。

看似不知不觉的谈话，其实是朱东晖有意识的采访。

几天后，省报就报道了余统华认烈士母亲为母，并陪老人过年的事。朱东晖把报纸送来给余统华看，余统华说："有什么好看的，就那些不足挂齿的小事。"

可当他看完报纸，他不仅被报纸上的余统华感动了，更被朱东晖感动了。为了采写这篇稿件，朱东晖赴实地采访，亲临感受生活，吃了不少苦，终于写出了这篇感人至深的新闻。

这下，余统华成了军校里的新闻人物。不到一个月，他收到了近百封读者来信。

他把这事无意中又跟朱东晖说了，说自己本来时间就紧，这下好了，要给那么多读者回信，又要挤时间。自己的主业可不能耽误啊。

朱东晖说，能否把读者来信让他看看。

余统华对师父非常尊重，很礼貌地把一沓子整理好的信件送给朱东晖。

又过了几天，朱东晖又拿来一份省报，叫余统华看。

这次朱东晖写的是余统华替烈士尽孝的事感动了许多读者，在社会上引起的反响，并大量引用了许多读者的原话，文章写得很长，占了半版，很感人。也让人感受到我们的社会，我们的生活中还是好人多，有良知的人多。

余统华压根就没想让朱东晖写他，也没想他续写关于他的故事。但通过朱东晖采写的这件事，他感到师父的新闻敏锐性很强，很快就分辨出来，什么可写，什么是读者想知道的，什么能打动读者。

这给余统华上了一堂身临其境的新闻课，这堂课感受深，收获大，也为他写作打下了良好的基础。隔壁班的孙敏杰见余统华的文章陆陆续续见报刊了，就拜他为师。余统华把自己懂的知识毫无保留地传给他。

可就在不久后，一件令人意想不到的事发生了！

余统华用心写了一封信像往常一样寄给文彩云，翘首以盼等了两个星期，没回信；再等，又是一个星期，好不容易熬过去了，还是没收到回信；还等，就让他开始失望了！

他在想，她找对象了，不理他了。

余统华的自尊心告诉他，收不到她的回信，他是绝对不会再写信给她的！

临近烈士宁为民牺牲一周年的日子，烈士家乡政府要举办纪念活动，邀请余统华参加。学院特批余统华去参加纪念活动。当地政府为烈士立了纪念碑，上面是党和国家领导人的题词：学习宁为民，献身为人民。

余统华又一次被深深地感动了。

回到山上的"家"，住在烈士生前住的房间，连夜赶写纪念烈士的文章。

他想象得出宁为民从如此大山深山走出来，何其艰难、何等不易！

刚军校毕业的宁为民，刚到部队报到就主动登上了抗洪军车，行李还没来得及从火车站提取。

在淮河，一条民船上的五条人命处于极度危险之中！他主动请缨，带领战士们前去营救。而在推船的他却被急流中的大树撞到，一下子撞沉了他，被汹涌的洪水吞没而去！

船上的人获救了，而宁为民为民捐躯，壮志未酬！淮河在呜咽，苍天在哭泣！

他替他扼腕叹息。稿纸上，湿了一片。

这时，朱妈妈戴着老花镜，手上拿着一件新毛衣，敲门进来了。

余统华赶紧用手拭去泪水。

"小余，我织了件毛衣，也不知大小，你试试身。"

余统华放下笔，把短袖衬衫脱下，把新毛衣套上了身。夏夜里试毛衣，尽管余统华贴身还有背心，但毛衣戳人的感觉还是有些不舒服，可余统华心里好舒服，这是朱妈妈给予的母爱。

他看过军报上的一篇文章《冬天里的夏天》。说的是一个驻守北疆的军官几年没回家，妻子来队探亲。他把这几年夏天给她买的裙子拿出来，要他老婆一件一件穿给他看，老婆脱下冬衣，一件一件穿给他看，看着看看，老公流泪了，老婆也忍不住了，相拥而泣！

灵感来了，一篇《夏天里的冬天》已经怀胎了。

余统华谢过朱妈妈，几乎一夜未睡，写出了《兄弟，一路走好！》。紧接着，《夏天里的冬天》也一挥而就。

朱妈妈送余统华到村口，临上车前对他说："出门在外，遇到见义勇为的事，要多想想保护好自己，我要你活得好好的！"

朱妈妈的爱是朴素的，对余统华而言又是深沉的。

归途路经县城的时候，余统华看望了杨部长。杨部长喜出望外，把自己晨练的心爱宝剑慷慨地送给了他。

没几天，两篇文章均见报了。当地报纸用了一个副刊整版登了纪念文章。这是余统华长这么大写得最长的文章，写出了真情实感，读来催人泪下。《夏天里的冬天》作为余统华参加军报新闻函授学习的作业寄去了，《新闻与成才》杂志在当月就刊用了。

余统华明白了文章来源于生活，生活是文章之源。

第十章

浏阳河水缓缓地流淌着，岸边的草丛中夏虫正呢喃。

睡梦中，紧急集合号响了！毕业综合野练开始了。

紧急集合对余统华已是司空见惯，迅速穿衣，打好背包，跳下床来，把摆在下铺地板上的解放鞋别在背包上，背上背包，到挂帽处取下迷彩帽，跑到武器库取到自己指定用的冲锋枪。

"各班清点人数！"

"一班到齐。""二班到齐。"……"八班到齐。"

学员队牛队长喊道："向右转，跑步走！"带队向大操场跑步前进。

学院领导和考核组已在操场上等候。

其他几个毕业学员队也陆续跑步进入操场。

牛队长整队报告："考官同志，五队应到干部两名，学员一百零五名；实到干部两名，学员一百零五名，请指示！"

"请稍息！"

"稍息！"牛队长回到队伍前面。

考官等毕业队到齐后，整队向学院院长报告。

"按计划实施！"

考官开始清点人数、检查着装装备，并打分。

紧急集合后，部队开始登车。解放车车顶、四周挂着帆布篷，没有凳子，学员们一个拉着一个，有序上车，放下背包，依次在自己的背包上坐好，一个班一台车，庞大的车队在茫茫夜色中进发。

马路上燃起一堆堆白烟，一颗红色信号弹划破夜空。

"戴防毒面具!"考官手持小喇叭大声叫道,仿佛要震破喇叭。

学员们赶紧掏出防毒面具戴好,一个个像猪八戒似的,见多不怪,一点也不觉得好笑。

接着,学员下车,徒步前进。突然前方一个炸点炸开,火光冲天,学员们立刻背过身去,卧倒,低伏,并尽可能趴在低洼处。这是在防核辐射和冲击波。

太阳在乡间薄雾中升起。

早饭是面包和煮鸡蛋。学员队副连长李忠把鸡蛋壳和面包纸集中掩埋好,俨然原貌一般。

徒步行军开始了。第一天上午大家在说说笑笑中开进,不觉得什么,只觉得骄阳似火。每人带一个军用水壶,水感觉不够喝。下午两点多,部队行进在公路边。

"休息一刻钟。"

这时,大家都不由自主地在路边草地上躺下来,双脚搁在背包上,迷彩帽盖住刺眼的太阳,不一会儿,竟响起呼噜声。公路上来往车辆扬起的灰尘也全然不顾。

哨声响了,继续前进!

有的学员睡着了,被推醒了。

马路上的沥青被太阳烤化了,粘在解放鞋底,黏黏的,每走一步发出"吱吱"声,每个人的脚底透过鞋底都能感觉到路面的热度。

余统华双脚上和不少学员一样,起了水泡,走一步,磨一下,磨一下,疼一下。又走了好远。

二班的陈功好像刚睡醒一样,这才发现自己的冲锋枪不见了。很快朱教导员来了,封锁丢枪的消息。队伍继续前进,朱教导员带着陈功和二班长往回找。

晚上宿营地在山上。炊事班架锅做饭,学员们开始打理地铺,没有露营帐篷。每个人只有一件雨衣,和一块包背包的白塑料布。

这时,一对六十多岁的老大爷和老奶奶各挑着一担稻草走来,在余统华的身边停了下来。

余统华放下手里的活:"奶奶,你歇歇,我帮你挑。"

大爷忙说："我这是送给你们铺地上的，夜里山上冷。"

大爷送稻草的事很快报告到牛队长那里，队长走过来拉住老大爷的手说："谢谢您老大爷！"并和老大爷拉了会儿家常。

余统华拿起笔，把老大爷送稻草的事发到《野练快报》上。

开饭的时候，朱教导员他们仨人才赶回来，从他们脸上看出枪找到了。野练结束后，二班长才悄悄地说起找枪的过程，在马路边休息时，陈功的旁边是个水沟，枪从沟边滑进沟里。从他坐的地方下水，没多久就摸着了。

虚惊一场！

晚上睡觉的办法，两人组合，把雨衣铺在地上，下面垫一个被子，上面盖一个被子，再盖上白塑料布，遮挡露水。晚上安排轮流站哨。

早晨天蒙蒙亮，余统华睁开眼睛一看，营地一片白花花，像家乡农民种的塑料大棚。

徒步行军进入第二天，今天不比昨日。许多人脚上的泡还没好。余统华走了一段路后，发现其他队的学员陆续上收容车了。上收容车是要扣学员中队分的。到目前为止，余统华所在的五队没有一个上收容车。余统华咬咬牙，想出了用双脚外边着地，两脚掌竖起走，这样脚底板的泡就不疼了。

见余统华这样走法，好几个打泡的也跟着"邯郸学步"，好似一群鸭子在马路上摇摆着前行。

上午十时左右，每人手上拿到一块大巧克力。下午三时左右，每人手上拿到一听健力宝。这极大鼓舞了全队士气。

可到下午，余统华脚侧面着地的地方也打起了泡，只好回到正常走法，坚持就是胜利。队长、教导员和学员坚持走在一起，但他俩没背包，武装带上套着手枪套，帅气十足的指挥官。教导员叫学员队指导员组织大家唱歌。

疼痛、疲劳在歌声中慢慢淡忘。和余统华同班的田庆到宿营地前，身上竟然背着六支冲锋枪。

全队终于到达宿营地，大家欢呼着，徒步行军胜利了。像长征会师那般兴奋！余统华心想，长征走了二万五，多么不易呀，真是史无前例。

晚上到当地村民家，老乡端出黄豆芝麻茶。在当地这种茶是招待贵客的；一对新婚燕尔的新郎新娘主动把新房让出来给部队住。余统华听说后，赶去采访，发到《野练快报》上。

是夜，部队集合，乘着夜色来到汨罗江边，对岸的几只大手电在晃来晃去，模仿"敌人"的探照灯。

余统华和六班的同学像电影《奇袭》里的动作一样，卧倒，匍匐前进到江边的芦苇丛中，手电光过后，赶紧埋雷；手电光照过来，就赶紧停下来。如此反复多次。余统华野外作业好了，身上早已冒汗。他趴在地上，等集体完工，像邱少云一样纹丝不动，生怕被"敌人"发现。乘着这一空隙，他想到了公元前278年秦将白起攻破楚都郢，中国历史上第一位伟大的爱国诗人屈原悲愤交加，怀石自沉于身旁的这条汨罗江。

瞬间，一首《汨罗江思》在余统华头脑中形成。

江水静静流，我在江边卧。
谛听流水声，犹似屈公诉！

他在屈公"诉"与"泣"上费了番脑筋，最后还是觉得"诉"好，可以理解为"泣诉"。

学院赵政委在第二天的《野练快报》上，看到了余统华的《汨罗江思》，说写得不错。

朱教导员把赵政委表扬的话当面传给余统华，他更来劲了！一首长诗一个中午就完成了。

赵政委在第三天的上午就看到了：

野营拉练

余统华

警报紧，脚步忙，

官兵深夜辞梦乡。
风怒号，雨鞭打，
这点考验咱能扛！

风停雨止脚不滑，
地上下了火一样。
草绿军装白花花，
大路短来山路长。

昨天咋比今日短，
今日咋比昨天长。
焦唇枯喉如火烤，
满脸汗水嘴角淌。
渴不死的袜和脚，
解放船里摇梦乡。

沥青路上黑黝黝，
脚板恰似开水烫。
"有汽车来咋不乘？"
路旁乡亲问端详。
"军人也是皮肉做，
怎么不怕晒太阳？"

抬抬手臂撑阴凉，
扬扬手掌扇凉爽。
有车不坐练本领，
浑身是胆斗志昂。

走一路，红一片，
扫院挑水爱民忙。

父老乡亲齐称道，
"当年红军一个样！"

黄豆芝麻亲人茶，
新郎新娘让新房。
宿营夜里山间冷，
爷娘稻草暖心上。

徒步开进机械化，
一路还得有"三防"。
协同作战多兵种，
训练走打吃住藏。

南山没有中山狼，
这般苦累为哪桩？
不忘商女亡国恨，
当兵的生活就该这样！

赵政委读后，又从头再读了一遍，对宣传组的干部说："这是我当政委以来，在《野练快报》上看到的最长、最好的诗歌！"

这话传到朱教导员、牛队长那里，自然很高兴，余统华为中队争了光。牛队长更欣慰，觉得自己上的诗歌课出成效了。

接着就是在汨罗江上架桥。架桥后转入室内作业，沙盘作业，网上演练。

和老乡们依依惜别。

归程途中。最后一项考核是五公里全副武装越野，这是考核学员长途奔袭能力。部队在一段山路上下了车。

山坡上开遍了映山红，映山红映红了山坡。

五公里越野，一开始不能跑太快，那样容易岔气。但这次余统华感觉比以往任何一次都要稍快一些，整个中队前后像一股旋风从山上下来，他就被这股旋风挟裹着越跑越快，整个过程呈加速度。

他的眼前出现了一幅幅奇景：

从那漫山遍野的映山红那一簇簇红艳艳的花丛中，从并不遥远的半山腰中，一位红衣少女正向他缓缓地翩翩飞来。他看不清她的脸庞，儿时就熟识的苏彩云、王婷婷？不像。吴晓红？也不像。文彩云？似像又不像。那她会是谁呢？渐渐地越来越近了，他几乎能看清她那飘逸的秀发，红扑扑的脸颊，乃至她的樱桃小嘴。她也正含情脉脉地看着他，仿佛在对他说："加油，加油！"

余统华叫不出她的芳名，他在搜索记忆："我的记忆力一直很好，我见过这位红衣少女吗？"

余统华怀疑自己是不是一种幻觉，或许是自己太喜欢映山红的缘故吧。他佩服映山红能在如此贫瘠的山上开出如此夺目的光彩！姑且把这位似曾相识又不相识的红衣少女叫作映山红仙子吧。

也就在此时，他的耳畔传来了映山红仙子那美妙动听的歌声。

> 夜半三更哟盼天明
> 寒冬腊月哟盼春风
> 若要盼得哟红军来
> 岭上开遍哟映山红
> 若要盼得哟红军来
> 岭上开遍哟映山红
> 岭上开遍哟映山红
> 岭上开遍哟映山红
> ……

余统华出汗的脸上露出了微微的甜甜的笑意，脚步更快了。

跑到计时考官前，五队第一名。全队一片欢呼，学员们把迷彩帽抛向天空，对着天大喊："我们胜利了！"

山谷中久久回荡着："我们胜利了"。

第十一章

军校大门前，彩旗飘扬，锣鼓喧天，鞭炮声声，空气中充斥着浓浓的火药味和喜庆气氛！

学弟们在路两边排起两列长龙，从校门外一直排到办公大楼，鼓掌欢迎毕业学员野营拉练凯旋！

毕业队的学员在校门外不远处下车，全副武装。以中队为单位，迈着整齐的步伐，高呼着"一、二、三、四"，雄赳赳、气昂昂地走在欢迎队伍的夹道中，每个人身上充满着英雄豪气，个个似英雄凯旋！

宿舍里，余统华认真阅读朱妈妈的来信。信中说："没征求你的意见，我已写信给学院政治部，请学院领导关心，把你分配到我儿生前所在部队。"他这才想到要去完成烈士未竟的事业。

朱教导员在拿毕业学员分配方案，对照着地图，尽可能把学员分配到离家近一点的部队。但学院有条规定：哪里来的回哪里去。

朱教导员把余统华叫到宿舍，倒上一杯茶递给他，说："三年一晃就过去了，你在这三年里终于出炉了，军事、文化都过关了，还得了不少新闻奖，又是学雷锋标兵，是中队的红人，也是学院的红人。赵政委跟我说，想留你到院政治部去，当他的秘书。而烈士的母亲则希望你到烈士生前部队去。"

余统华说："教导员，您既是领导，又是兄长，更似父母，我听您的，服从组织安排。"

学员拿着毕业留言簿四处请领导、同学留言。

余统华也拿着留言簿，先是请朱教导员留言，他略思忖了一下，提笔写道：部队天地，大有作为。

余统华一看便知是毛主席"广阔天地，大有作为"的翻版。

接着，请牛队长留言。

牛队长说："给你的留言是一件马虎不得的事，你让我好好想一想。"牛队长竟然点了一支烟，沉思了好几分钟。

"想统领三军者，必先存天地浩瀚之心，如此方能卫我中华！"

把余统华的名字和对他的期望要求集于一言，足见其才。

然后，他来到院长办公室，请院长留言，院长对余统华也很熟悉，写下一段勉励的话。从院长办公室出来，隔壁就是政委办公室。

余统华喊了声："报告。"

政委抬头一看，是余统华，高兴地说："进来，进来，我正想找你呢！"

一个士兵进来给余统华倒了一杯茶，赵政委说："请坐。"余统华坐在沙发上，双手放在膝盖上。

赵政委接着说："朱教导员跟你说了吗？"

余统华说："找我谈过话。"

"你是怎么想的？"

"服从组织安排！"

"你这一句服从组织安排，等于没说，又把球踢给我啦。"

赵政委喝了口水。

"从我个人想法，确实想把你留校，放到宣传部门去或放到我身边，着实想继续培养，因为你是一个好苗子。但烈士母亲向学院提出来，要你回到她儿子生前所在部队，我这个当政委的，又不能不讲政治，思来想去，只好忍痛割爱。"

余统华有点感动，激动地说："感谢政委的抬爱、错爱，我会记着您的这份关爱。请政委多给我提些要求吧。"

赵政委在留言簿上写下四个不大不小的字：

军中骄子

余统华站起身，向政委敬礼！政委上前拉住余统华的手："到部队好好干！"

毕业典礼在学院大礼堂举行。礼堂前彩旗招展，锣鼓喧天。

"到西藏去，到祖国最需要的地方去！"的横幅挂在礼堂后壁上。拉歌声此起彼伏。军歌一个比一个吼得高。

这时政治部李主任宣布："毕业典礼开始。请全体起立，奏军歌！"

"请坐下。"

"下面进行第一项，请进藏学员代表赵一杰发言，大家鼓掌！"

掌声热烈。赵一杰上台给主席台领导敬了军礼，又转身给台下的人敬了礼。开始发言："各位领导，战友们！……"

此时余统华的眼前浮现出：美丽的布达拉宫，白雪皑皑的珠穆朗玛峰，一个个战士正挎着枪骑着骏马巡逻在祖国的边防线上……

"下面请进藏学员上台。"

"请院领导为进藏学员披红戴花。放鞭炮。"礼堂外，响起阵阵鞭炮声。主席台上的领导给学员戴红花，披绶带。握手、敬礼。

余统华这才想起：我怎么没申请去边疆呀？

晚上聚餐，开始的氛围很好，先是牛队长发言，再是朱教导员讲话。然后是敬酒，敬谢师酒。

余统华端起一满杯啤酒，去敬队长和教导员。教导员叫他少喝点，余统华一仰脖子，"咕咚咕咚"一口气喝完。教导员说了一句："这小子，真是。"

刚回到座位，还没坐稳，就听到啤酒瓶摔地的破碎声，有个学员开始借酒发泄心中的不满，学员队连长和指导员赶紧走过去，说他喝多了，扶他回宿舍，那位学员不肯走，嘴里骂骂咧咧，被连长和指导员架走了。

队长、教导员离席而去。

食堂里干杯声此起彼伏。有的真喝醉了，教导员早做了善后安排。

回到宿舍的教导员，第一件事就把高进的档案拿出来打开，翻出那张警告处分，"啪嗒"一声，打火机蹿出蓝色的火焰，处分付之一炬。此时的高进浑然不知，十年后的聚会，教导员才说起这事！

给教导员儿子送巧克力的夏天留校当了教员；孙敏杰留校当了干部科干事；朱东晖因为新闻写得好，留校当了宣传干事。

最有趣的是，朱教导员一直提防学员在驻地谈恋爱。结果，他的小老乡章昌荣和军民共建小学女教师谈上了，毕业后不久，他俩结婚请他去吃喜酒，教导员笑了："你们地下工作经验丰富得很啊！"

这是毕业以后才知道的事。

要离开了，再听一听《浏阳河》：

浏阳河，弯过了几道弯，几十里水路到湘江……

余统华坐在车上，快出校门时，伸出头来，深情地回望着校门。

125个同炉，最后出炉了104个，有一名学员最后几天竟检查出得了白血病。六分之一的淘汰率！

他为得白血病的同学叹息，人家也是人呀，人家也有自己的理想，只不过理想大与小而已，可如今生命停止理想终止，真是太可惜了！

要当排长了。

"宁为百夫长，胜作一书生。"他想起初唐诗人杨炯的一句诗。

他的理想要比杨炯大多了。

第十二章

军校毕业了，铁炼成了钢！

余统华觉得自己像一个演员就要登台演出。他第一个到师干部科报到，又转到师直属队直工科，被安排在工兵营地爆一连一排长的位置上。

他坐在给他配发的木椅上歇息，为了这把交椅，他吃了多少苦！他仔细打量起"排椅"来，原色的木椅，纹路清晰可见，显然上过清漆。一起配发的办公桌有两个抽屉，像中学的课桌那么大，但它是新的。

随后报到的是从徐州某军校毕业的俞爱军分在二排。

地爆二连一排长万怡是从本连队战士中刚提拔上来的，人长得黑黝黝的，许多场合中不少工作，营长、直工科长都指名道姓要他去完成，其他几个排长又羡慕又嫉妒。余统华很快意识到外来干部不如土生土长的干部受重用。其实也难怪领导干部如此用人，万怡是从班长破格提干的，实干精神强，领导了解他，自然工作交代得多一些。而外来的新干部，人家还不太了解你，对你不知根知底。

余统华开始有意识地发挥自身特长，并注意处好与上级领导的关系。

第一个月的工资发了，余统华拿到二百八十元，他来到邮局，汇了二百元给父母。他想，父亲当年每月三十多块钱的米钱终于有了回报。哥哥来信说，母亲用那二百元买了一台长城牌落地电扇，夏天用来吹凉，还可用来吹粮，把粮食中灰尘杂物吹掉。

第二个月的工资发了，余统华再次来到邮局，给朱妈妈同样汇了二百元。朱妈妈收到后，好感动，叫大女婿回了信。

后来的工资，他除去每个月必用的几十元外，其余全都存在营区内工商银行网点。后来他又学会每月固定存几百，叫零存整取。

盛夏的一天凌晨，紧急集合的号声，把部队拉到野外，驻训在清泉湖畔。

清晨，薄薄的晨雾笼罩着湖水，像刚出浴的少女。

部队傍湖依水安营扎寨。夏练三伏，其辛苦可想而知。休憩之时，官兵们冲到湖边，有的用手捧水，有的干脆埋头喝水，有的拿着军用水壶仰着脖子咕咚咕咚像老牛饮水，"真解渴，好过瘾啊！"年轻的战友们大有英雄所见略同之感慨！

近千人的部队驻扎在湖边，在湖里洗澡、洗衣、洗菜、洗锅碗，几天下来，湖水不再像初来乍到时那样地清甜，有点怪味。

部队首长知道了此事，在一次会上特意讲了这件事。此后，官兵们洗什么都自觉地把水提到堤岸外。

又过了几天，湖水依然像初识时那样。

余统华拿起笔给《野练快报》写了首小诗：

官兵身上脏兮兮

清泉湖水清冽冽

洗身濯足干净净

官兵口里干兮兮

清泉湖水甜丝丝

添我官兵力盖世

湖水依然

伊人湖水

兵心一片在清泉

余统华触景生情，有感而发，写出了《那湖，那水，那兵》。

武装泅渡训练开始了。

一班长吴为在整队："稍息，整理着装！"全排战士自行立正，从帽子到衣领再到纽扣……余排长站在队伍一旁，正想着什么。

"停，稍息，立正！"一班长向右转了点方向，行军礼，排长回军礼。"排长同志，全排训练前准备完毕，请指示！"

"稍息！""是！"一班长敬礼，排长还礼。"稍息！"吴为跑步到一班排头前。余排长跑步到队伍前："讲一下，"战士们"唰"地立正，排长敬了个礼，"请稍息！讲三件事，第一，是训练中生命安全的事。全排安排一名战士在岸上当观察员，观察员责任重大，要盯着队伍，一旦发现险情及时报告。前后的同志要一个盯着一个，你前面是谁，后面是谁，要记清楚，不要有人沉下去还不知道。"战士们笑了起来。"因此，在泅渡队伍中，要把水性好的安排在水性弱的后面。第二，是武器安全的事。"余排长说起毕业拉练丢枪的事。"因此，每个战士要把武器当作第二生命。要把冲锋枪用小带子系紧、系牢。这三嘛，是一件小事。就是在湖里训练时间长，不许把屎尿拉在水里。"战士们听到这里又大笑了起来。"大家不要笑，我当学员时，就把尿尿在游泳池过。我们每天烧饭洗菜都用这湖水，不要自作自受。记住没有？"

"记住啦！"

"好，按照我讲的三点，再做一次准备。"

队伍旁边的二排长见一排的战士们用小绳子小带子在系枪，也仿效起来。

训练到快中午的时候，果然出事了。

万怡手下的新战士"小不点"正在下沉，军帽刚漂浮，幸亏岸上观察员和后面的战士同时发现，后面的王刚丢掉背包，一个猛子深潜下去，从背后把"小不点"拽了上来，前后的人又一起把他救上了岸。

此时的"小不点"已是奄奄一息，气若游丝。万排长对他实施人工呼吸，王刚在挤压他的胸部，折腾了好一会儿，"小不点"才慢慢地睁开了眼。周围的战友欣喜不已，大声地说："醒过来了，终于醒过来了！"

"小不点"回过神来，问："我的枪呢？"

这时大家才想起枪来，刚才只顾救人。王刚说："我从扎猛子下去，就睁着眼，也没注意枪，但也没看到枪。"万排长说："一班长立即带人找。"

找遍了，怎么找也找不着。最终推测肯定是沉下水时掉的。

湖水很深，水性最好的战士都摸不到底。只好请老乡用渔网打捞，老乡站在小渔船上撒了一网又一网，折腾了大半天，枪没捞着，倒是打上来不少鱼。鱼卖给了几个连队，余统华和他的战士们吃到了砂锅鱼头。

晚上仍派人在湖边看着。第二天，请当地地质队的同志带着金属探测器来了，同时请来了潜水员，才把冲锋枪从湖底捞上来了。

营长接受了余统华的建议，把部队拉到一般人能潜到水底的浅水区训练，并推广了余排长的绳子系枪法。万排长并没有受到丢枪一事的影响，一年半后在工兵营新排长中第一个提升为副连长。

朱妈妈因为英烈儿子宁为民认识了军区政治部主任、宣传部部长、群工处处长。余统华以朱妈妈的名义一一拜望了领导，他选了一个阳光灿烂的周一上午，先拜望了政治部主任。主任的鬓发有些白了，肩上扛着的少将军衔让余统华羡慕不已，主任从那朱红色的宽大气派的木椅上走出来，坐在接待来人的双人沙发上，叫小余一起坐。一个士兵送了杯茶水，并把首长的杯子从办公桌上拿来续上水后出去了。余统华端坐着，两手放在膝盖上，主任问了朱妈妈身体可好，生活上有没有困难。余统华一一作答。尽管有些渴，也很想尝尝首长的茶叶，但他自始至终没端茶杯喝口水，他怕给首长留下不好的印象。

余统华走在军区大院中，心中很有感想。回来在日记中写道："我向往军区大院，何日我能到这里工作，哪天我也能坐上少将那把椅子，扛上少将金星，那该多好啊！"

新兵二排排长丁大鹏和余统华是老乡。一天下午在土沟里抓到一条黄黄的大黄鳝，估计有二斤重，余统华看到了，觉得可以称得上

"鳝王"啦。心里美美地想，这下可以改善一下伙食了，晚上丁排长肯定请我吃黄鳝。可等了一晚上，也没见人来请他。

第二天早上出操后，他问二排长："小气鬼，咋不喊我吃黄鳝？"

"我也没舍得吃，送给贾副营长啦。"

"马屁精！"余统华嘴上没说心里冒了一句。

中午开饭时，余统华看到还是那老几样，实在忍不下去了，找到贾副营长，看到他吃的和他们不一样，是另外做的菜，这下余统华气也大了，火也大了，也顾不得什么方式方法，为伙食和贾副营长争执起来。

贾副营长拿出领导的架子和口气，对他说："你吃就吃，干就干，不吃你就打背包滚蛋。"

余统华掉头就走，回到排里没多久，营部通信员来通知他，说贾副营长让他打背包回去。

三个班长和不少新兵都知道排长为了伙食和营长争吵了，要被赶回去，心里很难过。

余统华和三个班长大体上交代了工作后，才背起背包，没走多远，他的眼睛就模糊了。

"排长带新兵没带好，被赶回来了！"几个老兵在私下里背着余统华说。

晚饭后，营部来电话说，营长叫余统华去。

刘杰营长问明情况后，对余排长说："新兵营的情况我也有所耳闻，你在那里的表现我也是知道的，表现不错，训练也抓得紧。浙江沿海的几个新兵想跑，是你做了不少思想工作才让他们安心训练的。"

营长把烟头掐灭在烟灰缸里，又从烟盒抽出一支烟，余统华拿起桌上的打火机，"吧嗒"一声，冒出一串火苗，递到营长嘴前，帮营长点着了烟。

营长接着说："这次你的出发点和动机是好的，反映问题也得讲究方法和程序，要学会和领导相处，并能把问题解决好，不要书生气，明天打背包回去，把新兵带好一起回来！"

"是！"余排长起立给营长行了个军礼。

余统华上午在一个小镇上泡了个温泉澡，吃了中午饭后回到新兵排。

班长和新兵们见排长复归，喜形于色。一班长吴为告诉排长："今天中午的菜明显好多了。这是排长力争的结果。"

余统华回来后，也没主动找贾副营长汇报思想，贾副营长对他也是爱理不理的。余统华心想，管你怎么想，我只管把新兵带好。

新兵有"三多"：拍照的多，寄贺卡的多，买包的多。外来做照相生意的一张收一块，余统华觉得太贵了，于是拿起相机帮战士拍，只收成本费。街上有柯达、富士、乐凯几种胶卷，余统华用最便宜的乐凯同样能拍出效果很好的照片。其实他早在军校拍新闻照片时就把机子钱挣回来了。他让班长统计新兵需要多少包和贺卡。星期天坐车到夫子庙大市场一起批发回来，替新兵省了钱。

新兵考核，余统华带的一排军政综合成绩第一名。他心里明白，这些成绩的取得，与一班长吴为是分不开的。在班长当中，他鹤立鸡群，并给其他两个班长做了好榜样。

新兵训练表彰会上，贾副营长既没表扬也没批评余统华，倒是大大地表扬了吴为。

第十三章

刚回到营房没两天。

直工科通知工兵营，派余统华参加集团军干部档案工作培训。接到通知，余统华就明白，这是直工科时科长在关心他。时科长和余统华老家是一个地级市的，余排长闲时常去领导家，看看有没有他做的事，如此一来，不用说时科长，就连科长的老母亲、爱人还有儿子都喜欢上他了。

可偏偏不凑巧的是，余统华今天已拉了五次肚子。这次培训机不可失，或许培训完，能调到干部部门工作去，他憧憬着！

一班长吴为给他拿来了药，倒了一杯热水，递到余统华手上。

余统华仍然有气无力地说："再来一粒。"

吴为又拿出一粒递给排长。

水咽下去了，胶囊没咽下去，粘在舌头上，胶囊破了，满嘴的苦味，余统华赶紧喝了几口水。

师干部科文干事带车来接余统华，他像注了兴奋剂，抓起药，拿起早已准备好的包，上了车，往火车站去了。

吴为看到了这一幕，怀疑排长刚才是不是装病。又一想，他没必要装病给我看。

一路上，余统华仍感到有些虚脱快扛不住了，但他在文干事面前只字未提拉肚子的事，坚持了好一会儿。那两粒药真管用，居然一下子止住了腹泻。

参加培训的大都是师团单位干部部门的干部，像余统华属极个别。培训吃得好，住的地方更好。虽是部队的干部招待所，但房前是一个风景优美的大湖，一排杨柳点缀在湖畔。阵阵清风吹来，垂柳婀娜多姿，撩拨着湖水。

余统华感觉像疗养了一周。培训回来，到师干部科出公差，负责整理完善装订直属队干部档案。这与他当初以为能调出连队到干部部门工作大相径庭。他没有灰心，觉得自己多了一项工作能力，不是坏事。和他一起工作的是所属几个团的干部股干事。

新上任的干部科叶科长是从军干部处提拔来的，来检查档案工作，一进门就说："天这么热，大家辛苦了！"

余统华一听口音，就听出是老乡。一问是余统华南边邻县的。就这样和科长攀上老乡，休息的时候他有时跑到科长办公室聊上几句。又从科长那里，得知师政治部程主任也是家乡人。不忙的时候，余统华又壮着胆子跑到主任办公室，自报家门，就又和主任攀上了。

余统华用的塑料尺已是伤痕累累，豁了许多小口子。由于用力过猛，裁纸刀跳出豁口，一下子切到余统华左手大拇指，切开皮肉，都看到骨头了，鲜血直流！余统华右手紧紧捏住左手大拇指，嘴里"咝咝"地倒吸着气，血仍然止不住地从指缝间流出来，滴落了一地，余统华咬紧牙关。几个团的干事急得团团转！

文干事见了，赶紧找来创可贴，并要陪他到医院去。

他笑了笑说："一点皮肉伤，一会儿就好了！你忙去吧！"

第二天，余统华照常上班，大拇指仍在隐隐作痛，他一声没吭。

临近军队院校招生考试的日子。这天一上班，文干事见了余统华就告诉他："叶科长叫你去他办公室。"

叶科长一见余统华就说："听文干事说，你大拇指受伤了，好了没？"

"一点皮肉伤，何足挂齿！"

"你想不想报考西安政院？"

余统华说："谢谢科长！那还用说，当然想啦！"

"不用谢我，要谢就谢程主任。全师就一个干部报考政院的名额，主任说看过你发表的文章，让你去考！"

余统华再次走进考场，那些高中时会做的数理化题，不知咋的，现在却做不出来。结果可想而知，到西安政院再上两年的梦破灭了。

　　余统华觉得有点对不住主任和科长，上门汇报了思想，辜负了领导的好意。

　　领导鼓励他，别泄气，机会是给有准备之人的！

　　营部炊事班的一个老兵回家休假逾期不归，刘营长悄悄地让余统华去他老家把人带回来。

　　过长江时，他往大桥两边的江面扫了两眼，没什么感觉，也许来往次数多了，熟视无睹。可一到黄河，他早就伸长脖子，这是他第一次看到黄河，他感叹黄河水真黄，他喝的是长江水，这一比较，他才感到还是长江好！

　　来到了滑县，余统华知道这里的道口烧鸡闻名于世。一望无际的平原跟余统华的家乡多么相像啊！

　　收过玉米的秸秆变成了枯黄色，有的还挺立在地里，大多数堆成草垛，一个又一个散竖在田野里，像极了乡村母亲的乳房；田野像一面大鼓，雨点像鼓槌一样有节奏地敲打着。

　　临近晚饭时，才找到战士父母家。战士不在家，余统华说明了来意。父亲说出去了，也没说啥时回来。天已经黑了，雨还在下，走不了了，只得留在这里过一夜。战士父母拿出家中好吃的招待他。

　　饭后，余统华对战士父母说："营领导要我捎句话给你家儿子，再不归队，就要作除名处理。"

　　他怕老人听不懂，又补充了一句："就是开除军人的资格！"

　　战士的父亲这下听懂了，感到儿子事情严重了，连忙说："明天天一亮我就出去找！"

　　其实营长根本没说这话，但余统华要完成任务，回去要跟营长交人呀。

　　说完这些，本想可以安心睡个好觉，可谁知余统华睡的房间里，堆放着一个玉米粮囤，因是新收的，散发出玉米特有的味道，让人感到难以呼吸。这还不算什么，夜里许多只老鼠来来往往、打打闹闹，有的甚至爬到余统华耳边、脸上。余统华真担心睡着了，自己的耳朵被老鼠咬掉，干脆拉开电灯，几乎一夜未眠。

一回到排里，余统华看到自己办公桌上的台历芯上，写了许多字。

10月11日：老排到河南出公差了。

10月14日：老排怎么还不回来？

10月17日：老排长怎么还没回来，是不是出了什么问题？祝：一路顺风，平安归来！

看到这里，余统华感到心里暖暖的，竟然有战士如此牵挂自己。

"吴班长，你来一下，看看这是谁的字？"

一班长一眼就看出是他班上吴小宝的字。

吴小宝自从出生后，父母就离婚了，从小跟母亲相依为命，排长、班长自然对他关心相对多一些。

余统华刚回来一天，营部的那个老兵就回来了。

近来连队伙食越来越差。

吴为向余统华反映，炊事班长为拍连长、指导员马屁，竟想出用开水瓶灌大豆油送连干部那种遮人耳目的办法。连长、指导员家属还没符合随军条件，一直吃住在营区，米、面、油、菜基本上都是炊事班免费提供的。战士意见很大，纷纷向班长诉说；几个班长又一起向两个排长说；排长也向连队干部反映，一点没有改善的迹象。

怎么办？

余统华想起带新兵时为伙食和副营长争吵的事，已让他学乖了，不能再硬顶，只能来软抗。

星期天晚饭开饭前，一排长找到值班的二排长说起伙食的事，两人都想到了今晚"绝食"。于是召集各自班长，由班长再传达下去。

开饭的时间到了，二排长照常集合队伍，在饭堂前有气无力地唱了饭前一支歌。进食堂后，大家绕了一圈，没有一个人动筷子，又都回到班排。

司务长慌了！很快把全连绝食的情况报告给连长、指导员。正在家吃饭的连长、指导员当即放下碗筷，回到连队，通知召开全连干部会议。司务长、炊事班长一起参加，专题研究伙食问题。

会议开了很长时间。终于研究出如下几条：

除原有的连队经委会外，一是设立伙食监督组，两个排各选一名班长参加；二是每天的伙食费多少，买什么菜，买多少菜由两个班长轮流监督到位，任何人不得到炊事班拿菜；三是任何人不得侵占伙食费，不得用伙食费支出招待等费用；四是加强炊事班管理，提高烹饪水平；五是发放今晚的伙食补助费每人 6 元。

如此一来，伙食真的好起来，而且在全营吃得最好。

吃得好，干劲足，一好百好。连队各项工作也走在全营前列。

一排有个兵叫王光荣，来自贫困山区。大小工作积极主动，从不叫苦叫累，也从不提任何条件，是全连公认的好兵。

地爆二连连长看中了小王，于是就跟一连连长协商，想调他来二连连部当通信员。

余统华培养出来的兵，当然舍不得放。为此，还跟连长大闹了一次。但最终还是拗不过一连之长。

连长见一排长几天都不理他，就主动找他谈心："说实在的，这么好的兵，你以为我就舍得放了？话说回来，人家干好了，你就要给人家进步，给人家出路。在排里，你能给他多大进步？入党、当班长，了不得了。排里还有那么多兵，输送一个好兵出去，可以再多培养其他好兵，把发展进步的狭小空间让给后面的兵。"

一席话点拨了一排长。当初自己的新兵连长是如何举荐我去当保管员？又是如何舍得放我的？可事情搁到自己头上，咋就糊涂了呢？

水往低处流，人往高处走。

王光荣当了通信员，入了党，考取了军校。余排长为之高兴，小王也很感激他的排长。他感到从排长身上获取了许多正能量。

这天，指导员和连长交谈："我感到我们连队两个排的兵就像两个人，一排的兵实干上进，并在这个基础上处理一些关系；二排的兵总体实干精神不太强，会偷懒也想上进，尽想拉关系找门路。不知连长你有没有觉察到？"

连长说："怎么没感觉，成天和他们在一起，什么人带什么兵，一排的兵像一排长，二排的兵像二排长，都不像你我。看来，你我还要强化工作。"

余统华自己也感到，他在排点名时常用"正能量"激励战士上进，而二排长则与他相反，对兵经常讲社会、部队的阴暗面。从而，两个排的兵截然不同。

二排长第二年又去地方接兵了，一排长又在准备训练新兵。二排长这次带回来的纸箱比去年还多了两个。

年底，一排荣立集体三等功！

不久，纪立在省城和胡彩蝶举行了婚礼。余统华去吃了喜酒，心想，哪天轮到我结婚呀？彩蝶从国防科大毕业后分在省城一科研所，婚后，纪立的部队从省城周边合并到陇海线上的一个部队。

其他几个同学闹洞房去了，人家快乐，我心痛苦！

干脆回去吧。

马路上车水马龙，人来人往。帅哥靓女在这里从来都不缺少，俨然是大城市一道亮丽的风景。

时科长的爱人严红梅给余统华说媒，要余统华到她家来，并嘱咐他穿得帅一点。

余统华穿上夏常服，系上领带，又把军用皮鞋擦了擦，走到军容镜前一照，还扭了下腰，感觉特精神，一个标准军官！

拿上军帽，余统华兴冲冲来到时科长家。时科长不在，一个五十岁左右的男人坐在客厅喝茶。

余统华还没等嫂子说话，就先喊了一声："叔叔好！"

男人答应了一声，就上下打量起余统华来。

严红梅说："这是我们驻军所在江南县政府的胡师傅。"

严红梅又转过头对胡师傅说："小余是我们部队优秀的小伙子，人很上进，又有孝心，领导都喜欢他，我家那位也挺关注他。"

胡师傅问："家庭情况咋样？有没有啥负担？"

严红梅连忙接道："父母虽在农村，但那边靠海，条件还不错，父母身体都好着呢，家里也没其他老人，没什么负担。"

严红梅说："小余还是你来详细说说。"

余统华说了几句家里情况。

胡师傅喝了几口茶水，抽了几口烟，当着余统华的面问严红梅："你这儿还有没有个子高点的小伙子？"

严红梅直接回答："没有，即便有，也不见得有小余优秀！"

严红梅说这话时，意思再明显不过了，除了小余，我不会给你家女儿介绍第二个小伙子。

余统华觉得胡师傅太现实了，眼光不免有些短浅。但他还是强忍着，一个人把胡师傅送到大客车旁。

胡师傅上了驾驶座，发动了车子。

余统华挥挥手，其实是挥之而去的意思。看着渐渐离去的客车，心中响起那句：

"你家女儿就是天上的七仙女，我也不会娶！"

过了三四天，严红梅让余统华到城里相亲。余统华到女方办公室的时间是下午两点多。姑娘人长得不错，脸有些红，说是中午和经理一起陪客户喝酒喝的。不大一会儿，余统华就借口部队有任务回去了。

周末的晚上，余统华到时科长家汇报情况。

严红梅说："这女孩条件不错，虽和母亲一起过，但她的哥哥当经理，是她哥哥托我，并答应送一套房子给妹妹结婚。"

见小余没表态，严红梅又从余统华家庭情况说起："你老家在农村，要在城里买套房子谈何容易？把你父母两把老骨头卖掉都买不来。"

……

就这样，严红梅苦口婆心婆心苦口地做余统华工作，一直做到将近子夜，余统华还是没点头。

不过，余统华内心还是领嫂子这份情，十分感谢嫂子。

又过了两周，军区大院的一位领导帮余统华介绍了一位师职干部的女儿。余统华约会了三四次，就觉得女孩身上"骄气"太重，总以自己为中心，让别人围着她转，语言上还有些瞧不起农村人。余统华心想，要是娶她做老婆，很有可能和农村的父母处不来。宁可不娶这样的老婆，也不能不孝敬父母、不要父母！

余统华感谢领导，主动汇报说："首长，我觉得配不上人家。"

领导说："你可要想好了，人家对你本人印象挺好，等你结婚时，女方的爸爸就可能调正师啦，你还有可能调来军区大院，以后当个团职干部也不是什么大问题。"

谈？还是不谈？

让余统华犹豫不定，思想上反反复复。

过了三周，他终于清楚地认识到婚姻有几种，政治婚姻，金钱婚姻，感情婚姻。自己会选择何种婚姻呢？当然三种婚姻的交集是最好的。眼前，是明显带有政治婚姻的味道，答应这门亲事可以有人帮忙调到自己非常向往的军区大院，甚至能当上军队中层以上领导干部，这是多少人日思夜想梦寐以求求之不得的事！他想起历史上的文成公主，想到昭君出塞，那一开始就是政治婚姻，是为了国家和平、长治久安而采取"女人换和平"式的政治联姻，这么做也会给自己带来一些政治前途，可以少吃多少苦，少奋斗多少年，这种捷径谁不希望？

得与失，就看你需要什么。

余统华在婚姻的天平上最终在感情的盘子里加上了砝码！

第十四章

杨德在余统华考取后的第一年也考入南京一所军校。

这个星期天，余统华来看看他，他就像他的大哥哥一样在前面带路。

一见面，杨德就关心地问："什么时候和文彩云结婚？我正等着喝你俩的喜酒呢！"

于是，余统华就把军校后期为写信的事说了一遍。

"我的老哥呀，就为收不到回信，就为这点小事，你们就断了联系，真不把我当年的劳动当回事！你有没有想过，假如信是在途中丢失的呢？你也知道，我们盖免费三角戳的信又不是挂号信，假如她压根儿就没收到呢？"

余统华心头一颤，我怎么就没想到这些呢？

过了一周，杨德来到余统华连队，带来了文彩云的消息。她已脱去警服，在水乡一家外资企业。一句"结过婚啦！"是余统华最不想听到的！

余统华陪杨德喝了顿酒。

酒后他似乎更清醒了。于是拨通了文彩云的电话。

彼此一张口，就知道是彼此。

电话那头的文彩云说："我写过回信给你，怎么就收不到你的回信呢？我盼了好几个星期，好几个月，以为你找到了如意的对象呢！"

这端的余统华说："你就不能再写封信问问？"

"我一个姑娘家，怎么好写信去刨根问底？"

因为没收到一封信，竟断了世上一对美好的姻缘！投递员看似简单的工作竟也如此重要！

第一次休年假，余统华按省钱、省时最佳路径，先回家陪了几天父母，再去看望朱妈妈，此前朱妈妈已搬到城里来住了。

朱妈妈见余统华来，高兴得合不拢嘴。忙了一桌菜，仅山笋就做了三道菜。

余统华吃到竹笋就想到那句联语"山间竹笋，嘴尖皮厚腹中空"。我可不要做那种人，他心里说。

正吃着午饭，童秀提着水果进来了。她是宁为民生前的女朋友，为民牺牲了，她依然常来陪陪老人，余统华在这之前见过她，起身给童秀搬来椅子，朱妈妈给她盛饭。

下午，童秀陪余统华一起去纪念碑前看了看，并献了鲜花。一路上，看得出童秀已走出痛苦期，浑身洋溢着迎接新生活的青春活力！

回到朱妈妈家。朱妈妈悄悄地把余统华拉到房间里，问小余谈对象没有。

"认识几个女孩，没定下来。"

"你觉得童秀咋样？"朱妈妈含蓄地问。

"人长得漂亮，心肠又好！"

见小余没领会自己的意思，朱妈妈干脆就挑明了说："童秀跟我说，她喜欢上了你。"

余统华想了想说："我没想过。"

临走，童秀要送余统华到车站。

余统华说："谢谢啦！我一个大男人还要谁送？回去吧！"

可童秀执意要送。

去火车站的路上，余统华净挑不着边际的话说，让童秀不觉得冷落了她。

留校的孙敏杰自从在学院政治部干部科当了干事后，干得风生水起。他老家是山东的，自然是山东"营"，山东人把"人"念成

"营"。豪爽中不乏外圆的他，也自然成了全队学员联系的总机。

余统华回到学院驻地自然要跟他联系，孙敏杰要请余统华吃饭。

于是，余统华一个人来到孙敏杰的家，是学院在生活区分的房子，六十多个平方米，窗户上大红"囍"字正透着喜气！家中一套组合音响招人眼球，孙敏杰说："那是给俺媳妇练嗓子用的。"

孙敏杰说起媳妇喜形于色："她在省里的花鼓戏剧团，李谷一当年就是唱花鼓戏的。"

"你媳妇就是明天的李谷二！"余统华插了一句。

"那要看她的造化，今天在加班排练，一会儿回来陪你喝酒。咱俩先去饭店等她！"

孙敏杰从家中带了瓶酒鬼酒，来到了生活区门前街上的饭店。

不大工夫，一个红衣少女笑眯眯地来到孙敏杰身边坐了下来。

"这是咱们中队的才子余统华。"孙敏杰对身旁的美女说。

美女说："久闻大名，敏杰在我面前多次提到你，说当初学写文章还拜你为师呢！因此才留校。"

"那是他自身勤奋的结果！"余统华用手指了指孙敏杰。

孙敏杰这才有空介绍身边的美女："俺媳妇，楚映红，楚楚动人的楚，映山红的映红。"

"多好听的名字，佳人佳名！"余统华夸了一句。借机又看了楚映红一眼，她长得真漂亮，上身的红衬衫衬得她恰似一株妖娆盛开的映山红。

"来，喝酒！映红，咱俩一起敬我师父！"

"我只能敬一杯，不瞒你说，我一会儿还要赶场子。另外一个原因我靠嗓子吃饭，当然要保护好嗓子。"

余统华说："那就让敏杰喝两杯，你一滴也不要喝。"

"不行，我也有点馋酒了。"

楚映红吃了几口菜，就叫服务员上了一小碗米饭，匆匆吃完就要走，连西红柿蛋汤也没等得及上来喝一口。

"不好意思，俺送她一下，一会儿就来。"

映红提议余统华多玩两天。

"假到了，身不由己。有空和敏杰到我那玩！"

"好的！"说完，楚映红戴上安全帽跨上摩托车后座，车一发动，一溜烟跑了。

约摸一支烟的时间，孙敏杰又一溜烟回来了。

"来，咱俩接着喝！"

"你原来佳木斯那位东北美女呢？"

孙敏杰当年学写新闻时，曾把那姑娘的相片拿给余统华看过。叫谁看了，谁都会怦然心动！

"早不谈了。以前，俺以为会娶她做媳妇。一留校，才发现在身边找媳妇方便多了，省事多了，也现实多了。"

"来，干一杯！"

"不过，俺后来竟当了一回红娘。二班的江渔火分到了佳木斯，俺帮他俩牵了红线，入洞房快一个月啦。"

"我的师父朱东晖情况怎样？"

"军报上常看到他的文章，事业红火，爱情上正和本单位医院一位女军医谈恋爱，听说快要结婚了。"

"女军医叫什么名字？"余统华急切地问。

"叫舒什么来着？"

"舒芳。"

"对对，叫舒芳。"

余统华的心里立刻泛起一种说不出的味道。他已没心思吃喝了。他在校期间，偶尔有过小毛小病，在舒军医手下开过处方，见过她的美丽大方。

于是谢过孙敏杰，他要去看一家人。一路上，余统华羡慕起孙敏杰和朱东晖的婚姻爱情。

下午，余统华去看章昌荣。他和余统华是邻省的，又有文采，口才也好，人又长得帅。

刚进军校时，章昌荣写了一篇散文《我的草鞋丢了》，发表之时，令余统华刮目相看！那时，余统华就以他为标杆，一定要超过他！

在章昌荣办公室坐了会儿，喝了两杯茶。章昌荣给老婆挂了电话，说同学余统华从南京来了，嘱她尽量早点回来。老婆跟他说了晚上做什么菜后，他就领着余统华提前回家做饭。房子也是军校分的，跟孙敏杰差不多大，不同的是在另一所军校。两人边做饭边聊天。

"我分到河北去，对象是实小的老师，是那时开展军民共建活动认识的，女方家的人有点关系找到现在军校的领导，我把以前发表过的文章寄回来，这才调来学院政治部当了组织干事。"

章昌荣干咳了一声，接着说："以前写文章是有感而发，现在好似赶驴上磨，天天搜肠刮肚，写得人很憔悴，再这样写下去，我都快阳痿了。以后，你可别当组织干事！"

"我想当还当不了呢！哪像你这么有才！"

正说着，章昌荣的爱人回来了。

余统华一看脸就熟，喊了声："田老师！我记得你。"

"你还记得我，我只教过你们唱几次歌，可不许叫我老师，把我都叫老了，就叫我小田、田佳丽都行。"

"好色之徒怎能记不住美女呢？你给我们教第一首歌时，我们中队有一百一十多个学员，据不完全统计，至少有一百个人在暗恋你。"

章昌荣说："有这么多吗？"

"还要再加上你这个'地下党'，就是一百零一个。"

田佳丽听到这里，笑弯了腰。

婚后的她比起以前教歌时更有女人魅力，难怪章昌荣拜倒在她的石榴裙下。

饭桌上，余统华对田佳丽说："我们教导员天天像防贼似的，担心学员在驻地谈恋爱。防来防去，竟然灯下黑，没防到他老乡头上。"

田佳丽又笑了："我俩一起去请教导员吃喜酒时，教导员见了我大吃一惊，转头对章昌荣说，你小子，一个真正的'地下党'。笑得我肚子疼！"

"我觉得你俩绝配，胜过天仙配！"

章昌荣问："哪里胜过天仙配呢？"

"因为你胜过董永！"

余统华一句话说得夫妻俩捧腹大笑……

多好的婚姻！郎才女貌，才子佳人。余统华在羡慕眼前的一对夫妻时继续说道："其实，董永确有其人。据刘积兰《彭城堂笔记》所载：董永，乃西汉时人，家境贫寒，为雇佣糊口。山东青州贫女七妹，随父逃荒至西溪，见董永卖身葬父，身受苦辛，很为同情，便以身相许。成婚后，董永仍为佣工，七妹将自己从故乡带来的蚕子孵化，采桑养蚕织绢，为董永偿债，后劳累去世，遗有一子，乡人附会董永卖身葬父，孝感上天，派七仙女下凡，让董永留存一脉，即重返天庭。"

"你知道的还真不少。"田佳丽夸道。

"那是发生在我家乡的美丽传说。"

第十五章

又回到苦行僧式的生活。

刚回到连队，一班长吴为就立马告诉余统华："老排，在你刚走第三天的下午，一个叫文彩云的女人来连队找你，我告诉她你休假了。并给她倒了杯茶，她在你桌旁坐了会儿，喝了几口水，问了几句你现在的情况，就要走，我把她送到营门口的站亭，她让我转告你，她来过。"

余统华说："谢谢你，我知道了。"

一班长接着说："那个女人真文静秀气，好漂亮哟！老排艳福不浅。"吴为一脸的羡慕。

晚上余统华躺在床上，翻来覆去，怎么也睡不着。

第二天，余统华借口到军区总院看病，请了一天假。登上了去水乡的客车，上车前，他给她去了电话。

文彩云在车站接到了他。

她还像当年一样，几乎没变。要说变的话，就觉得变得越有成熟女人的那种成熟美！

她是开着女式紫红色摩托车来接他的，她要他坐在后面，他说他来开，她说不用啦！

她回到公司去处理一下手头上的事，让他在公司门口等她一会儿。他从刚才身体上的兴奋变得理智起来，利用这空隙，他在想，我这次来，意欲何为？能说什么？能做什么？能达到什么目的？自己怎么鬼使神差就跑来了？仅仅是解决相思之苦？

不长时间，文彩云出来了，没再开车。她招了辆的士，两人一起坐在后排座上。进了小区，上了一栋楼的二楼，到了她的家，家里没其他人。三室二厅二卫，一百二十多平方米，家里没多少家具，显得很简单，窗户上都钉了防盗窗。

文彩云说："我们小区几乎家家被盗过，后来就都装了防盗窗。"

余统华对此不感兴趣。

他看到主卧室床头上挂着文彩云和她老公的婚纱照时，心里很不是滋味，一股醋意从心底泛起。

余统华问："你儿子呢？"

"早上，我婆婆把小伟接走了。"

文彩云从抽屉里拿出一本影集打开，用白皙手指指着一张照片问："漂不漂亮？"

余统华定睛看了一下："像你又不像你，没你漂亮！"

"马屁精！当然不是我，那是我妹妹彩虹，还有几个月大学就毕业了，你看怎么样？"

"什么怎么样？"余统华没反应过来。

"你智商很高，情商太低。"

文彩云接着说："我上次去找你，主要就想和你说这事，不巧，你不在。这次你能来看我，我很知足，也很开心！我和我老公是警校时的同学，你误了爱情的班车，我为此深深内疚过！想了很久，才想到了这个较好的补偿办法。也跟我妹妹深谈过一次，她说，我姐看上的人能会差吗？不知你有何想法？"

"你妹妹又没见过我，怎么就答应呢？"

"你以前寄来的照片她也看过，她也夸你长得好看，字也写得好。"

余统华对她妹妹一无所知，他爱的是姐姐彩云。他不便作答，就说了句含糊其词的话："再说吧。"

晚上，彩云喊上她的婆婆带上儿子一起到饭店吃饭，她老公在外地上班。余统华塞给小伟一张一百元，说是给他买个小玩具。彩云说："不用，你还要省钱结婚呢！"推让了几次，才收下了。饭桌上，余统华很注意自己形象，不要给她婆婆留下不好的印象。

饭后，婆婆带小伟先回家了。文彩云留他住下来，明天陪他到周庄一游。余统华哪有心思？说要赶回去带兵。

于是，两人一起打车去火车站。彩云把他送到站，抢着掏钱帮他买票，并买了张站台票，送到站台，目送他上了火车。

余统华再也没有往日伸出头来挥手的那种激情了，只在窗口象征性地挥了挥手。

他想到了当年和彩云第一次见面时的情景，她为他买了把新伞挡雪，后来又送给了他。农村人迷信说，恋人是不能送伞的，"伞"和"散"是同音字，送伞就会散的。就像人家过生日不能送钟，因为"钟"与"终"是同音字。

想到这儿，余统华摇头苦笑了一下。

再见了，水乡；再见了，彩云！

第二天早上出操，武连长对余统华说："营长昨天打来电话要你去一下，并问我你谈对象没有。我说，可能没定下来。"

早饭开过，余统华来到营长宿舍。

"听武连长说，你昨天去总院看病，哪里不舒服？"

余统华不假思索地说："其实不是我不舒服，而是家中的老父亲有胃病，去给他开些药，寄回去。"

"孝子，应该的。"

"小余找对象没有？"

"认识几个，但没定下来。"

"没定下来就不算，我给你找一个，怎么样？"

"听营长的！"

"那我来安排你和姑娘就在这几天见个面。"

营长没说姑娘的具体情况，余统华也不便多问。

约会安排在星期天的上午。早饭后，余统华精心收拾一下自己，其实也没什么打扮的，有那份青年人的阳刚朝气和自信，就足够了！

还没见到姑娘，余统华就在头脑中想象她长啥模样。要是那个我日思夜想的姑娘该多好啊！

那是有一次，余统华坐公交车，偶然看到一位姑娘，正是他理想中的样子，酷似那年军校毕业五公里越野时幻化出的映山红仙子。

不可能！余统华自己摇了摇头，省城那么大，这种概率太小了。自己特意去找了三回，连个人影都没见着。

就这样想着，不知不觉来到营长家。

一进门，一抬头，余统华简直不敢相信自己的眼睛。

"怎么是你？"

营长爱人温琴听小余这样讲，就问："你俩认识？"

小余说："见过一面。"

姑娘也觉得面熟，好像在哪儿见过。她正在搜索记忆。

余统华故意不说，看她能否想起来。

姑娘一拍脑门："想起来了，在公交车上。"于是两人大笑起来。

余统华大笑的是，想到了两句：一句是"众里寻她千百度"，另一句是"踏破铁鞋无觅处"。

两人笑得温琴莫名其妙。温琴对余统华说："刘爱玲，我同事，也是我认的小妹，今年二十二，小余今年多大啦？"

余统华看刘爱玲就像十八，哪像二十二？听嫂子问自己年龄，支支吾吾地说："……虚岁二十……七。"他的档案年龄是二十五，但诚实的秉性还是使他说出了自己的真实年龄。

刘爱玲一听收起了笑容。

细心的温琴察觉到她的变化，余统华也感觉到了。

温琴把刘爱玲喊到里面的房间，悄悄地问了几句。一会儿一前一后出来了，温琴说："爱玲单位有点事先走了。"

刘爱玲对余统华报以一笑："余排长，再见！"

余统华把刘爱玲送到门外，挥了挥手，看她走远了，这才进屋。

温琴对余统华说："刚才她跟我说，她父母只同意男方大两三岁，而你大她五岁。她自己倒不太在意，也没感觉你老，就怕父母那一关过不去。"

余统华无奈地苦笑，谢过嫂子，闷闷不乐地回到连队。

埋雷，是地爆连日常的训练课目。一排长余统华带着战士来到训练场地，他本来可以让一班长做示范，但他心里憋得难受，好不容易见到朝思暮想的姑娘，又要眼睁睁看着她飞走，而不栖身他这棵梧桐树上。他憋着劲要给全排做示范，今天埋的是防坦克地雷。挖坑的动作要领是：三锹一转。可土里夹有石子，一排长一工兵锹下去，弹起一小块石子打在脸上，他全然不顾；第二锹下去，和石子撞击出许多火星；第三锹下去，还算顺利。可到一转，又遇到麻烦，遇到土里的石子，转不动，他拿出拼命三郎的劲来，才挖好了坑，手上已打起了血泡。

看来世上哪碗饭都不好吃呀！

听说时科长用不了多长时间就要到炮兵团当政委。余排长跟科长说想跟他调到炮团去，科长对他说："跟工作干不要跟人干，做什么事都要用长远的、发展的、辩证的、全面的眼光看待它。"余排长涉世不深，只觉得科长讲得好。

又到了周日的中午，营部通信员给余统华送来一张电影票，说是营长给的，要他下午去看电影。余统华顿时又兴奋起来。提前一刻钟来到影视百花园门前的马路边，见刘爱玲着一件火红色的风衣已站在门口高高的台阶上等他，余统华头脑中闪过几个成语，亭亭玉立、鹤立鸡群、风姿绰约。两人进入大厅，余统华问刘爱玲吃点喝点什么，刘爱玲说随便。余统华说自己口袋里只有五十块钱，就买了一桶爆米花两杯可乐，还找了三十四元。刘爱玲觉得余统华小气的同时，又觉得他是个会过日子的人。

看电影过程中，她告诉他，暂时没告诉父母，处一段时间再看吧。

余统华知道自己还没被"枪毙"，心底再次燃起希望之火！

他侧头跟她说话的时候，又闻到了那沁人心脾的香味。"你身上有股淡淡的香，真好闻！"

"猜猜什么香？"

"好像是茉莉花香。"

"猜对了，我生在茉莉花的家乡，从小就喜爱茉莉花。"

"但我更喜欢闻紫罗兰香味。"

他看到她提包里有本小说，翻了一下后对她说："等你看完后，能借我看看吗？"

"你现在就拿去。"

"那你呢？"

"我那还有二十几本世界名著，我看别的。"

回来的车上，余统华就在看这部小说。小说是美国作家德莱塞写的《珍妮姑娘》，珍妮出身社会下层人家，家里虽穷，但精神上却富有，人的本质勤劳、善良，很会关心人、很能善解人意，又特别能吃苦，重感情、重亲情。他三天不到就看完了。

下一个周日，余统华一见到刘爱玲时，便闻到她身上有股淡淡的他最喜闻的香味，这给他带来身体上的特殊冲动，他克制着。从她手上换来了《嘉莉妹妹》，这本小说也是美国作家德莱塞写的。嘉莉虽然出身条件好，但爱慕虚荣，好吃懒做。人的本质与珍妮截然相反，珍妮就像东方传统女性身上具有诸多的传统美德。余统华越看越喜欢珍妮姑娘，越看越讨厌嘉莉妹妹。

交往一段时间后，余统华情不自禁在日记本上写下了一行字：

刘爱玲，一个珍妮式的姑娘，好讨人喜欢！

第十六章

柿子红了。

余统华休假回家看望父母。

大姑父来了，一进门满脸喜气，对余统华和他的父母说："喜事主动找上门了。"

余统华边给姑父泡茶边问："什么喜事让您这么高兴？"

"昨晚，镇农业银行夏副行长到我家来，问你找对象没有。我说，以前没有，不知近来谈了没有，反正还没请我吃喜酒。

"夏副行长说：'镇影剧院叶经理的女儿在我手下，叶经理托我来说媒，包会计是我们多年的朋友，一打听，你还是余统华的亲姑父。这下，我觉得把握更大了，就兴冲冲开车过来了。'"

余统华一听就知道是老同学叶红托人来说媒。

父母听到这里，老两口笑得合不拢嘴，打着灯笼都找不到的好事，居然像天上掉馅饼掉到自己家。老两口笑眯眯地看着二小，包会计也正喜滋滋地看着他。

"谢谢姑爹！前面谈了几个，都白谈了，其实也没白谈，虽然没谈成，倒也增长了不少见识，增强了进取心自尊心，一步一步树立了恋爱婚姻观。"

姑父感到侄子变了，变得成熟了："我在农村帮人家说了不少媒，还第一次听你这么说。"

余统华喝了口茶说："这次回来之前，刚认识了一个姑娘，正在谈。"

姑父的表情有点变了，等待侄子的下文。

"我去烧饭，姑爹和老爸中午好好喝两盅。"说完，余统华转身出了堂屋，来到大门西边搭建的小厨房。母亲也跟着来忙饭。

母亲并不担心二小找不着老婆，自从二小上了军校，就更没过多地操这份心，她知道小儿子在好中选优。她在大儿子找对象时，操了不少心，请了周围好多邻居帮着说媒，第一个谈了一段时间，因为家里只有三间瓦房，两个儿子，在确认实在没能力砌新房的情况下，女方就终止谈了。余统华还亲眼看见母亲为姑娘缝过月经带呢，那时他才有点懂。第二个姑娘外表长相差些，一脸的雀斑，但人很会做农活。余统华在旁边插了一句："反正嫁给我是不会要的。"结果哥哥娶了第三个姑娘，可婆媳关系至今没处好。

母亲面带喜悦说："你自己谈了一个，现在你姑爹又上门提亲一个，自己拿主张。"

"嗯啦！"

"和你一起上学的高小到现在也没娶到婆娘。在农村，男孩子二十三四岁谈不上对象，就难找了，高小还比你大一岁，人家父母都愁死了，操碎了心！请的媒人能坐满几大桌，香烟发了多少条。"母亲变了口气带着同情心在说这件事。

他从母亲的话中还听出了要珍惜的意思。

以前是母亲一手烧菜，余统华当下手。现在他觉得母亲有些老了，就主动变下手为上手，母亲当下手。他烧的菜比母亲烧的菜味道好多了，他会在一些菜里加上老干妈辣酱。很快，饭做好了，一家人高高兴兴地吃了顿饭。

汪洋村顾名思义，是汪洋大海的意思，这里从前就是一片大海。

唐尧自从查出糖尿病后，就不再干农活，在父母的支援下，另砌了两间房，开了个小赌场。

回来第三天，唐尧来到余统华家喊他去他家打牌。盛情难却，余统华只好去了，路上，余统华想起小的时候，村里几个玩伴常聚在学校周围一起赌小钱。

一种玩法是砸钱。先在地上画一小圆圈，参赌的人把规定的赌注1分、2分或5分的硬币放在圈内，再在小圈外画一大圈，用铜钱砸钱，用石头剪刀布的手势确定打钱的先后顺序，每人打一下，轮流打，谁把钱打出大圈外，钱就归谁。准备开砸时，会有小伙伴口中喊一些有点二、有点荤的口号：让一下，让一下哦！哎，砸头赔卵子，砸鸡巴赔芦柴秆儿！有时候，砸飞出去的硬币怎么找也找不着，让余统华心疼不已。

还有一种玩法是投准。先在地上横放一块砖，再在砖上斜放一块砖，一头架在砖上，另一头支在地上。仍用石头剪刀布确定先后顺序，用铜钱撞击砖头，铜钱会从砖头的坡道上溜出好远。几个铜钱先后溜出后，头家站在铜钱的位置上把它拿起来，投准第二家的铜钱，投到小于一个铜钱的间距，下家就被吃掉，就要从口袋中掏出规定好的1分、2分或是5分的赌注，接着再投第三家，投不准，就由下家投下下家，以此类推，最后一家再去投头家。

几个玩伴玩上了瘾，有时就误了割猪草羊草，只好在竹篮里用许多小棍子支起来，再在上面放些草，回家好蒙混过关，不然，会挨大人打骂的。余统华也用过小棍子架空的伎俩，现在回想起来，仍觉得好玩好笑。

后来，学习任务渐渐地重了，也没时间玩了。

来到唐尧家，有两桌人在打麻将，余统华一点都不懂。唐尧早就约了几个人"诈鸡"，其中有两个也是以前一起打过铜钱的。余统华不会"诈鸡"，部队也有规定，不允许赌博。几番推脱，站在一边看了一小会儿就找借口回家了。

后来几天，唐尧又来喊过。余统华都找借口拒绝了。唐尧就不再来喊了。

余统华写信告诉刘爱玲回去的日期车次。

刚到长途汽车站，余统华就见到刘爱玲，多日来的思念让两个人的见面多了一丝柔情。

刘爱玲邀请余统华到家里做客，来到刘爱玲家，她打开衣橱，余统华以为她要换什么衣服，正准备回避，谁知她从里面拿出一个大大的红富士苹果："给你留的！"

"谢谢！"余统华长这么大从没见过这么大的苹果。看到这苹果，犹如看到刘爱玲的心，像红苹果一样红！

余统华张开双臂，拥抱着刘爱玲，轻轻地亲吻着……

紫金山那绿茵茵的草地上，紫霞湖畔的映山红旁，梅花山上的梅林里，玄武湖畔的杨柳树下，留下了两人成双成对的青春足迹。

这里山抱着水，水抱着山；这里山水相依，山水相恋！

朱妈妈来信了。

信中说，为民生前所在部队领导邀请她参加纪念宁为民的活动，回头来看看他。余统华心里很高兴，准备请几天假陪老人到省城转转，实现他当初的愿望！

他把朱妈妈欲来队之事，向直工科长时爱国报告了。时科长听后很重视，当即打电话向师政治部程主任作了汇报，程主任说："我让群工部门安排接待。"

朱妈妈参加完纪念活动后，那边部队给这边部队打来电话。群工干事带车接上余统华，一起到火车站来接朱妈妈。

晚上，师政委林东、程主任、时科长一起宴请朱妈妈，席间，嘱托余统华一定要照顾好朱妈妈。

第二天，余统华陪着朱妈妈去了南京长江大桥、中山陵、总统府。

余统华本想带朱妈妈去雨花台烈士陵园，怕老人触景生情，勾起对烈士儿子的思念，遂作罢。

晚上，朱妈妈说："我明天想去军区看看政治部主任。"

余统华把朱妈妈的想法报告了时科长，时科长报告了程主任，主任安排师政治部值班室报告了军区政治部值班室。

主任安排在下午接待了朱妈妈。这是朱妈妈第二次见将军，仍显得有些激动。

将军问："朱妈妈，近来身体可好？"

"身体还算好，只是睡不好，经常会梦到儿子！"

"生活上还有什么困难？"

"生活上也没什么困难，过得去，部队还经常慰问我，我们县、乡政府也很关心我。"

讲到这儿，朱妈妈拉住坐在身旁的余统华的手，放在自己的手心上，对首长说："小余这几年一直对我和为民爸都很好，春节不回自己家来陪我，经常写信打电话问长问短，还寄吃的穿的，每年都寄钱来。我别无所求，只请首长对他严格要求。"

余统华听到这里，一股热流涌上心头！

主任说："上次他来看我，我就觉得是个好苗子，一定好好培养。"

朱妈妈连声说："谢谢，谢谢！"

主任站起身，拉着朱妈妈的手："我还有些事，晚上就不陪您，请全处长陪陪您！"

全处长早站在朱妈妈身旁："我们陪朱妈妈逛逛夫子庙，请您吃南京小吃。"

"你们都很忙，就不麻烦了。"

朱妈妈又对余统华说："我们回去！"

还没等余统华开口，全处长说："首长特意安排的！"

"那真麻烦首长了，谢谢！"

逛了一段夫子庙后，上了晚晴楼。全处长带了瓶红酒，朱妈妈喝了少许，吃小吃的时候，还有几个小节目助兴。

回到干部招待所，朱妈妈说："明天上午我就回家了，到你这儿看了一下，觉得这里比较好，就不要去为民那个部队了。"

余统华点点头，于是放弃了申请去宁为民生前所在部队的念头。他扪心自问："我是在做烈士未竟的事业吗？"

第十七章

"轰"的一声刚过，就传来一名战士痛苦的尖叫声。

五连的这名战士迎外时不慎被雷管炸掉了两个手指头。事故发生后，团里请求师里从工兵营调来一名精通业务的干部指导战士训练，避免发生类似事故。

余统华接到调令，打起背包就登上了来接他的吉普车。

此时的余统华这才想到工兵营里那么多干部，怎么就偏偏调我呢？是我得罪营领导啦？还是得罪连长啦？营里我只得罪过副营长，没得罪过其他人呀！地爆一连二连编制四个排长，可实际上每个排这几年又多分了几个排长，每个排都有两个排长。我后面也有个新排长，咋就不调他们而调到我头上呢？

余统华的心中新添了个难解的谜……

按照凡连长的要求，余统华给全连官兵上了一堂点火管制作专业课。他在课堂上说："在我当战士文书时，就对雷管好奇，没人的时候，我就把电雷管放到窗外墙根下，然后把窗户关上，把电雷管的两根线头搭在一节2号电池的正负极上，电雷管瞬间就爆炸了，就像小鞭炮一样。可就是这样的'小鞭炮'差点要了一个排长的命。"余排长讲起了新兵连二排长开山回来时，把剩下的电雷管放在驾驶室挡风玻璃旁，车子一发动，电雷管导线搭铁导电瞬间爆炸，把排长炸得面目全非。他转而又讲，雷管只要操作得当，并不可怕。于是，他认真讲解了点火管制作的全过程："第一步，检查。第二步，切取。第三步，插入。第四步，固定。第五步，包缠。"

最后，余统华对全连战士说："前不久发生的事故，我不在现场，但我推测有这样两种可能。一种可能是为了省时。把导火索剪得太短了，延时不够，导致在手前爆炸。第二种可能是包缠不严。拉火管拉过后，火直接喷射到雷管内，引起瞬爆。因此，我们在今后要严防这两点。"

讲到这里，课堂上便响起了热烈的掌声。

不到一个月，迎外任务就来了。

指导员给全连官兵作了迎外表演前的政治动员。战士们听后，摩拳擦掌，士气高涨！

五连的班进攻表演科目平时效果就不错，而此次上级要求炸点的装药量是平时的 1.5 倍。迎外无小事，余排长认真检查每一个细节。

"砰砰"，两颗绿色信号弹尖啸着腾空而起！

战士们旋风般从观礼台下的两侧进入阵前壕沟。"开辟通道！"连长一声令下，抛撒爆炸带引爆"敌"阵地前的地雷阵，阵地前一里多远的开阔地带顿时爆炸声连天，硝烟弥漫。班长钟铁军小红旗一挥，战士们借着烟雾，分四个小组四路向"敌"阵地迅速猫腰进发。突然，"敌"碉堡射出一串串机枪弹，战士们在前进中卧倒，有的竟滑行 10 米开外，草地上的草犹如巨蟒穿过，分倒两旁，迅速出枪，开火还击；与此同时，战士身后我方壕沟边沿上左中右三挺机枪同时开火，一串串绿色的曳光弹拖着长长的尾巴，从战士头顶上呼啸而过，从不同角度射入"敌"碉堡射击孔里，压制"敌"火力。那边"敌"机枪刚哑，这边战士们迅速跃冲前进。

突然，"敌"碉堡复活了，又吐出长长的火舌，进攻再次受阻，我方三挺机枪又再次齐射，阵地上子弹如雨点般穿梭。爆破手迅速匍匐前进，连翻几个身，抵近碉堡射击死角处，拉着点火管，把炸药包奋力扔了进去，"轰"的一声，"敌"碉堡飞上了天。

战士们向纵深进攻。

"敌"纵深新火力点又吐出长长的火舌。进攻再次受阻，我防化兵迅速出击，喷火枪对着"敌"火力点喷出复仇之火，火焰烧着了山草树木，战士们穿过火海，继续向半山腰进攻，"敌"防守阵地枪声大作。钟班长小红旗又是一挥，四〇火箭筒射手在前进中突然蹲下，火箭弹在"敌"阵地中爆炸，手榴弹如雨点般投入"敌"阵，轰声一片，震耳欲聋，战士们杀声冲天，势如破竹，攻下"敌"阵地，我军红旗高高地插在"敌"阵上！

"砰砰"，两颗红色信号弹腾空而起！

所有参演官兵都感到这是自有迎外任务以来表演最成功、战场效果最好的一次！

参演官兵在表演前每人分到一块巧克力，午餐特意安排了红烧肉。

官兵们刚端上饭碗，山后三四个老百姓找到食堂，要找连长，说刚才的军事表演震掉了他们屋上的瓦，震碎了窗户玻璃。凡连长连声说"对不起"！叫来司务长跟老乡到现场清点，照价赔偿。

瓦和玻璃可以买新，可我们官兵却为此伤痕累累，有的甚至受伤致残！迎外官兵哪个手上、臂肘部、胯骨处、膝盖处不是青一块紫一块，全身找不着几块好皮！

对和平时期的军人，许多人都不以为然，认为他（她）们再也没有魏巍笔下《谁是最可爱的人》那般可爱了。

1993年10月21日18时20分，驻地一炼油厂发生了特大火灾。

火情十万火急！军区首长考虑调哪支部队上，迎外部队最近，可迎外部队肩负更大的使命，万一有个闪失，牺牲了迎外官兵，又怎么去完成军委、总部赋予的迎外任务？

首长只犹豫了一下，迎外部队就是突击队，就是敢死队！上！部队从接到命令后30多分钟就像神兵天降似的赶到事发地。

熊熊大火正在逼近310号油罐，罐内贮有万吨原油。在其周围，还有十几个万吨油罐，距离最近的309、311号油罐，间隔只有几十米，如果火势失去控制，后果将不堪设想！

救火指挥部把最难控制的310油罐周围的地面灭火任务立即交给两支部队。消防官兵用水灭，迎外官兵用沙灭。

团参谋长林福星是从二营营长提升的，他对自己带的部队了如指掌，他向团长建议调五连上。团长二话没说。

凡连长深知一排的三个班长是全连最强的，因此一排也是全连战斗力最强的。

余统华是一排长，只听他高喊一声："一排，跟我上！"

扛起沙包，冲向火海边，几波冲锋下来，余统华感到体力不支，他强忍着，这个时候绝对不能倒，他调整自己稍稍放慢了节奏，当战斗员不行，就当好最基层的指挥员，他把三个班的兵力科学合理配置，使其发挥最佳战斗力。

凡连长始终和任务最艰巨的一排战斗在一起，他想如果一排长指挥不力，他就取而代之。当他亲眼看到一排长的指挥得当，他就和一班的战士们战斗在一起，充当起一名虎虎生威的战斗员！

310号油罐此时就像一颗巨型炸弹，随时都有可能爆炸，而一旦爆炸，将会引起连环爆炸，其灾难和损失难以估算！

身处火灾现场的所有参战人员此时的脑袋就好比挂在枪口上，随时都有死亡的可能，一线的灭火人员早已把生死置之度外，赴汤蹈火，在所不惜！

310罐周围的火势在消防官兵和五连官兵激烈的战斗中，得到了有效控制。为防止万一，310罐顶要铺沙。

一排受领任务后，余统华又带着全排冲上去。此时油罐周围的铁架扶梯已很烫手，再烫也要上！

一袋袋沙子扛上去了。

此时两架直升机已飞临上空，抛撒着干冰，火灾现场笼罩在一片白色之中。

余统华和他的兵一个个像白胡子老人。

他们笑了。

随后他们又抱成一堆堆，一团团，一起跳着，不大一会儿他们又一起哭了。

他们庆幸自己没有死，许多战友只是有不同程度的烫伤。

随之赶来的国务委员、国务院秘书长紧紧握住参战官兵的手：

"党感谢你们！人民感谢你们！"

余统华深深地感到，和平时期的军人脑袋也是别在裤腰带上。现在的奉献与战争中先辈们流血牺牲是一脉相承的。

五连荣立集体一等功。

这边油库的大火刚刚扑灭，纪立的后院又燃起熊熊之火。

这天纪立回老营房办事，路过余统华连队，下了车。余统华见他情绪不好，脸色难看，心想他一定遇到什么事了，就把他拉到路边的小饭店，也没叫几个班长陪酒敬酒，他要和同学说说心里话。

酒还没烫热，就已经几杯酒下肚，纪立终于冒出了一句："我和胡彩蝶分手了。"

这让余统华大吃一惊，众人眼中多么令人羡慕的一对夫妻。

"什么原因？"

纪立一仰脖子喝下一大口酒后，说起他的故事：

我调到陇海线上的部队后，离家远，也在连队带兵，有时几个月回不来一趟。一天回来，刚进小区门口，遇到彩蝶的一位男同事，我主动打了声招呼，他冲我一笑，说了句："你要多回家看看。"

说得我莫名其妙，细细一想，人家或许是在友情提醒我。刚从家回部队的一个周末的晚上，我杀了个"回马枪"。没跟彩蝶说我回来。轻手轻脚上楼，轻轻开锁，门反锁了，打不开，我就上了一层，在楼梯口猫着腰守着。大约过了一个小时，我听到我家门锁响了一下，一个男人悄悄地走了出来。我的火腾地往上冲，想下楼狠狠地揍他一顿。他是彩蝶的科长，结婚时，来喝过我们的喜酒。我转而一想，打又能怎样呢？只能解一时之恨，弄得尽人皆知，我的脸往哪里搁呀？

我对自己连说了三个同样的字，忍，忍，忍。

直到看不到那个给我戴绿帽子的男人身影后，我才下楼开锁推门，彩蝶听到开门声吓了一跳，赶紧跑出来一看是我，更是吓了一跳，惊得说不出话来。我走到房间，看到了床上的凌乱，看见床头柜上的烟灰缸里还有两个烟屁股，其中的一个仍在冒着尾烟，苟延残喘有气无力。

胡彩蝶顿时流泪了。

我只淡淡地说了一句："准备分手吧！"就回来了。

好在我和彩蝶还没有孩子。后来，我也没去科研所找那个科长的茬，也没告他破坏我的军婚。

余统华听到这里，觉得纪立处理得很好。又倒上一杯酒："兄弟，干啦！'枝上柳绵吹又少，天涯何处无芳草。'你这么优秀，如果我是女人，也一定非你不嫁。"

说得纪立破涕为笑。

在余统华的眼里，凌云志和向时雨也是天生的一对。可就是这看似天生的一对也在纪立的后脚劳燕分飞各奔东西了。

没结婚的想结婚，结了婚的在离婚。如钱钟书《围城》里的人，城外的人想进城，城里的人想出城。

余统华为此纳闷，到底怎么回事呀？

凌云志大学毕业后留在省城一家大医院，与省城一小学老师向时雨恋爱结婚，过起了甜甜蜜蜜的小日子。余统华有时抽空来他家吃饭，主要是想听听凌云志的高谈阔论。看小两口子挺好的，没看出什么矛盾，只是觉得向时雨太爱干净了，甚至到了洁癖的程度。

得知凌云志离婚了，余统华主动约他来聚聚。凌云志坐在纪立曾坐过的位置，两人都不胜酒力，就点了梅子烫黄酒。几杯酒下肚开始倒豆子了："向时雨唯一的缺点就是太干净，干净得我的父母、兄弟姐妹一个个都不敢上门，一个个离我八丈远。我是个医生，我也爱干净，到这时我才明白干净过头了就是癖，就是病。她自己还不觉得，总认为自己对，我为此静心和她讨论过，我从农村出来实在不易，没有家人就没有我今天。她从小生活在大上海她外婆家，没有我们生活的经历，不知道我们是如何过来的，我说了一火车皮的道理，她还是听不进去，还是固执己见一意孤行，就是不能接受我的父母、我的家人。在这种万般无奈的情况下，我只能选择放弃她。我们好聚好散，没吵一句，儿子归她，我把医院分的 140 平方米的房子也给了她和儿子，我净身出户。明天我就去东台医院，到那里上班。我已拿到主治医师资格，过一段时间准备自己单干开门诊。"

余统华一直佩服凌云志，觉得他学习成绩好，但总觉得他书生气重了些，对社会有时太偏见，对人有时太偏激。但人绝对是个好人，业务上过硬。为了拿到主治医师资格证，他恶补英语，吃了很多苦，还用英语写了不少医学论文发表。对那些论文余统华如看天书，尽管他的英语还可以，但在专业英语面前，才知自己的浅薄。

余统华想到向时雨就联想到当年曾谈过的军区机关师职干部的女儿，多少人求之不得，可他毅然掐断。若是当初谈下去，他会不会是第二个凌云志？

酒烫得真热，胸膛里立时暖了。

余统华有点纳闷，恋爱的时候那么美好。咋婚姻就像一张纸，一撕就碎了。

第十八章

　　山上壕沟纵横交错，有的树干被烧成黑炭，山上的草也像鬼剃头一样，炸点掀翻的土随处可见，俨然一个战场。

　　团政委来到山下的连队检查工作，因为五连担负迎外任务，受场地限制，全团唯有五连单独在营区外。

　　政委把余统华叫到连部会议室，让他写一份《如何搞好连队"四个教育"》的调研文章。余统华结合连队教育，在《政工导刊》上找了些素材，梳理出几条行之有效的做法，两天后送到政委手中。政委什么也没说，余统华心里七上八下回到排里。

　　一周后的一天，通信员跑到一排，说副团长让他接电话。副团长说："告诉你一个好消息，刚刚结束的团党委会上定下来，调你到政治处组织股任副连职干事，你知道就行了，不要到处说。"

　　"是！谢谢团长！"

　　副团长和余统华的老家是同一个地级市的。他沉浸在要当组织干事的喜悦中，完全忘记了当年章昌荣的话。

　　第一天到组织股，余统华就觉得他坐的椅子虽然还是木椅，但要比"排椅"贵些，稍高档一些。屁股还没坐热，老干事洪福就安排工作，让他替政治处主任起草讲话稿，晚上加班。洪福也没闲着，自从组织股长调到省军区后，他吃了很多苦，早已挑起文字的重担，成了团里有名的大笔杆子。第二天一上班，余统华把稿子交给洪干事。到他手上时，稿子已被改得面目全非，他佩服洪干事改得好！

　　团里要召开党代会，这是五年一次的大事。洪干事负责起草党委工作报告，余统华负责起草纪委工作报告，几天下来，洪干事的报告打了38页，余统华的报告打了18页，党委工作报告是主报告，纪委工作报告相对是次报告，竟然一齐通过主任、政委、团长三关。

党代会一结束，洪干事调到军区去了。临走之前，职务也没提，他对他那个政委老乡一肚子的意见，熬了那么多夜，吃了那么多苦，就这样让他两手空空走了。

余统华可不这样想，他认为正是因为他辛苦了，他才成长为继股长之后又一个大笔杆子。也正因为此，他才有了这次被调走的机会。进军区大院那可是余统华梦寐以求的。

洪干事一走，组织股就余统华一人，这对他来说是个难得的锻炼提高的机会，但同时也是一次吃苦的机会。

八连连长雷明家在上海，老婆开公司，当时已是百万富婆，但雷明仍安心军营建功立业，师里树他为"岗位学雷锋标兵"，要团里先起草《关于开展学习雷明同志的决定》。

余统华熬到深夜十二点，也没写出来。这下政委急了，电话叫醒二营教导员时春光，他是老组织股长。第二天一早，余统华拿到打字员加班打好的学习决定，从头至尾认认真真地看了一遍，又忍不住看了第二遍，写得真好。一学习他什么，二学习他什么，三学习他什么，四学习他什么。余统华深知姜还是老的辣，更知道自己的不足，不再沾沾自喜、自我陶醉，那种飘飘然的感觉又没了。

这天，政委和主任带一名中尉来到股里，主任笑着说："小余，知道你一人辛苦，政委给股里配了杨干事，你要多传帮带。"

"我跟政委主任学，还处在学徒期呢，还请领导多带带我们。"

政委说："你真会说话，让人听了舒服。不是倚老卖老，你们要达到我现在的文字水平还要再喝几年墨水。"

"即使再过几年，也不见得赶上领导，到那时政委当上师政委，主任当上政委，水平更高了。"

政委说："就你会拍马屁，难怪程主任那么喜欢你。他上次跟我说，小余你要是不用，我就把他调到师政治部来，是他先发现你，我才有意到五连考察你。"

两位领导没有过多介绍杨干事，但余统华很快就知道了。干部股的陈干事和余干事同年军校毕业，一同参加新排长集训，又一同在师干部科整理档案。他告诉余统华，杨干事是军区首长的公子，军校大专毕业后职务挂在团警调连任排长，仍留校读本科，这不刚毕业，就被任命团组织股副连职干事。

陈干事说着说着心里更加不平衡起来："在下面干了几年的，不一定能晋职，人家在校读书的居然能晋职。"

余统华想了想说："本科毕业通常安排副连职排长，特别优秀的，也可以特别安排，人家一下子安排到咱们政治处，说明政治处能锻炼人、提高人，咱俩要知足，要珍惜！"

余统华觉得杨干事虽是军队高干子弟，但和那些纨绔子弟不同，为人处世、待人接物也都不错，又爱学习，将来一定大有作为。两人关系相处融洽。余统华来一些战友或家乡来人，有时杨干事主动帮余统华安排到军区的宾馆吃住，有时还请余统华到宾馆开个房间洗洗澡。

杨干事为人很低调，在办公室更多的时间是看书。余统华知道这样看下去，提高很慢，就和杨干事推心置腹谈自己的体会："杨干事，我们都知道一句话，那就是'纸上得来终觉浅，绝知此事要躬行'，这是陆游《冬夜读书示子聿》中的诗句，是一首教子诗，说明做文章不仅要从书上学，还要躬行，要从实际工作中学。"于是，余统华就把他认为不错的材料拿给他看看，并适当安排一些材料让他练练笔。

不到一年，杨干事下连当政治指导员，调正连了。而主持组织股工作的余统华，仍然原地不动，还是副连职干事。

这让余统华心里有点失衡。

部队开拔到江西参加光缆施工去了。

余统华留守，他构思酝酿已久的报告文学终于下笔了。写了近一周，周六，余干事怀揣着"新生儿"，来到了江北的另一座营房，找他的老乡打字员文林帮他打。余统华在旁边熬了一整夜，边修改边校对。东方一轮红日喷薄而出的时候，两个人的眼睛也都熬红了。

《情动百国来宾》就这样出炉了。

"砰砰"，空中两颗绿色信号弹拖着长长的绿尾巴。地面上，12名射手如轻燕般飞入阵地。

随着一声"射击"的口令，清脆的枪声划破靶场的寂静。

法国陆军参谋长史密特上将端着望远镜显得有些漫不经心、满不在乎的样子，看着战士们的表演。当一个个靶心如被巧手的绣女刺出"梅花形"的弹孔，呈现在他面前时，将军的蓝眼睛亮了，再也坐不住了，激动得站了起来，竖起了大拇指："中国士兵，Ok！"

随着一声惊雷炸裂天空，山雨欲来风满楼，乌云呈摧城之势压来，山谷笼罩在昏暗之中。

坐在观礼台上的罗马尼亚国防部长康斯坦丁·奥尔泰亚不停地打量着越压越低的乌云。

俄顷，豆大的雨点砸下来，似乎要和将军一起考验射手。

年轻上尉童裳显一身精干，如猛虎长啸，在洼谷中腾跃穿梭，随着枪响，散落在斜坡上的几组目标尽被消灭。

观礼台上响起一次次掌声！

正当他冲向最后一个目标时，一股旋风突然贴着山脊冲下来，靶子晃了两晃，眼看着就要倒下。说来也巧，雨点溅起的一抹泥浆随风势灌进了童裳显的右眼。时间容不得多想。童裳显迅速把枪托移到左肩，一道火红的曳光弹拖着焰尾准确集束地泻向200米外的靶心——摇摇欲坠的靶子像被一只无形的手搀扶着，悬在空中迎合着子弹出膛爆响的节奏跳跃着，直至那串长长的爆响拖着尾音消失在山谷时，靶子才如垂死的顽敌绝望地倒卧下来。

风声雨声更衬出山谷的寂静。将军们一颗颗紧悬的心在这一刹那几乎停止了跳动。奥尔泰亚仍保持着紧贴望远镜的姿势。

"左右开弓——中国枪王！"场上一人一语天惊，整个靶场旋即响起雷鸣般的掌声！

……

　　中国枪王就是如今的二营营长，余统华曾是他手下一名排长。

　　文章寄出去了，省城电台连续 3 天率先播出来，接着一些报刊陆续发表，驻地电台更是如获至宝，连续 4 天播出来。

　　这大大增强了余统华写作的信心，进一步激起他的写作欲望。

　　家乡的风带着海腥味，家乡的泥土带着芳草味。

　　余统华一回到家乡就闻出熟悉的味道。

　　他忙中抽空，回家给父亲送来一大包胃药，有气滞胃痛冲剂、胃乐舒、雷尼替丁，还给家人备了一些感冒发热拉肚子的常用药。

　　这里遍地是庄稼，当地农民采用套种的方法，一年四季几乎看不到空地。这里到处是绿色，连路边沟边庄稼人也不放过。这里的人们勤劳朴实，每天起得比鸡早的人比比皆是，可在那个年代死种田、种死田的人多。

　　就在这些地方，几乎每个村总有好几个光棍。小伙子一过二十三四岁，就难找老婆了。而女人却没剩的，不论瞎子、聋子，还是瘸子、瘫子，总有男人娶回家。

　　看望大姑父大姑妈成了惯例。余统华从大姑父口中得知叶红得了精神分裂症住院，为此心中不安了好长时间。姑父还告诉他，叶红后来谈了个对象，也是当兵的，回来时穿的军官服，说是军官，可结婚后，叶红到部队探亲，才知是志愿兵，这对她刺激很大，一心想嫁个军官，结果被骗了。

　　余统华动过去看看她的念头，可想来想去最终还是没去。他去看了高小。

　　高小已快三十岁了，他比余统华还大一岁。

　　抗美援朝牺牲了许多优秀儿女，那时国家鼓励多生，生得多的叫"英雄母亲"。有的生十多个，有的生七八个，三四个、五六个是最常见的。

　　高小和余统华都是六十年代末生的，上面有三个哥哥，一个姐姐。在高小生下来后不久，才开始实行计划生育。那时中国就已是世界第一人口大国。

大集体的时候，高小的父亲因为腿瘸，安排在生产队里做豆腐、千张，分田到户后就回家开了作坊。高小的大哥高长读完初中后，当兵去了，转了志愿兵。大队妇女主任主动上门提亲，把自己嫁给了高长，后来买了县委组织部长父母的老房子过上了自己的小日子。二哥高宽、三哥高大，还有他一直找不到老婆。当然姐姐是不愁嫁的，在该出嫁时就嫁出去了。高小的父母不知请了多少个媒人，花了多少条香烟，三个儿子还是光棍一条。高瘸子狠狠心把几十年的积蓄拿出来，托人从云南买回来一个叫云霞的姑娘，给三个儿子做老婆。

余统华得知高小的现状，想了很长时间，实在想不出什么好办法帮他，就从一万多元稿费中拿出一万借给了他，让他找点事做做。

第十九章

男大当婚，女大当嫁。

可余统华没有婚房，婚期一拖再拖。好不容易熬到了县级人武部收归军队建制的这一年——1996 年，这给他带来新的希望。

一个周末的晚上，在晚饭和《新闻联播》之间的这段空隙里，余统华来到军区政治部主任家。跟首长汇报了无房结婚的困难，说出了想到人武部工作的想法。

首长语重心长地说："野战部队虽然辛苦，但上升空间比较大，干到团职还是很有希望的；地方部队生活条件相对好些，但前途会受到影响，调个副团都比较难，你自己可要想好！"

余统华回来后，翻出军校那本有些泛黄的日记本，翻到那一页写着从"少尉到少将"的理想日记，看到那句"将相本无种，男儿当自强"，再看看那幅自己画的《燕雀安知鸿鹄之志》画，心中似翻江倒海，一阵阵说不出的难受。

理想在现实面前不得不低下那高昂的头！

野战部队留新汰老。把年龄大的干部要么安排转业，要么报上去，由上面统一交流安排到省军区系统，年轻有为的干部一般是不放的。余统华此时已是团政治处组织股的一支笔，上无股长，来了个军区首长的儿子杨干事又提升下连锻炼当指导员去了。团政委、政治处主任两人都舍不得放、不肯放余统华走。

经过一番周折，两位领导又不得不放，因为这是上面的安排。

余统华怀着恋恋不舍的心情，到江南县人武部报到。被安排在政工科，职务没变，仍是副连职干事。报到后，在筒子楼里分了两间宿舍。

团政治处主任安排车送他，他没要。他心里记恨他和团政委，像当初洪干事记恨政委一样。

一个周日的上午，他的战友开着解放车帮他送行李。刚到营房大门口，巧遇新来的团长，团长看到车上有两张旧办公桌，就要扣下来。余统华走下驾驶室，对团长说："团长，那两张破桌子不是团里配给我的营产营具，是我用两包烟从以前转业的干部那里换来的。"

团长说："我可不管你是怎么来的。反正它是团里的东西，也不是谁从家里带来的！"于是，就叫大门哨兵把桌子抬下来。

余统华虽觉得团长讲得在理，但事搁在自己头上，心里怀恨团长不近人情。

江南县城地处长江南岸，虽在省城周边，但此时和余统华家乡县城比起来，还是逊色一些，用当地老百姓的话说，主大街一泡尿尿两头，一支烟抽两头。

人武部工作在老百姓眼中只有征兵，其实其他工作也挺多，只是外人不太了解。就连余统华也是慢慢才体会到自己工作上的辛苦。

人武部明政委是县委常委，带着余统华下乡调研。路上他对余统华说："我们部里差个笔杆子，于是我就找军分区政委要人，一看你在组织股干过，好不容易像抢宝贝似的把你争来了。"

"还请政委多教教我！政委，我听讲，您以前当过三年兵就退伍了，您从退伍战士干到政委，真不简单！"

"你别说，还真有点不容易，不妨说给你听听，希望你以后能超过我！"

明政委清了清嗓子，端起水杯喝了口水，继续说道："刚退伍回家，找不到工作，遭人白眼，抬不起头。老父亲找队长，队长找大队书记，让我到大队当通信员，跑跑腿，打打杂，干了两年后当了民兵营长，又干了两年，调到乡团委，又从团委回到大队当书记，再从大队回到团委当书记，再后来当了乡党委副书记、书记，人武部收归前，才调来，这不，又二次入伍。你上过军校，比我底子好，要好好努力，但注意不要太书生气。"

一路上，余统华听政委讲了自己的成长经历，心想，政委没上过军校竟然走到今天的领导岗位，我读了那么多年书，至少也能干到他这个位置吧！

回到部里，开车的司机问余统华："余干事，乡镇送的东西放哪儿？"

"放门卫老师傅那儿吧。"

转眼到了征兵季节。

这天，余统华在办公室接到秀水镇武装部部长电话，说他们那儿来了一位盲母送儿体检。他向领导报告后，政委把自己的车派给他，他拿上相机就匆匆赶去。

正巧赶上盲母的儿子赵凡在量血压，盲母古秀英正站在儿子的身后。余统华早准备好相机，抓拍下这一镜头。他让医生多量几次，又把相机聚焦在盲母那双失明的眼睛上，盲母的头微微抬着，好像在看着远方，他赶紧按下快门。按一次快门，感动一次。盲母多么需要儿子在她身边，可她眼瞎心亮啊！殷殷爱子心，拳拳报国情！

《人民日报》独具慧眼竟然用半版放大了这张图片新闻！多家报纸也登出这张感人的照片。

人武部安排干部协助接兵干部把新兵安全送到车站码头机场。余干事每送一次，泪水就失控一次，他想起当年父亲送他时的情景。回来后，含着泪水，写下了《送兵》：

> 又到了送兵的日子，每到车站码头机场送一次兵，我的泪就要失控一次。
>
> 12年前，我也是在苏北一个小县城被父亲送走的。那天母亲把我送到村外的小桥，父亲和姐姐哥哥一起送我到镇上后，武装部的同志告诉送行的人可以回家了，可父亲又另乘公共汽车尾随我们赶到县城。换装时，曾参加过解

放战争的老兵父亲手把手教我打好背包，同时也把父亲所有关照我的话打进绿色的背包。我们新兵的午饭是统一安排的，我找干部多要了一份饭送给父亲，父亲说了一句意味深长的话："公家的饭真好吃呀！"我到现在才有所领悟。下午上车了，车子周围都是送行的人，车子发动了，当我伸手跟父亲道别时，我平生第一次看到父亲的眼里噙着泪水，我的手再也挥不动了，车外的雨渐渐沥沥，车内 40 多个新兵泪眼蒙眬，谁说男儿有泪不轻弹？

　　到部队后，收到第一封家书，哥哥在信上说，那天父亲送你走后，回到家，二老抱头大哭了一场。看到这里，我再也看不下去了，只是用劲咬住嘴唇，心里暗下决心，在部队一定要好好干，否则无颜见江东父老。

　　此后，我入了党，上了军校，当了一名军官，总算没辜负父母的期望。

没几天《送兵》就登在江南县报的副刊上。

1997 年的春节悄然而至。上班了，余统华还沉浸在过年的快乐中。

正月十三，2 月 19 日，一代伟人邓小平在北京逝世，举国悲哀！

正在上班的余统华伤心地流泪了，他的爷爷奶奶过世都没有像今天这样如此流泪，如此伤心！他深深知道，是谁改变了他个人的命运和家庭生活！

1977 年，刚刚复出的邓小平主持召开科学和教育工作座谈会，作出于当年恢复高考的决定。恢复高考制度，不仅仅改变了几代人的命运，也改变了余统华的命运，尤为重要的是为我国在新时期及其后的发展和腾飞奠定了良好的基础。余统华深知，如果继续推荐上大学，这样的好事也轮不到自己头上，从表哥被推荐上大学一事中可以得出如此结论。

他从内心深处感谢邓小平！

余统华生在"文革"期间，亲身经历了家中吃不饱穿不暖的苦日子。又是邓小平于1980年5月31日肯定了凤阳小岗村分田到户的经验，开始实行"家庭联产承包责任制"的农村改革，改变了中国农民的生活，也改变了余统华一家的生活。如今他家承包了九亩六分地，那地在父母和哥哥的手中越种越好！现在，还种起了塑料大棚蔬菜。肥沃的黑土地上刨出一个又一个金娃娃来！母亲再也犯不着偷胡萝卜啦！

他从内心深处感激邓小平！

离香港回归的日子越来越近。和余统华军校同学的唐人志来信告诉他自己正整装待发。余统华为他的同学高兴，为香港回归高兴！欣然提笔写下了《香港卫士》：

> 我军校时的同学——唐人志，在驻港部队步兵旅某连任连长。
>
> 每次捧读你从南国深圳的来信，心中热血直往头顶上涌。从你的来信中，也从《解放军报》上读到了1996年1月28日驻香港部队组建完毕的消息，在1月29日的开放表演中，你一显身手，成了"战争魔术师"的新闻照片刊于报上，而你却在信中如此写道："没想到一点点小小成绩，被记者在报纸上一登，竟成了'战争魔术师'，真是受之有愧……"
>
> 我的同窗战友，我知道你再过几天，6月30日就要开赴香港啦！你的肩上肩负着人民的期望，别忘了也替我为保卫香港多站一次哨。香港卫士，相信你会为此不懈努力。
>
> 不能与你同守香港，我在为你自豪的同时，努力干好本职工作，共同迎接这"东方明珠"回到祖国怀抱！
>
> 你就要去香港了，无以为送，特吟小诗一首，与君共勉、共庆！
>
> 一九九七香港归，
> 还我河山耻辱洗。

一国两制港澳先，

两岸一统终有时。

落后挨打史当鉴，

富国强军是根基。

炎黄子孙有血性，

前事不忘后之师。

余统华尤其对诗中那句"一国两制港澳先，两岸一统终有时"自我感觉写得好，两岸人民迟早有一天会统一的！就像《三国演义》开篇话，天下大势，分久必合。

他进而想到自己名叫"统华"，就是盼望中华早日统一，自己要是能当上指挥千军万马的将军，在自己手上能像当年郑成功收复台湾，回到祖国母亲怀抱，那该是人生中多么辉煌的伟业啊！

报社举办"迎香港回归"征文，《香港卫士》果然获了奖。

6月30日，他在收看电视时，看到了唐人志正精神抖擞地站在连队的排头接受江泽民总书记检阅香港部队。心里在想，要是小平同志能亲眼看到香港回归的这一天，该多好啊！

第二十章

郁郁葱葱的青山脚下，到处流动着迷彩身影。

一年一度的民兵军事训练开始了，其时民兵预备役工作重点围绕做好东南沿海军事斗争准备。

民兵中大多数是退伍军人，因此训练起来轻车熟路，有模有样。

余统华也来劲了，发动民兵写稿，每天编稿，小广播三次。逢雨天，就把全体参训民兵集中到大礼堂上政治教育课。政工科长在家留守，政委又很忙，给近千人上大课的任务落到余统华头上。他为此早早地备课，讲大家感兴趣的国际形势，讲台海形势，讲各国新式武器以及国产新式装备。民兵们听得津津有味，尤其是退伍兵更感兴趣，连小便都憋着。

训练中，余统华挎着相机，捕捉镜头。训练场上，巾帼不让须眉。他一次次按下了快门。

这个世界何日才能没有战争？不需要军人，不需要民兵？

训练场边上，一对野鸽子在觅食，觅食过后，又同时向前低伸着头，"咕咕""咕咕"地叫着。

"轰、轰"的炮声惊飞了野鸽子。民兵军事训练考核场上竟然还有高射炮打空中拖靶项目，而且命中率还很高，这让余统华刮目相看；民兵防暴分队的盾牌术表演呈排山倒海之势；还有一些军事科目的考核成绩都还不错。余统华觉得有些训练并不亚于正规部队，有些训练是对正规部队的补充。

那边训练考核场上弥漫的硝烟刚刚散去，这边会场上硝烟又起！

军事科长汪锋和副部长姜成在山美镇武装部军事训练是否评先上意见相左，互不相让，两人争了起来。汪科长突然又冒出一句："你收了人家好处，当然要替人家说话办事。"

"我收了人家什么好处？你当着部长政委的面说清楚。"

汪科长当场就抖出老底："山美镇武装部副部长王喜亲口跟我讲，从训练经费中拿出两千元送你。"

"没有的事，你这是在诬陷我。"姜副部长显得有些激动。

部长政委碰过头后，政委说："山美镇评选先进的事先放一放，马上安排人去调查此事。"

调查的人找到王副部长，他一口否认："没有这回事。"

这下，姜副部长硬起来了，哪里肯轻饶汪科长？分别找部长政委讨公道、要说法。

部里再次召开党委会，会上汪科长一副很不情愿的样子作了并不深刻的自我检查，党委成员又挨个对他进行了帮助教育。汪科长哪里听得进去？他觉得自己比窦娥还冤！

余统华在一旁做着会议记录，他相信汪科长不会空穴来风，王喜怎么可能会轻易承认呢？他要顾及的会更多。余干事从汪科长身上吸取了谨言的教训。

军分区参谋长观摩了江南县民兵训练成果，很满意，要求江南县总结经验做法转发全市。可军事科的人连加了几个班，弄出来的材料让部长看了直摇头，他把这项任务交给了政工科，科长又交给了余统华。余统华心里有想法，但又不得不写，在宿舍加班加点写了三天，部长审阅后满意地笑了。

进入 1998 年的 5 月，余统华明显感到今年的天气比往年热了，他有种不祥的预兆，预感到这注定是个不寻常的夏天。

进入主汛期，长江发生了特大洪灾，江南县民兵也和驻军一道上了长江大堤。江水汹涌，浑浊的江面上漂浮着许多从上游冲下来的垃圾，已经快淹到堤坝。堤坝下，是成片的水稻田，水稻正笑弯了腰；住在江边上的老人一个个愁云密布，都说多少年没见过这么大的水！

这边打桩固堤护坡加子堤连续奋战，那边江心洲洲头被洪水冲垮接连告急！

江南县委书记、人武部党委第一书记张中华果断把洲头抛石的艰巨任务交给人武部、交给民兵，全县民兵实施轮流战，洲头、拖石大船上一面面民兵旗帜被江风刮得哗哗响。余干事拍照写稿送稿，经常从江心洲跑省城。一天下午，着一身迷彩服的他从抗洪前线进城到报社送稿，乘上一辆红色夏利出租车，司机是一个小伙，显然喜欢军人。

"上尉大哥去哪里？"

"去《南京日报》社。"

"你不去抗洪去那干吗？"

"我刚从长江大堤上下来，到报社送稿。"

"不好意思，误会你了。"

"没关系。"

"电视上看到你们很辛苦。"

"我们的官兵、我们的民兵真的很辛苦！"

"其实干哪行都很辛苦，就拿我来说，每天一出来，眼睛就盯着路上的行人，眼睛睁得像田螺，找人送人，才能苦到钱。"

聊着聊着不知不觉就到达目的地，计程器上显示 19 元，他掏出 20 元钱，年轻的司机怎么也不肯收。他又把钱丢在座位上下了车，司机又赶紧追下车，硬把钱塞给他："就让我也为抗洪解放军做点事。"说完上车就走了。余干事站在路边，默默地向司机行了一个军礼。

这一夏抗洪，余统华已发表了几十篇部队官兵、民兵抗洪和老百姓拥军的报道。他在报道他们的同时，也被抗洪英雄顽强拼搏的精神深深感动，他被老百姓送来的绿豆汤、西瓜、毛巾、背心短裤感动，他看到妇女洗衣队为官兵洗军被、缝军衣，不收一分钱，他用镜头笔头一一记录下来。夜晚，他在挑灯夜战：

一二三四五六七，

长江洪峰接踵至；
嫩江蛟龙已四出，
松花江畔洪魔驰。
排山倒海惊天地，
鳞片锐刃削江堤，
獠牙利齿撕两岸，
南北夹击太恣肆。

三江告急急急急！
沿江干群齐努力，
危难时刻显身手，
风流要数我将士！

神兵天将险危处，
酷似当年渡江时。
浔阳溃决刚封堵，
保卫大庆战初始。
改革成果咱捍卫，
三军将士成大事。

西瓜茶水绿豆汤，
拥军大嫂浣军衣，
再现当年支前忙，
妇孺老少唱大戏。
军民团结赈灾演，
众志成城人心齐。

洪水无情党有情，
书记总理把民系。
动员讲话千钧力，

抗洪将士鼓士气。

喝令洪魔行正道，
可歌可泣感天地。
敢当降龙真英雄，
坚持坚持再坚持。
军民团结能撼山，
誓夺抗洪全胜利。

媒体正需要这样的稿子，《万众一心降洪魔》一到即发。

在人武部，春节除了值一天班，不再像野战部队那样战备值班走不开。余统华回到父母身边过年，陪了父母，也该去会会那些曾经在一起的老战友。周海峰一见余统华来了，格外开心，又叫上王春竹、薛海，喝酒打牌聊起军营往事，不亦乐乎！不知不觉，天快黑了，天气预报说晚上还有大雪。余统华告别战友，紧蹬着自行车。在离家还有五里多远时，狂风卷着雪，看不见路。邻村的哑巴开着摩托车见了余统华，一直在后面照着把他送到家门口，这让余统华好生感动。随着全国助残日的临近，余统华拿起笔：

> 随着助残日的临近，我愧疚的心情一天天地加重。一个四肢健全的我未能为一个残疾人做点事，却让残疾人着实地帮了我一次。
> 那是春节期间，我回苏北乡下过年。一天出去走访亲朋好友，晚上骑自行车行在回家的路上，天黑得看不见路，在离家还有五里多远时，狂风卷着鹅毛大雪。原本熟悉的乡间土路变得陌生了，我真不知道这路该怎么走下去。不一会儿，后面来了一辆摩托车，灯照得亮亮的，我借着灯光紧蹬着车，摩托车渐渐地超过了我，我心又沉起来，犯愁下面的路怎么走。

出乎我的意料，摩托车在我车前左边停下了，听到"哦、哦"声，我定睛一看，是邻村的哑巴。他的哦哦声我听不懂，但他的手势我看懂了，他让我坐在摩托车后面，用手抓住自行车的龙头，带了我一段路。车行不久，我感觉车头不好抓，自行车容易偏歪，人在车上也坐不稳，就大声喊叫"停车、停车"，一连数声之后，我这才想起哑巴他不仅不会说话，而且耳朵也听不见，连忙拍拍他，车停下，我们想了一会儿，没别的好办法，哑巴就"哦、哦"让我在前面骑，他在后面照。到了他家门前的路上，我用手势谢谢他，并要他回去，而他仍旧哦哦执意不肯，僵持了一会儿，我只好又骑上车。雪越下越大，天越来越冷，路越来越短，我感觉到灯照得越来越亮，一直照到我家门口。当我打开家门转头请哑巴到家里坐坐时，哑巴已掉转车头走了，我心顿时涌起一股说不出的情感。

邻村哑巴至今我只知姓王，今年多大，叫什么名字，一概不知。

助残日那天，省城晚报应时登出了这篇《哑巴照路》。

第二十一章

谁不想拥有一个家？正值婚龄的年轻人谁不想成家？

余统华爱唱潘美辰的《我想有个家》，正声情并茂地唱着——

> 我想有个家，
>
> 一个不需要华丽的地方，
>
> 在我疲倦的时候，
>
> 我会想到它；
>
> 我想有个家，
>
> 一个不需要多大的地方，
>
> ……
>
> 只要心中充满爱，
>
> 就会被关怀。
>
> 无法埋怨谁，
>
> 一切只能靠自己！

唱到这里，他停了下来，他最欣赏歌中的这句词："无法埋怨谁，一切只能靠自己！"

多少年前，就日思夜想有个属于自己的家！

余统华和刘爱玲经过五年马拉松式的恋爱，如今就要走进婚姻的殿堂！余统华大她五岁这件事，刘爱玲一直隐瞒着没告诉父母，只说大三岁。她对余统华说："这是我第一次跟父母说的谎言，是为了我爱的人！"余统华告诉她当年为了多几次机会考军校，那时把年龄改小了两岁，现在档案年龄恰好大三岁，但实际上大五岁。刘爱玲说："大几岁小几岁都不太重要，重要的是，是否真心相爱。"

下班后，余统华一边哼唱着"我想有个家，一个不需要多大的地方……"，一边自己装扮着新房。他买来一桶石灰浆，站在椅子上把天花板上的洞补补，石灰浆掉了他一头，像一只白头翁；又去买来一桶乳胶漆，把墙刷得白白的；再去买来地板革铺上。

星期天，余统华和刘爱玲一起去买了床、衣柜、梳妆台、写字台，还有沙发、茶几，一共花了三千多元。刘爱玲还有个弟弟没成家，她并不富裕的父母没要一分彩礼钱，这让余统华为之感动。二老说，只要你们过得好！

县文化局老局长已退休多年，是江南县有名的书法家，余统华仰慕已久。通过他的胞弟——江南镇武装部江部长，求了两幅字，一幅"军魂"、一幅"腾飞"，遒劲有力，气势非凡。挂在新房中，给婚房增添了一股魅力。

余统华的父母还有姐姐、姐夫、嫂子从老家来了，父母给了他五千元，两个姐姐各给了一千元红包，嫂子给了五百；其他事都安排好了，婚礼上的事老科长帮着张罗。老两口拱着手，就等着娶儿媳这一天的到来！

部长的红色桑塔纳洗过后，显得格外鲜红。成了新郎新娘的婚车，预示着一对新人的日子红红火火！

这对新人敬到明政委夫妇酒时，刘爱玲羡慕地说："瞧政委和嫂子多幸福！"

嫂子说："你们以后比我们更幸福！我刚怀孕时，想吃桃子，老明那时买不起，就上山摘野桃子，我们都是苦过来的！"

敬完这桌后，余统华边走边附在刘爱玲耳边悄悄地说："等你想吃桃子时，我把王母娘娘的仙桃偷来给你吃！"

"耍贫嘴，不过你有这份心我领了！"

闹新房时，老科长趁两个姐夫不注意，在他俩脸上涂上了一大片白花花的奶油，像两只花脸豹子，新房里充满了笑声！

第二天早饭后，一对新人陪着来参加婚礼的亲人一起到省城玩。

这时余统华手机响了，是政委打来的，要他赶回去采访。余统华交代了刘爱玲，并说了一句："辛苦你啦！"

刘爱玲笑着说："见外了吧？"招手拦下一辆的士。余统华跟父母说了缘由后，上了车。

军分区高政委听郝政委说了一名战士父亲的事迹后被深深打动，就要来看望慰问这位老农民。江南报社的记者李伟也来了。一行人来到江南镇，江部长早等候在路旁，迎上前去："请政委到政府坐会儿，喝口茶。"

郝政委望着高政委，高政委说："不了，直接去。"于是江部长骑着自己的摩托在前面带路来到了李士强的家门口，李士强早接到民兵营长的通知，两人一起站在家门口等候。江部长对老李说："市委常委、军分区高政委和县委常委、人武部郝政委一起来看看你！"

老李边说着感谢边流下热泪，高政委拉着他那满是老茧的手走进堂屋，坐在四方桌旁说："听江部长、郝政委说，你在老伴遇到不幸后，给部队的儿子去了51封'平安信'，克服了种种家庭困难，支持儿子安心军营，我代表部队感谢你！"

余统华早把准备好的装有慰问金的信封交给郝政委，此时郝政委把信封递到高政委手上，高政委又放到李士强的手上，老男人的泪再次夺眶而出！余统华按下快门，闪光灯也随之闪了一下。高政委和李士强又拉了会儿家常。趁这个时间，余统华和李记者商量了一下，两人都想留下来深入采访。余统华跟郝政委汇报了想法，政委非常赞同。

临别时，高政委拉着李士强的手说："你真是一个军人的好父亲！"

"我一定把地种好，把家搞好，让儿子安心部队报效祖国！"

采访中，这位老农民的故事让两位采访人为之感动，一直采访到傍晚，江部长才把他俩接到镇政府食堂，天已经很晚了，回不去了，余统华给刘爱玲的BP机发了条"在江南镇采访不回来"的信息。

晚上两人一起你一言我一句，写出了《51封"平安信"》：

"妈妈，我回来了。妈妈不要责怪儿这么迟才来叩拜您……"4月18日，江南县江南镇花山村现役军人李爱军回家探亲，未进家门，就直奔母亲的坟前号啕大哭！

　　李爱军于1997年12月9日入伍，到河北某部服役。可就在他走后的第6天，母亲江芬芳不幸遇车祸身亡，父亲李士强也受了伤。李爱军的二姐在去邮局拍电报时，却被父亲追了回来，李士强对女儿说："你弟弟刚去部队，告诉他母亲去世的消息，我怕他受不了。就算他回来了，人死又不能复生，还是让你弟弟在部队安心服役吧，天大的事我扛着。"

　　李士强让女儿给弟弟写信，告诉他父母身体很好，家中一切都好。虽然这样，李士强还是不放心，又让女儿教会他写"好好干"3个字，然后含泪用颤抖的手在信的末尾写下了这3个字。写完这封"平安信"后，李士强又托人转告亲友和儿子的同学，不要把家中发生的不幸告诉李爱军。

　　李士强失去妻子后，家境每况愈下，欠下了17000多元的债务，但不幸和困难并没有压垮这位铁打的汉子。为了渡过家庭难关，让儿子安心服役，他养了10多头猪，开挖了3亩大的鱼塘，承包了村里的泵站……每次李爱军写信回来，询问家中情况，李士强回信谈的都是"好消息"。

　　儿子曾多次打电话到隔壁邻居家，要听听妈妈的声音，李士强总是撒谎说妈妈在大女儿家或在田里劳动。儿子写信回来要家中寄一张"全家福"，李士强回信说家中正忙没时间照，并找来一张3年前的"全家福"寄给儿子。

　　在儿子参军的16个月里，李士强共寄去51封"平安信"。

　　前不久，李爱军写信告诉父亲即将回家探亲的消息后，李士强知道这回"纸终于包不住火"了，只得请村干部帮忙给部队领导写了一封说明实情的信。

完稿时，已是午夜。

此时，外面的世界似乎显得很宁静。

几只蚊子叮得余干事几乎一夜没睡好，一早打开电视，声音低低的。一条爆炸新闻，余干事叫醒了李记者，并把电视声音调大。

1999 年当地时间 5 月 7 日午夜，北京时间 5 月 8 日，以美国为首的北约悍然使用了三枚导弹从不同角度袭击了我国驻南斯拉夫联盟共和国大使馆，当场炸死三名中国记者邵云环、许杏虎和朱颖，炸伤数十名其他人，造成大使馆建筑严重损毁。

事件引发国内学生声势浩大的反美游行，包围冲击美国驻华使领馆。

"欺人太甚！"曾当过三年兵的李伟义愤填膺。

余统华接口道："国人当自强！"

父母见儿子工作忙，就执意要回去了，走时刘爱玲准备了一大包喜糖，并拿出一千元给老人，妈妈说："你们刚成家，留着自己用吧。"

爱玲说："我们年轻，好挣钱。"硬是塞给妈妈了。送走亲人后，爱玲告诉统华还有八千多块。她还说近来胃有时疼，统华带她去看了医生，并给她订了份酸奶。

《51 封"平安信"》被《人民日报》《解放军报》登出来了，中央人民广播电台也播出来了，并获得全国县市报好新闻一等奖。

余统华把李伟和他女朋友于梅一起请来家，刘爱玲烧了六个菜，李记者吃得满嘴冒油，直夸爱玲菜烧得好。爱玲说："李记者新闻敏感性强，善于以小见大。我以茶代酒，敬你和于梅一杯，以后多教教统华！"

"他已是副营级干部，我在部队还只是小兵蛋子一个，他应该多教教我才是！"

"韩愈在《师说》里说，学业有先后，术业有专攻。别谦虚了，我虚心向你学习，就拿《51 封"平安信"》来说，开头导语用倒叙的手法，是你想到的，很值得我学习！"

于是，两人开怀畅饮，好好地庆贺了一番！刘爱玲和于梅谈得也很开心。

没隔几天，江南县委副书记李玲代表县委并带着民政局局长一起上门慰问了李士强，送来了2000元慰问金。

李士强也因此被表彰为"支持国防好公民"，市委常委、军分区高政委亲手为他披挂绶带。

一天下午，李伟打电话给余统华说晚上到他家蹭饭。细心的刘爱玲发觉李伟心事重重，就问李伟有什么心事。

李伟难过地说："于梅父母不同意我俩谈恋爱，因为我大于梅八岁。想请你帮忙从中说说。"

第二天，刘爱玲约于梅在外面吃晚饭，推心置腹地和于梅说："统华比我大五岁，我爸妈只同意找大三岁以内的，可我一直瞒着父母，现在他们知道了，觉得我做得对，不但没骂我，还说只要你觉得好就好，是你跟他过一辈子。"

于梅动情地说："我和李伟谈了三年啦，知道他人好，有水平，是报社的一支大笔。可父母的话也不是没道理，通常女的寿命比男人长，以后还有那么多年，我一个人怎么过？"

李伟失恋了，如霜打的茄子。

可没过多久，他又生机盎然！

被县委组织部抽调去搞"三讲""三个代表"教育后，李伟正式调到组织部办公室。不久和一个貌若仙女的小学女老师谈了恋爱，没多久就结了婚。

女老师小他整整十岁！

李伟的婚礼是在生他养他的江南小镇举办的。余统华和刘爱玲不仅参加了，还早早地来帮李伟忙这忙那。李伟对余统华说："在我们村里出了一个最大的官，28岁那年，就当上了局长，而且是发改局局长，人们都推测他能当上副县长，你知道他是谁吗？"

余统华摇摇头："不知道。"

"那我就告诉你吧：田长耕。"

"现在的民政局长，这我知道，人武和民政打交道最多，我还常去他办公室。前几天和政委一起到他办公室，他不仅给政委，也给了我两条烟。"余统华在今天听来，隐约地感到"田长耕"这个名字不好，田长耕呀田长耕，你当再大的官都要解甲归田，你是常耕田。

第二十二章

受"国人当自强"的警醒，余统华觉得努力工作之余，还要再学点什么。他一直把"男儿当自强"奉为信条。

恰在此时朱东晖从长沙调到杨德就读的军校，继续从事宣传工作。东晖在电话中告知统华，他爱人舒芳也调到学院医院，并请统华周日来吃饭，他欣然答应。他想和东晖谈谈参加军校函授学习的事。

周日上午，艳阳高照。出门前，余统华还照了照镜子，觉得自己比军校时成熟了些，那份男人的自信虽经岁月的磨炼有所减退，但也没少多少。

东晖在军校南大门口接到了提着果篮的余统华，两人有说不完的话。

到家后，舒芳赶紧从厨房里出来，在围布上擦了擦手后，指着餐桌上的茶杯会意一笑说："茶早就泡了，喝口水，一会儿饭就好了。"

"舒军医，不，应该叫师娘，真漂亮！师父艳福不浅，好福气！"

"别拿我开心，听东晖说你很用功，很有志气，也很优秀，今天终于见到了。"

"其实我早就见过你，找你看过病。你那时可是我们学员心目中的女王，也听孙敏杰夸你漂亮贤惠能干，今天终于又见到了。"

"别再夸了，上菜，我和统华好好喝两盅，现在酒量大了些吧？"

"大了，以前一两，现在一斤。"

"这么见长了。"

"一斤啤酒。"

舒芳正端着菜，听到这话，"扑哧"一声笑出声来："我差点把口水喷到菜上。"

饭桌上，舒芳问起余统华结婚没有。

"刚结婚不到两个月。"

"有空带她一块来，我当炊事员。"

"谢谢嫂子！一定带来向你学习。"

晚上，余统华打朱东晖手机关机，打到家里，舒芳接了。

"师父呢？我想明天上午过来报名交钱。"

"你前脚走，他后脚就去办公室赶稿子。到现在还没回来，我还在等他吃晚饭呢！"

"真是一个优秀的男人！值得我好好学习。"

"你俩都是！我把手机号留给你，想吃饭提前说一声。"

第二天上午，余统华来军校交了钱，朱东晖带他找到了函授部领导。办完事后，余统华谢过朱东晖。东晖说："舒芳让你中午到家里吃饭。"

"下次再来，代我谢谢嫂子！"

盛夏时节，石城火炉。烈日炙烤着大地，晒得地里的庄稼没精打采垂头丧气。

余统华想在下班后买西瓜回宿舍解解暑，于是拿起笔写起了文章，一篇散文，一首小诗，还有一篇言论，都是有感而发，用不了多久，稿费就会来。他很自信，这自信是建立在一定水平基础之上的，并且被实践多次证明了的。他还想写篇新闻稿，但坐在办公室里不能胡编乱造，真实是新闻的生命，他放弃了写新闻的念头。可谁知买西瓜却让他捡到了一篇获大奖的新闻。

在二马路的路沿上，余统华如愿买到了西瓜。回到宿舍，他拿了一个在公用水龙头洗过，他在切瓜时就想过要送一半给隔壁的姜参谋，打开一看，傻眼了，瓜瓤不好看，呈暗红色，再用舌头舔舔，有股馊味。他装回塑料袋，找到卖瓜的老汉。老汉同意换瓜，接连开了四五个，都是一个结果。在处理西瓜整个过程中，余统华看到了一幕

"啪，啪……"一个个滚圆光滑的大西瓜砸在地上，破碎了，砸瓜的老汉砸一个心疼一下，砸得他的心都快碎了。这是 7 月 8 日傍晚发生在江南县城二马路路口垃圾池边的事。

砸瓜人是青山乡荷花村 59 岁的村民马仁诚。当天下午，马老汉推着一板车西瓜步行七公里赶到县城指望卖个好价钱。一个建筑工地的工头一下子买了两蛇皮袋；一个当兵的又买走两个。可没多久当兵的又把瓜拎回来了，说瓜坏了。马老汉从瓜堆里拿出一个，打开一看，颜色不对。再闻，有一股异味。老汉顿时傻了眼，又打开一个，还是老样子；再开，还是；接连开了四五个，都是如此。老汉头上的汗急得直掉，掉在暗红色的瓜瓤上，随之眼里涌出了泪，老泪纵横。原来，马老汉的瓜田在一低洼处，6 月底 7 月初瓜田被淹，瓜在水中浸泡了一周，天晴之后气温升高，西瓜受热，瓜瓤馊了，但其外观跟好瓜一样。这时，又有三四个不知情的人围在瓜车旁要买瓜，马老汉一时不知所措，自己种了十来年瓜，左邻右舍都说自己种的瓜甜，没想到今年砸了锅。

正在犹豫之时，一个约摸三十来岁的瓜贩子走了过来，把马老汉拉到一旁说："老头子，刚才的情形，我都看到了，这瓜还能吃，不如打个对折全部卖给我，还能捞回点成本。""这瓜不卖了！我不能只为赚钱，而让坏瓜坑人。"马老汉边向周围的人解释，边退钱给当兵的。那瓜贩子以为马老汉嫌钱少，于是又说："我知道你种瓜辛苦，我再加你一毛。"朴实憨厚的马老汉显得有点不耐烦："不卖，你给再多的钱我也不卖！"说完拿起西瓜就向旁边的垃圾池砸去。

砸完后，马老汉推着空板车匆匆走了，他到工地追瓜去了。

就这样，《马老汉砸瓜追瓜》获得全国县市报好新闻一等奖。

县里每年召开一次议军会，听取民兵预备役工作报告，解决存在问题和困难。县委书记张中华、县长江海宁等四套班子主要领导，以及财政局局长等部门主要负责人参加。县委常委、人武部政委郝向东代表党委作工作汇报，讲了成绩做法后，讲存在问题和工作上的困难。江县长讲过后，县委书记、人武部党委第一书记张中华讲话，余统华见他把人武部给他准备的讲话提纲放在一旁，滔滔不绝。会后，余统华整理张书记录音讲话时，油然而生一股敬意。整理完成再一看，一篇很生动的领导讲话，高屋建瓴，又很有见地很有办法地解决了人武工作上的困难。这令余统华佩服不已。

县财政拨给人武部的工作经费也从余统华来后第一年的60万，第二年的80万，涨到今年的110万。县财政局的科长带人来部里审核，后勤科助理又来余干事办公室拿信封。

年底召开全县武装工作总结表彰大会前，余统华起草了会议一揽子讲话稿，经政委修改后，再送给戴部长，戴部长要余统华把人武大厦的成绩归功于党委一班人改为行政主官。余统华把部长的修改意见说给政委，政委不同意，党委一班人的功劳说成行政主官他部长一个人的功劳，党委分工他具体负责，他只是多做了些工作而已。余统华处于两难之中，但党委工作报告，常以党委书记拍板。人武部党委书记是政委，部长是党委副书记。就这样，就为这事，戴部长开始记恨余统华，认为他听政委的，是政委的人。而余统华还蒙在鼓里。

余统华又把起草的县委书记讲话稿，经政委部长把关后，送到县委办公室秘书科。秘书科呈送办公室主任，主任批给分管文稿的副主任，副主任对武装工作是外行，只看文字上有无错误，几天后回到余统华手里，一字未改。会上，余统华见县委张书记几乎照着稿子念，偶尔脱稿讲讲，心中有种说不出的成就感。

人武部政工科和县委办公室秘书科工作上联系很多，除了领导联系收发文件外，政工科还有好多材料要印，人武部文印条件相对落后，余统华经常私下请秘书科的同志帮忙，并请秘书科科长于明、副科长周会来人武部喝酒。政委很支持，并把张书记的跟班秘书一起请来，亲自陪同。

年终党委会上，因政工科科长空挂，余统华列席会议并做记录。会上有一项议题不做记录，那就是研究分配给县领导的慰问金，当然还有财政局长的份。余统华听见一个总数20万，也不是平均分配，而是根据级别和对武装工作贡献的大小。会后，门助理来到余统华办公室拿了十多个信封。余统华建议给县委办秘书科、政府办秘书科的同志也准备点香烟，政委二话没说。

后来的戴部长没把先来的郝政委放在眼里，工作上明显欺负他。一向不喜欢搬弄是非的余统华实在看不过去，就提醒政委。谁知政委一笑了之，并给他讲了《六尺巷》的故事。

　　清代文华殿大学士兼礼部尚书张英的老家人与邻居叶家在宅基的问题上发生了争执，公说公有理，婆说婆有理，谁也不肯相让一丝一毫。由于牵涉到尚书大人，官府和旁人都不愿沾惹是非，纠纷越闹越大，张家人只好飞书京城，让张英打招呼"摆平"叶家。

　　张英大人阅过来信，释然一笑，笑得旁边的人莫名其妙。只见张大人挥起大笔：

　　千里家书只为墙，让他三尺又何妨。

　　长城万里今犹在，不见当年秦始皇。

　　于是交给来人，命快速带回老家。家里人一见书信回来，喜不自禁，以为张英一定有一个强硬的办法，或者有一条锦囊妙计，但家人看到的是一首打油诗，扫兴得很。后来一合计，确实也只有"让"这唯一的办法。于是立即动手将垣墙拆让三尺，大家交口称赞张英和家人的旷达态度。张英的行为正应了那句古话："宰相肚里能撑船。"尚书一家的忍让行为，感动得邻居一家人热泪盈眶，全家一致同意也把围墙向后退了三尺。

可余统华听完后，对政委说："人家不见得也退三尺。"

"他退不退是他的事。这事我跟军分区政委汇报过，领导语重心长地对我说了句，互相补台，好戏连台；互相拆台，共同垮台。"

这让余统华从看似软弱可欺的郝政委身上学到了做人的胸怀肚量以及远见。

第二十三章

首都北京，谁不向往？

政委部长商量后，派余干事到北京学习。美其名曰学习，其实是去送稿。

郝政委工作思路非常清晰，他要把江南县的武装工作宣传到全国去，把县委书记、人武部党委第一书记党管武装的事迹和县长这个武委会主任的事迹一块宣传出去，这样才更好开口向县里多要钱，有钱好办事，武装工作才能越办越好。

余干事为此加班加点十几天，搜肠刮肚，准备稿子。女人生孩子是一天天长大后一朝分娩，可写稿是速成式，芝麻小的吹成西瓜大的，把稻草说成金条，几个人甚至是一班人的功劳都写到一个人头上，余干事虽觉得有些违心，但工作不得不这么去做，否则也上不了稿，完不成任务。再说多写领导的好，也不见得是坏事，说不定多少能起到促进作用。

报社用这样的"免费"人员乐此不疲，想去的人很多，还要看跟报社的关系，且来的人要具有相当的文字水平和新闻专业知识。余统华早就扬名报社，他采写的稿件登了两个头版头条。一篇是《警世钟在南京敲响》，另一篇是《中日万名学生寻访南京大屠杀幸存者》。

余统华临出发前，把他二姐儿子的户口从老家空挂到江南镇，准备让他当兵考军校去，走他走过的路。

新婚燕尔，就要分别几个月。刘爱玲把余统华送上火车，叫他熬夜不要太长，不要太累。余统华笑着说："别担心我，我当兵在外习惯了，倒是你自己照顾好自己。"

一觉醒来，从南京就到了北京。余统华第一次坐硬卧，也是第一次来首都。散落在现代鳞次栉比的摩天大楼里的古皇城，仍彰显出古老的庄严与皇家气派。

余统华终于见到了神交已久的高编辑，他多次编发过他的稿件，让余统华折服。高编辑把他带到副社长办公室，受领工作，并说到时还会发些生活补助。

他开始从每天收到的稿件中筛选，挑出稍有价值的编成几句短讯，再由值班编辑把关，放到报纸中缝，这是照顾报道员的情绪。

报社招待所里住着一拨又一拨的送稿人。负一楼在地下不通风、不采光，因为价格低，里面住的人相对更多些。时间一长，余统华就和这些"地下工作者"成了朋友，他们羡慕余统华和报社驾驶员住在一楼的房子里。余统华深深体会到他们的辛苦，主动帮他们编些小稿件。

最让余统华感兴趣的工作是把样报送到副总编、总编那里，改过后，值班编辑再出样稿，让余统华校对。总编、副总编是如何改的，一对照，一比较，就能看出技高一筹。有时修改了一个字、一句话都能起到画龙点睛的作用。余统华从中学到不少东西，尤其是如何把枯燥无味的新闻写成优美的散文式新闻，让读者感兴趣。

这里汇聚了可谓全军最优秀的才子才女。余统华此前还沾沾自喜，甚至有点夜郎自大、自以为了不起，一段时间下来，他变得虚心多了，更爱学习了。编辑编稿评好稿奖、好标题奖，一个月下来，奖金相当可观，余统华对这些倒不是很羡慕，他反而对好稿、好标题更感兴趣。

余统华时刻不忘此行的目的是上稿，他竭尽全力做好工作的同时，还要和总编、副总编、编辑处好关系，近水楼台先得月，其实这月并不是那样唾手可得，其中的艰辛只有经历者才知。江南县委书记张中华《倾注"偏心"为国防》的文章终于见报了。余统华在第一时间报告了郝政委。

郝政委好开心，屁颠屁颠把报纸送到张书记手上。其实书记办公室每年都有人武部替书记订的国防报纸杂志，意图让领导增强国防观念，对武装工作高看一眼，厚爱一分。后来余统华当了县委办公室秘书时才发现，县委书记几乎没翻看过。

张书记看过后，笑着对政委说："文章写得不错，可我做的没你们写得那么好，我知道，这是政委在拿鞭子抽我呢！用'抽我'形象具体点，用'拿鞭子鞭策我'更雅点。往后啊，我会更关注这块工作的。"

"书记很忙，经济发展的压力很大，仍一直很关心我们的工作，要人给人，要钱给钱，江南有您这样的好书记是我们的福气！"郝政委满脸笑着说。

远在北京的余统华终于长长地舒了口气，此行任务已完成大半，还有县长武委会主任的稿件要见报。他有种卸了一块大石头的感觉，该出去看看了。在京的好几个同学都来看过余统华，卫戍区的郑林已是营长了，安排了一辆车给他转。

周日，余统华来到天安门前的长安街上，一股热血直往上涌，心仪已久的天安门从上小学时就一直向往，今天终于亲眼所见，帝王气派，皇城风范。站在长安街上，他有种自豪感，为祖国自豪！世界上哪个国家的广场可与天安门广场相比？他也为自己自豪，父亲那么大了还没到过天安门，一个农民的儿子站在这个地方，感觉就是不同。

走进毛主席纪念堂，崇敬之情油然而生。余统华是在主席的家乡上的军校，对主席了解得更多些。主席年轻时，就有雄心壮志、雄才大略，从主席的诗词中不难看出。如今一代伟人，静静地躺在水晶棺里，犹如睡着了一般。余统华终于见到了自己最崇拜的伟人，百感交集。毛主席逝世那年，他才是几岁的孩子。

出了纪念堂，余统华想到了生当作人杰，想到了哪天带父母和爱玲的父母来看看毛主席、看看北京。

不到黄河心不死，不到长城非好汉。在上八达岭的途中，余统华见到一个八十多岁的外国老人在家人的帮助下坐在轮椅上费了九牛二虎之力，终于上了长城，他佩服老人的精神，感动家人的孝心。老人在长城顶上望长城内外，露出了满意的笑容。

晚上，郑林带余统华来到中国大剧院看文艺演出。担负值勤任务的正是郑林部队的官兵，"开后门"进来后，坐在末排座，一个中尉军官送来了两瓶饮料。余统华觉得自己看到了一场高水平的演出，难怪北京是政治经济文化的中心。演出结束前，全体起立，在热烈的掌声中党和国家领导人走上台与演出人员握手合影。尽管余统华站在最后一排，但却是他人生中第一次如此近距离见到党和国家领导人。他想起当年的"总统梦"，不禁哑然一笑。

郝政委主动打电话，表扬了余统华，书记看了文章夸你写得好，还问带来的钱够不够用。要他再吃点辛苦，把县长武委会优秀主任的稿子推出来。末了，他说到余统华外甥周郎当兵的事，党委委员中有人不同意周郎参加政审，理由是调进户口不满一年。政委又说："我还在做工作，实在不行，明年再走。"

余干事知道从中作梗的人一定是副部长，他是县征兵办公室主任。

因为是征兵期间，人武部没有星期天。周日上午一上班，一个人匆匆地来到政委办公室，政委一抬头，见是余统华，刚想批评他怎么擅自回来了，见他怒形于色，心想也难怪，谁家遇上事不急。

"政委，谁不同意？我这就找谁去！"

"你先喝口水。"政委亲自给余统华泡了杯茶。

"不就当个兵吗？周郎又不是不合格，没杀人、没放火、没抢劫，什么坏事也没做过，凭什么不给政审？政委，北京我也不去啦，谁有本事谁去！"余干事有些失态，声音也高了许多。

政委心平气和地说："政审不政审，最终还是我这个当政委的拿主导意见，出了问题，我政委负责。你在报社做出的成绩大家有目共睹，那边的工作别人做不了，还非得你去，你赶回去，做你的事，我一定会给你一个满意的答复！"

"那就谢谢政委。"

回到家，爱玲上街买菜做饭，饭后，两人一起上床睡午觉。统华关心地问爱玲，胃疼好些没。爱玲说："开始还隐隐疼，两个多月下来了，这十几天居然没疼，我也没吃药，估计是酸奶起效果了，谢

191

谢你!"

被窝里爱玲紧紧地抱住他……

下午,江南驻军某团宣传股长沈爱成来到余干事家,他俩是老乡,早就认识了。沈股长提了一篮子水果,带了一个篮球、一个排球,还有《大校的女儿》等几本书。沈股长诉苦说,上面考核压力大,到现在还没完成任务,两人一起谈着上稿的事,喝酒吃饭。余统华把他带来的几篇稿件放好,要带回报社。

晚上八点多钟,刘爱玲再一次送他登上了北去的列车。

一下车,正好赶上去报社上班。他把沈股长的稿子认真地看了又看,并作了一些修改后,想好送给哪几位编辑。有几篇编成短讯放在中缝凑数,他在自己写的《江南迎着东风起》稿子上加上了沈爱成的名字,并把配文的照片署名为沈爱成摄。中午他伏在办公桌上睡了一会儿,醒来时,感觉有些冷,腿也麻了,他起身倒了杯开水,继续做手头的工作。

临近下班时,副社长来到余统华身旁,余统华"噌"地站起来。副社长和蔼地问:"晚上有事吗?"

"没事。"

"没事就跟我走。"

到了酒店包间,一个男中校站了起来,副社长说:"坐,坐,就我们仨人吃个便饭,我来介绍一下,这位是山东来的叶科长,这个小伙子是江南武装部余科长。"余统华和叶科长同时伸出了手。

"这是我从泰安带来的枣子,刚叫小姐洗过了,社长先尝尝。"

"在北京,叫服务员不能喊小姐,小姐在这儿是专指一类人,否则小姑娘会生气的。"副社长纠正道,又对余干事说,"一起来尝尝。"

余干事在副社长拿过之后,也装着斯文的样子拿起一个,这枣子又大又脆又甜。他礼貌地对叶科长说:"这枣庄的枣真甜呀,难怪枣庄取这个名。"

叶科长微微一笑,很自然地说:"枣庄无枣,这大枣产自俺泰安宁阳县葛石镇,全国有名的好枣。"

余统华听了有些脸红,觉得自己孤陋寡闻。心想坐在北京就能吃到远在山东的土特产，报社的这些无冕之王即使想吃岭南的、杨贵妃爱吃的荔枝也同样能吃到。他忍不住多吃了几个，又怕多吃了一会儿好菜吃不下。

菜上来了，服务员端上了托盘，白酒、红酒、啤酒、饮料，副社长说："想喝啥就喝啥，不强人所难，不过我要和叶科长多喝几杯白的，千里迢迢给我们送特产。"

余统华觉得还是这样的酒文化好，他点了瓶燕京啤酒。

快吃完饭的时候，余统华手机响了，一看是朱东晖，他起身到门外接了，令他喜出望外，朱东晖到了报社招待所，他说："我一会儿就来。"

回到包间，余统华要买单，叶科长也抢着，副社长说："你俩都别争了，我签单。"

叶科长把剩下一小纸箱约摸有五斤枣子送给余统华，余统华也没推辞："谢谢叶科！"

余统华提着那箱枣子跟在副社长身体的侧后，一路闲聊着，快到招待所时，余统华把提枣子的手伸出来："社长给您！"

"我有，你拿着吧！"

"那我就不陪您走啦，我到招待所看一个人。"

"谁呀？"

"朱东晖。"

"你也认识他？"

"他是我新闻上的师父。"

"他可是名扬全军的大笔杆子，"副社长不由得停下脚步继续说道，"他的新闻敏锐性强，常常走在报道方向的前面，上了好几个头版头条，文章精辟，文字精练。你多向他好好学学，去吧！"副社长露出一副关爱的神态。

在招待所二楼的走廊上，余干事看见前面一个他认识的编辑进了一个房间，因为还有段距离，他没打招呼，他感觉那个编辑也没注意到他，他边走边看着房号，发现朱东晖就在并排里面的一间。

两人在京相见，很是高兴。朱东晖说："近来我看到你好几篇稿子，真不简单！"

"还不是你这个师父教得好，不过，我那大多数是豆腐块，哪能跟你那大鱼头比。刚才我和王副社长一起吃饭，他夸你报道写得好，并要我好好向你学。"

余统华把副社长说的话照说了一遍，朱东晖一字不落地听完后，满意地笑了笑。

"你吃晚饭没有？"

"在飞机上吃了一点。"

"待会儿我请你吃宵夜去。"

"我请你！"

"部里给我的活动经费才用掉大半呢，我请你！走吧，咱们吃宵夜去。"

"你回来还来吗？"

"不来了。"

"那你把东西带走。"

"刚才吃饭人家带了一点山东枣子，权当学徒费。"余统华其实也特别想留着自己吃，刘爱玲也喜欢，还是托他之手送给舒芳吧。

周日，郑林来战友了，喊余统华一起去。他的战友彭鹏程转业到南方一个省的水利厅，一个做工程的老板跟着，并请来四个美女陪酒，美酒又有美女相陪，怎不叫人醉？何况酒不醉人人自醉！余统华酒量最小，第一个去卫生间吐了。紧接着，一个美女也到卫生间吐了，回来还得继续喝，为了多挣小费。美女喝了酒后，含在喉咙里，假装喝茶，趁机吐到茶里。被细心的余统华发现了，他不动声色地说："我帮美女换杯茶。"待他倒好茶，回到座位上时，那位美女竟然含情脉脉地望着他说了一句："你真好！"

江南镇武装部江部长来电问余统华，到周郎老家怎么走。余统华猜到是去政审的，于是打电话叫二姐夫准备些海产品，江部长死活不肯收。

再有十天就三个月了，江南县县长江海宁《不干出成绩心怎安》在"全国优秀武委会主任"专栏里登出来了，余统华浑身轻松，他长

194

长地舒了口气后，汇报了郝政委，他想象得出政委会怎么做。无论他怎么做，自己的任务总算完成了。他打电话让刘爱玲带她爸妈来，刘爱玲说："以你工作为主，不方便就以后再来。"

余统华告诉她自己出色地完成了工作，刘爱玲这才来了。

在京的同学战友请他全家在江苏饭店大吃了一顿。席间，同学金文武看到余统华带着岳母，便讲起他的一件憾事，让余统华受到触动，他意识到除了对工作要有专心外，对长辈要有孝心，对别人要有爱心。回来后有感而发：

> 北京的一位同学和我讲起一件他终身的憾事。
>
> 那年他毕业后分配到北京，结婚是到老家镇江的一个农村举办的。父亲对他说，很想到北京去一趟，看看毛主席纪念堂、天安门……同学想，他家就在北京，父亲今后来的机会多的是。婚后回北京就没带父亲。
>
> 事后的一天傍晚，父亲在教完学后骑自行车回家的路上，突发脑溢血，没能抢救过来。他后悔不已，未能遂父亲游北京之愿。他跟我说，从这件事中他深深地体验到，孝敬老人不能等。
>
> 同学的憾事也提醒了我。在此之前，我也有过一些想法，到什么年龄再去多孝敬自己的父母及岳父岳母。爱人批评我这种观点不对，我还不以为然。
>
> 这次外出游玩，听一导游在车上讲"孝敬老人不能等、教育子女不能等、保养身体不能等……"我觉得这几个"不能等"讲得太好了。

《孝敬老人不能等》刊登在省城晚报上。

因自己付出了辛勤劳动和报社领导编辑建立了良好的人际关系，不送礼也能办成事，他还到人民日报社送稿发表了两小篇，中央人民广播电台《早间新闻》用了四篇。

他想起刚来时，副社长曾答应过发生活补助的事，可没人提起，他也觉得那不重要了，重要的是他在这里学到了东西，他觉得那比金钱更金贵！

余统华从个人稿费中拿出几百元给部里每人准备了一样小纪念品，还带了一盒北京果脯给门卫师傅。

第二十四章

省城电台要开办一个军事栏目，找军分区要一个从事军事新闻写作的人当兼职编辑，军分区宣保科就推荐了余统华。他一边上班，每周还要编一期稿件。就连电台节目录制的抬头句：向军旗敬礼！也是余统华的声音，短短的五个字，却是那么地铿锵有力！那是一种充满了他那富有磁性雄浑激昂的声音，是一种充满了军营男子汉阳刚之美的声音。连电台的女播音员听了都说："听了这声音特带劲，特兴奋，军味特浓！"

到了年底，余统华粗略地算了一下，这一年工资一万五，稿费八千多，当他在老乡军事科钱参谋面前炫耀时，谁知钱参谋说："我昨天一天就挣了一万。"

余统华自认为文章写得好，在他的骨子里有点瞧不起钱参谋，见他如此一说，不免问道："做什么一天赚这么多？"

"我老婆随军后，自己开了个军用品店，我帮她给省城的军工厂送装皮鞋的纸盒子，一个赚一毛，十万个你说挣多少？"

余统华听后为之一震，我一年里熬了多少个日日夜夜，爬了多少个格子，得了一年的稿费还不及你一天所得。他心中不平起来。于是下班后到书店看起经济类书籍，买了介绍李嘉诚、霍英东、包玉刚如何发迹的书。

看着看着，他思想开始有所变化了。以前，他对钱看得很淡，只不过想上复习班时才想到钱的重要；上军校后把事业看得高于一切，又看淡了金钱。可如今又面临买房，却囊中羞涩，这才知道钱的重要。他不再视金钱如粪土。

真是不看不知道，看过之后，他从先前的瞧不起到现在开始佩服他们。人家的财富也是千辛万苦得来的，不仅要苦干，还要有头脑，有知识。像如今的买房贷款就是李嘉诚第一个想出来的。

江南县的房价一个月比一个月高，余统华边上班边关注房价。他在县中门前订了一套学区房，交了五千元定金。

门助理从后勤科调到政工科当科长，余统华嘴上没说，可心里却有一肚子想法。当你我都没关系时，部队又讲起论资排辈，而不讲实际工作能力。有次科长让他写一份材料，他敷衍了事，结果被政委打回来了。政委找他谈话，他说他想转业。政委说门都没有。后来发展到文字材料就在干事和政委之间直接传递，门科长也乐得清闲。但从那以后，政委在其他方面对他更关心了，他来几个人吃饭，可以先斩后奏，先吃后报。

对门的饭店老板问余统华借钱周转，他手上的余钱已用于炒房。自己保管着以劳养武的小金库有几万元，跟门科长说了此事，科长同意借一万元，饭店老板打了张借条，写的是借门科长和余干事的。过了几个月，余统华到饭店吃饭，老板拿来一斤茶叶给余统华，余统华没肯收。第二天早上一上班，就听门卫老师傅说对面饭店老板昨夜把东西拉了一车跑了，余统华心里一惊，走过去一看，果真如老师傅所讲。回来跟科长一说，两人大呼上当，吃一堑长一智，年底一人掏一半还上。

铁打的营盘，流水的兵。

年底郝政委和门科长都在转业名单中。余统华向组织提了两年要转业，政委说："我一天不走，你休想走！"如今，政委走了，他又劝余统华调了正营再说。

令余统华万万没想到的，戴部长在省军区政治部江主任那儿告了他三条"罪状"。

年底，余统华又来看望以前同一个师的老领导，现在的江主任，也是希望老领导能关心他晋职的事。首长从办公座椅上起身，脚穿一双圆口黑布鞋，走到长沙发旁，示意余统华坐在他旁边。

"听说你小子在那边不好好干？"

"没有啊，不信，您可以问郝向东政委。"

首长又一连问了三个问题，余干事一听就知道是部长捣的鬼，他一一如实地回答首长的问题。

首长听完后，露出了笑容："我想小余也不会。回去后，只管自己干好本职工作。"

"是！谢谢主任！"余统华起立敬礼。

部党委开会研究上报政工科长和军事科长人选。党委成员原来六人，那个被批的汪科长被迫无奈调走了，现在剩下政委、部长、副部长、政工科长和后勤科长。会前的那天下午临下班前，戴部长把姜副部长和后勤科华科长叫到自己办公室，并关上门，像在密谋什么事情。

此次党委会，要研究到余统华，郝政委就让门科长做记录。会议的结果出人意料。在军事科长的人选上，五名党委委员一致建议由军事科的代理科长转正；而政工科长的人选，政委和政工科长建议报政工科副营职干事余统华，而部长、副部长、后勤科长建议报军事科副营职参谋吉汉。二比三，党委研究是少数服从多数。

郝政委明知这又是他们搞的鬼，一些人见他要转业了，就完全倒向部长一边。他压着党委研究结果不报，私下里向军分区政治部许光明主任和军分区高政委作了汇报，两位领导听了都觉得好笑，余干事在全区十多个武装部政工干事中一直名列前茅，宣传报道多次获军区政治部表彰，起草的好几份经验材料被上级转发。政工科长人选非他莫属！

军分区领导做了一些工作后，要求江南县人武部重新召开党委会，尽快上报。

这时候，余统华也沉不住气了，索性把电话打到省军区政治部干部处处长办公室，要求转业！陈处长把此事报告了江主任，回到办公室打电话给余统华："你现在什么话也不要说，什么出格的事也不要做，耐心等待！"

党委会重新研究结果出来了，建议军事科副营职参谋吉汉任本部政工科长；建议政工科副营职干事余统华调出任用。

对这个结果，郝政委和门科长都不满意，尤其是郝政委。

还有一个人对此十分不满，他就是即将接替郝政委的新任政委洪锋。提拔前他是军分区宣保科科长。他在军分区多次找许光明主任和高政委要人，要把余统华留在江南，他好开展工作。

在军分区党委会召开前，许主任打电话给余统华，问他秀水县和江北县选哪一个。

余统华非常感谢主任关心，因为江北要过长江，上下班不方便，就选择了同处江南的秀水县。

省军区政治部的任命下来了：

江南县人武部军事科副营职参谋丁平任本部军事科正营职科长；

江南县人武部军事科副营职参谋吉汉任本部政工科正营职科长；

江南县人武部政工科副营职干事余统华任秀水县人武部政工科正营职科长。

江南县人武部新上任政委洪锋和老政委郝向东一起送余科长上任。洪政委上任前后在上面做了许多工作想把余统华留下来，郝政委觉得有些对不住余统华。

时令已是阳春三月，草长莺飞。可余科长心里头别有一番滋味，他有种《杜少府之任蜀州》时杜少府那种郁郁不得志的感觉……

接下来发生的事更让人难以想象。

三月，春光明媚，百花争艳，本应是踏春游玩的好时节。

可2003年的这个阳春三月，中国大地上正被一种恐慌笼罩着。

此时非典肆虐。商店里口罩、消毒水告罄。有时全国一天增加几十例病例，人们谈"非"色变。

房地产售楼处门可罗雀。江南县的房价在非典前几乎是每月每平方米涨一百元，可现在卖不动了。余统华预测，非典一过，房价仍呈上扬趋势。一到秀水县，他就来看从江南县公安局副局长调来任局长的孟春，他在江南分管过新兵政审工作，熟悉余统华。在他的招呼下，余科长在两个楼盘号了两套景观不错的房子。

下乡镇第一站来到泉水镇。午餐安排在风景如画的秀丽湖畔秀湖山庄，镇武装部陈仁美部长居然请了一位美女来陪酒。陈部长先向美女介绍了余科长，说余科长年轻有为，是才子；接着介绍美女叶采莲，退伍战士，安排在镇邮政局。秀丽湖的水好，鱼更好！上的菜几乎全是鱼，有鱼头、鱼肠，鱼鳞炸得像虾片似的，余科长还是第一次吃。饭桌上，叶采莲主动要了余科长的手机号，经过部队几年的锻炼，小叶人非常豪爽，落落大方，给余科长留下了不错的印象。

饭后，陈部长问余统华小孩多大啦。

余统华说还没有，他坦言是他的问题。

陈部长说："我们镇上有个老中医，看好了不少不孕夫妇，当地人称'送子中医'。不妨我陪你看看去。"

老中医坐镇药店，八十多岁，仍精神矍铄。墙上挂满了锦旗，老中医让余统华伸出舌头，看了舌苔，把了把脉，详细问明了情况，开了几副中药。陈部长抢着付钱，余统华死活不肯。

后来余统华自个儿又来泉水镇看了几次老中医，又开了几副中药。药店和邮政局紧挨着，余统华每次都想到叶采莲就在隔壁，但始终没迈进邮政局半步。他在农村看到人家常把过滤用的纱布球倒在路中间，迷信说，让人踩过了，病就好了。他没有这样做。到军区总院检查了几次，精子数在上升，前列腺炎正在好转。年底，政委和部长商量给他报销了一千元中药费，余科长感到心暖暖的！

近来，刘爱玲吃东西，老是想吐。余统华以为她胃病又犯了，问她胃疼不疼。爱玲回，不疼。余统华陪她到医院检查，检查结果令余统华兴奋不已，结婚三年多了，刘爱玲终于第一次怀孕了。余统华心想，人家怀孕生孩子像母猪下崽那么容易，咋到我家就这么难呢？这怨不得她，谁叫自己身体不争气呢？怨只怨自己一心想出人头地，没爱惜好身体。他叮嘱爱玲说："要照顾好自己。"

刘爱玲听话地点点头。

余统华把家里重活都干了，这才放心上班去了。家中缸里的水用完了，余统华这个星期三没回来提水。刘爱玲一个人到筒子楼最东头的公用水龙头提水。她把军用的铝桶提起来放在大半人高的水槽里，打开水龙头，自来水带着一丝漂白粉的气味，不大一会儿就流满了一大桶。刘爱玲踮起脚，吃力地提起水桶，猛地一用劲，桶是提出来了，可刘爱玲突然感到下腹一阵疼痛，紧接着下身流出热乎乎的东西，渗出来了，红色的，是血！刘爱玲见血就晕，倚着墙边瘫坐下去……

等她醒来时，见余统华正坐在床边盯着她看。看她醒来了，余统华露出一丝淡淡的笑："你没事，就好！"并告诉她是人武部仓库的职工老汪看见了把她送到医院的。

"等我出院了，去谢谢人家。"

刘爱玲知道自己流产了，觉得对不住统华，伤心地抽泣起来。余统华抚住她的肩膀安慰她说："留得青山在，不怕没柴烧，来日方长，孩子会有的！"

余统华的妈妈放下农忙，从老家专门来照看儿媳。

这天周末，爱玲在家。余统华下楼陪母亲散散步，母亲边走边说："邻居孙木匠的儿媳妇生了一胎丫头，又生了二胎儿子，前不久又怀上了。你也老大不小了，就算当个团长政委什么的，就算拿再多的钱，也没孩子重要。将来老了，可不能连个捧相片的人都没有。"

儿子点了点头。

母亲接着说："有件事一直没机会跟你说，你嫂子这次不小心又怀上了，你哥让我来问你，要不要这个孩子。要，你嫂子就帮你们生下来，送给你养，不要，等我回去后，她就去打胎。"

余统华想了一下，才跟母亲说："还是不要的好。"

"你再想想，跟爱玲说说，看她怎么想。"

又是一个星期一的早上，秀水县人武部杨政委来看刘爱玲，送了一个信封，里面装有一千元。顺道接余统华上班去了。

余统华送走母亲时，明确告诉母亲："谢谢哥嫂的好意。我们肯定能生！"

在来秀水县之前，余科长再次看望并感谢江主任。江主任对他说："戴部长对你有成见，即使把你留在江南，你在他手下，也不好开展工作，等他走了，再说。"

可如今，刚干了一年科长的余统华想转业了。他又一次来到江主任办公室，说了自己的想法。首长说："留下来，干到副团没问题。"

余统华说："再干一两年正营，再干三年副团，一晃四五年就过去了。我到地方还能干啥？请首长关心让我走吧！"

首长没答应。

余统华为此又连续跑了三趟，最终心想事成。

临转业前的那天晚上，余统华再次翻出当年将军梦的日记本，又时隔好几年了，纸张又泛黄了些，但那些他烂熟于心的字，他一个也忘不了，他长叹了一声。

第二天上午，他去照相馆照了最后一张肩扛少校军衔的军装照，放大装在镜框里。一心想当少将的他，到头来只当了个少校。

他把秀水订的两套房抛出去了，赚了十多万。

更让余统华高兴的事是刘爱玲再次怀上了。这次余统华再也不敢大意了，他让二姐拦英来照顾爱玲。

孩子投胎到他家，他要再次"投胎"到谁家呢？

第二十五章

从秀水县境内的东屏山上哗哗流淌下来的泉水，清澈见底，这儿就是胭脂河的发源地。山泉一路不停地叮咚着，贪婪地呼吸着两岸的稻香，像一条巨蟒流进奔流不息的长江，汇入一望无际的大海。

大海岸边，是余统华出发的地方。

夜色降临。余统华提着烟酒水果，赶到孔校长家，按响了门铃。

一阵寒暄过后，孔校长说："上次我带几个老师到省城书店购教材，你招待得很好。回来的路上，车上几位老师都夸你有出息重感情，让我觉得很有面子。"

余统华说："做得还很不够。我今年确定转业了……"

正欲往下说，被校长打断："在部队干得好好的，咋啦？"

"不瞒校长您说，从当兵的第一天起，我就想终身献身国防，也曾立下所谓的理想，现在回头一看，竟成了空想。继续在部队干，也能再往上走一两步，这让我想了很长时间，觉得还是趁自己年轻，到地方再打拼打拼。"

"有道理！"校长边说边点了点头。

"转业安置就好比二次投胎，我打听到省城市委组织部沙部长是您的同学，他位高权重的，想请您像当年上学时那样关心我。"

"没错，沙部长是我的大学同班同学。当年他在县里当秘书时，节假日常到我家吃饭。现如今他官当大了，我儿子大学毕业找工作想请他帮忙。电话打到他家里，他却跟夫人说：'就说我不在。'时位之移人啊！后来我也很知趣，就没再找他，今天是你来找我，我再试试。因为那时我教你语文，你作文好，我就认定你将来有出息，果真当了营长。换了别人，我肯定不会去。"

"谢谢恩师！"

"别谢得太早。试试，只能说试试。"

余统华敬了个标准的军礼："那就麻烦恩师亲自出马啦！"

孔校长欲下楼送行，被余统华礼貌地挡了回去。

省城，市委大院显得气派非凡。余统华陪同孔校长来到门卫，履行登记手续后，并肩走向豪华的办公大楼。

余统华感慨地说："要是能到这里上班，该多好啊！"

校长拍拍他的肩膀："那就看你的造化喽！"

"这只是学生的一个愿望，也叫微梦想。"说话间，来到了部长办公室。

沙部长瘦高的个头，白净的脸，像一位书生，气质雅致。余统华扫一眼办公室的陈设，房间至少有100平方米，书柜摆满了厚厚的书籍，书柜上方悬挂着省城书法界"第一笔"仇大贵的手书"宁静致远"；实木的办公桌很大，桌面甚至可以跳舞；桌后的那把真皮座椅，和江将军的座椅一样豪华，相似但不相同。

办公室主任进来倒了茶水后退了出去。

寒暄也就完了。孔校长一指端坐在一旁的余统华说："这是我的得意门生小余，想推荐给你这个管干部的大部长。当年上中学时，小余作文就写得好，还在军报待过几个月，发表了许多文章。今年转业，想请老同学多多关照！"

余统华见校长说到这里，把早备好的文章复印件送到部长面前，部长接过粗翻了几下，随手放在桌上说："转业干部安排有政策，不要操心，相信组织，会安排好的。"

校长和部长又聊了些陈年往事。

部长抬腕看了一下手表："孔校长，一会儿我还有个重要的会，就不留你吃饭了。这儿有两斤茶，我送你下楼，在老同学中，你享受的可是最高礼遇。"

孔校长遂道谢作别。

中午，余统华宴请恩师，并把一起当兵的战友、同是孔老师的学生牛辉请来陪同。余统华主动敬酒，并启发牛辉："孔校长难得来一趟，多敬两杯啊！"身着警用毛衣的牛辉，高大壮实，一杯接着一杯地敬老师。孔校长高兴地受敬，气氛十分融洽。

"你们两个臭小子，部队多好啊！旱不着涝不着的，转业真的好吗？"

牛辉抢话道："尊敬的老师，实不相瞒，我和统华打从穿上军装那天起，就想在部队长期干。虽是农民的孩子，可我也想当将军，统华的志向和我应该差不多！"

余统华接着牛辉说："目标是一回事，现实又是另一回事。以你的素质，当个团长小意思，结果呢？"

牛辉叹了口气，说："性格决定命运，我是吃了脾气的亏！但这驴脾气明知不好，却终身难改呀。"

孔校长说："好了，别自怨自艾啦。要是当年不参军，你们哪有今天啊？还有啊，老家有句话，说你们一年土，二年洋，三年不认爹和娘。听说当年镇长的二公主贡婵娟想和你俩处对象，结果你们两个臭小子，把人家甩了。"

"那是我干姐，看上的可是牛辉。"

"那你差点成了我的小舅子。来，我敬小舅子一杯。"一阵哄笑。

送走了老师，余统华再次来到市委组织部沙部长办公室，察言观色中，谨慎地说些想法，把简历和一个装有一沓子现金的信封放在办公桌上。沙部长沉下脸说："不行，拿走！"余统华拘谨地说："不成敬意。"赶紧退出了门。

几天后，余统华的手机响起，是一位女同志打来的："余科长，你以前是咱们江南人武部的吧？我是县政府办沙秘书，有空请到我办公室来一下，我在一楼135。"余统华犹疑了一下："哦，沙秘书好！好的，马上就来。"

余统华来到135室，发现对方是位年轻的气质美女。他便压低音量说："请问沙秘书有什么指示？"

沙秘书交给他一个信封说："哪有什么指示，我叔叔要我把这个带给你。"

余统华一看，是他送给沙部长的那个信封。"一点心意，不成敬意。"说完扭头就跑了。

余统华第三次来到沙部长办公室。小心翼翼说了几句，又丢下一个信封，是上次的两倍厚度。丢下就走，沙部长追出楼已不见人影。

又过了几天，美女沙秘书打电话叫他去她办公室。余统华说："不好意思，沙秘书，我在老家呢。"

日出，日落，天上的云朵飞速变幻。

书房里，余统华一会儿推开窗户，又关上；一会儿打开电脑，又关掉；一会儿翻开书本，又合上；一会儿坐下，又站起；一会儿拿起手机，又搁下。终于，他拨通了几个同批"转友"的电话：喂，老李，定岗了没？哦，哪个单位？机关工委，蛮好的，祝贺你啊。哎，钱参谋，定岗定位了吗？民政局，很好，很适合你，祝贺！王科长，工作的事情有眉目了吗？市委统战部，太好了，祝贺！我啊？还是未知数呢。是啊，不等咋办呀？

刚挂断电话，战友、同学牛辉来电问："统华，工作安置的事到什么地步啦？老乡们都说，沙部长这人轻易不肯帮忙。有人给你出了个主意：找培养提拔过他的我们县委书记出面，也许能成。"

余统华感激地说："谢谢老同学，我也一直在想办法。"

这时，余统华拉了一下书桌前的那把朱红色的椅子，坐了下来。

他对其他东西都不讲究，唯独考究书房里的这把椅子，从颜色到木料到式样，都是经过他精挑细选的，没让刘爱玲插手。

他的书桌上，稿纸和笔随手可及。

他在稿纸上写下：

转业找人路线图

第一条路：孔老师→沙部长？

第二条路：沙部长的老县委书记？

第三条路：军区政治部老首长？

余统华的脑中不时地在盘算着从出发地到目的地，如何借力才能到达彼岸？他陷入了苦思之中……

良久，他抬起头，看到了书柜中那十多本剪报本，那是他当兵以来发表的文章，也是他的心血。

他眼前突然一亮，第四条路：毛遂自荐！

对，毛遂自荐！进而他想到还是请自己的杨政委代表组织出个面。

他把想法跟杨政委作了汇报，又跟周会副科长联系。

这天，刚上班不久，余统华就和杨政委一起来到了江南县委李副书记办公室，恰巧组织部凌部长刚刚汇报完工作。

杨政委自报家门，并说明来意。

李副书记说："小余啊，我认识。前几年，我在县政府分管过武装工作，经常在报纸上看到他的文章，他还给我写过讲话稿呢。凌部长，你认识吗？"

"我虽刚来，就知道有这么一个人，前几天办公室主任还向我建议有个转业干部叫余统华，文笔不错，他想要到办公室写材料。是从报社调到办公室的李伟向他推荐的。小余就是这个余统华吧？"

余统华朝凌部长笑笑。

凌部长说："巧了不是！"

李副书记说："我们现在最需要实干家，也需要笔杆子。感谢政委感谢部队为我们培养了人才！"

临走时，余统华把装有四条烟的公文包丢在沙发旁边，李副书记叫他带走，杨政委说："这是我的一点心意！"拉扯了好长时间才作罢。

江南县委，上班的人们陆续走进大院。余统华坐在一间办公室，时不时地向挂有"副书记"门牌的门口张望。

李副书记来了，他迎上去，进了办公室："书记忙，不打扰了。"他轻轻地放下一份简历和一本封面印有"余统华主要作品集"的复印件，这次他没再像以往那样在里面夹一个信封。

这一天，余统华在县委大院遇见机关工委刘书记。刘书记说：

"我想要你要不到，人事局军转办方主任说连组织部都没要到，被县委办公室点名要走了。"

余统华一听，心中暗喜。

刚走几步，余统华便接到电话："余科长，我是双拥办林之宝。"

余统华连忙说："主任好！请指示。"

"前几天，县委办王主任向我打听你的情况，我那几天忙着慰问部队，一时忙忘了，没及时告诉你。不过，我只说了你三个好：文笔好，人品好，为人处世好！"

"哪有你说得那么好啊？感谢！晚上请你喝酒。"

"改天吧，我把你的主任一块请上！"

林之宝转业后曾在江南人武部当过一段时间参谋，他不止一次请过余统华帮他写申报双拥模范县的材料。

送出去的信封又原封不动地回到了余统华的手上，他当初写文章那般辛苦时想到的，或许有一天到我转业时少送礼或不送礼的愿望如今实现了！

这天晚上，余统华又像当年上军校时那样，在日记本上重新画了一幅"路线图"：

县委秘书（一年）——副科长（二年）——科长（三年）——副主任（二年）——乡镇一把手（三年后）——待定

海阔凭鱼跃，天高任我飞。在人生重要的分水岭上，余统华再次自比鸿鹄，他即将站在全新的起跑线上，并蓄力奔跑。

秋高气爽，丹桂飘香。

江南县城东北角的白玉兰花园小区，小区因小区内广栽白玉兰而得名。

一到春天，白玉兰树上开满了白玉兰花，绿叶还没长出来，真是繁花一树，香气袭人。住在小区的人都觉得高洁。余统华就住在这里面，还住有公检法的干部职工，房子是商品房。县人武部收归后，没房子的人全都居有其所，而且这"所"面积还不小，余统华当时是副营，拿的是120平方米，政府能减免的全都到位，比市场价便宜了三万多，部里还统一装修了厨房，外送瓷砖和一台太阳能热水器。这下又省了两万多。装修的时候，余统华和刘爱玲非常重视，这是他们真正意义上的第一个爱巢，总认为这个房子要住一辈子，从设计到选材都比较考究。又苦于没钱，恨不得一张变成两张，只好处处想着省钱，能省一分好一分。装修工人是余统华初中的同学，装修的垃圾从头到尾都是两个人从三楼上运下来的，卫生都是刘爱玲打扫的，从没请一个保洁员。

从白玉兰花园到县委步行只需一刻钟。

秀水县人武部杨政委要送余统华到江南县委办公室报到。余统华说："政委你忙，我家挨得近，我自己去。"

杨政委说："再忙，也要送送你，这体现组织的关心。"

"那又要辛苦政委了！"

余统华的头发是昨天下午才去理的，仍是当兵时的短发；白色的短袖衬衫也是新的；黑色的软皮鞋是郝政委送他的。他把手机调到静音。钥匙串的尾端全塞进屁股后面的裤袋，这样走起路来不再叮当作响。他满怀喜悦，终于投胎到好人家了，进了江南县第一办公室，终于如愿以偿当上了县委办公室秘书。后来，余秘书到民政局办事，转业干部梅主任说："余统华一个外地干部竟然进了县委办，进了我们江南的皇宫，我这个本地干部削尖了脑袋都没进得了。全县本地人口一百多万，外来人口五十多万，多少人向往这第一办公室啊，多少年县委办没进一个转业干部，口服，心服，佩服，佩服之至。"

县委办公室秘书科于科长在此之前就跟王主任要人，余统华在工作上和县委办秘书科接触多，于科长了解余统华，就把他要到秘书科。

余统华留杨政委吃饭，政委说还有许多事要做就匆匆走了。

秘书科有现成的桌椅。

余统华坐到了小老板桌后的黑色人造革的转椅上，小幅度地转了几下，边转边轻轻地舒了口气。想当年，他第一次见到高秘书，是那么佩服羡慕人家，甚至连高秘书坐的黑色人造革的椅子都让他眼红不已。如今，当他坐在比当年高秘书还要稍好的椅子上，那种魔力竟然找不着了。

但他还是明显地感到，他这一路走来，办公楼越来越大，办公条件越来越好。他感到这是在往高处走。

闲下来时，余统华就翻看《秘书工作》杂志，得知我们党自1921年成立到1940年前，党内没有设立办公厅这一中央秘书工作机构建制，但秘书工作在党成立那一天就存在了。1923年6月，党的三大决定设立秘书制。经选举，毛泽东同志担任秘书，成为我们党内的第一位秘书。毛主席也是从秘书干起的呀！

余统华信心陡增。

他不再记恨余统武，堂哥本事再大，也安排不了我当江南县委秘书！我反而感谢你当初没帮我，若是帮了我，反而是害了我。真是此一时，彼一时啊。河东河西谁能一眼看到边？下次回老家，我一定上门感谢你。

在机关食堂排队打午饭时，一个人排在余统华前面，眼看面熟，想了一下，终于想起来了，是胡师傅，当年来部队挑女婿的，没看上我的胡司机。胡司机也看到后面的年轻人，觉得面熟，好像在哪儿见过。还是余统华主动："胡叔，想不起来了吧？我是小余。"

"哦，想起来了，转业啦，在哪个部门？"

"县委办秘书科，苦命。"余统华拉着脸说。

"那可是有前途出干部的地方！"胡司机眼睛一亮，像胡屠夫得知范进中举似的，只可惜余统华不是自己的女婿，他不免有些后悔当初看走了眼。

周副科长负责张书记和王主任办公室文件的传送，余统华负责李副书记和几个副主任办公室文件的传送，于科长把"文把"的工作也交给余统华。

第二十六章

"人人四肢五官各个相似，然而人人命运各个不同。"

江南县委秘书余统华在报到后上班的第三天早上，兴冲冲地走在上班路上，再次想起他十几年前就认为是经典的一句名言。时令已是秋天，他却如沐春风，春风得意，进而他想起孟郊的诗句"春风得意马蹄疾，一日看尽长安花"，脚步也随之轻快起来。

远远就看到一大群人围在县委大门口。走近了才得知是一拆迁钉子户昨天深夜家里被一群活闹鬼大闹了一场。一个五十多岁的妇女坐在大门口的地上，像疯子似的大哭大闹，不给车子和人进出。门口已有几个信访干部和公安民警在处置。余统华了解了情况后，就赶紧绕进来上了县委二楼，他还要给于科长办公室打扫卫生、打开水泡热茶。

于明科长一到办公室，就端起了热气腾腾的茶杯，他是从东门进大院的，不了解正门南门发生的事。余统华在第一时间就跟于科长汇报了群众上访的事。于科长立马向直接分管秘书科的王主任作了汇报。

到了八点多，县委门前聚集的人越来越多，围观的人也越来越多。马上到上班的时间，情绪激动的一大群男男女女冲破公安的封锁线，冲过县委门前的花园，冲进县委一楼大厅，干警也随之跑进来，在大厅里形成一道新的防线。冲撞、哭喊、叫喊，乱成一团。此时，楼上楼下的人已无法办公了，有的走出来看热闹，有的从窗户伸出头。

没过多久，新的防线居然又被冲破了，楼上楼下办公室凡是开着门的均被这些人占领。余统华和周副科长同处一室，一男一女冲进他俩的办公室，女的正是上访的主角。

"爸，你赶紧坐下来歇会儿。"女主角喘着粗气心疼老人道。缓了一口气后，紧接着又嚷道："我要见县委书记！"

余统华起身给他们倒水。女的趁此机会坐到余秘书的椅子上，看到她浑身的灰尘，坐在他那黑色人造革的转椅上，余统华忍而不发。他拿起两个印有"江南县人民政府"字样的一次性纸杯倒了大半杯开水放到各自面前。余统华说："先喝点水，急不来。今天真不巧，书记、副书记都不在，办公室主任也和书记在一起，在家的都是些说话不顶用的。"

周副科长面带难色，走出了办公室。

老百姓哪管那么多，他们只想来闹一下，引起重视，解决问题。他们哪里知道县委张书记经常在开发区办公，一星期只回来几次，批阅一些文件，并把一些党务工作以及一些琐碎的工作全交给副书记去办，自己集中精力抓经济发展的大事，抓推进城市化进程。

于科长抢先关上门，第一时间就把数十名上访群众冲进县委办公大楼并占据各个办公室，报告给了王主任，上访原因此前已汇报过了，于科长就没再重复。

张书记正在和投资商谈合作事宜，王主任丝毫不敢耽搁，来到张书记的身旁轻轻耳语。张书记故作轻松地说："知道了。"继续谈事。告一段落后，他借上卫生间的空当对王主任说："通知公安局长加派人手把人清理出县委县政府大院，确保大院正常运转。通知卫生局长，对被打的住院的人要确保生命安全。通知拆迁有关部门不要再扩大事态。"

午饭的时间到了，机关干部职工陆陆续续来机关食堂就餐。上访的群众也纷纷来到食堂门口要求进去吃饭，干警在食堂门口拦起了一道封锁线。上访的人只好回到县委门前的花园草坪上，自己买来盒饭，吃完后，白色泡沫等垃圾遍地，一片狼藉。上访的群众东倒西歪，有的躺在树荫下，有的躺在草坪上，还有的坐在县委楼前的台阶上。

一辆大客车拉来了几十名公安干警、辅警。公安局长手握喇叭大声地说："请上访的同志派代表到信访局接待室，其余人员请立即离场。不要影响机关正常工作，否则……"

终于在吵吵嚷嚷声中清场了。

县委办、县政府办组织人员打扫卫生，大院恢复正常。

余统华掸了掸椅子上的灰，觉得还不干净，又用湿抹布抹了又抹。

下午，张书记回到县委大楼，主持召开会议，研究解决办法。并要求从明天开始加强县委县政府大院安保工作，由县人武部负责从优秀退伍军人中招收二十名保安，人武部负责训练管理，财政负责经费。

一波刚平，一波又起。

这天晚上，轮到余统华机要值班。县委办晚上机要值班就是县委办公室值班，一夜无事。天刚蒙蒙亮，余统华醒了，上了个卫生间，回到床上又瞌睡了。正在似睡非睡之时，值班电话铃声大作。余统华感觉不妙，这么早就来电话，还没上班呢，一定有什么急事！

"县委值班室，我是阳山镇党政办公室时才，蒋书记要我立即向县委报告，今早我镇发生食物中毒事件，目前已发现十多人中毒，其中已有两人死亡，蒋书记、姜镇长正在赶来镇上的路上。"

"时主任，我是余秘书，我马上向王主任汇报。"

余统华按下电话，抬手拨通了王主任手机。

"我马上向张书记报告。加强值班，通知办公室所有人员马上到办公室待命！"

一会儿，王主任就来电："按张书记要求，立即将中毒事件电话报告市委值班室，书面报告随后就到，并在后面加一句，中毒和死亡人数还有可能增加，请市里协调省医卫部门准备抢救。张书记正在赶往阳山的路上。"

张书记亲自打通了蒋书记电话："长话短说。一、马上通知停吃一切可疑的早餐；二、组织车辆组织人员抢送医院，严重的往省市大医院送，时间就是生命；三、快速查明中毒原因。我在路上。"

"是！"蒋书记此时不敢说"有些工作我早安排下去了"。

"时主任，马上通知所有学校机关企业停吃早饭。"

现在才七点半不到，今天是教师节，9月10日，是学生向老师献花的日子。

两个初中生一男一女在一家烧饼店吃过早饭后，又在校门口买了几枝花，进了校门，走着走着就倒在路上，鼻子流出黑色的血。老师一看，吓了一大跳，在送往镇卫生院的路上，两个学生先后死在老师的怀里。

此时的阳山镇上已笼罩在一片恐慌和哭声之中。

中毒的人数在不断地增加，从十多个增加到二十多个，死亡的人数也在增加，从两个增加到五个。而且绝大多数是学生，因为学生上学早，吃早餐早。

这时的阳山镇像炸开了锅，救护车的呼叫声、警车的鸣笛声、各种喇叭声、人们的哭喊声交织在一起。

张书记在车上不停地接到报告，不停地作出新的指示。

余统华在值班室按照领导要求，及时向市委值班室报告，真是忙得不可开交。余秘书想起老家农村妇女形容农忙时的一句话"蛇钻到B里都没有手去拔"，此时用在这儿再恰当不过了。

市委书记赶来了，省委书记正在北京开会，也正在往回赶！

"9·10"中毒事件已报到中央。总书记、总理分别作出指示，第一条，救人高于一切！生命高于一切！

重度中毒人员越来越多，急送省城医院的车辆越来越多，车子到了高速收费口仍要排队交费。阳山镇政府司机胡大虎大为光火，对收费员说："都什么时候了？火烧眉毛、火烧屁股，还慢腾腾收什么钱？"

收费员说："我们还没接到上级通知。"

"你他妈的猪脑子，这都什么时候了？！"说完伸手强行抬起栏杆，指挥一台台救命车快速通过。

收费员和交警都惊呆了！胡大虎怒目圆睁，没人敢上去阻拦胡大虎。他就像董存瑞托起炸药包："为了抢救生命，前进！"

刚过去不久，省高速公路管理局来电话，开辟生命通道，救人车辆一刻也不能耽搁，一律放行。这给后来的车辆赢得了时间。

中毒人数最终定格在三百七十六人，死亡人数已超过二十人。死亡人数还有可能增加。

市委在阳山驻军医院成立临时指挥中心，县委在水利宾馆成立"9·10事件"领导工作小组，镇党委在镇政府成立中毒事件处置中心。

蒋书记见到张书记，立即汇报说："初步查明，中毒食物来自镇上一家生意兴隆的早点烧饼店。接到书记停吃早餐的指示后，立即叫停镇上早餐。阳山中学食堂今早从那家早点店进了二百个烧饼，正发到学生手中，有的正往嘴里送，就在这时被紧急叫停！好险呀！避免了更多人中毒死亡。"

江南县公安、卫生、人武、宣传等部门主要领导也陆续到了水利宾馆。张书记指示："公安马上把早餐烧饼店的人员以及可疑人员控制起来，防止外逃，并做好稳定工作。卫生一是全力抢救中毒人员；二是查明食物中毒为何毒。人武立即组织民兵负责死者遗体存放，死者亲属稳定工作，协助公安做好社会稳定工作。宣传负责对外宣传工作。……"

此时省城各大医院正在全力抢救中毒人员。洗胃、挂水，紧张地进行。省委书记一下飞机，就直奔医院，传达总书记、总理的指示，看望中毒人员，慰问死者亲属。

当天下午，余秘书被王主任点名来到水利宾馆。前后二十多天，参与了善后处理，参与了汇报材料的起草。事非经过不知难。

"9·10中毒事件"真相大白，这是一起人为的特大投毒事件。源于生意上的竞争，导致生意差的人购买"毒鼠强"投到生意好的人家面点里，结果造成四十二人死亡。死者大多数是学生。投毒人犯从重从快依法得到处置。

二十多天后，余统华拖着疲惫的身子回到了办公室，一屁股坐在他为之奋斗了多少年的椅子上。

秘书这碗饭也不好吃。

第二十七章

江南城东南的仙女湖荷花十里，柳条拂岸。景色怡人，分外妖娆。

传说七仙女下凡来沐浴，在此遇见董永。《天仙配》那动人的爱情故事感动了一代又一代人。如今湖面上不见当年的仙女，成双成对的野鸭漂浮在明净的湖水上。可水下的双脚仍在不停地划着。

江南城西南的天鹅湖不仅有野鸭，还因天鹅喜欢来这里而得名。两湖夹一城，城的北面背倚神仙山。人间仙境，多美的地方。

县委办公室的人，从表面上看，大家都像鸭子、鹅那样静静地浮在水面上。可背后的双脚都在不停地划动，不停地学习，不停地争取进步，不停地争取……

于科长周六周日即便不值班，也围着办公室转。周副科长是地方高校毕业的，从来不帮科长搞卫生。余统华从来的那天起，就主动包了于科长办公室的卫生。洗烟灰缸，拖地，抹办公桌椅，还有洗茶杯，泡茶时先把第一泡水倒掉，这叫"洗茶"。这些事，他一天不落，周六周日也是如此，有时起床晚了，他就赶紧打车到办公室。

没过多久，于科长高升办公室副主任兼秘书科科长。这天，周末的晚上，余统华临走前到于副主任办公室打扫卫生，于副主任边看着县委文件边说："我到乡镇考察来的人，竟然排到我前面来了。"

余统华笑笑，不便作答。他知道于副主任讲的是赵副主任，人就在斜对门加班写材料。余统华有意把于副主任的门带上了，边搞卫生边想："赵副主任以后很有可能当一把手主任呢，人家文字水平高，不平的日子还在后头呢！"

秘书科的工作是"三办"：办文、办会、办事。

余统华很快就上手了。他对自己的工作很风趣地作了概括。"领导开会，忙会前会后；领导视察，忙跑前跑后；领导宴请，忙桌前桌后。"正如于副主任所说："开会时，领导未到我先到，看看话筒好不好；下乡时，领导未行我先行，看看道路平不平；宴请时，领导未尝我先尝，看看什么菜和汤。"

于副主任处处带着余统华。一次张书记开完会，正站在后台跟其他领导说事，于副主任和余统华都站在旁边等候。余统华眼明手快，一步上前接过书记手里的讲话稿和外套，于副主任明显有些不高兴。可余统华一点都没在意到于副主任的细微变化。

都说女人是水做的。

督查科白小丽天生丽质，水灵灵的，一掐就能掐出水来，人称江南一枝花，从教育学院来县委办实习大半年了。白净净的小手上拿着一份已签发的通知温柔地放在余统华桌上，余统华扫了一眼后，叫她拿回去再仔细看看。她说："章副主任已看过了。"说完不屑一顾地扭头就走。

过了一会儿，余统华把改过的通知放在她的面前，她一看，竟有七处改动，哑口无言，服了。

自从余统华负责文字把关后，王主任就再也没接到所属的局长、乡镇领导打电话来纠正县委文件中的错别字。

秘书科每晚都轮流安排科里的同志值班，领导不走，科里的人绝对不能走；领导走了，值班的人也只能在规定的时间才能离开。这天，轮到余统华值班，电话响了，一接是王主任家属文佩静，在县妇联工作。

"嫂子好，我是小余。请指示！"

"哪有什么指示呀，儿子作业我辅导不了，看主任在不在，能不能叫他早点回来，晚了，孩子就要睡了。"

"主任下午就带督查科的同志下去督办领导交办的工作去了，要不你打他手机。"

电话里"噢"了一声，就挂了。

白小丽实习期刚满，于副主任就按照王主任的指示到人事局办好了调进的手续。

一年半时间过去了，白小丽当上了督查科副科长，而余统华还在原地踏步，仍是副主任科员。

网上披露说，江南县委办公室干部晋升违反规定，不到年限就瞎调。这下，可捅到王主任了。这还了得？王主任为此专门召开全办人员会议，在会上发狠说，要一查到底，如果是本办人员，严惩不贷。王主任讲这狠话时，还有意看看余统华的反应，余统华面不改色。会后，于副主任也找余统华谈过话。

一查，查出这条信息首先出自省委办公厅一位年轻干部的电脑。这位年轻人正是江南县委办公室排名最前的副主任夏奇才的公子夏超，刚从江南县人大办调过去不久。

事出有因。

白小丽一到县委办公室实习就被夏副主任看上了，他经常抽空到白小丽办公室绕绕，并主动讲起他那儿子是如何如何地好如何如何地优秀。他在全县上下给他儿子物色对象好几年了。白小丽的长相、文凭都符合他的要求了，他担心儿子的工作单位比不上白小丽，就上门请他的老领导县人大主任把夏超从镇办公室调到县人大办公室。白小丽实习期快满，他主动在王主任面前说了白小丽许多好话，建议王主任把白小丽留下来。他不知道那些话其实都是多余的，王主任早就有自己的想法了。

白小丽成了江南县委办公室的公务员后，夏副主任又觉得儿子的单位门槛低了，配不上白小丽。为此，他使出浑身解数，调动所有的关系网，好不容易将儿子调到省委办公厅，满以为这下白小丽非他儿子不嫁。

哪知白小丽上大学时就有了意中人，只是一直隐藏着这个秘密，生怕影响自己的工作安排。如今，她成了正式公务员了，这份恋情就可以见光了。这把夏副主任鼻子都气歪了，对白小丽耿耿于怀。心想：“我这个老生姜竟然斗不过你这个初出茅庐的丫头片子。”

这次提白小丽当副科长，他虽投了反对票，但孤掌难鸣，反对无效。他又心生一计，授意儿子在网上发帖，想把白小丽的副科长搞掉。

结果是白小丽照当副科长，王主任拿夏副主任没辙，严惩不贷成了一句空话。

白小丽春风得意，嘴里轻声唱着《粉红色的回忆》，走在下班回家的路上，手上拿着只有她自己知道是谁送她的黑色牛皮手包。

紧接着，一辆摩托从她身边掠过，她的手被撞了一下，摩托加速飞去。她愣了一下，这才发现手包不见了，向前看，包在摩托后座一个戴墨镜的男人手上。她边向前追了一段，边连声叫道：“我的包被飞车抢走了！我的包……”

她哪里能追得上！手机也在包里，她只好回到家用座机报了警。

第二天，便在县委办公室传开了。王主任得知后，来电话叫她到他办公室去。

白小丽到了王主任办公室，嘴噘得老高，好像被人欺负似的。

王主任笑了：“包里有多少根金条？我赔你。”

“包里除了手机、身份证、银行卡，还有刚发的工资，这些都不算什么，我最心疼的是抢走了你送我的包。”

“不要心疼了，旧的不去，新的不来，改天再送你一个新的更好的。这件事不要再提了，说多了不好。”

白小丽乖乖地点了点头，会意一笑。

余统华到李副书记办公室送文件夹时，顺便讲起白小丽被摩托飞车夺抢的事。政法系统也是李副书记分管的，她听说此事后，对余统华说：“你叫公安局成局长到我办公室来一下。”

成局长很快就到了，李副书记严肃地说：“县委办公室的人光天化日之下居然在大街上被抢了，传出去，会骂我们当领导的无能，你们脸上有光吗？”

李副书记没等成局长开口就指示道：“一是从今天起，城里加派民警和联防队员；二是加大监控安装力度；三是快速破案，防止此类案件再次发生。"

看监控的看监控，装监控的装监控，不少死角也都装上了。

县城当天就出动了十多名干警和三百多名联防队员，二十四小时巡逻。

牛辉此时已是县城驻地江南镇派出所副所长兼联防大队大队长，联防队员全是他的兵。是夜十二点，他从派出所一出来，就有人暗中通报："牛所出来查岗，赶紧各就各位。"

"哗"，就像小猴子见到孙悟空一样，联防队员一个个规规矩矩地巡逻值勤。吃大排档的赶紧丢下碗，躲在角落里打瞌睡的赶紧爬起来，振作精神，瞪大眼睛……

第三天抢劫团伙被抓了个正着，是牛辉手下的联防队员首先发现了可疑人员。对讲机汇报到牛所，牛所指示暗中跟踪，不打草惊蛇。随即，牛所立马追踪过来。摩托车上两名男子对此一无所知，好不容易捕猎到一个下夜班的歌厅小姐，像饿狼扑食。谁知螳螂捕蝉，黄雀在后。前边刚一得手，牛所一边命令驾驶员加大油门，全力追捕；一边命令周围联防队员形成铁桶合围。警车在摩托车前挡住了去路，摩托车来了个急刹。车还没停稳，牛所就冲向歹徒。后座的歹徒迅速拔出一把尖刀，朝牛所胸前刺来，牛所一闪身，歹徒扑了个空。第二个歹徒早丢下车，也持着尖刀扑来，牛所躲闪不及，被刺中手腕，霎时鲜血直流，牛所顾不得疼痛，手腕一转，抓住歹徒持刀的手腕。扑空的歹徒旋即转过身来，高高地举起尖尖的刀，对着牛所的后背猛刺下去……

"咚"的一声，飞来的警棍打飞了尖刀。联防大队副大队长强勇眼明手快，急中生智，见赶不上救牛所，便从十几步开外甩出手中的警棍。好险呀，就差零点几秒，牛所背上就是一个大血窟窿。驾驶员和几个联防队员同时包抄上来，把两个歹徒按倒在地。

牛所的血还在汩汩地流着。他坚持命令把人带回派出所，并把被抢的女子带回去做证。刚说完，牛所就有点站立不住了。

强副大队长和联防队员赶紧把牛所背上车，往江南人民医院奔去。路上，强副大队长向值班民警汇报了牛所受重伤正送往医院抢救。因失血过多，牛所在联防队员怀中昏迷过去。联防队员哭喊道："牛所，你醒醒，坚持一下，马上就到了……"

一到医院，医院立马给昏迷不醒的牛所输血，缝了 6 针，共输了 1200cc 血。

几个小时后，牛所慢慢地睁开了眼。看到了李副书记、成局长还有自己的所长正站在病床边，他的眼睛湿了，想爬起来，李副书记按住他的肩："好好养伤吧！"

第四天上午，白小丽就到派出所取回了被抢的东西。

牛辉成了全省公安英雄，荣立二等功。其他人员，论功行赏。

此后多年，余统华都没见到此类案件在江南县发生。

江南故事多。张书记在开发区土地使用上违规受到了处分。半年后，省委办公厅发来通知要江南县委张书记参加省委书记到碧海市的调研。余统华把这份通知送到王主任手里，王主任看了后嘴里还嘀咕："又不是一个地区的，省委书记怎么点名要我家老板去呀？"

调研回来不久，张书记就高升碧海市委书记。听说王主任也调过去。余统华再次来到王主任家，想请王主任关心，能否在他走之前突击提拔他一下。此时，王主任哪有闲心操心这等小事。

余秘书心里凉了半截。当年计划一年当副科长，二年当科长的梦想破灭了，看来地方上的干部也不是那么容易当的！自己不仅工作上努力做好了，自认为关系也跑得差不多了，可为什么就不能如我所愿呢？

天鹅湖倒映着游走的浮云，湖畔芦花飘扬，水鸟尽情猎取水中的鱼虾活食。

余统华和刘爱玲在湖边栈道上散步。余统华苦笑一下："这世道真没法儿说，白小丽才来县委办几天啊，就当上督查科副科长了。我余统华吃辛受苦的，还是个副主任科员，原地踏步。"

刘爱玲搂紧他的胳膊："老公啊，人家常说，钱多钱少，都有烦恼；官大官小，没完没了；人生苦短，健康最好！我不苛求你，你看，我们一家开开心心的，不是很好吗？"

"嗨！"余统华无奈地摇了摇头。

第二十八章

进入 2006 年元旦，对中国农民来说，一件大喜事如期而至，农业税取消了！

2005 年 12 月 29 日，第十届全国人民代表大会常务委员会第十九次会议决定：第一届全国人民代表大会常务委员会第九十六次会议于 1958 年 6 月 3 日通过的《中华人民共和国农业税条例》自 2006 年 1 月 1 日起废止。农业税的取消，终结了中国历史上存在了两千多年的"皇粮国税"，给亿万农民带来了看得见的物质利益，极大地调动了农民积极性，又一次解放了农村生产力。

余统华在收文时看到这一对农民来说天大的利好消息，他兴奋地把这一好消息告诉了老家人。家里人说，村干部也这么说了。

可没多久，还沉浸在喜悦之中的余统华得知父母和门前的邻居家发生了一场夺田之争。

事情还得从头说起。

当年，朱孝子的二儿子朱利因酒犯事坐牢后，家中少了劳力，加之农业税上缴等原因，朱孝子便想把屋后的三分地退出去，他把这一想法说给了余麻子。余麻子说你要是不种，就给我种。朱孝子就跟村干部说退了这三分地，村干部就把这三分地划给了余麻子，成了余麻子家的承包地，上缴由余麻子家缴。

可如今不再上缴了，朱孝子就想要回屋后的那三分地。于是一场夺田之战开始了。

这天早饭的时间，朱孝子端着粥碗晃悠晃悠地转到了余麻子堂屋前，余麻子正坐在方桌前吃早饭。

两个人从小一起长大，在余统华孩提的记忆中，父亲有时从门前拔几个天仙萝卜，母亲做盘菜，再炒个花生米，喊上朱孝子一起喝两盅。朱孝子有个经典动作一直留在余统华的脑海里，他能把一个个花生米抛得老高，然后张开嘴，能准确无误地接到嘴里。就是如此简单的菜，两人竟然能把一瓶烧酒干完，有时还意犹未尽，要再来一瓶。这时，母亲就出来阻拦，丝毫不让步。两人这才作罢，并且总是自己家请人家，父亲从不主动上人家门蹭酒喝。那时候，余统华常到朱孝子家找朱利玩，经常看到朱孝子和老婆对饮，也没见他请过父亲来。

余麻子见朱孝子来了，喊他坐下吃咸菜。丁风平拿了个煮鸡蛋给他，他也没客气，接在手上，吃得差不多了，朱孝子的话题转入正题："麻爷，我今个儿上门来是说一件正事。"

"什么正事呀，要是要田，你就不要开口，要是其他事你就只管说。"

"我哪有其他屁事，伙家，那三分地本来就是我家的，给你家种了好几年，也该还给我了吧。"

"你小子真好意思开这个口，当初你不肯种，往后不缴税了，净想好事，散了的婆娘还想要回去睡，那哪行呢？"

费了好一番口舌，朱孝子见说不来，便气鼓鼓地走了。

回到家一丢下碗，朱孝子就去了女婿家。他女儿的小叔子王平是现任村支部书记，女婿陪着他来找弟弟。王书记说，按理说，要不回来，我们也不好出面。这样吧，你回去跟余麻子胡搅蛮缠，把他缠得不行了，也许他就松手了。

第二天早上，还是早饭时间。朱孝子又端着碗过来了，余麻子和丁风平知道他的来意，也没给他好脸色，一点也没客气。朱孝子厚着脸皮说："老余啊，昨个子说的事过了一夜，想好了吗？"

"想你妈个头呀，那田以前是你家的，现在是我家的，在我家本子上写着呢。"

"我找过大队干部了，他们说可以要回来。"

"有本事你叫干部当着我的面说，他敢来，我吐他三口痰。"

"老麻子，今个子你说给还是不给？"

"给你个鸡巴。"

朱孝子转身匆匆回去了。

不大一会儿，他手里头拿着根麻绳又回来了。

"余麻子，你说给还是不给？"

"门都没有！"

"你不给是吧，老子今个儿就死在你家门口。"说完，就把手里的麻绳一头甩上当年余统华栽在厨房前的苦楝树"丫"字形的中间，打了结，头欲往套里钻。

"你吓唬谁呀，老子打过日本鬼子、打过国民党的部队都没抖过腿，还怕你不成？"

朱孝子本想吓唬吓唬余麻子，见余麻子不吃他这一套，正骑虎难下。见余统荣骑着车下海回来了，心想这下有救了，便头一横。

"老子就死给你看！"说完跳起来钻进绳套里……

余麻子老两口见他还真上吊了，目瞪口呆，不知所措。恰在此时，余统荣到了家门口，他早就看到了这一幕，来不及撑车，丢下车龙头就过来抱起朱孝子的大腿。众人和邻居赶紧过来解开绳套，朱孝子吊的时间不长，很快缓过气来，干咳了好几声。

南边，传来了朱孝子老婆的哭骂声……

事情闹到了村部。

余统华回老家休假，才得知这些详细过程。余统荣接着说了那天村支书的处理过程。

"爸爸被叫到村部，我也跟着去了。村里的王书记听了双方各自陈述后，先让朱孝子回家了，把爸留下谈话。我跟书记说，我全权负责老头子的事，我留下，让老爸先回去。他同意了，书记说，这事你们两家好好协商解决。我说，没什么协商不协商的，本子上写得清清楚楚明明白白。王书记做了我好长时间工作，说这样闹下去，闹出人命咋办？明显偏向朱家。我根本没鸟他，我跟书记说，这件事你若不公正处理，我到镇里找书记。说完，我就掉屁股走人。"

母亲接着说："后来，朱利的妈妈还到那三分地里拔黄豆，耍无赖，人长得像山鸡，被我打了回去，我才不会让给她输给她呢。"

其时夺田之战硝烟已经散去，余统华深深体味到土地对农民的重要性和取消农业税对农民意味着什么。

他苦口婆心地劝慰家人。

大年初一，余统荣放过鞭炮，村里一对唱道情的父女立在大门两旁对唱起来："初一一大早，我俩拜年早。"

余统华手拿一盒软中华从屋里走出来："应师傅，抽支烟。"

"二老板回来了，升官发财，伙家。"应师傅把烟夹到耳边继续唱道："一祝全家人，身体棒棒好；二祝一年里，庄稼收成好。三祝孩子们，读书成绩好。"

余统华递了红包，应师傅看到了是五十元，连声说："谢谢，谢谢！"

刘爱玲生了一个女儿，余统华当年兴奋得快上了天，给掌上明珠取名"余玲"。如今，一晃已经这么大了。

余玲听不懂词，只觉得调好听，仰起头问："大伯，能不能再唱一个。"

"好啊。"应师傅和女儿耳语了一下后，"咚，咚"，拍了两下道情底筒，一人一句唱将起来："余家好男儿，县委秘书当。前程似锦绣，他日高官当！"

"谢谢，托你吉言。"

"明年，我父女俩来给你唱一段郑板桥的《道情九首》，你可要回来哟！"

"回来，有空一定回来看老人，听你父女唱道情。"

"我把二老板给的好烟点上。"应师傅边说边掏出打火机点着了香烟，有滋有味地吸了几口，往下家赶去。

余玲跟着唱道情的去了邻居家门口。

母亲问："给了多少？"

"五十。"

"你钱多，人家只给五块、十块。"

"这不讨了个口彩，就像当年您请瞎子算命有多大区别。"

"那可不一样，算命是算命，好话是好话。好话也能骗到钱，真是的。"

正说着，唱凤凰的举着一只五颜六色的纸凤凰上门了。刘爱玲喊女儿："余玲，快回来看！"

余玲说："叫他们慢点唱，等等我。"

"凤凰开口叫，喜事已来到……"母亲抢先给了钱。

唱凤凰的走到余统荣楼房门前，统荣婆娘说："我们是一家的。"唱凤凰的就没唱赶下家去了，余玲又跟着凤凰走。

余统华说："余玲别去了，我们拜年去喽。"

他们踩着满地的鞭炮碎屑，登门给几位长辈拜年。"给姑爹姑妈拜年！"

余玲也学爸妈："给姑爹姑妈拜年！"

余统华赶紧纠正："乖乖肉呀，你得叫姑爷爷姑奶奶！"

长辈笑着说："童言无忌，童言无忌。"一时间，笑声满堂。

余统华对刘爱玲说："听爸妈说，我的堂哥统武被人骗惨了，难得回来，又逢过年，我想去看看他。"

"需要我去吗？"

余统华思考了一下："你就不去了，他这人好面子。"

堂哥余统武的手机通了："好的，我到镇上接你。"余统华上了一辆车身接近报废、车厢拥挤不堪的乡村公共汽车。

见到堂哥，余统华感到一阵心酸。多年不见，他的头发白了许多，额前的头发掉了许多，眼睛变得干枯，不再像当年那么灵动，那么有神。岁月如刀，在他的脸上已刻下了一道道皱纹。

寒暄了几句，余统华就坐上了堂哥那辆老掉牙的摩托车。车子开了，离开了集镇。余统华记得他家邻近镇中心南边。

"哥，你这是带我去哪儿？"

"去厂里，我们现在全家都住在那里。"

"家里那么好的房子为啥不住？"

"早在几年前就卖了，要还债。"

余统华眼前浮现出堂哥当年的房子，两层楼，十几个房间，棋牌室、卡拉 OK 室……

余统武推着摩托车，和他又走了一段土路。余统华看到，低矮的几排瓦房围着一大块空场地，场地角落处堆放着许多饮料瓶和一些杂物。

堂嫂和两个侄女已站在门口。多年不见，堂嫂明显老了，但风韵犹存。两个侄女正值花季，很讨人喜欢。两个侄女几乎同时喊："伢伢新年好！"

"嫂子、侄女过年好！"

余统武的厂子其实一眼就望到头，这只是农村的一个小作坊，占了几亩地而已。

余统武带余统华进了他的办公室，条件设施十分简陋。一张半新半旧的小老板桌上放着一部电话，旁边一张长沙发。堂嫂早倒好了茶水，仍冒着热气。正值过年，糖果糕点水果都摆放在茶几上。室内很暖和，挂壁空调正吐着一股股热气。

又见糖果，余统华就想到昨晚临睡觉前，母亲抓了一把糖果放到余统华的床头："明天新年头一天，开口之前，要先吃糖。开年吃糖，甜蜜吉祥。"

余统华笑道："妈，我还小哪？"

小余玲说："奶奶，我也要吃糖。"

……

余统华拿起一片阜宁大糕，放进嘴里。又想到小时候除夕晚上，妈妈给他床头放的一沓糕。"开口吃糕，步步登高。"妈妈言犹在耳，他自嘲地笑了。

余统华问堂哥："我到现在还不知道两个侄女叫什么名字呢！"

"大的跟她妈妈姓，叫徐文，上大一；小的跟我姓叫余静，上高二。两个孩子学习不用我们烦，成绩都还可以。"

余统武已提前安排好晚饭，五个人唠着家常向镇上一家饭店走去。

几杯酒下肚，余统武说："我在商海几十年，结果还栽了个大跟头。"

"你那么聪明，怎么就被人骗了呢？"余统华疑惑地问。

"说来话长，海花县一家啤酒厂委托我收大麦，我和厂长也是多年的生意伙伴。合同是二百万，预付了六十万。货到再付余款。几船的大麦送过去了，进了仓库。厂长对我说，让我等几天，他资金正在周转。我心想，等就等几天，这次收购完成，我也能从中净赚将近二十万。可十天过去了，钱还没打过来，打厂长手机关机。这下我才感觉不对头，赶紧到厂里找厂长。谁知厂长已换了人，原来的厂长已把厂卖了，连同大麦都卖了。"余统武一声叹息。

"报案了吧？"

"报了。报案后，几年以后才抓到那厂长，他的全部财产早已转移。我也成了被告，只好把房子卖了，农村的房子又不像城里的房子值钱，房子卖了五十多万。结果落到了今天这般田地！"

"千金散尽还复来，办法总比困难多，一切都会好的。来，我敬你一杯！"余统华安慰道。

"咣当"一声，两个玻璃酒杯碰到了一起。

"过年了，说些开心的事！"堂嫂说。

堂哥堂嫂把他俩的床让给余统华睡，夫妻俩和两个女儿挤了一夜。

躺在床上，堂哥的呼噜声传来，余统华久久不能入睡。脑海里出现了一幅幅关于堂哥统武模糊却又清晰的影像：年轻阳光的他，一袭白衬衣、蓝裤子，头发永远一丝不苟；高大帅气的他，连眼睛都会说话，走在乡间路上，姑娘们忍不住回头偷偷看他一眼；聪明能干的他，能说会道，能写会画；当年，他在农家墙上画的"农业学大寨，工业学大庆"的宣传画画得真好。如今，一副落魄相的他，脊背微驼、精神不振，和他的旧摩托车何其相似！

年初二早饭后，余统华向堂哥一家辞行，四个人执意挽留。余统武说："吃过午饭再走，我去把弟妹接来！"

"不了，还有几个亲戚长辈家没去呢。"

余统武拗不过，只好骑摩托车送他到镇上。路过一家农行门口，余统华拍拍堂哥的肩："哥，停一下，等我几分钟。把你的银行卡号给我。"

　　"自家兄弟，别客气了，我心领了。"

　　"大过年的，我也没带多少现金，打点钱给侄女做压岁钱。"

　　"她们都这么大了，免了，免了！"余统武仍然客气了一番，最后还是把卡号给了堂弟。

　　余统华从自助银行出来后，刚巧来了一辆中巴车，便急急忙忙上了车，和堂哥挥手道别。车驶出去，扬起一阵灰尘。

　　正准备跨上摩托的余统武，手机响了。他一看是大女儿徐文的，就接了。

　　"爸，我手机刚收到信息，我的农行卡里不知是谁打进了二十一万块钱，开始我以为是两千一百块呢，我简直不敢相信自己的眼睛，擦了擦眼镜，又擦了擦眼睛，确定是真的！"

　　余统武明白了："是你统华伢伢刚刚打的！"

　　他当即拨通余统华的手机："兄弟，钱打错了吧，怎么打了那么多？回头我让大丫头再打回去。"

　　"没错，我卡里一共只有二十一万七，我留了个零头，其余全打给你了。一万元给两个侄女，一人五千，她们上学开销大；那二十万你拿着用，如果今后发达了，就还我，没有就算了。这是我炒房和稿费积攒下来的。"电话里，余统华还在说，"喂，喂，希望你尽早渡过难关，一年更比一年好。你在听吗？"

　　余统武看着远去的中巴，一时竟不知所措。良久，他才说了四个字："谢谢兄弟！"

　　不知是灰尘进了眼睛，还是泪腺受到了刺激，骑在摩托车上的余统武抹了一下眼睛，和自己对白：被人骗了，是你自己的不慎。都是哪些人关心你余统武？是我那亲爱的老妈，暗地里把她积攒的五万元塞进我的兜。其他的兄弟姐妹呢，是关心了，好像并没有实质性行动。刚才来访的是堂弟吗？不，亲兄弟也未必做得到！

　　大年初五，农村里天没亮，早就噼里啪啦响开了。余德厚、余统荣父子早起放鞭炮敬财神。余统华对还在睡觉的余玲说："起床了，今天回家了。"

"我瞌睡，还想再睡会儿。"

"一会儿跳财神的来了，可好看了。"

女儿立马坐了起来："真的，什么时候来？"

不远处传来了锣声。

"你听，财神爷来了。"

"妈妈快帮我穿衣服。"

刘爱玲扫完堂屋和两个房间，端着簸箕正往外走，刚巧被从厨房出来的婆婆看到了："今个子不作扫地，灰也不作倒，要等到明个子才能倒。"

后来，刘爱玲问余统华，才知道不能把家里的财气倒掉。

奶奶搂着小孙女，刘爱玲忙着拾掇行李，余统华用鸡毛掸子拂拭车身。老父亲叼着烟卷，胸前掉落了好些烟灰，半是恳求半是下令："这次你要把余阳带过去！她中专毕业，在家闲待半年多了，帮她在江南找个工作。"

余统华说："不管哪个单位进人，都不是一句两句话的事，再等等。"

第二十九章

车过长江，一进入江南地界，随处可见江南撤县设区的横幅。"抢抓撤县设区机遇，进入苏南第一方阵。""撤县设区给江南带来了第二个春天！"

春节后上班的第一天，刚到办公室，电话铃声就响了。

一听，是许兴华。余统华心中一阵狂喜！

"你死哪儿去了？我还以为你被东北虎叼走了，失联二十多年。"

"说来话长，那年你送我上车，到了东北，投奔我叔叔家。在那复读一年后，考上了公安，后又改行考上了省级机关，被借调到国家机关。春节前，刚调回来。春节期间，听同学说才得知你在江南当上了大秘。"

"别笑话我，下班过来聚聚。"

"我正有事求你呢。"

"不急吧，不急就见面再说吧。"

"不急。"

晚上，余统华安排在机关餐饮服务中心二楼包间，把牛辉也喊上了。

几十年不见，一见面难免一大堆废话。

过后，余统华才切入主题："废话还是留到以后慢慢说吧，你是省里的干部帮帮我还差不多，我能帮你办啥事，尽管指示。"

"我刚来，省城的房价那么高，我东北的房子又没卖，就是卖了，也只够买个厨房卫生间。所以想到江南城里买一房子，还想在江南乡下买个农村的房子把父母接过来住。"

"从明天开始，我陪你跑。喝酒！"

"嗯啦，必须的，整！宁叫胃子喝个洞，不叫感情留条缝！"许兴华的苏北腔已严重"东北化"，喝酒也完全一副关东人风格。

"哎，我来一段儿，给各位助助兴吧！"余统华开始出招了。

"好，好。"在座的人一齐鼓掌。

余统华先给牛辉倒满一大杯酒，用磁性的男声开讲道：

"闲言碎语不用讲，咱今天，表一表江南的英雄牛所长。当滴个当，这一天，夜半更深无月光，小巷出现了飞车党。这俩贼，眼珠滴溜溜地盯上刚下班的小舞娘。列位说，这是干么子？不干么，就是要把她的小包抢。说时迟，那时快，这俩小子可算走了运了，碰上了咱们当兵出身的牛所长。您别看，虽然牛所没打过仗，带兵训练可有良方。喊哩咔嚓一顿合围战，两个毛贼困兽犹斗很疯狂……这后来，我们的牛所光荣负了伤。"

"哎哟，统华这山东快书在哪学的？"许兴华开心得像个孩子。

余统华说："山东快书河南腔，在河南学了点皮毛。"

牛辉说："我们一起敬才子统华一杯。"

"使不得，使不得。牛所可是我们的功臣、英雄，自古美女爱英雄，那美酒也应该先敬英雄！"气氛被余统华调动起来。

许兴华端起酒杯说："我也当过民警，统华说得对，敬英雄！"说完一口喝下去一大杯白酒。

牛辉也不甘示弱，站起身，仰起头，"咕咚咕咚"几大口就喝下去了。

余统华想起当年请薛海喝酒差点害死他，便不敢多敬也没酒量多敬，又不大好拦他们，反正他俩酒量大着呢。结果，东北虎喝不过江南的小绵羊。牛辉接个电话，匆匆告辞。

"牛所，瘪犊子，酒量不行；统华，文章咱写不过你，喝酒你喝不过咱；你们江南都没对手，信不？"许兴华九成醉了，嘴上还在一个劲地逗能。

余统华连声附和："对，你说得对！论喝酒，江南没有你的对手。"

"咱俩这感情，那是贼啦地深。别说二十年，就是三十年不见面、不联系，那也是杠杠的，是不？"

余统华忍住笑："是是是，没毛病。"他一路半背半扶着许兴华来到江南宾馆总台开了房间陪了许兴华一宿。

几乎跑遍了江南城区所有的楼盘，最终定下了天鹅湖畔的公寓房。余统华找熟人出面，每平方米便宜了 300 元，优惠了 3 万多。

余统华坐上许兴华的摩托又几乎跑遍江南乡下，终于在泉水湖畔买到了一个老支书家的老房子。先是帮老人把户口从苏北迁来，接下来，翻修房子。乡下也正抓得紧，不给翻。余统华又找关系，把旧房当作危房改造一新，并扩大了面积。没过几年，当初 15 万元买的房子，翻盖过后，有人竟出价 280 万。

夏日炎炎，龙城市春秋城景区。许兴华一行身边多了个约莫五十来岁的男人，他开车门、买门票、联系饭店，手机不停地接打，跑前跑后。趁着那男人忙得紧，余统华警觉地问：他是谁？许兴华：一个朋友，山炮，龙城郊区的。去年偷税漏税要罚款大几十万。这山炮成天缠着我出面。我想这瘪犊子也不容易，请到他们区里的几位领导，饭桌上就把这事解决了。

余统华说："兄弟，咱俩都是体制内的人，走到今天这步不易，凡事小心为好。"

许兴华音量高了起来："别扯犊子，就那么点事儿！该吃吃该喝喝，扯淡的事咱不做。"

五星级龙城宾馆豪华气派。余统华一家刚进房间，一个小伙子给每人送来一套蚕丝睡衣。沐浴后，余统华穿上新睡衣，浑身感到凉丝丝、轻飘飘的。他躺下来，双手托住后脑，耳畔响起刚上小学时背诵的诗句"遍身罗绮者，不是养蚕人"。

这时余统华的眼前出现了老家的蚕房。童年余统华问正在养蚕的母亲："妈妈，我哪天能穿上蚕丝做的衣服啊？"

……

"爸爸，好看吗？妈妈那件也好看。"年幼的余玲也穿上了红色的蚕丝服，高兴得手舞足蹈。

临离开龙城时，那个"山炮"又给余统华送来两床包装精美的蚕丝被。

自打许兴华调到省城，和余统华交往十分密切。

经过改造，许兴华买的老宅整饬一新。许兴华的姐姐、姐夫前往助之，附带的菜地、茶园、猪圈、鸡窝、鱼塘，全部得以充分利用，畜禽、蔬菜、鱼虾长势喜人，一派生机盎然。

这天，两个人又聚到一起。许兴华说："一位香港老太，看上我姐种的农副产品。只是老人大量需求不施农药化肥的有机菜放心菜。这里的菜地嫌少了，如果把鱼塘填掉一部分就好了。"

"怎么着，还要我去挑土啊？我从小就不是干重活的料。不过，我打个电话给一个老板试试。"

"金总，泉水湖村有个鱼塘要返田，想麻烦你拉些土，看你方便不方便？"

"一个字，行！哪天？领导尽管交代！"

许兴华问："又是谁啊？"

"和你龙城那朋友差不多，小钢炮。"

村头的水泥路上，几辆渣土车被一群村民拦住。"这路是我们集资修的，小车走走也就罢了，哪能经得住大车轧呢？不能走！""对，这就不是大车走的路！"司机无奈，只得停在那。

晚上七点多钟，余统华正看《新闻联播》，手机响起，是许兴华打来的："这帮小子，拉土的大车愣是不给过，鱼塘填不了，这可咋整？"

余统华说："这么晚了，明天再说行不？"

"净扯，那圪垯眼看就要打起来了！"

"这路不能让大车轧！""就是！不给走！""谁敢走，就砸他的车！"村民们闹成一锅粥。牛辉带着民警到了，对村民的叫嚷不加理会。他对民警说："把村支书喊来。"

村支书披件衬衣，很快到达现场。牛辉对村支书说："如果车子把你们的路轧坏了，由拉土施工方照价赔偿；如果谁还在这里无理取闹、敲人竹杠，对不起，我马上带回派出所处理。"

村支书应道："所长说得在理，谁也不能无理取闹！"村支书招手叫过几个汉子："叫他们都散了！反了他们了！"

一个汉子嘟哝了一声："还不是你叫我们来的？吵到现在，猪还没喂呢！"另一个秃顶男人靠紧一步："回家行，半天工钱你要付给我们。"

村支书怒声低喝道："钳，钳你老婆奶头子，扯鸡巴蛋！"

"怎么回事？村里好不容易住进了一个省级机关干部，这许兴华一没上他家拜门子，二没为村里捐钱捐物，村支书还不刁难刁难他？"电话里，牛辉把处理过程告诉余统华。

天寒地冻，雪后初霁，东北的雪野一望无垠。

几双脚踩在积雪上，发出"嘎吱嘎吱"的声音，身后是一串长长的足印。高大的白桦树下，裹得严严实实的小余玲开心地抓起雪，砸向爸爸。阳光筛过白桦树，美景令人流连。余、许两家人不时地变换着姿势拍照。

余统华捧起雪，眺望江南。江南的雪落地便成雨雪混合物，湿漉漉的，古巷的石板路也是湿滑的。下雨或者下雪，徽派建筑的屋檐终日滴滴答答的。

他诗性大发——

雪

儿时苏北的雪
白白的 厚厚的 深深的
一个少年的小腿肚不见了
变成了七个小矮人中的一个

雪轻轻地来了
茅屋边沿上挂上了晶莹剔透的冰川
成了顽童们的匕首尖刀

于是我们勇敢地在河面上
奔杀

北国的雪
沙沙的　干干的　糙糙的
像北方汉子的脸
不像南方湿湿的
像江南冷美人的脸

曾在
伟人的故乡求学过的我
自知
写不出伟人的雪
我穷尽我的词库
一个词
一个标点　都没有了

　　东北的雪，让余统华看出了与南方的不同。他们转道去了一地，让他惊讶不已。

　　1934年至1939年，日本关东军在我国东北与苏联接壤的边境地区修筑了一系列的军事要塞，其中东宁要塞是东部一线的军事重地。"东宁日军侵华要塞"是亚洲最大的军事要塞，是第二次世界大战的最后战场，有"东方马奇诺防线"之称。余统华在未来此地之前，只知法国的马奇诺防线，更不知苏军和日军的东宁战役是第二次世界大战的最后一战。走进东宁要塞，如同进入一座迷宫。

　　日军修建的"东方马奇诺防线"历时十余年，在东起吉林省珲春，中部经黑龙江省中苏边境，西至海拉尔和阿尔山5000公里边境地带，共修筑17处要塞，要塞群相加约1700公里，共有8万个永备工事。看似固若金汤的防线最终也以失败告终。

　　曾是军人的余统华意犹未尽。两家人又转道了更远的一地，这一地让余统华心动不已。

在海拉尔市区，有一座很不起眼的小山包——小孤山。山上有一座苏军烈士陵园，沿着长长的台阶走到山顶，二十四座墓碑中间矗立着一个纪念塔，纪念塔是黑色的大理石，上面镏金的宋体字很显眼：你们的功勋，永远不会忘记。

一位年轻好看的女讲解员说，在攻打海拉尔要塞这场战斗中，二十四座墓碑下面，一共埋葬了牺牲的一千一百零一名苏军官兵。

看了海拉尔坑道，余统华觉得地面火力点异常坚固，地下火力网非常隐蔽。火力点层层相扣。讲解员接着说，外围的反坦克壕十米宽五米深，为当时苏军的主战坦克 T—34 量身定做。坦克一过来，掉下去了。两道反坦克壕之间配置五级火力点。最大的特级火力点，配置在阵地的凸出部，一共十四处。特级火力点下面分甲乙丙丁，特级火力点实际上是一个子母群。每个主要的火力点，下面都连着各种战壕，战壕的后面有隐蔽所、弹药库，还有战士的休息室，紧急避难所——防爆坑。坑道上四通八达，你在攻击它的时候，火力点之间会相互形成火力交叉，并且这些火力点采用的是半地下结构，重炮轰击的时候，日军可以藏到地下。

苏军在进攻海拉尔阵地的时候，就发生了这样的事情。敖包山阵地是第一个拿下来的。苏军一看，这个阵地也并不怎么难攻呀，大家松了一口气说："关东军不过如此嘛！抽袋烟，歇歇。"

就在这个时候，与敖包山阵地一河之隔的河南台阵地上，日本鬼子拉出了重炮，从地下坑道一度狂轰，苏军死伤不少。在经过河南台阵地的战斗中，二零六坦克旅有一个坦克手，叫巴特洛夫，轰击了地面的堡垒之后，自己的坦克也中弹起火。于是，他就从坦克上一跃而下，手里拿了两颗反坦克手雷，冲到前面炸毁了两个地堡。正当他认为扫清了障碍，挥手招呼后面的战友奋勇跟上时，另一处隐蔽的火力点又突突突地吐出了一串串长长的火舌，这时候，后面的战友连着他一起倒下了。打仗是不等人的，眼睁睁地看着自己的战友一个个倒下，巴特洛夫很着急，手雷用光了，日本鬼子的火舌仍在向外吐的时候，巴特洛夫一跃而起用胸膛顶住了枪眼。

听到这里，余统华感动不已！他只知道抗美援朝战场上的黄继光，还不知这个苏联版的黄继光。后来他知道苏军、越军、我军中还有不少黄继光式的英雄时，他愈加敬佩英雄，崇尚英雄。

余统华把这种玩命的不要命的精神称之为战斗精神，转业经年，我身上还有多少这种精神呢？

雄一师迎外场上硝烟四起，枪炮声大作。

这一次迎的不是外国元首、军政要员，而是江南区四套班子领导。这是余统华向区委办公室主任提议，由双拥办林主任协调落实的"军营一日"活动。

军事表演除了正常的迎外科目外还增加了反恐演习。整个表演精彩纷呈，让四套班子领导叹为观止。他们兴奋地走下观礼台，走上打靶台。从区委书记、区长到区人大常委会主任、区政协主席，再到全体四套班子成员以及工作人员，都过了一遍枪瘾。江区长打的环数比新来的区委书记储文高。储书记不服输，还要跟区长再比试一次。这一次，储书记赢了，也不知是真赢还是江区长故意让他的。不过储书记对部队长卫华说了一句："比起我们的战士差得太远了，我们今天来就是向部队官兵学习来了。"

转场到了国旗广场，储书记和江区长代表江南区一百多万人民向人民子弟兵赠送了五台空调、五台电视机和两箱书籍，上面贴着红纸，红纸上写着：敬赠最可爱的人！落款是江南区人民政府。此外，还送来江南最有名的青溪西瓜，四个西瓜装一小纸箱，共一千箱。军地领导先后发言，军地记者拍照的拍照、摄像的摄像，忙得不亦乐乎。

进了会议室，呈现在地方领导面前的是每人一本《光荣的雄一师》。录像片《雄一师的风采》正在播放，师史过后，便是《情动百国来宾》。余统华一听解说词基本上都是用的他当年发表的报告文学。再翻看《光荣的雄一师》，竟然收录了他的《情动百国来宾》。想不到的是储书记此时竟然能静下心来也看这篇报告文学：

一位波兰中将的考验

1994 年 4 月 9 日上午，迎外官兵的一场实战表演让波兰军队副总参谋长兼后勤总监扎莱斯基中将无法挑出毛病。

中将思忖：军事技能过硬，思想素质如何？中将来到服务中心参观并品尝了官兵自己做的糕点，尤其是那鲜嫩的豆腐令他拍手叫绝。就连金陵饭店这样的五星级宾馆，也不得不派人来向这个部队的官兵学艺。中将起身离去时，悄然将他的金笔留下了。

迎外结束后，服务中心战士章东打扫卫生时，意外发现了一支刻有外国文字的金笔，他当即把它送到了团外事办公室。

"金笔虽小，事关重大。"团领导闻讯后，赶紧派出一辆吉普车，指定外事办公室周忠华尽快把它送到中将下榻的金陵饭店。半小时后，小周出现在扎莱斯基中将面前。中将接过金笔时，虽无感激的话语，却流露出钦佩的神情，随后他向翻译"呱啦呱啦"地讲了一通，小周正在发愣，翻译声音传了过来："这支笔是我留给你们的一张答卷，你们的答案我很满意。请转告你们的长官，他的部队是无可挑剔的。"

"我不能夺将军所爱"

1995 年 11 月 24 日的古都金陵，雨下得不大，可寒风吼得厉害。

这对于生活在零下 40 多摄氏度、冰天雪地的吉尔吉斯国防部长苏班诺夫·梅尔扎顿中将来说并不过瘾。他选择这一天来访，四连战士张科和他的战友们奉命进行射击表演。

老天也似乎发难，风拼命摇撼对面的靶牌。十个胸环靶竟有三个经不住狂风的吹打，耷拉着脑袋，横挂在靶杆上，中将见了一怔。

可射手们不慌不忙地迎风准备射击，他们稍稍抬头，目测靶牌现在位置，然后轻轻地扣动扳机，清脆的枪声持续不到 10 秒便全部停息。

十个胸环靶呈送于中将面前，梅尔扎顿中将惊讶了：每个射手 8 秒钟内 20 发子弹全部命中，平均成绩 190 环，射手张科的更令人赞不绝口——196 环，10 环的靶心打成梅花状。梅尔扎顿疾步走下观礼台拥抱这位士兵，并脱下手表奖赏他。

"谢谢您的一片好意，但我不能收您的奖品。"张科彬彬有礼。

"是我的手表不够好吗？"中将不解地转身向翻译问道。

张科听了翻译后，连忙解释："将军，这块手表肯定是您的心爱之物。我们中国有句古语叫'君子不夺人所爱'。"

"尊重来宾，首先就要尊重他们的习俗"

精明的美国国防大学校长塞尔姜中将来访时发现一个奥妙，依次排列的营房号到 12 号后就成了 14 号，唯独没有美国人忌讳的 13 这个号头，便对身边的随从说："这是我所见到的最细心的高素养军队。"

"尊重来宾，首先从尊重他们的习俗开始。"这句话在迎外官兵中频频使用。外宾来自世界各地，生活习俗、礼仪千差万别。每次迎外前，这个部队官兵都要集中起来，熟悉了解来宾的生活习性，禁忌情况，做好相应的准备。穆斯林外宾来访，服务中心三天前就不买肉，并对锅碗瓢盆彻底清洗，除去油分；印度人嫌右手不洁净，握手只用左手。服务员端菜递物，战士与他们握手也只用左手；牛是尼泊尔的国兽，他们的客人来访，餐桌上就不能出现牛肉……

1994 年 7 月，巴基斯坦赛义德·汗将军率团来访。他们刚下车就下起了大雨，而仪仗队屹然不动，迎接客人的到来。将军为之感动，检阅后，主动前去与站在前排的仪仗兵逐一握手。官兵们个个心里明白，巴基斯坦多数人信仰伊斯兰教，在他们看来，右手动得多是不干净的，握左手方才表示对客人的礼貌和尊重。当时的现场，虽然烦人的雨水在下着，但官兵们无需任何人提醒，从队长到最后的第二十七名战士，人人都是热情而又落落大方地伸出左手与将军握手。巴基斯坦外宾先是一惊，继而变得十分感动，称这是世界上少有的军队。

……

看书一直是储书记的爱好，他从不打麻将、打掼蛋。他也要求区委办公室的秘书多看书。因此，他在任何地方都能静下心来看书。当储书记看到这里时，不由自主地说了一句："好，写得好！"

坐在一旁的部队长卫华说："这还是您手下的秘书，当年在部队时写的。"

"谁呀？"

部队长指着站在最后面的余统华说："就是他！"

"小余啊，写得不错！"

第三十章

长江后浪推前浪。

秘书科考来了一个小姑娘叶子，是省城名牌大学的本科生，人也长得标致，和余统华两人同处一室。几天下来，叶子从没碰过抹布、扫把、拖把。办公室的卫生都是余统华打扫的，而她仍无打扫卫生的迹象。余统华心想：当初自己到部队是多么地勤快，如今到了办公室后，于副主任办公室的卫生全是自己一个人干，我堂堂一个正营职军官，都能做到，现在来了个新同志，就像一个大小姐，油瓶倒了都不扶，自己办公室的卫生还得我这个老同志干，大小我还是你的直接领导。他实在忍不下去了："叶秘书，每天抽点空搞一下办公室卫生。"

谁知叶秘书如此回他道："我考的是公务员又不是考环卫工的。"

"就我们两人在一个办公室办公，那你说，这卫生该谁搞呢？这样吧，你今天回家问问你父母！"

第二天一早，余统华来时，见小叶正撸着袖子拖地板。他笑着说："我们都知道一屋不扫何以扫天下的故事。"说着，余统华也将起袖子，拿起抹布。

区档案局举办培训班，余统华参加，回来时要了份空白试卷，带给叶秘书做，好多选择题叶秘书用排他法竟做对了，一天没培训，竟能考到 98 分，余统华佩服叶秘书的聪明，怪不得能考上名牌大学。

自从叶秘书来了后，夏副主任就常来叶秘书办公室转。叶秘书刚开始搭理了他两天，后来就爱搭不理了，让夏副主任好不尴尬。余副科长有时就停下手头工作，陪夏副主任聊他那在省委办公厅的儿子是如何如何地优秀。余副科长知道，这是夏副主任有意说给叶秘书听的。"醉翁之意不在酒，在乎山水之间也"，夏副主任又在物色儿媳呢，白小丽没戏了，叶子来了，又给他带来新的春天，新的希望！

白小丽和叶子两人很谈得来、合得来，中午一起吃饭，午睡睡一个房间，经常形影不离，成了好同事、好闺密。

尽管余统华转业快三年时，才提了个秘书科副科长。这与他的路线图滞后了两年。

尽管周会当上秘书科科长，是余统华的顶头上司。余统华觉得那只是组织上的安排，虽然他在职务上低于他，在年龄上大于他；虽然他明知转业干部和地方干部相比，输在起跑线上。但是他有兔子和乌龟赛跑的精神。

小学和初中时，余统华练过颜真卿的字帖，他不仅知道颜真卿的父亲颜惟贞取名"真卿"是希望儿子将来做一个真真正正的好官，他更知道那首《劝学》诗也是颜真卿人生中的经验总结。

三更灯火五更鸡，正是男儿读书时。
黑发不知勤学早，白首方悔读书迟。

他当然更记得荀子的《劝学篇》中的"故不积跬步，无以至千里；不积小流，无以成江海"。

他还记得那天开车送他到江南人武部的战友的那句话："现在给别人开车时，才知后悔当初上学时没好好学习，如果再给我一次读书机会，那该多好呀！"

周会闲时在电脑上不是玩排雷游戏就是下象棋。而坐在隔壁办公室的余统华不是看书就是咬文嚼字。

余统华把家中书房的《辞海》早带到办公室来了，那边角早就被他翻卷了，那纸张上留下他多少手指蘸口水的印渍，不敢说所有的条目他都看过，至少说，绝大多数他看过，有的还不止一遍。他知道刘爱玲不企求他做多大的官，或许希望他肚中能有大海那么多的词。尽管这样，他还是自加压力，从不放松学习。尽管这样，他还是期望自己能出人头地。

于副主任在安排会务上是行家里手，尤其在安排领导座次上，不管主席台如何摆放，总是能把领导座次安排得恰到好处。余统华跟在后面，用心看，用心记。

余统华大胆做事，小胆做人，兢兢业业，任劳任怨。他在憧憬着更加美好的明天。

这天一大早，余统华就到了办公室。他每天至少提前半小时上班，何况今天全区还要召开经济工作大会。他知道书记在会上要作重要讲话。催过好几回研究室的秘书，才姗姗来迟送来了书记的讲话稿。

一到会场，余统华就把讲话稿端端正正地放在书记的位置上，试话筒，看会场。尽管昨晚下班前看过，但过了一夜，他还是有点不放心。

会议在区长的主持下，隆重地召开了。轮到储书记讲话，储书记看着讲稿，念得有声有色，抑扬顿挫。念着念着，储书记觉得念得不对，他停了下来，翻看后面的页码。

站在幕后一侧的余统华赶紧掏出备用讲话稿，仔细一看，坏了，稿中漏掉了一小截。他心里在骂，该死的文字秘书，也在骂自己今天怎么就粗心大意了，没再像以前那样一页一页一字一句去细看。

储书记喝了两口茶，慢悠悠地点着了一支烟。夏副主任急得像猴子似的来到余统华身旁，小声地带着几分怒气问："怎么搞的？"

余统华说："他们交给我什么样子就什么样子。"

夏副主任咬牙切齿地说："回去再说！"

储书记很快镇定下来，丢开讲话稿。他对全区经济工作了然于胸，大的经济指标数据他都记得清清楚楚，尽管脱稿即兴发挥，他仍然讲得条理清晰、鼓舞人心。

会议一结束，夏副主任第一时间出现在书记面前，自我检讨说："今天的会，让书记出了洋相，好在书记水平高。回去后，我一定严肃处理，绝对不再犯第二次错误。"

储书记一言未发。

回到办公室，夏副主任又想起昨天两件事。一是找其他两个副主任，没跟他请假，就一起出去了。二是他打电话叫保密科科长到他办公室来一下，谁知那个快退休的老科长竟对他说："有什么事你到我办公室来说。"

老猴子我杀不动，还杀不了你们。

第二天，夏副主任主持召开了区委办公室主任办公会，研究工作失误如何处理。

结果是研究室那位文字秘书从哪里来回哪里去。余统华调出秘书科，免去秘书科副科长职务。

当于副主任向余统华宣布处理结果时，余统华再也忍不住，流下他那从不轻易流出的泪水……

于副主任还说："储书记前几天问过我，你人怎么样，正想让你当他的文字秘书呢。"

可如今？

发生了这一切，余统华从没对任何人提起，包括刘爱玲。

此时的余统华并没有放弃对前途的追求，他心想小平同志能三落三起，我这才受了一落，就趴下了，他不甘心！他想起读过海明威的《老人与海》中的一句名言：人不是生来要给打败的，一个人可以被毁灭掉，但不能被打败！

第三十一章

大海上的海燕无论怎样搏击长空，无论怎样让暴风雨来得更猛烈，也总有飞不起的那一天。

余统华的父亲余德厚病了。这次和前两次不同，第一次是因疝气。余统华把他从老家接来，医生说这是从事高强度体力劳动男人的常见病。余统华听了更觉得自己孝顺不够，更觉得自己无能。父亲七十多岁了，仍从事农村的重体力活。自己于心何忍、良心何在？做手术的医生是余统华来江南后认识的好朋友，他问给老人做补片是用国产的还是用进口的。余统华问父母，其实不用问就知道父母一定说哪个省钱用哪个。没到两年，父亲的疝气又发了，原来是在左边，现在又掉到右边。余统华再次把父母接来，这次用的补片再也不用征求老人的意见，用的当然是进口的。还是同一个医生做的手术，医嘱老人回家后不要再做吃力的活。父亲的两次疝气手术，让余统华更懂得孝敬老人。刘爱玲烧菜做饭送医院，哪一样都让公婆很满意。

余德厚这次住院是肺气肿，本来住在镇卫生院不需要转院。可余统华还是把父亲转到东台市人民医院，一是那里的各方面条件要比乡镇卫生院好。二来凌云志在那里当内科主任，加之院长是吴晓红的老公徐卫国。父亲在他们的关心下，很快好转起来，甩掉氧气罩后，底气又上来了，声音仍似洪钟。

凌云志请余统华到他的新家吃了一顿饭。他的爱人也是市医院的医生，离异带一男孩，他俩结合后，生了一个漂亮的女孩。从一顿饭中，余统华看出凌云志现在过得很好，打心眼里为他高兴。

余德厚老人觉得自己好多了，在医院里再也住不下去，嚷着要出院。余统华征得凌云志的同意，才答应父亲出院。为答谢徐院长和凌云志，余统华在父亲临出院的前一天晚上，请徐院长和凌云志两家人一起吃顿饭，两人起初都不答应，最后还是同意了。

在东台市国际大酒店，余统华再次见到了曾经令他魂牵梦绕的吴晓红。二十多年过去了，她的皮肤还像年轻时那般白皙，美貌显然褪色一些，但她的气质、她的魅力比当年要好得多。

果盘上来的时候，吴晓红出去了一趟，接着凌云志也出去了。余统华到收银台买单的时候，说刚才一男一女争着买单，结果是男的拗不过女的。

余统华放心地回来了。可还没到一个月，余统荣来电话说，父亲呼吸又困难起来，叫他去医院，不肯去，就在家吸氧气。余统华请凌云志上门看看，凌云志再次给老人开药方挂水。就这样，挂了将近一个月的水，余统荣感觉没什么效果，余德厚要余统荣打电话让二小回来。

出发之前，余统华来到江南人民医院找到院长开了四瓶人血白蛋白，是自费的，不能刷医保卡。院长说："医院规定不给院外的病人开，你来了，给你开了绿灯。"

"谢谢院长！"他匆匆去药房取了药，回到家一看，他大大地吃了一惊。父亲骨瘦如柴，有气无力。他先请村里的赤脚医生给父亲挂了一瓶人血白蛋白。又请凌云志和徐院长上门来看。两人一起开车来的，看过后得出结论：老人肺气肿引起肺功能衰退，进而引起肾功能衰退。余统华说："再送老人到医院。""现在到医院和在家已没多大区别，治疗方案是一样的，只能拖延些日子。"徐院长诚恳地说。

余统华想把父亲带回省城大医院，但看到父亲此时的身体已经不起任何折腾，任何风吹草动，都可能会吹灭他那盏快没油的灯。他无计可施，只能每周五一下班就和刘爱玲带女儿一起回来陪陪老人。老人尿不出来，他从省城菜场买来冬瓜。余统荣把冬瓜剁碎，用纱布挤汁，一点一点喂父亲，一段时间竟然尿了许多。

余统华的大姐忙于照料父亲，她的儿子在家却出了件大事。酒后拦路抢了一位老农的一百元钱，被关进看守所。大姐背着老人以泪洗面，全指望当秘书的弟弟救救他儿子。

真是祸不单行！父亲奄奄一息，大外甥待在看守所等待判刑。

两个姐姐和哥哥轮流照料父亲，余统华在外找关系"捞"外甥。姐姐说外甥可能神经上有点问题，她咨询过如果鉴定有精神病，就没事了。于是，他又想方设法让法院带外甥到指定医院鉴定。等了几天，结果出来了，正常。人力、物力、财力全白费了，但是如果不去做，谁知道结果呢？法院最后判了六个月，加之已在看守所待的三个月，还有三个月的刑期。为了区区一百元，竟然坐了半年牢。外甥吞下了自酿的苦果。法院的同志说一般要判三年。余统华也知道一百元事小，性质不小。但法律的宗旨是"惩前毖后，治病救人"，让当事人有所惧，并达到一定的惧怕程度，就达到法律的效果了。

余统华跟父亲同睡一张床，他靠着父亲，靠着父亲那行将就木的身体，帮他揉肚子，搓脚心。

父亲小声地说起他的过去，他生活的艰难；说起他在粟裕领导指挥下打仗的故事，腿上至今还有一块弹片；说起他的脾气不让村干部欺负；说起有一次钥匙放在你的口袋一时没找到，差点把你打死；说起为了一篮子废纸打了你一个大耳光；说起不让孩子睡懒觉，他总是用脚丫像螃蟹一样把你们夹醒、夹起；说起没支持你去复读；后来又说到他死后不要搞大吃大喝，所有的侄女都不送信，但佛事一个不能少。父亲不信佛，以前他看到村里有人请和尚，他说他以后不搞这一套。

此时余德厚多么想活下去啊！多么想经常和小孙女余玲在一起笑笑闹闹，他不敢奢望这些了，他想到人死后能超度，能重新早日投胎做人，他关照儿子，和尚一定要请，一件都不能落下、不能误事，不能影响他转世轮回。

余统华记下了。

站在一旁的二姐夫应承说："老丈人和我家老头子说的一样，大吃大喝不要搞，佛事一个不能少。"

余统华觉得很顺口，总结得真好。

余统华要回去上班了，父亲再次把他叫到床头，要他把余阳带走。余统华说："还要等等。"

"你这次不带走，我从现在开始一口饭都不吃。"父亲发狠地说。

余统华犹豫了一会儿："我带走，回去想想办法。"他想不到父亲为了孙女的工作竟会以死来要挟自己的儿子，老人其心可鉴。

父亲身上血小板的死斑渐渐地多了。

又到了周五，余统华再次来到江南人民医院找到院长又开了四瓶人血白蛋白。听说挂了它，能增强人的免疫力，对将死之人能延长天数。

赤脚医生来了，挂了一瓶人血白蛋白。另外三瓶放在余统荣家的冰箱里冷藏。

十来天后的周日下午，余统华一家三口要回去了，站在床前。父亲拉着余统华的手舍不得松手，眼泪从老人眼眶中溢出，顺着两边流到枕巾上。余统华把余玲拉到前面来，让爷爷好好看看。余玲甜甜地说："爷爷，再过五天，我们就回来看你！"余玲伸出了五个小指头。

爷爷慢腾腾地点了点头。

刘爱玲说："爸，我们走了，你要强迫自己多吃点！"

刚刚过了长江，余统华的手机响了，一看是哥哥的电话，哥哥说："爸爸不行了，已换铺了。"

"我刚过长江，到家把余阳接上，马上就回！"

到了江北，手机又响了。余统华知道，海燕折翅了！

给他生命，把他养大，助他成人、成才的两个人中的一个永远地走了……

"哇"的一声，余阳大哭起来。

她是爷爷奶奶带大的，吃在爷爷奶奶家，睡跟奶奶睡。直到她长到十几岁，有时还撒娇要跟奶奶睡。

余玲看着堂姐，莫名其妙，没人欺负她，怎么哭了？余玲还不满三岁，还不懂人死是怎么一回事。

两行热泪顺着余统华的面颊往下流，被开车的刘爱玲扭头看到了，哽咽着说："节哀吧！回去还有许多事要做呢。"

"你已经开了四个多小时，要是累了，就到服务区休息会儿再走，反正见不着最后一面了。"

刘爱玲含泪点点头。

回到家，父亲安静地躺在哥哥楼房的一楼大厅里。

余统华走到父亲身边，"扑通"一声，双膝跪地。长这么大他还是第一次这么认认真真地给父亲磕头。第一个头就碰到瓷砖，第二个头还碰到瓷砖，第三个头仍然碰到瓷砖。真是名副其实的磕响头。

刘爱玲带着余玲也在一旁跟着磕头，余玲不会磕，学着妈妈的样子。

余玲好奇地问："爷爷怎么啦？"

刘爱玲含着泪说："爷爷睡着了！"

余阳等伢伢磕完了，也跟着磕。

第二天上班的时候，余统华给分管副主任文人杰打电话请几天假，处理父亲的后事。

刚挂完电话，一辆小汽车奔余统荣家门口而来，停在隔壁邻居家门口，村支书陪着马副镇长来了。余统华迎了上去。

马副镇长说："王书记一早打电话给我，我没去办公室就来给老人磕个头。"

马副镇长是余统华高一睡一张床的同学，他磕头，余统华在火盆里点纸。

王书记边磕头边说："余大伯，我给您磕头了！"出大门的时候，王书记给了两个信封说："一个是马镇长的。"余统华说："你们能来磕头，老人此生足矣！"坚决拒收。

马副镇长说："这不是公款，是同学之情。我回去还要赶会。有些事我来安排，会后我打你电话。"马副镇长刚走，一辆车正在开过来，两车交会，互相往各自路边靠了靠，才开过去，马副镇长停了下来，下车说："徐院长亲自来了。"

"马镇长来过了。"

"我先回镇里，中午到我那里吃饭。"

"还有我呢！马镇长。"凌云志边按下窗玻璃边伸出头说。

"老同学来了，一起去。"

"磕过头就走，下次。"徐院长说。

薛海带着四个战友兄弟一起来了；余统华帮忙当兵的邻居来了；亲戚来了。

尤其值得一提的是余统武和堂嫂徐蕾一起来了。徐蕾很少参加余家这边的活动，那时她一直自恃家庭条件好，瞧不起余家这些穷鬼。余家这边有什么活动，因余统武姓余，总要请他参加，她也拦不住余统武。现在徐蕾落难了，她的思想也从此转变过来了，和这些她以前不屑一顾的穷亲戚融到一起。当余统华在她最困难时掏出二十一万元，她深深地感动了。她把好这笔钱、用好这笔救命钱，精打细算，投资已有了初步回报。这不，今天带来了五万元现金。余统华正愁没钱呢，也没客气，就收下了。

余统荣家一楼大厅里花圈数在不断地增加。

第三天早上，八点刚过，文副主任来电话了："我已在路上，告诉我详细住址，我导航过来。"

"这么远，您就不要来了，我心领了。"

"主任叫来的。"余统华听了有点感动。

过了一会儿，余统华打电话给马副镇长，告诉他江南区委办公室领导上午来他家。马副镇长说："中饭我来安排，我马上跟书记镇长报告。"

文副主任和方科长以及驾驶员小孙到了。在大门外，余统华对母亲说："这是我的领导文主任、方科长。"

母亲说："辛苦你们了，大老远的大老早地就赶过来了。"

"我代表江南区委办公室周主任来看看您，您儿子在单位表现很好。"

说完，进去磕了头，方科长也跟着进去，交给余统华五个信封，其中有一个是杨芳的。

余统华把家里的事交给大哥，陪文副主任去镇政府。镇政府招待所一个大餐厅里，镇党委书记、镇长、马副镇长站起来迎接文副主任。菜以海鲜为主。

"马镇长，听说海滨森林公园风景不错。那边还有熟人啊？"

"有啊，林海在林场当场长，那边归他管。"

"我一直没和他联系过，你有他手机号？"

"有，我发到你手机上。"

饭后，余统华说："文主任，一会儿陪你到海边转转。"

文副主任说："你还有好多事，就不去了。"

"家里有我大哥他们呢。"

刘爱玲开着车，后面跟着文主任的车。

"林场长，听出我是谁了吗？"

"是余统华吧。"

"你耳朵真好。怪不得能当场长。"

"你的声音一点儿没变，还是那么有磁性。"

"忙吗？"

"不忙，哪有你区委秘书忙。"

"你还这么关注我。"

"你的眼里没我，我的眼里可尽是你呀。"

"少来，一会儿我的领导去海边，路过你的地盘，听说你那风景美，想去看看。"

"好啊，还有多长时间到？"

"半个钟头吧。"

"那我在森林公园大门口恭候，一会儿见。"

森林公园门口，林海与余统华互相招手。"这是我们江南区委办文主任。""我同学林场长。""欢迎，欢迎！听说你们那生态旅游搞得很好。""是的，有空去看看，让你同学陪你。""好的，谢谢，一定去参观学习。""这是我的方科长，孙师傅。还有我婆娘和女儿。""你好。""场长好。"

林场长领着从旁边的门进了公园。检票员："场长好。"场长笑着说："辛苦了。""不辛苦。"

"请领导上观光车。""下面由我来当解说员，森林公园已建十六年，现有树种六百一十五种，发现鸟类百余种……"

"在这炎炎夏日，真是一块避暑纳凉的好地方啊。"文副主任感叹道，"你们这儿还有小木屋，多少钱一晚？"

"五八八，节假日要提前预订。""还这么火。""现在人都知道享受啦！"

出了公园大门。"到我场部坐坐，晚上请你们到海边吃海鲜。"

"不啦，领导要赶回去。""那你回头来。"

"家里有点事，我在江南等你。"

文副主任："谢谢林场长。"

"有空带家人来玩。"

"好的。"

没开多远就到了海边。从余统华看海上日出的地方一直转到南边的鱼镇。文副主任感慨道："总以为苏北落后，今天一看，才知道这儿也是个好地方！"

在鱼镇，余统华买了五份海产品装上车，嘱咐司机小孙："来的人一人一份。剩下两份，一份给周主任，另一份给杨芳。"

握别文副主任一行，几个小老板从江南赶来。刚送走这些人，一辆车又拐进来了。余统华定睛一看，是林海。便说："你小子怎么来了？"

"你小子不告诉我，我就不知道了？"

"你问马镇长的？"

"甭管我问谁的，进去，我给老人磕头去。"

定下出殡的日子，估算了参加人数。余统华安排车子，他请老同学帮忙，安排了两辆豪华大客车。

余统荣家门前搭起了三个大棚，出殡前夜，按风俗摆了酒席，马副镇长、孔才校长、徐院长、王书记；家里的亲戚；余统荣的朋友没几个，余统华的朋友占多数；村里每家每户至少来一人，出"份子"，一直吃到"断七"。

在苏北，亡人后从第六天开始烧"头七"，以后每到第七天烧一次"七"，"四七"是侄子烧，"五七"由女儿、侄女烧，"六七"归儿

254

子烧，"断七"就是"七七"由自家人办。七七四十九天里，要吃好多顿。此后，还有过周年、过三周年……弄得活人苦不堪言。余统华也不能免俗。

席间，马副镇长与余统华商量了出殡的安排。

村支书把余统华拉到一边说："明早出殡要经过东边几家人，我们一起去挨家挨户打个招呼。"

余统荣听到了，说："打什么招呼？我看谁敢不让走，家里这么多人，想挨揍不是？"

村支书说："老伯人是好人，可也是得理不饶人，上次为了要钱的事和丁子打了官司，钱是要回来了，却成了仇人。"

余统华对这事清楚着呢。丁子钉船下海借了父亲一万元。后来，还了一千元。这天晚上，余统荣下小海回到家得知丁子还了点钱，就问道："爸，他还钱还写什么东西的？"

"没重写什么字据，就在原来借条上注了一下。"

"你拿给我看看。"余统荣说。

余德厚叫老伴把那条子拿来。老伴从锁着的床头柜里取出一个铁罐茶叶盒，从几张存款单里找出那张字条。

余统荣一看就问："还了多少钱？"

"一千啊。"

"这上面咋写的两千？"

余统荣明白了，这家伙太不地道了，欺负老人不识字。当即拿着字条找到丁家。责问他这是怎么回事。因为是当天的事丁子一时赖不了，只好借口说眼花了写错了。

余统荣说："你咋没写少呢？！"

后来，丁子老婆种西瓜亏了几万元，夫妻俩吵架，老婆喝农药身亡。

余德厚等他情况稍有好转，上门找他还钱，他就是赖着不还。为这还差点打起来。好在余统荣回来得及时，丁子才止住了手。余德厚气得饭吃不下觉睡不着。余统华得知后，劝父亲别担心，这事交由他处理，把丁子告上法院。丁子败诉，法院强制执行把丁子关到拘留所，他的亲戚出面还钱，请余德厚少要利息，余统华作出了让步。两家从此结怨，一句话也不说。

余统华拿了包苏烟，跟在村支书后面，其他两家都好说。到丁子家时，丁子在家，余统华递了支苏烟。村支书说明了来意。

丁子说："路过可以，但不能在我家门口停。"

王书记还说："路过你家时，可不许放鞭炮。"

余统华不懂，没好问。

丁子说："听书记的。"

回来后，余统华问母亲为什么不能放鞭炮。

母亲说："放鞭炮会把死人眼睛炸瞎，下次投胎就会成瞎子。"

晚饭前，来了一帮和尚，具体几个，余统华也没在意，其中一个穿着黄袍的，余统华一眼就认出了，是家门口的朱利。他早有耳闻，知道朱利在外面混不下去了，就混到和尚队伍里了。两人相视一笑，各忙各的去了。饭桌上，那些和尚大口喝酒，大碗吃肉。饭后，摆起了场子。余统华见朱利右手敲着木鱼，左手掌竖着，口中念念有词，但他一句也听不懂，他想到了一个成语：滥竽充数。

可就是这些和尚让这几个孝子孝女儿媳女婿不知磕了多少次头，谁也记不清磕了多少个头。

忙到很晚，余统华已经两天两夜没合眼，余统荣更是如此。同村的一对夫妻对余统华说："今晚我们帮你守夜，你去睡会儿吧。"

"那就辛苦你俩了。"

这对夫妻的儿子参军后，吃不了新兵连的苦，主动要求退兵。小伙子的父亲找余统华帮忙，余统华和他一起来到江南驻军，找到团领导，领导正准备把小伙子退回去，经过反复做工作，终于把孩子留在部队，经受了考验，并学了技术，娶了一个好儿媳。夫妻俩一直记着余统华的这份情。

余统华回到房间，想到自己曾写了那么多文章，是不是该为父亲写点什么？

清晨，送葬的乐队早早来了。余统华见乐队里一个穿白制服的偏老的男人朝他微微一笑，余统华立马反应过来，他就是当年唱道情的应师傅。余统华不紧不慢从裤袋里掏出一包早已备好的"软中华"，一个一个地发烟。应师傅对余统华说："伙家，今天我代你哭上几段，为令尊大人送行。"

余统华稍想了一下说："您的心意，我领了。"其实，余统华见过村里人家办丧事时，请过代哭的人，哭一场100元。倒不是钱的问题，而是他觉得那代哭太虚假太做作太缺乏真情。

早上，送葬的队伍很长。

火化的那天，分管民政的马副镇长安排了最大的告别厅。余统荣读着余统华连夜赶写的悼文《写给父亲》——

大家都知道，朱德的母亲，朱自清的父亲。

有谁知道我这位平凡的父亲？

村里人都叫你余麻子，你的名字很少有人知道。

你七岁放牛，十二岁推独轮车。十六岁当兵，曾参加过苏中七战七捷，谁都知道那是粟裕指挥的，很少有人知道那中间有个小鬼，光着脚丫，在冲锋陷阵；很少有人知道你差点被国民党军活活烧死在海边那望不到边的荒草地里；百万雄师过大江谁人不知无人不晓，可有几人知道你腿上中弹，至今还留着弹片？

生了六个孩子，活下来四个，三个高中生，一个初中生。高中生中又出了个军校生。这在十里八乡实属不易。生活的艰难，你跟儿女说过，你下小海，曾多次差点葬身鱼腹，那是世上最生动的政治课。你不睡懒觉，也不容忍孩子睡懒觉，每天早上用像螃蟹一样的脚丫把我们夹起。你孝敬爷爷奶奶，身教重于言传。你的勤劳、善良、朴实那些优秀美德都传承给儿女。

你有九十九块钱，总想再挣一块钱，凑到一百元存起来。

你一生中，平平凡凡，你在中国亿万个父亲中普普通通。

你在别人眼里，身材矮小。可是，你在儿女心中是世上最帅的父亲，最伟岸、最伟大的父亲。你就是黄海上空的一只雄鹰！

今天，你马上就要浴火重生，你就要变成一只神鹰！

这只神鹰还有一个最响亮的名字——余德厚！

余统荣此时已泣不成声，在场的人听到这里，无不动容。

余统华几乎目睹了火化父亲的全过程。他在父亲的骨灰中找到了他说的那块弹片。弹片还有点烫，他像等不及似的，用手抓起来，吹掉上面的骨灰。

余统华赶紧用一小块红绸布把它包起来，珍藏起来。

无巧不成书。

胡师傅第二次见到余统华，见他不但没记仇，还主动喊他"胡叔"时，就觉得这个年轻人素质不赖。女儿胡雅婷单独回家时，才跟她说起："当年的小余如今转业到了县委办公室当了秘书，后悔自己当初太简单竟以身高来择婿。现在同在一栋大楼里上班，遇见他我就觉得有些过意不去。"

雅婷说："小余的成功与身高没关系。都过去了，就别纠结了。"嘴上虽劝父亲，可心里倒想："哪一天也让我见见这个余统华！"

草木青黄，秋收冬藏。一晃几年就过去了。人与人的相遇，其实无须刻意安排。

新的一年秋季即将开学。胡雅婷刚送走一批毕业生从六年级回到一年级继续当班主任，继续教她的语文。她师范毕业那年，父亲找分管教育的副县长才把她分到全县最好的小学——实验小学。她也很争气，所带的班全年级名列前茅，自己也成了语文学科带头人。如今虽表面上不分重点班，但暗地里校领导总把有关系的孩子放在她这个全年级数字最大的班，其他老师到三年级就不跟班了，唯独她一直跟班到小学毕业。这在全校是一种荣誉，一种信任，更是一种责任。

县委副书记李玲分管双拥工作，驻军军人的小孩上学难，有时需要她来协调。有时她就交给余统华去办，一来二往，余统华就和实小的校长熟悉了。加之实小就在县委旁边，到女儿上小学时，余统华就首选了实小。并找了教育局局长跟校长又打了个招呼，校长就把他的女儿和副区长等领导打招呼的放在胡雅婷所教的班。胡雅婷听校长说了后，才知道余玲就是余统华的女儿。心想："怎么这么巧！道是有缘却无缘，道是无缘又有缘！"

8月31日上午召开新生家长会。一个男人朝坐在签到席的胡雅婷微微一笑，在签到纸上学生余玲的姓名后家长栏里签上"余统华"的名字。胡雅婷一看，字写得不错，行楷字，像庞中华的手迹。胡雅婷自认为自己的字写得好，今天见了余统华的字觉得更好。忙抬头细看了余统华。当兵的发型，国字脸，棱角分明，浓眉下一双又黑又亮的眼睛炯炯有神，大鼻子很性感，鼻梁上有一颗大黑痣。胡子显然是刚刮过的，干干净净的。从表情上看得出有一股时隐时现的傲气，胡雅婷仿佛看见他骨子里有副傲骨。再看他身材适中，很精干，穿着短袖白格子衬衫，下摆被黑色的皮带束在藏青色的裤腰里。左手拿着一只开会装文件用的普通深蓝色袋子。胡雅婷边看边问："你女儿怎么这么小？"

"那时在部队，找不到老婆。"

胡雅婷一听忍不住笑了。

此时，余统华还不知道面前的胡老师就是胡师傅的女儿。他也附和着笑了两声，入座等待开会。

胡雅婷想："以后我女儿相亲一定让她自己亲自去，不要像我父辈那样！"

胡老师看着余玲越看越喜欢。小姑娘像余统华一样大眼睛，眼珠黑多白少，水灵灵的。脸上常挂着微笑，两个小酒窝更是迷人，尤其讨人喜。隔壁班主任说："余玲是我们全年级最漂亮的一枝小花。"

余玲一上学，就主动收发作业本。胡老师就让她当小组长，每次收本子，她总是跑得很快、很勤。于是，胡老师就让她当了语文课代表。

这天，在操场上数学老师见了胡老师说："还有一些学生我叫不出名字，麻烦抄一份座位表给我。"

余玲在旁边听到了，主动请缨："老师，我去抄。"

胡老师点点头。余玲像一只小鸟似的飞去了。在教室里，抄来抄去，只顾看桌上贴的名字，一不小心腿被小椅子脚绊了一下，摔倒了，两颗门牙磕碎了，鲜血直流。胡老师赶紧打电话，刘爱玲一会儿就来了，带余玲去了医院。

余玲从头至尾没哭一声，胡老师为之感动。

晚上，胡老师打刘爱玲手机问余玲情况。刘爱玲照实说："两颗大门牙断了，余玲已换过乳牙，以后要到十七八岁再做牙，医生说，需要上万元。"

第二天一早，余统华就陪余玲一起来到学校。

"胡老师，我爸有事找你。"说完，余玲回教室领读去了。

胡老师一看余统华来了心中不免慌了起来，心想："肯定是来找我、找学校麻烦的。"胡老师硬着头皮迎了上去。

"胡老师，我这次来是请你不要因为余玲摔断牙，今后不敢安排或少安排她做班里工作，请你一如既往安排她做事，不要有任何顾虑和担心。"

胡老师一听长长地松了一口气，满意地笑了。余玲晚上放学时，交给刘爱玲四百元，说是学校给的。

后来，开家长会的时候，胡老师为此把余玲的家长和余玲好好表扬了一番。也就在这以后，余统华才知道胡雅婷就是司机胡师傅的女儿。他又想起那句"你家女儿就是天上的七仙女我也不会娶"。

余统华在开学前曾在校长面前说过想让余玲当班长的愿望，校长说："让孩子自己努力吧！"余统华觉得校长言之有理，余玲现在当上了学习委员，余统华也当上了家委会成员。

家长会后的第一天，余统华收到胡雅婷的信息："伟人的成功，说明与身高没关系；马云的成功，说明与长相没关系。"

"有缘没分，抱憾一生！女儿恩师，已是一幸。能做朋友，此生大幸！"

"得不到的总想得到，人之贪性。男人如此，女人亦然！高攀大秘，今生大幸！"

第三十二章

夏日里，几百亩的荷塘像碧绿的海洋，那盛开的荷花像点点白帆，荷花蕊里黄黄的嫩芽像小豆芽，小蜜蜂在"嗡嗡"地飞来飞去。

路边上，摆满了待卖的莲蓬。

江南区委书记吉成思要到成都考察"五朵金花"。办公室副主任文人杰带着余秘书打前站。余秘书踩点到"荷塘月色"景点，看到眼前的美景，不由得想起朱自清的《荷塘月色》，他陶醉其中。荷塘边上竖立着一块比人还高许多的大铜牌，上面镌着北宋周敦颐的《爱莲说》。余统华伫立良久，细细地品读了一遍，对"予独爱莲之出淤泥而不染"的认识与当年在课堂上的认识要有亲身体会得多、深刻得多。

他沿着栈桥，走进荷塘中。满目的夏荷，勾起他写诗的欲望。一首《观荷感》油然而生。

> 满塘青青荷，
> 花开好时候。
> 红白竞相放，
> 蜂蝶周边游。
>
> 出淤而不染，
> 带水欲何求？
> 清香飘塘岸，

美名世间留。

花有重开时，
人生无回头。
青荷结玉藕，
今生我何留？

　　他从青荷结玉藕，想到自己的人生要做点什么呢？要结点什么果呢？

　　此时的他还想到除了《爱莲说》，还有《师说》《马说》等，都是教人道理的锦绣文章，好文章才会千古流传！

　　下榻处安排在锦江之星，书记的房间大些。领导不爱喝西湖龙井，偏爱喝江南本地产的碧螺春。余秘书把所有的工作安排妥当后，文副主任主动提议让余秘书出去转转。

　　余统华先来到杜甫草堂，才知毛主席也来过。759年，杜甫因安史之乱流落成都，在友人严武的帮助下，在浣花溪畔盖起了这座茅屋。余统华不免为一代诗圣如此落魄而心寒，中学学过的《茅屋为秋风所破歌》，就是杜甫寄居草堂期间所写，当年中学老师讲课文写作背景时讲过，他至今记得其中的经典名句"安得广厦千万间，大庇天下寒士俱欢颜"，杜甫在草堂前被孩童欺他老无力的情景犹在眼前，他觉得自己比杜甫幸运多了。想起自己写的那篇深有感触的文字——

草房·瓦房·楼房

　　从记事时起到八十年代初我住的是草房。

　　上初一时的1981年，父母让我把住校用的被子带回来给建房的人用，草房在五十岁已出头的父母手中才变成了红砖青瓦房。当时的瓦房，大都是农民干了大半辈子才节省出来的。想起老房子时，便翻出那张茅屋前的全家照。

　　高考落榜那年，哥哥跟我商量能不能不去复读，在家干活挣钱再砌三间瓦房给我，爸妈的房子就给他结婚用。那时农村姑娘找对象，男方有无瓦房成为条件之一。

那年冬天，我揣上一张瓦房前的全家照，拎着一包"数理化"书参军去了。刚从校门出来，可以说是文弱书生的我训练就得比别人多吃点苦。晚上熄灯号过后，我从被窝里爬起披着大衣，悄悄训练单双杠。有一次在做单杠三练习时，我从两米左右高的杠上摔了下来，啃了一嘴沙土，额头上擦破了一层皮渗出了血。我爬起来后坐在单杠边坎上，想想自己，泪水直在眶中打滚。房子让给哥哥结婚，我走出来就没想过再要那房子。望着不远处灯火通明的城市，我仰头问苍天："城里那么多房子，哪一套是我的？街上那么多妩媚动人的姑娘，哪一个是我的？天下那么多工作，哪一种是我的？"我咬咬牙心里发了狠。

接下来，我入了党，上了军校，恋爱结婚，住进了地方部队的两层过渡楼房里，没有卫生间，端痰盂常怕人看见。

早在几年前，哥嫂就建起了两层楼房，哥哥那年刚好三十五岁。回家探亲，我用相机拍出了楼房前的全家福。哥告诉我，早在几年前楼房就成了姑娘们谈婚论嫁的条件之一。

就在我转业前两年，在县委和有关部门的关心下，我们单位十多名干部职工交了购房款，我也是其中之一。虽然购房款还缺不少，若把军队那一块房贴算进去，我的楼房梦便即将成为现实，不再遥远，不再是空中楼阁、海市蜃楼。

"安得广厦千万间，大庇天下寒士俱欢颜"是杜甫所期盼的！也是我所期盼的。

他看到杜甫雕像，一副骨瘦如柴样；再照照自己，一副尖嘴猴腮样。杜甫那么有才，做的最大官也只相当于六品官，还是个虚职，人们因此称他"杜工部"。自己现在仍是个区委秘书，心中不免感慨万千，自语道——

你我虽是古今人，
同病相怜情相似。
问你肚中几多愁？
吐尽人间疾苦词。
问我今生欲何为？
虚度年华已半世。
而今迈步从头越，
雁过留声人有志！

接着，余统华又只身来到城南武侯祠。参观完，他更加理解出杜甫的《蜀相》来。

丞相祠堂何处寻，锦官城外柏森森。
映阶碧草自春色，隔叶黄鹂空好音。
三顾频烦天下计，两朝开济老臣心。
出师未捷身先死，长使英雄泪满襟。

余统华每自比于李白、杜甫，自认为是"能人"。而今，终于感到了不足，感到了自己的寂寂无名。

他不想在杜甫面前再写观武侯祠的感受，其实他多少也有杜甫的感受。为诸葛亮北伐失败叹惜，为他不能统一中国叹惜。

他的心中还有更多的感受。

诸葛亮死后三十年，司马昭派遣邓艾、钟会伐蜀。他的长子诸葛瞻和长孙诸葛尚一起在绵竹之战中战死沙场。要是诸葛亮当初不出茅庐，他的儿孙岂不是能安度一生？

如果真是那样，那样的人生又有多大意义？

余统华还有种感受。

刘备集团是外来集团，到成都后，诸葛亮即使满腹经纶，最终也未能让蜀国强大起来，加之连续北伐，他的许多大政方针都没能实现，受到了本土势力地主集团的阻挠。一个地方势力强大，地方保护主义盛行，甚至阻碍到中央政策的推行。

吉书记带着分管农业的副区长杨南、各街道党工委书记以及相关部委办局负责人一行十五人。余统华跟着服务，参观了成都的"荷塘月色""幸福梅林"等五朵金花。吉书记很细心，甚至问到农家乐里一杯茶多少钱。当地领导说："一杯茶十元，可以从早喝到晚。"

晚上，吉书记要找一个有特色的地方宴请考察团成员。文副主任和余统华来到了宽窄巷踩点，找到一家饭店。

夏日炎炎，饭店四周喷射出水雾，让人感到一丝丝凉爽。

考察团主要成员一桌十五人，文副主任、余统华、区政府接待办田秘书三人在旁边小包间里点了几个菜。文副主任说："兄弟们辛苦了，我们也不能苦了自己。"于是点了店里最好的啤酒——青岛鲜啤，一小钢瓶八十多元。余统华想起当新兵时看人家喝青岛啤酒那副馋样，如今，他喝到了更好的啤酒，可还是不能放开喝，饭后还要继续服务领导呢。

余统华去吧台买单，价格不菲，余统华要打折，结账的妹子不肯，只送了份小餐具纪念品。

这时，青山街道党工委书记田小燕出来了，走路摇摇晃晃。文副主任赶紧上前挽住她的胳膊，结果还是一脚踩进院中的金鱼池里，弄湿了鞋子、裤脚。

区委办主任钱程陪着吉书记，杨副区长走在书记的旁边，一行人跟着，宽窄巷一派繁华。这里有许多歌厅、舞厅，最终来到了一家茶座。余秘书、田秘书点了各位领导要的茶，还上了一些小吃。

没多久，田书记和文副主任也赶来了。

田书记对吉书记说："书记，今晚给我个机会，我请书记。"

吉书记笑笑："田书记今晚表现不俗，巾帼不让须眉。"

闲聊了一阵子，谈笑风生。吉书记说："今晚这茶不能白喝，大家看了宽窄巷有何感想？"

青溪街道党工委常书记抢先说:"宽窄巷的繁华有它的区位优势,我们在江南可以把成都省城好的东西学过来,不求大,也做成精品,成为城市的一大亮点。"

其他几个党工委书记也不甘落后,纷纷谈了自己的想法。

吉书记满意地笑了。

在成都双流国际机场,离登机还有一个半小时。吉书记临时动议,利用这个时间开个短会。

文副主任、余统华赶紧协调机场安排会议室。

会上,吉书记先请大家谈考察收获。话音刚落,田小燕就说:"我来抛砖引玉。此前我们已在翠竹村开辟了翠竹竹海景点,对周围民居进行了具有江南水乡特色的改造,开办了几家农家乐。看过'五朵金花',我们回去着手做这样几项工作,扩大翠竹面积,加大民居改造力度,开设更多的农家乐、旅馆;在翠竹景观最佳处,修建一个竹梢上的餐厅、一个竹梢上的茶座,让客人坐在高高的翠竹上边吃饭边喝茶边赏景,还要在翠竹道上修建健身道……"

吉书记边听边记,不时地点点头。

这是在吉书记面前展示自己的大好时机,没有谁甘于落后。

时间过得很快,吉书记看看手表,又抬头看看杨副区长说:"在省城周边农村打造生态旅游景点这种经验做法值得推广。给省城的人节假日休闲提供了好去处,促进了农民创收。我和杨南同志商量过,在十个街道中先选五个点,每个点区财政拨款五百万,打造出具有我们江南特色的'五朵金花'。"

会议在一片掌声中结束。

外面的人常常不理解政府里的领导干部,总认为他们既享受又舒服。身在区委领导身边的余统华知道领导几乎每天的工作都排满了,而且都在做一些务实为民的好事。

江南区陆续派出不同层次的考察团来成都取经。

不到一年时间,江南的"五朵金花"就开放接待游客。

第二年,江南的另"五朵金花"也同时绽放!

从第三年开始,江南区已向全区域旅游发展。

第四年，江南区在全区轰轰烈烈地开展"结合江南实际，引领乡村复兴"活动，被全省推广。再后来，推广到全国。

第六年，江南区成为国家生态文明建设示范区。

余统华亲眼目睹了江南日新月异的发展，甚是感慨。他佩服吉书记的思路，走出了一条从铺天盖地建设工业厂房向生态农业转型发展的新路子。

"毕竟西湖六月中，风光不与四时同"。

宋代杨万里的诗句勾起余秘书一睹西湖的欲望。可这次他来杭州是江南区党政代表团的工作人员，是来服务的，根本没时间看那"接天莲叶无穷碧，映日荷花别样红"的美景。

吉成思大刀阔斧浓墨重彩画出江南美丽乡村后，又带领区四套班子领导、街道领导、部委办局一把手来到浙江考察。参观过西溪湿地公园后，便到现场考察当地农民拆迁安置房建设，代表团一行觉得人家的安置房外观就像商品房，当地领导介绍了他们的经验做法。接着来到了阿里巴巴，伫立在淘宝网的巨大屏幕前，看到全国淘宝网的营销数字在不断更新，谁不佩服马云的成功？大家都说，马云天天坐在家里数钱。随后又去了萧山。返程的路上又考察了宜人宜居的宜兴。

江南党政代表团在邻县秀水参观完后，借秀水县的会议室召开考察研讨会，会上大家畅所欲言，纷纷对照参观，对照自己找差距、出点子、想办法，最后形成共识。在江南投资一百个亿打造网络软件小镇；加强民生工程，重点提升拆迁安置房建设标准，向商品房质量靠拢；继续加大改善全区环境的力度，打造宜人宜居宜商的新江南。

雄伟的山峦、怪异的山石、参天的古树、飞流的瀑布。

这里山高林密，地势险峻，主要山峰海拔都在千米以上。难怪当年毛泽东看中此地。

江南区委办公室结合主题教育，安排了一趟"红色之旅"，让干部职工到井冈山接受革命传统教育。

路过吉安时，导游讲："这里的香樟树特别多。以前，谁家要是生了女儿，就在房前屋后栽上香樟，到女儿出嫁时打樟木箱陪嫁。就像浙江有个地方，谁家生了女儿，就把红酒埋在地下，等女儿出嫁时才挖出来给客人喝，那酒取名'女儿红'。"

听到这里，余统华心想，到我女儿出嫁时，陪嫁她什么呢？

第一次到井冈山，余统华和许多第一次来的人一样赞美井冈山风景优美。其实风景独好的地方也都是比较偏僻的地方，原生态好的地方。

余统华抚摸朱德的扁担，上面刻着"朱德"两个字，想他为何刻名字。朱总司令亲自挑粮的情景在眼前浮现。

碧玉潭瀑布从高处飞流直下，水珠飞溅到余秘书头上脸上身上。让他想起李白的诗句"飞流直下三千尺，疑是银河落九天"，用在这里，一点也不为过。在此之前，他到过泾县的桃花潭，领略过李白的"桃花潭水深千尺，不及汪伦送我情"。"三千尺""千尺""九天"，诗人善用夸张的手法写景寓情。此时的余统华已然领会到诗歌的外延。

李白出生时，家境比较富裕，是典型的"富二代"，并做了宰相许圉师的孙女婿。年轻时就开始游历天下，饮酒吟诗，意欲引起世人特别是朝廷的重视。"仰天大笑出门去，我辈岂是蓬蒿人。"果真被唐玄宗召到朝廷供职翰林，当了个给皇帝写诗留史的小官，并无实权。他又不注意细节，遭权贵谗毁，结果不到两年，长安放还，无情地摧毁了他的政治梦。上帝给他关上了一扇门的同时，又给他打开了一扇窗。恰恰在这一时期，是李白诗歌创作最富有成果的时期，无论诗歌的思想成就，还是艺术成就，都发挥到了极致。他创造了"前不见古人，后不见来者"的独特的艺术手法，形成了他的诗歌豪放飘逸的艺术风格。

李白自视甚高，曾言"长才犹可倚，不惭世上雄"，认为自己就是旷世奇才，无人可与伦比的英雄。余统华觉得，李白这一点上更胜于他。李白常以大鹏自喻。《大鹏赋》《上李邕》中均表达了他"一鸣惊人，一飞冲天""扶摇直上九万里"的常怀大济天下的雄心壮志。

李白在洛阳相遇杜甫，他比杜甫年长十一岁，当时李白已名满天下，而杜甫还只是崭露头角。李白的佳作，大多在安史之乱之前就已经写出，而杜甫的佳作，则主要产生于安史之乱之后。于阅文读史中，余统华每每由彼及此联想到同出校门、有所建树的学长，不胜唏嘘。

安史之乱爆发后，李白怀着平乱的志愿，进入了永王李璘的幕府。受永王争夺帝位失败牵累，流放夜郎，中途遇赦。

李太白千金散尽，遍游河山。最后穷途末路，只得投奔安徽当涂县令李阳冰，他的一个亲戚，并葬身于此。

多年后，余统华在江南宴请他远在安徽宁国的战友，并听到李白的一段野史：当年李白去敬亭山，是去会一位出家的公主。整日喝酒作诗行乐，因此才有了"相看两不厌，只有敬亭山"。回来时，因过度疲劳，不慎掉入江中，魂断红颜。

这只大鹏未能在唐代的政坛一飞冲天，壮志未酬，中天摧落，结束了他具有传奇色彩的一生。

"李杜文章在，光焰万丈长。"这是韩愈在《调张籍》对李白杜甫的评价。

李杜二人在仕途上不得志，少了两个大官，恰恰给中国、给世界奉献出了两颗光芒四射、掩抑群辉的双巨星。

余统华深思着李杜两人的得与失。性格决定命运，李白的狂放才气引起当权者的妒忌，断送了政治仕途。也正是这种性格形成了他诗歌的风格，成就了他这个伟大的"诗仙"。

沿着碧玉潭往里走，零星可见几处小瀑布。

时令已是秋天。丹桂飘香，杉黄枫红，层林尽染。青溪农舍掩映其中，金色的稻穗给田野抹上一笔浓浓的秋妆。

十里山沟，风景如画。栈桥上一观景点处，刻着"前程似锦"四个遒劲大字。年轻秘书们争相留影，余统华感到与那四字渐行渐远，那是你们年轻人的事。在大家的怂恿下，他才勉强地很不自然地在"前程似锦"前留了影。

余统华暗自神伤起来：想当年，壮志凌云，胸怀大志，理想高于天！他竟想起明朝末年，精简驿站。李自成因丢失公文被精简回家，后来发展到杀官起兵，推翻了明王朝。毛泽东曾就此对李自成加以褒奖。这一次余统华才真正领悟到，党的大政方针是正确的，社会主义是优越的，一些腐败现象是客观存在的，我们的党不是正努力克服吗？个人的挫折哪怕是委屈冤枉与那些大方面相比，简直就是一粟之于沧海。

游完井冈山，余统华才慢慢理解了朱德为何称井冈山为"天下第一山"。天下第一山无疑是泰山，怎么就成了井冈山呢？

晚上，井冈山党校的教授给他们上了一课。让余秘书一行这才明白井冈山作为中国红军的第一个农村革命根据地的历史地位和历史贡献。

井冈山首立伟功！

课后，导游把他们带去观看了《十送红军》大型实景演出。余统华看得很投入，觉得很精彩。不看这样的演出，枉来井冈山。他觉得他所在的省城和他所在的区都缺少如此吸引游客的文化大餐。他想回去后，把他的想法向区委书记和有关部门反映。希冀能引起重视，有所改观，产生效益。

第三十三章

令余统华始料未及的，一件件倒霉的事接踵而来。

前期，他把炒房赚到的钱除了一部分继续放在房子上，多余的几十万元，就放在一同转业的战友那里，给他的年利息是二分。刘爱玲家的几个亲戚得知后，也主动请他帮忙，把钱拿给他，拿了一年多的利息。

那个战友开始把钱投到地下钱庄，赚了钱后，又想做大做强。后来就拿去开KTV，结果营业执照办不下来，装修上千万元打了水漂。从余统华手上借出的上百万元同样打了水漂，可亲戚不依，不停地找他要钱、要利息。

做这些事时，余统华没让刘爱玲及她家人知道。这下纸终于包不住火了，亲戚们找刘爱玲要钱、要利息，把刘爱玲气得差点晕过去，躺在床上三天三夜粒米未进，爱玲的爸妈、姐姐、弟弟劝了好半天，才勉强吃了几口，可吃了就吐。

后来，他处理了多余的房子，可外面仍欠债几十万。刘爱玲一气之下，提出离婚，什么时候还完债再谈别的事。

余统华二话没说，把仅有的一套房产过户给了她。自己名下除了一台二十多万的车外，什么也没有了。

两人到民政局办理了离婚，但没让余玲知道，生怕影响孩子。

江南夏天的脚步如期而至。

虽说和刘爱玲办理了离婚，但仍处在同一个屋檐下，两人低头不见抬头见。

余统华被赶出了"围城",又开始在城外彷徨徘徊……

到年底了，余统华去看望人武部老部长时，老领导谈到两人，一个是戴部长。戴部长转业时安排到临江开发区当副总，余统华是知道的，老领导讲的是余统华不知道的，当年戴部长转业时想当开发区党工委书记，上面领导没同意，离婚后结了婚又离了婚，现在是衣服没人洗，饭没人烧，只好天天吃食堂，老领导都觉得他可怜。讲的第二个人是张书记，前不久曾在他面前发牢骚说他下任县委书记竟然当了他的领导。

没过多久，张书记被省纪委双规的消息在网上、在江南区委大院传得沸沸扬扬。

明政委是在县级人武部收归军队建制两年后转业的，从县纪委副书记干到纪委书记后，又到人大干主任，他在余统华面前曾夸过张书记，说他抓大放小，集中精力在江南做了几件大事，对江南的经济发展功勋卓著，以至于今天的江南走在全省前列，都与他当初的政绩息息相关。余统华想起当年是多么佩服张书记的才华，他在开发区掀起了波澜壮阔如火如荼的大发展，他那么支持国防建设，还为大家解决了住房。自己曾在报刊上那么大费周折地宣传他，而现在的他呢？曾在碧海市听当地人说，张书记来了后开山填海，他的亲人拿到了工程，每天用麻袋装钱。

没隔多久，又传来了被张书记带走的王主任，在碧海市副市长的位置上也被双规了。

白小丽是在王副市长出事前半年提升为江南区人社局副局长的。当时文佩静已得子宫癌两年，虽然王副市长和白小丽不在一地工作，但仍同住一城。仍时不时地有闲言碎语传到文佩静的耳朵里，她哪里还有力气和老公吵闹，她觉得她最重要的事是保自己的命。她甚至觉得白小丽在这两年里帮她尽了妻子之责，还心存感谢。当她老公东窗事发后，她才知道她要感谢的不止白小丽一个，还有三四个，这让她伤心了一阵子，但她很快想开了。

白小丽的老公已从结婚时的小职员升到公司副总，他听到那些闲言碎语哪里受得了，一气之下，就和白小丽离了婚。男人坚持要儿子归他抚养，白小丽自知理亏，无心跟他夺子。

下班后，白小丽无精打采地走在回家的路上，神情有点恍惚。自己得到了梦想得到的东西，又失去了不想失去的东西。

又是一个周一的早上，在江南区委三楼东侧的卫生间里，正在撒尿的余统华听同事说，昨天王主任的老婆走了。

"一个家庭就这样完了！"同事叹息着说。

人的欲望是无止境的。人之贪性，一旦打开，就像打开潘多拉盒子。

余统华庆幸自己战胜了小小的贪欲。

弹指间，两年就过去了。

江南区委办公室举办中层干部竞争上岗。报名阶段结束，余统华按兵不动。文副主任把他叫到办公室，问他为何没报名。他说："我已是免职的人。"

文副主任说："按照组织人事规定，你可以参加竞争上岗。"并且说是一把手严主任的意思。

余统华觉得这下有戏了，回到办公室认真准备演讲稿，报了竞争秘书科科长的岗位。

演讲那天，余统华信心百倍，走上演讲台，博得台下一阵阵掌声。回办公室后，坐在他对面的黄秘书对他说："生姜还是老的辣！"

余统华信心满满，这回要东山再起了。

可公示时，余统华竟然没看到他的名字，秘书科科长的名字竟然是佩服他的黄秘书。黄秘书和主任老家在同一个小镇上。

余统华无奈地苦笑着……

下班回到家，一开门余统华一眼望见客厅里那新买的六把红木椅子，感慨万千！年少时他多么想家里能有几把像二姐陪嫁那样的朱红色木椅，长大后他多么渴望坐上官椅。如今，他坐上了县委秘书的椅子，他在心中发问自己今生还能坐上什么椅子？

山重水复疑无路，柳暗花明又一村。

中央党校教授俞明来江南区挂职区委副书记。俞明的老上级党校的老领导现在是省委副书记，省委组织部部长主动要求俞明到江南来，有空陪陪副书记。

俞明曾给党的高层领导上过党课。江南区委书记吉成思心想，一定安排好他在我江南挂职期间的工作和生活，特意把办公室主任赵明叫到自己办公室。赵明就是当年办公室的赵副主任，到青溪街道当了两年办事处主任后，就调回办公室任一把手。

就这样，一直没什么事可做的余统华这次竟时来运转当上了俞副书记的跟班秘书。俞副书记的生活安排周密。赵主任来看他时，问俞书记还有什么指示。俞明说："安排得太好太周到了，非常感谢！"

余统华送赵主任出了俞的住处，赵主任说："这次机会难得，要好好把握！"

余统华边连连点头边"嗯"了一声。

凌副书记的跟班副主任文人杰兼跟班俞副书记，他把俞副书记的主要服务工作交给余统华。

俞副书记先是去了吉书记办公室，吉书记请俞副书记给区四套班子领导先上一堂党课，俞副书记愉快地接受了工作。出来后又去了程区长办公室。回到办公室后，让余统华再看看凌副书记有没有时间。

余统华敲门进了凌副书记办公室，跟凌副书记报告说："凌书记，俞副书记让我来看看您有没有时间，他想过来看看您！"

凌副书记说："你跟俞书记说，一会儿我去拜访他！"

余统华听了立马觉得凌副书记精明过人。凌是江南区委实职副书记，而俞副书记是挂职副书记。而他却主动来看他，就是因为他是北京来的，未来前途不可限量。

余统华竭尽所能，晚上陪俞副书记散步，一大早起床赶过来陪俞副书记沿着湖边跑步。

余统华开始安排俞副书记调研日程，俞副书记着重调研党建工作。好的他要看，差的他也要去看。他调研了三个多月，写出了一份调研报告，呈送给中组部。

周边的领导干部得知俞明来江南挂职，纷纷来电邀请。俞明抽空前往，偶尔也带上余统华。俞明总忘不了把长寿之乡的萝卜、茶叶等土特产送些给他的省领导，余统华陪着去了几趟。前两趟只见着领导的秘书，第三趟见着省领导了，领导问了俞明工作生活情况。回来后，俞副书记就不再需要跟班秘书。

余秘书干了三个多月的跟班秘书原以为这次能翻身，可结果又回到了原先的科室，刚燃起的一线希望又化作了泡影。

紧接着，区委办公室又搞了一次中层干部竞争上岗，余秘书向俞副书记说了此事，俞副书记说："我跟赵主任说说。"

余统华此时已是多年的主任科员，可以直接竞争科长。他报了秘书科科长和行政接待科科长两个岗位。竞岗演说那天，他才发现自己还和杨芳竞争到一处。

结果，余统华仍然原地踏步。

杨芳当上了余统华的科长，两人关系变得有点微妙。

余秘书觉得自己要摆正位置，科长安排什么就干什么。杨芳再也不喊他"余科长"了，而是喊他"老余"。

老余成了区委办公室唯一的主任科员秘书。

他想起唐朝众多诗人中唯一被称为政治家的陈子昂，想起了他的诗：

> 前不见古人，
> 后不见来者。
> 念天地之悠悠，
> 独怆然而涕下。

倏然，余统华觉得自己不是陈子昂，又是陈子昂。

前段时间，余统华看到青溪街道党工委阎副书记频繁来找区委书记、副书记，来的次数多了，让余统华感到有点不正常了，他一个副书记哪有那么多工作要汇报？领导有时忙，有时人多，阎副书记就在行政接待科坐等，余统华每次都给他泡茶，泡得有点烦了。这天下午，区委常委会研究干部，阎副书记果然榜上有名提升到建工局当局长。可谁也没想到，阎副书记还没坐上局长宝座，就在下班回来的路上被一辆渣土车送到了阎王殿。

余统华得知后，不由得一阵莫名感伤。

这天一大早，上班的、居家的、泡吧的人们习惯地打开电脑，一则爆炸性新闻弹出窗口：江南区住建局局长田长耕戴名表、抽名烟，配图纤毫毕现。几乎不到一天时间，田长耕连同他的亲友圈都被"人肉"了。

田长耕果真出事了，被暂停住建局局长职务，接受组织调查。

一语成谶。余统华觉得自己和他前世无仇，今世无怨。

事情的经过是这样的。

田长耕在民政局局长的位置上待了几年，觉得有点腻味了。就找到区委书记要求换个岗位，就这样当了住建局局长。

有一家外来房地产公司开发了新楼盘正捂盘惜售，想涨价。找到田局长，田局长秉公办事，没有和物价局一起帮开发商涨价，还在电视上说："政府严控房价，房价一定会降下来。"

这下得罪了开发商。开发商暗中出钱，找田局长的把柄。买通了住建局一个和局长关系紧张的科长。一天，住建局召开中层以上干部会议，田局长像往常一样，依然抽他的价超百元的九五至尊，手腕上戴着名表。被那位别有用心的科长用手机拍了下来，田局长浑然不觉。

开发商如获至宝，你一个局长天天抽九五至尊，你哪来那么多钱？

再一细看他手腕的表，这才发现竟然是价格不菲的劳力士。

第二天，网站上就看到了他的照片，引起一片哗然。江南区政府沉默了好多天后，作出暂停田长耕局长职务，接受组织调查的决定。如确有问题，交司法机关处理；如无问题，则取消暂停。

两个多月过去了，还没有任何说法。

这天是周一，一周的第一天。刚上班的时间，田长耕就来到了区委三楼吉成思书记办公室前，轻轻地敲了一下门，没反应。又加重敲了两下门，还是没反应。正欲敲第三次时，恰好被斜对门的余统华看到了。他主动走过来，边走边说："田局长，您和书记预约了吗？"

"没有。"

"那您先到我办公室坐一下，我来问问。"

余统华给田局长倒了杯茶水，田局长说了声："谢谢！"

"您喝茶，我去问问。"其实余统华谁也不用问，他在秘书科多年，只需到秘书科看一眼领导一周工作安排表就知道书记什么时间在什么地方。

回到办公室，余统华拿起开水瓶给田局长续了水，尽管余统华不抽烟，但办公室还是准备了几包烟，他拿起一包苏烟递给田局长。

"不抽，已经戒了快两个月了。"

余统华心想："你还算有志气，真把那害人的香烟戒了。"

"刚才我问了，吉书记今天一天都在外面有活动，安排得满满的。这样，我看到书记在的时候打您的手机，号码还是小本子上的号码吗？"

"没变，那就谢谢余科长。"尽管余统华现在是主任科员，但田局长还是喊他科长，毕竟他当过人武部政工科科长，还当过县委办公室秘书科副科长。

田局长从沙发上起身离去，余统华送他出了办公室门。望着田局长渐渐远去的背影，觉得他一下子苍老了许多。他替他惋惜，也为自己惋惜，有种惺惺相惜的况味。

对于田长耕此行的目的，已然算是老机关的余统华心知肚明。

第二天，书记还是没来办公室。

第三天8点42分，余统华看到书记来了，悄悄地打了田长耕的手机。

一刻钟后，田长耕进了吉书记办公室，门关上了。

半个小时后，田长耕出来了，面无表情。走到余统华办公室门前时，见门关着，就闷声不响地走了。

此后多年，余统华再也没见过田长耕走进书记办公室。就在此后一个多月，组织公布了田长耕有两台车子、三套房子，不能说明其财产合法来源。

继而转送司法机关，判刑入狱。

此后的一天，民政局办公室梅主任遇到余统华低声地说："老田在民政局长任上，每帮忙经手安排一个退伍战士要收人家好几万呢。"

田长耕做梦也想不到那家开发商最终还是变相涨了房价。那他们是怎样变相的呢？原来他们把房号给中介，让中介卖房号，收取房号费，再给中介佣金提成。

车有车道，马有马道。蛇有蛇窟，鼠有鼠窝。余统华突然感觉有一股胃酸直往上涌。

江南的事，总是一鸣惊人。

就在田长耕进监狱的当天晚上，开发商张常发兴奋不已，请了几个哥们海喝一通。回去的路上，自己驾着宝马醉醺醺地开走了。还没开多远，在金发路上接连撞了 11 个人，其中 4 人死亡，4 人中有一名孕妇正在预产期，这样算来一共是 5 条人命。真是乐极生悲！

第二天，国内的媒体像捡到宝似的纷纷作了报道，网络更是如潮水般泛滥。

张常发为此赔偿了 370 万，还判了刑。从此，醉驾入刑。张常发罪不可恕，却又是功不可没。

不知是天意，还是偶尔的巧合。张常发来到监狱一看，监室"老大"竟是田长耕。两人忍不住相互晒笑起来。

张常发始终想不通，我赔了那么多钱，还判我坐牢。田长耕做他的思想工作，说道："你害了 5 条人命，花了 370 万，平均下来 74 万一条命，这样我花 80 万要你一条命，你给吗？"

张常发张了张嘴巴，把想说的话又咽了回去。

自古华山一条道。

看过电影《智取华山》，多少人魂牵梦绕渴望登临西岳。

时隔一年，江南区委书记吉成思调到苏南秀江市当市长，新来的江汉书记参加省市党政考察团。区委办趁此空隙，分两批安排出游。

华山几大主峰各有特色。西峰绝壁，东峰日出，南峰奇松，北峰云雾。东、南、西三峰拔地而起，如刀削一般。难怪唐朝诗人张乔如此写道："谁将倚天剑，削出倚天峰。"

这还不是余统华最为欣赏的。他最欣赏的是一篇《华山赋》中的"善识华岳者，方晓山有骨则峻，人历险则坚，国有道则盛"，尤其赞赏那句"人历险则坚"。

是啊，人经历过艰难险阻挫折曲曲就会变得更加坚强坚定坚毅。

余统华走在当年解放军智取华山的路上，一路惊叹华山的奇险，难怪自古就有"奇险天下第一山"之说，一路感慨当年解放军狭路相逢勇者胜的大无畏精神。想想当年登南岳衡山时的心情，踌躇满志，风华正茂。而今，如日薄西山，斗志缺失，不由喟叹：人生苦旅经年，竟不知路在何方。

自从有了华山北峰索道，便结束了"自古华山一条道"的历史。

问苍茫大地，如今，我的华山第二条道在何方？

三年后，当余统华参加军校同舍同学聚会再次登临华山时，他庆幸他已找到了自己的另一条出路。

第二次来华山，是江永带他们坐西峰索道上去的。当余统华看到座椅玻璃外的西峰如斧劈一般，壁立千仞，底下是万丈深渊时，竟然有点恐高。女儿余玲笑话爸爸胆小鬼。余统华心想，应该让那些高官、大权在握的人来登临此境，让他们联想到另一个"万丈深渊"，这比任何警示教育恐怕都受用。

军校同学江永得知"总统"来了，早早地在山脚下等候，拉他去喝酒叙旧。可团队要参观下一个景点华清池，没时间停下来。余统华对江永说："见一面了，看你过得不错，回去上班吧，有空来江南。"

江永说："我跟单位打个电话。"电话过后，他又说道："我陪你一起去华清池，这个皮影画带给你的。"

余统华看了一眼干瘪的皮影，虽是美女皮影，仍提不起任何兴趣。他略一思索，或许女儿喜欢呢，带着吧。

走进华清池，两株高大的雪松昂然挺立，两座宫殿式建筑的浴池左右对称，往后是新浴池，由新浴池往右行，穿过龙墙便是九龙湖，湖面平如明镜，亭台倒影，垂柳拂岸，东岸是宜春殿，北岸是飞霜殿，沉香殿和宜春殿东西相对，西岸是九曲回廊。由北向南过龙石舫，再经晨旭亭、九龙桥、晚霞亭，便来到了仿唐"贵妃池"建筑群。

进了"莲花池"，好大的气派。江永说："这里就是唐玄宗皇帝洗澡的地方，占地四百平方米，是一个可浴可泳的两用汤池，显示出主人至高无上、唯我独尊的皇权威严。"

余统华把眼前已看到的华清池和他在南京参访的蒋介石温泉别墅一对比，真是小巫见大巫。

这时，美女导游伸出一根纤纤食指指着池底说："大家看我手指的方向，那里有一对进水口，约有三十公分，装有双莲花喷头同时向外喷水，并蒂石莲花象征着玄宗、贵妃的爱情。"

导游说："这里是'海棠汤'，因平面呈一朵盛开的海棠花而得名，又叫'贵妃汤'，始建于公元 747 年，杨玉环在这花朵一样的浴池中沐浴了近十个春秋。"

听到这里，余统华眼前仿佛浮现出出水芙蓉杨玉环的倾城倾国、天姿国色。他同时想起了白居易《长恨歌》中的诗句：

> 春寒赐浴华清池，温泉水滑洗凝脂。
> 侍儿扶起娇无力，始是新承恩泽时。

杨玉环不仅人长得漂亮，而且很有才华。她的霓裳羽衣舞叫绝大唐，她的诗也写得好：

> 罗袖动香香不已，
> 红蕖袅袅秋烟里。
> 轻云岭下乍摇风，
> 嫩柳池塘初拂水。

这首《阿那曲》是《全唐诗》中收录的唯一一首杨玉环的诗，窥一斑而见全豹。如此才貌双全的杨玉环怎能不叫人心动？

十七岁的杨玉环本是玄宗的儿媳，寿王妃。骊山避暑，玄宗被儿媳的聪明美貌深深吸引。此时，玄宗宠妃武惠妃病逝。从此，玄宗经常召见玉环进宫相伴，丝毫不掩饰对她的喜爱。为当上太子，武惠妃之子寿跪求妻子到父亲身边。本不愿顺从玄宗的玉环，又嫁给了公公。初入宫侍候玄宗时杨玉环年方十八，而玄宗已年近花甲，贵妃一直没有儿女，一旦玄宗驾崩，她和她的家族很可能失去一切，并面临残酷的命运。因此，她给自己找了依靠，选择了安禄山。

安禄山也需要杨贵妃来巩固势力，认了这个比他小十八岁的贵妃当干娘。干娘和干儿子结果发展成情人关系，这种干母子之间的其乐融融并没有保持到最后，后来安禄山起兵的借口就是诛杨妃。

当导游绘声绘色地讲到这里，余统华才明白了那段历史。他此前看电影《王朝的女人·杨贵妃》，看到范冰冰扮演的杨玉环临死前说她没干预过朝政，当初还为她鸣不平，觉得她是无辜的。现在看来，却不是那么回事。

余统华觉得杨玉环的死，她自己有着不可推卸的责任。李隆基沉溺于她，她竟然纵容老公一步步走上了不务正业之路，她本应提醒，尽妻子之责。可她非但没做到，又偏偏点燃安禄山这根导火索，最终把自己炸得香消玉殒。

可见，杨玉环的死，死有余辜，她的死也就不值得为之可惜了。尽管她死时才三十八岁。

后来，当余统华读到白居易《胡旋女》中的诗句："禄山胡旋迷君眼，兵过黄河疑未反。贵妃胡旋惑君心，死弃马嵬念更深。"才知白居易也把杨贵妃与安禄山相提并论，认为杨贵妃也应该对酿成祸乱负责。余统华竟有了英雄所见略同之感。

余统华从古代的杨玉环联想到当今社会，一些当权者为了女人仍在重演一出出悲剧。岂不更悲？

也许和他多年做文字工作有关，余统华常常于不经意间逸出奇思妙想。

思接两千多年前的大唐，穿越到古长安。余统华联想到当前许多女人为减肥付出的代价，若在那个朝代，那些胖妞儿一定是受宠一族。

晚上，江永做东，两人海喝了一顿。余统华借酒浇愁，两人一醉方休。

新的一轮太阳升起来了。

第三十四章

即将迎来农历蛇年春节，中央出台了八项规定，各单位组织了传达学习。余统华当然不反感。他血管里流淌着的是农民的血，那是一粥一饭思来之不易、半丝半缕念物力维艰的朴素情怀。他怀里跳动着的是一颗爱国爱民的心。

一晃，余统华人已在接待科从事接待工作两年多时间了。江南区政府上个季度接待费用了三千多万。农民出身的余秘书看到这一数字，不免心疼得紧！心痛的感觉，像极了父亲痛惜被海水冲走的蛤蜊。他心里早就盼望这样的规定了。他从心底伸出两个巴掌，悄然地拍得山响。

江书记是从苏南调来的，晚上通常不住办公室，而是睡在仙女湖畔的酒店包房，书记和他从苏南带来的秘书每月的酒店费用在五万元左右。这个数字是杨芳告诉余统华的，他心想只要书记给江南赚更多的大钱，用这点小钱算个毛。余统华按照文副主任的要求给书记送去了跑步机。并在书记来之后根据领导的要求，到移动公司给书记拿了一个新手机号，让移动公司屏蔽了垃圾信息，并充值五千元，开了发票，交给会计变通处理。移动公司给书记送了一款最新的手机，余秘书带回来，交给了文副主任。

区委书记的办公室占了区委第三层楼总面积的五分之一。深红色的老板桌前一片开阔，像自家门前那块打黄豆的场地。桌后的那把红木椅子余统华跑了四趟才最终让书记满意，第一次是因为式样不好看，不大气；第二次是因为颜色浅了；第三次是因为扶手不够庄重。

这把椅子花了三千多。余秘书感慨书记的交椅真太讲究了，竟有这么多学问，还这么贵，也许贵人就配坐贵椅，就像皇帝坐龙椅。红木椅子的背后是休息房间，卧房的对面是高档的卫生间。余秘书经常进进出出，以前是送文件的多，现在是送生活用品的多。办公室两边是一大一小的会议室，供书记开会用。余秘书不知道有多少平方米，只觉得和唐玄宗的"莲花池"不相上下，相当地气派。

可没几天，机关事务所就派人来改造了。江书记搬进了和余秘书差不多大的办公室，只不过余秘书是两个人一间办公室。原来的办公室改造好了，江书记也没再搬进去。原先那张很阔气的老板桌，书记也不用了，但那把红木椅子依然在他屁股底下。

不像当年办公楼刚落成，上面要来检查，余秘书打了些其他单位的人名席卡放在抬进去的两张小办公桌上，检查组前脚一走，后脚就抬出来了。

没几天，二楼区长的办公室也开始改造，副书记、副区长的办公室都动起来了。紧接着，人大、政协，局、街道、园区领导也都闻风而动。

区政府花了一个多亿回购江南宾馆，正准备重建五星级宾馆。刚要破土动工，规定下来了。如今正躺在区政府旁懒洋洋地晒着太阳呢，晒了一段时间后，这里就变成了收费停车场。

郑林一家人回老家看过老人后，转道江南。余统华从上初一就和郑林同学，关系非同一般，这次余统华要好好招待郑林一家人。

请郑林一家人吃了一次满汉全鸭席、一次红烧老鹅，同时把牛辉夫妇请来作陪。招待了两顿酒席后，余秘书感到囊中羞涩。再这样吃下去，他全家人这个月就要喝西北风。于是他想到了青山街道党工委书记田小燕，田书记和他老家是紧挨着的两个乡镇。电话过后，青山街道办公室主任帮他把客人安排在紫竹湖畔的度假村，吃住玩了两天两夜，郑林骑马把屁股都颠疼了，可他儿子郑森还想骑。

郑林在北京到过十三陵，这次想看看南唐二陵。余统华陪着，来到了祖堂山南麓。

走进诗词廊，十多首诗词分列在两旁。郑林和余统华在李煜的《虞美人》前驻足。

　　春花秋月何时了？往事知多少。小楼昨夜又东风，故国不堪回首月明中。
　　雕栏玉砌应犹在，只是朱颜改。问君能有几多愁？恰似一江春水向东流。

　　一旁的讲解员说："这是李煜的绝命词，宋太宗恨其'故国不堪回首月明中'之词而毒死了他。"

　　讲解员接着说："我们将要看到的二陵是李昪及其皇后的钦陵和李璟及其皇后的顺陵，李昪、李璟、李煜是祖孙三代……"

　　后面的话余统华一句也没听进去，他走神了：我怎么会弄到今天这步田地？他替李煜悲哀的同时，也悲哀起自己来。

　　此时的郑林也陷入了沉思：正当我如日中天，快要调正团时，竟然……

　　父亲郑木，给我取名林，既是他的第二代的意思，也是希望我林子大，超过他。当年我又学着父亲的样子，给我的儿子取名森，是父亲的第三代，森林比树林要大多了，我也期盼儿子能超过我。我的老丈人是正师职，一直希望我能超过他。可是，世事难料，我在不知不觉中就被人拉下了水。那是一次酒后，我烂醉如泥，又被人请了去唱歌，唱着唱着我就睡着了。醒来后，大吃一惊，一个年轻漂亮的美女一丝不挂睡在我的旁边。我推醒了她，她说她昨晚献身于我，并掀开被子，指着一摊干了的血渍。我不知道那究竟是人血还是猪血。后来她又约了我几次，我想，反正已犯了一次错，再犯一次同样的错，还不是一个错。于是又和她上了床，几次以后，她还给我买这买那。我还觉得这个女人真不错，自己照照镜子，是不是自己长得太帅啦！可接下来，让我汗颜，让我后怕！她要我提供军事情报，我没答应。她就把手机拍下的我和她裸睡在一起的照片给我看，并威胁我，如果不答应，她就把这些照片寄给我的领导。这哪能呢？我都快调正团了，这对一个农民的儿子是多么地不易！于是，我只好找一些不太有价值的军事文件复印给她，应付她。不承想，她给了我几十万元，开始我不肯要，不要也不行，又同样威胁我。我胆战心惊，放了好几个月。还了她三次，可她不肯收。后来我用这笔钱给自己和老婆各买了一台车。单位领导发现我怎么突然有钱了，背后一查，查出了我。就这样我被军事法庭判了四年，丢掉了一切。我庆幸，单位及时发现了我，要是再滑下去，我都有被枪毙的可能。此时回想起来，真可怕！

如今在这阳光明媚的和平时期，间谍可能就在你我身边，令人防不胜防。

在那四年里，余统华每次回家都代我去看看年迈的双亲，送些钱物，代我尽些孝心。我看到父亲的来信，这让我感动不已。今晚我来请客。

想到这儿，郑林对余统华说："今晚我想在金陵饭店请你全家撮一顿。"

"哪有让客人请主人的道理！你这不是在寒碜我吗？"余统华不依。

下午，他们来到离南唐二陵不远的杏花村看杏花。阳春三月，村里村外，满眼都是盛开的杏花，犹如杏花的海洋。余统华对郑林说："这里就是诗句'一带江城新雨后，杏花深处秣陵关'中盛赞的杏花村，这句诗是《儒林外史》的作者……"

"清代文学巨匠吴敬梓的名句。"郑林接住了余统华的话。

晚上，他们坐在杏花村农家院子里吃农家菜，别有一番滋味。一轮明月悄悄爬上来了，多像牧童拾起的吴钩。两人又好好地喝了一顿酒，郑林一连敬了余统华三杯。余统华感觉到郑林已从低谷中爬上来了，就如同东方天际上的明月。他现在已是京城一家公司的副总，年薪五六十万呢。

而我呢？秘书余统华不由得觉得自己矮了一截。

秋风起，稻花香，枫叶红，蟹黄肥。

这天下班后，余统华独自来到他认为打牌安全的点。吃过晚饭后，他和女老板陈小娇又在一个牌桌上打牌。他和陈小娇相识已有好几个月了，第一次在牌桌上她说她去年一年挣了两千三百多万，还帮她一个朋友挣了两百多万。余统华不由得对她刮目相看，暗暗佩服起这个女人来。

陈小娇说："吃螃蟹的季节到了，我妈最爱吃螃蟹。"

当时，牌桌上还有其他人，余统华什么也没说。

牌局散场后，余统华拨通了陈小娇手机："明天请你到未名湖吃螃蟹。"

陈小娇不知道未名湖在哪里，但还是愉快地答应了。

第二天一早，陈小娇亲自开着她那辆白色的越野宝马来到江南区委门口，接上余统华，一路全程高速。

余秘书的军校同学李忠转业后，如今当上螃蟹之乡的党委副书记，自己也开挖了二十多亩蟹塘。

到了水街，游人如织，三个停车场都停得满满当当。陈小娇的车跟着李忠的车，过了繁华的水街，车子停在桥头的路边。

一艘冲锋舟从大船边开来，几分钟就到了桥下码头。

李书记介绍说："这是我初中同学常有福，这是陈总，余主任你认识的。"

余统华接口应道："我来过多少趟了，辛苦你啦！"

常有福说："欢迎！欢迎！"

冲锋舟朝湖心开去。湖水很清，能看到很深的地方。周围几乎都是蟹网，网上不少螃蟹正懒洋洋地晒着太阳，一群鸭子在湖中游来游去，还有一些水鸟连余统华都叫不出名来，正悠然觅食水中的食物。

上了大船，午饭早已备好，人少菜精。有湖虾、昂刺鱼、呆子鱼、老鳖，湖上那叫不上名的水鸟也油炸上来了，未名湖八鲜就差螃蟹了。

边吃边等。

最后一道大菜主菜——一大盘黄灿灿的螃蟹端上来了。

李忠边拿螃蟹给陈小娇边说："食蟹也是一种饮膳美学，是一种文化品位。深秋时节，天高气爽，赏菊食蟹，吟诗弄文，岂不快哉？"

陈小娇正欲打开蟹壳，李书记伸手拦住："别急！我来考考你俩，答对了，送一盒螃蟹。"

"《红楼梦》都看过吧？"

陈小娇、余统华几乎同时说："看过。"

"请听题，林黛玉描写螃蟹的诗句是？女士优先，请陈总答题。"

"蟹封嫩玉双双满，壳凸红脂块块香。"

李忠和余统华想不到陈小娇竟能脱口而出。

陈小娇捂嘴一笑，松开手说："我就是看了林黛玉的螃蟹诗句才喜欢上吃螃蟹的，李书记可问到家喽！"

"怪不得！下一题：贾宝玉的诗句是？老同学该你啦。"

余统华假装挠头，边挠边想着说："饕——餮——王——孙——应有酒，横——行——公——子——却无肠。"

陈小娇见余统华吞吞吐吐，娇嗔地说："你真会演戏！"

"你俩真成了贾宝玉林黛玉。"

两人会心一笑。

"最后一个问题，薛宝钗的螃蟹诗句是什么？"

两人都摇摇头。

"回答出来的，送双份。"

两人还是回答不上来。

"看来只有我知道，我也不说，还是让你们回去重温旧梦吧！"

三人哈哈大笑。

这一顿饭陈小娇吃得很开心，觉得这是她第一次在这美丽湖上吃到最丰盛、最鲜美、最有意思的午餐。

午餐后，常有福又带着余秘书和陈小娇上了另一条小船，撑到蟹网中近距离看螃蟹。余秘书伸手夹下一只螃蟹，给陈小娇看。

"我不敢拿，怕夹住我。"

余秘书只好把它放到水里去了。

陈小娇想起一件事，对余统华说："刘强那边，人家开口要三十万。我的意思让刘强爸妈到医院看看人家，人心都是肉长的，谈一谈，可能会少一点，省个几万元。"

"你说得很有道理。"

于是陈小娇拨通了她男友的手机，帮他出主意，让他父母去看看住院受伤的人。

刘强一听就不愿意："我自己的事，叫我父母去，不太好。"

于是两人在电话里争执起来。

陈小娇生气地把手机掐了，嘴里说："跑一趟能省个几万都不干，钱哪那么容易挣。"

余秘书只好安慰安慰她，本来很开心地出来，这样一来，心情就有些糟了。

回到岸上，谢过常有福。驱车来到李忠自家的蟹塘。塘边上有两间小房子，收拾得干干净净、清清爽爽。

李忠对陈小娇说："我平时除了上班，就在这里过养蟹的生活，做点体力劳动。"

"这边空气又好，真好！"

吃水果，喝茶。李忠的老婆金彩早已备好。

陈小娇想划船，金彩陪着她。小娇大呼小叫一阵子，才学会划船。余统华不放心，出来看看，李忠也跟着出来了。看她东摇西晃地划了一阵子，才上岸。

要走了，李忠和夫人把早已备好的十来份螃蟹装到了后备厢。

"我在前边走，带你们看看徽派建筑。"李忠对他俩说。

"我没心情，不想看，回去吧。"陈小娇对余统华说。

"既来之，则安之。看一眼也用不了多长时间，人家已经安排了，就不要拂了人家的心意。"

她很不情愿地来到一排排徽派建筑前。

"这是近两年刚开发的徽派建筑，都是门面房。"

余统华眼前一亮："这房子还有卖的吗？"

陈小娇也觉得这房子建得不错。

"我带你们到售楼处看看。"

站在楼盘模型前，听着售楼小姐的介绍。陈小娇慢慢地来了兴趣，问这问那，她的目光在楼盘间扫来扫去，最后目光停在一栋楼上。

"这栋卖了没有？"

"还没卖，在公司董事长手上，是我们的楼王。"

陈小娇大概了解了一下价格、面积，就离开了。

从售楼处出来，必经那栋楼王。居于两排商业街的正中间，四层楼，外加两个耳房，像电视剧中的王宫，有种霸气、豪气，甚至有点像天安门城楼，占地近 10 亩，楼前是一大片广场。

"镇上近年来好多大活动都放在这里。"李书记说。

陈小娇不由得多看了几眼。

过了几天，陈小娇给余统华来电，请他同学跟开发商联系一下，问问那栋楼王卖不卖，最低价是多少。

他的同学回电了："开发商本不想卖，在我的劝说下，开发商才同意卖，价格是 10800 元 / 平方米。"

余统华把话转给陈小娇。

"请你同学出面再杀杀价。"

"等你决定买了再说。"

陈小娇觉得一个人买，有点吃力。于是喊上银行的一位朋友杨琴，又叫上余统华，一同去看。这次没有惊动开发商，自己到楼盘探察实情。

回来的路上，陈小娇对杨琴说："我俩都生的儿子，一起合伙买。"

"你买，我尽力支持你，是否合伙让我再考虑考虑。"

第三十五章

雁南飞。

时光如箭，日月如风，转眼快到元旦了。余统华想起老母亲，一年多没回去，是因刘爱玲还在生气。

陈小娇说："再气也不能不看老人，说明孝顺上有问题，我陪你去。"

于是，余统华向一家企业老板借了辆车，二人开回老家。到老家天快黑了，余统华就请家乡的领导安排了晚饭和宾馆。晚饭和宾馆安排得很好，给足了余统华面子。

早饭是到唯诚七号公馆7号东台鱼汤面旗舰店吃的，余统华早就知道这是飘散在市井人家的一缕鲜香。门头的招牌是红木做的，"东台鱼汤面"五个古铜色大字彰显出历史的久远和凝重。这里的鱼汤面最具当地特色，用野生杂鱼熬成牛奶似的白汤，再放入手擀面，没有一片鱼肉，没有一根鱼刺，既鲜美又营养，来此地的人不吃鱼汤面算是白来了一趟。

接待余统华的朋友介绍说："我们这儿的鱼汤面早在1915年就得过巴拿马国际博览会金奖，现在是省级非物质文化遗产。相传，清乾隆年间，一位御膳厨师因触犯了御膳房的条规，被逐出宫廷，流落到东台，以挑馄饨担子营生。当时馄饨为肉馅，他初来乍到，人地生疏，生意清淡，不由想起御厨面点。便萌生了试做鱼汤面的念头，几经试验，虽然做的鱼汤面如牛奶，但总有腥味，且浓度不够。后采纳乡民建议，用姜葱并重去腥，猪油炸鱼起稠，再放些虾子，既保下汤的特色，又别具鲜味。按此法试做，果然见效。于是开设店铺，打出了'东台鱼汤面'的招牌，生意兴隆，门庭若市。"

陈小娇是在大西北吃面食长大的，对面条一往情深，情有独钟。用她的话说："长这么大，终于吃到了让我终身难忘的鱼汤面。下次来，我还要来吃！"

以往余统华回东台，在第一招待所吃过鱼汤面。这次到旗舰店也是第一次，余统华觉得这里不仅环境好，味道也正宗。还有这里的肉包也不错，余统华点了十个，打包带给母亲。

跟朋友谢过道过别后，驱车直奔老家。到了村头小桥拐弯，看到河边的土路已变成水泥路，余统华曾想请交通厅的老乡拨点款修路，看来已不需要了。走到沿河边的一家门口，见有红白喜事，余统华下了车，原来九十八岁的唐奶奶过世了。

想起读军校时，他曾给老人家拍了张照片，并放大过塑，没收老人的钱，没料到老人过意不去，送了十八个鸡蛋给他，那数字是妈妈告诉他的。如今，他才恍然大悟！如今，那张照片加了黑色的相框正放在香案上，两炷香正冒着白烟，堂屋里香气缭绕。

余统华对唐奶奶并非亲生的长子唐医生说："我来给奶奶磕个头！"

跨进门，唐医生赶紧拿了一沓纸垫在地上，余统华跪在纸上，唐医生也陪跪在一旁点纸，余统华给唐奶奶磕了三个头。

余统华边站起身边说："我还记得小时候一到冬天刮风就过敏，吃了你开的药，一下子就好了，从此没再发过，那时就觉得你是个了不起的医生。"

"哪里有什么了不起，就开了点扑尔敏。"

他又和唐医生聊了几句，就直奔家门。

"妈！"余统华在堂屋门口看到妈，喊了一声。妈八十四岁啦，比一年前又显老了些。

"您身体怎样？"

"没事，就是手扭伤了。"

余统华拉起妈妈的手，肿得像一个馒头，"馒头"上贴着一张有些脏的膏药。

"膏药还有吗?"

"你哥买了两袋,还有好多呢!"

余统华知道,妈妈家里发生什么不好的事,从来都不告诉他。当兵时,爷爷奶奶过世;有一次她打农药中毒;还有一次害背,背后有一碗口大的脓包,将近两个月才看好;最重的一次是站在高处扬玉米,一脚踩空,摔断了两根肋骨。都没有告诉在外的小儿子,也不许别人转告,生怕影响儿子的工作。

余统华从后备厢拿下买给妈妈的一箱零食,两箱水果。陈小娇掏出早准备好的 800 块钱递到余统华妈妈的手上。

妈不肯收,余统华说:"您就收下吧。"

妈这才勉勉强强收下了。

"妈,我不在家吃中饭,今年过年我回来陪您!"

"你有事,忙你的,我没事。"

"阿姨,多注意身体!"

"噢!"

其实,余统华本想在家多待会儿陪陪妈,可陈小娇已安排下午去未名湖谈房子。

余统华坐在副驾驶的位子上,打开车窗,直到看不见妈!

妈妈站在门前,看着儿子,一直到车子拐弯!

他俩匆匆地来到海边,海边风大。

风力发电的高大三叶轮沿海边矗立起一道道美丽的海景。这里虽比不上海南三亚的天涯海角,倒也值得一看。

余统华像小孩一样,大声叫道:"大海啊,故乡!比大海辽阔的是天空,比天空辽阔的是人的胸怀。"

到了这里,站在海堤上,看着波浪滚滚的黄海,再想不开的事也能想开了。

面朝大海,余统华来了诗眼,他轻轻吟道:

面朝大海

海子
是我的邻居
我用了九寨沟的叫法
枕着涛声入眠
听着鸥声睁眼
吻着海风长大

我站在海堤上
多少次面朝大海
捡过漂洋过海的日韩矿泉水瓶
问过小龙女住在哪间龙宫
浇过心中早已萌芽的梧桐苗
多少次梦中
拜牛郎董永为师兄

在那寒窗苦读的日子
面朝大海
我总感觉苦海无边
没有春暖花开

终于，在某一年的某一天
面朝大海
无垠的海上，处处春暖花开

海有海拔
山呢
人呢

"随口念来就是诗，佩服，佩服之至。"

"你也读过海子的《面朝大海，春暖花开》？"

"你说呢？"

余统华又对陈小娇说："我外婆家就在这北面没多远，离海堤只有几十米，在家都能听到涨潮声。渔民很辛苦，海边的孩子都想往外飞！"

"跟我们黄土高坡上的孩子一样，都想往好地方飞！"

她在海边摊位上，买了些海螺之类的小玩意儿带给儿子，他付了钱。

午餐是马红亮副镇长安排的，饭后直奔未名湖。

一路开开心心。车子快没油了，闪过一个服务区，余统华后悔莫及。过了长江上的一座大桥没开多远，车走不了啦。他只好拨打高速路边标示的电话，七八分钟后，一辆拖车看到他的车已按要求打着双跳灯，把他的车拖到服务区加油站，付完拖车费，再付加油钱。两人会意地笑了，这对他俩来说都是第一次，似有纪念意义。

终于赶到了目的地。开发商为了谈成事，又准备了丰盛的晚餐。

当晚住在开发商的宾馆，余统华拨通陈小娇房间电话，要发扬连续作战的精神。

陈小娇说这宾馆有监控，不要授人以柄。

第二天早饭后正式谈事，初步谈成了价格、税费及付款方式，由余统华草拟了一份购房意向性协议，没下定金。

午饭后，临上车前，一起吃饭的售楼处销售女经理杨柳主动要了余统华的手机号码，并试拨了一次。他也把她的号码存在通讯录。

过了一天，余统华拨通了杨柳的号码，主要了解了那栋楼销售价格上的空间，并向他要了袁总的手机号。

他和袁总通上话了，是他打过去的。

"陈总手头上有上千万现金，目前考察投资项目有医院、宾馆、厂房，还有幼儿园。这些钱大体也只能投一个，究竟最后投到哪里，现在还在考察中。"

袁总停顿了一会儿，好像在思考什么。

"看得出来，你和陈总关系很好，是她的高参，你做做工作，把她拉到我这里来投资，我给你发奖金。就这个周日，我请你来坐坐。"

周日，余统华找了个老板开车陪他一起去，袁总热情接待，面谈了楼房的底价以及奖金的事。

随后，余统华把这些情况如实地告诉了杨柳。

"在我们这里，提成还要多些，你真傻！"

听得出杨柳已对余统华产生好感。

余统华站在区委办公室秘书的角度，用他的眼光见识详细分析了买楼房的可行性，一一道给陈小娇。

"我在书记身边，不少台商来找书记。书记忙，一时接待不过来，台商就在我办公室坐等，我就和台商聊。"

"台商就说：'二三十年前，我们就看中大陆水库、湖边的土地。当时，大陆人还意识不到，总认为那些地方偏僻，等我们投资搞好了，才发现是块宝地，但已被我们捷足先登了。'"

余统华心想，怪不得我们江南县的好几个湖都被你们占了。投资的眼光长远不长远，其实很重要。

台商还说："我们在岛内办企业人员工资、地价成本比大陆高不少，越南更低。所以我们要走出来，可岛内又不想放你走，卡你。因此我们对岛内政治不感兴趣，管你谁当总统，我只管赚我的钱。谁让我赚钱，我就拥护谁。"

陈小娇被点拨了，两周内，又接连带了银行做贷款的朋友、当律师的朋友去看，帮她参谋，可同去的人都没看好。每次去她都请余统华一起去，由他的同学李忠安排好吃饭等接待工作。

这期间陈小娇又在考察投资民营医院、黄山宾馆。

一天下班后，陈小娇接上余统华，车上还有她的前夫，去黄山。那栋楼不临街，联系人报的价格一千三百万元，而饭后细打听九百万都没人买。显然联系人想从中获益，晚上安排陈小娇和前夫住一个房间，房间里三张床；余统华和驾驶员住一个房间。

第二天早饭后，余统华很想上山，可陈小娇压根儿就没这个意思。于是余统华拐弯抹角地问："陈总还上过黄山？"

"来过几趟，一次都没上过。"

"那我今天可要沾陈总的光了！"

"下午我还要跟人谈事。"

余统华上学时学到一句"商人重利轻别离"，此时他想改为"商人重利轻黄山"。还是自己下次来再欣赏吧！

回来的路上，经过江南区的一个街道，余秘书打手机给党工委书记，书记安排了午饭。

事后余统华问陈小娇那晚他两有没有再续前缘。

陈小娇说起那晚的事：

房间里有三张床，前夫就先坐到门边的床上，让我睡最里面那张床，中间还隔了一床。我到卫生间冲澡，故意没关门，没拉帘子，洗好后，我先上了最里面那张床。他起身进了卫生间，也没关门，没拉帘子，隔着玻璃我又一次看到他那多么熟悉的裸体，我怦然心动起来。我在想，他洗好后，会来我的床上，我在设想如何假装正经？如何半推半就？如何更浪漫更有诗情画意？

想到这儿，我的脸不由得红了起来。我在期待在等待一个美好浪漫的夜晚！

他回到他的床上，我故意背过身，他关了灯，盖上了被子。

我还在想，他是不是酝酿一下，等会儿再来。

我仍满怀希望，他会给我一个惊喜！

等着，等着，我的心慢慢地凉了，直到听到他那熟悉的呼噜声，我才死心了，绝望了。

我又想，他是不是有女人了，他心中已没有我了。为了儿子，我曾想过和他复婚。

可如今？

我好长时间都没睡着！

陈小娇又去江北临海市考察投资民营医院，市长接待了她。回来后，眉飞色舞地描绘了投资发展前景。

余统华思前想后，自己没这么多钱买，陈小娇毕竟是自己的好朋友，机不可失。夜里他怎么也睡不着，凌晨三点多，编了条短信再次详尽分析临湖景观门面楼的升值空间；分析医院就诊率。临海市离我老家很近，当地本身有人民医院、中医院，当地农村人非到病倒了才去医院。

举棋不定的陈小娇，终于在元旦后下决心要去下定金，签购房合同。她带上余统华和她的另外一个异性知己朋友余林。到了那栋楼前，她和余林要再转转。余统华和驾驶员先上去到袁总办公室。

过了半个多小时，陈小娇打手机叫驾驶员下去，说："不买了，回去。"

余统华下楼听她说，刚才俩人转了半圈，得知今天有老板下订单，而且说其他楼的门面房价有的买时只有7800元／平方米。

他说："女人的身价也因人而异，你陈小娇是陈小娇的身价，别的女人是别的女人的价值。买卖不成情谊在，我们上楼和袁总道个别。"

就这样，陈小娇勉强上楼。

寒暄了几句，便直奔主题。陈小娇说："这楼我不想买了，你的门面房有的只卖到7800，而卖给我9800，太高了。"

又经过几轮讨价还价，最后的价格定在8880。余统华瞪大了眼，怎么又买了？不是想好不买的吗？他真有点捉摸不透这个女人。

税费的事又详谈了好长时间，因为牵涉到要到银行贷款，因此房价要开高一些。

余统华深深感到这次商业谈判，让他长见识了。这个价位，也的确抄底了。

晚上，喝庆功酒，席间，陈小娇给余统华看了她写的美文。

潇潇云水，寂寂流年。在繁华的省城里，看一年悄悄流淌的痕迹。真想偷半日清闲，开车去宁静的野山上，看山花夕拾的落幕和上演，听远处的鸟声唧唧，用温情的眼眸寄托下这一年的情思。

可不可以，让我在没有星月的夜晚，燃一盏灯火，摊开宣纸，画一幅画，配一首诗。心灵的曼舞，像水一样舒展开来。记忆深处，依然飘散着独有的女人味。静静地守望，渴望有一片心空，那里永远有阳光点缀；默默地等待，只为曾经心动的相遇，珍惜缘分，用真情写下一页最美丽的记忆。

眼看又要过年了，空气中有了凛冽的味道，阳光更显得弥足珍贵。看满地的枯叶，一动不动地躺在小区里，不免心生凄凉。只有书房阳台那盆榕树不畏严寒，迎着暖气开放，那盛大而又繁华的开放，是这个冬天里最后的盛宴，长得枝繁叶茂，看得让人无限喜悦，又无限惆怅。想来，世间万物，有繁华必有衰落。春去冬来，一切都在循环往复。放下执念，顺其自然，做淡然斯文高雅有内涵的靠谱的女人，在这俗世烟火中安静地生活，懂得珍惜，懂得感恩，懂得温暖来自无处不在的细小关怀。

连日来阳光总是羞涩地躲在云层里，季节的荒凉，让一颗疲惫且善感的心满是落寞，幸好有几个兄弟姐妹一直相伴，有可做的事御寒。偶尔来办公室温一盏香茶，倚着那落地的玻璃窗，放眼南方，找寻那久违的温暖。其实，我只要一份素简的清香，能在凉风拂过时，便可看见想要的那份温情的目光。我只要守着那份曾经的梦想，能在草木凄凄时，还可做我笔下写意的温床。你看，那个老兰送的鱼缸，俨然成为最美的风景，鱼儿欢快地游动，自顾自地欣赏，且让我约一程时光，等待，你们的到来，新的希望的到来。

静坐在红尘一隅，一首淡淡的梵音回荡耳边，瓷杯中的普洱热气袅袅，桌上散发出淡淡的书香。回忆泛起在烟雨朦胧里，带着凄凄的凉，还有暖暖的伤。原来，内心渴望的还是一片温暖的晴空。总有一抹记忆会让人心痛，总有一处风景会让人留恋，无论遇见还是别离，铭记还是遗忘，都只是生命中的一段插曲，到最后陪伴的还是自己。

有的人，相见不如怀念，就像有句话说得好：若流年有爱，就心随花开；若人生情凉，就守心自暖。

清寒的季节，丝丝凉意入心。那些点点滴滴的烟尘往事，就在低头的刹那涌起。看茶叶在水中舒展翻舞，心绪仿佛也浸在水里。念随心起，一念在茶，一念在心。我知道，我一直在寻找一种淡然，一种能够放得下的淡然。

曾经的走过的点滴在心中留下什么感受，或许已经不重要了，重要的是经历过，执着过，痛过，却也一直疼惜着。那些给予自己的美好与伤感，怀念与留恋，或许在经年之后，会在某个飘着雪花的时刻忆起，而此刻，心底已经泛起一丝温暖。

时光岁月，稍纵即逝；繁花一树，花开花谢。即使芳菲不在，唯愿依然静好。只是在驰隙的流年中不愿忘记，那些润心的话语，还有那温暖的笑容。依偎着夜色，眼里不知何时滑落出泪花，低头，茶香袅袅，心底升起一份感动，也许生命，就是一场翻飞在水中的等待。

尘世中108斤的我，或许只是一个轻如鸿毛的重量，或许只是一个微不足惜的生命，湮没在熙熙攘攘的风尘中。可是我也热爱生命，也渴望爱的温情。一人就是一个世界，一人就是一幅生命的画卷。记得尼采说过，每一个不曾起舞的日子都是对生命的辜负。

活着，莫辜负！珍惜这日升日落，熙攘而寂的繁华。珍惜遇见，即便有些遇见，不是为了有更好的结果，只是为了在最美的时光遇见最美的人。当我们将来老得走不动了，想起的时候，依然还有一些温温的幸福，也有一些淡淡的伤感，它在我的心灵深处像云一样舒展开来。突然发现，光阴并没使它的味道消散。原来，它，依旧美丽。

岁月静静地流淌，那些月朗风清的日子于指缝间悄悄滑过。习惯在冷寂的冬夜静坐在空调房里，将一些微澜的心事，轻轻地涂抹于字里行间，那首喜欢的梵音在心底响起。尘缘若梦，捻一指墨香，拆字，煮茶，心情温润在一杯清澈的茶水里，不去想心终归何处，不再问花开几度。此刻的光阴，感觉像被茶水浸泡一样，随意且馨香。

一花一月一晨暮，一水一山一从容。

从容地经历着岁月，做平凡淡然的自己，在孤独中锤炼，在静默中绽放！

历经春的妩媚，夏的繁华，秋的明澈，走进冬的冷峻。生命宛如一条河流，已变得舒缓平静。那些曾经的痛快和不痛快，早已风轻云淡；那些留在记忆里的欢愉，也恬静成了嘴角的一缕微笑。山水相逢的是一段往事，蝶恋春天的更是一种情怀。而我们的世界，必然滋生着多情的秋水。一些美丽，安放在心，便是温暖；一些念想，轻轻收藏，便是静好。其实，我想要的不多，有阳光温暖我的心灵，有花草雨露滋润我的灵魂，有爱伴我安暖前行，就是最大的幸福！

岁月滑过，风中会悄悄盛开一朵又一朵芬芳的花，灼灼的光华开在时间深处，开疼了生命，璀璨了年华。冬天，草木皆枯，万物萧瑟，然而没有冬天的储藏和孕育，哪有我们对春天的渴望？对绿色生命的勃发向往？面对冬的凌厉，我们无需感叹光阴匆匆，让我们的生活也如四季一样精彩，潇潇洒洒地活出生命的本色。

要知道，温暖的阳光每天都会如约而来。而我们只需心存爱和慈悲，将自己稳妥呵护，将生活过出诗意。

这么长的文章，他读过一遍，又仔细反复地研读了两遍。他不得不佩服她的文采，不愧是当年高考文科全省第三。他要读懂她的心，他在用心去体会去感受去捕捉她的心、她的脉动频率。

他要当一个心灵捕手。

只有这样，才能有心灵感应，才能心有灵犀一点通，才会达到心心相印。

大年三十，余统华一个人回家陪老母亲过年。两个人在一起拉家常。

"上次来我家的那个女的是个老板，有几千万，想跟我。"余统华如实地对妈妈说。

"你别大脑犯糊涂。自己的孩子是自己的孩子，别人的孩子怎么说都是别人的孩子。到老了，怎么办？至于女人谁对你真心实意才是好的。你要有主见。"

余统华觉得，母亲虽没文化，可又觉得说得很在理。

他又一次陷入两难中。

第三十六章

草色遥看近却无，又是一年春到时。

春节过后，第一天下班后，陈小娇在区委门口接走余统华看她打牌去。

他先买了彩票，放在她车前盒子里。第三天，打开电脑一看，感觉自己中奖了，打电话告诉她，让她看看彩票。她兴冲冲地跑到车上，说儿子也争着看，中了 10 注排列三。

于是开车过来，接走余统华。

在车上，她问他这奖怎么领。

他告诉她到市体彩中心，在哪条路上。余统华因为中这点小奖，就想让店主代领，而去办其他事了。晚上，当他到彩票店一看，一共中了 50 注排列三，问老板有没有其他人买。老板说，只有你买这么多注，其他人买的注少。

余统华找到正在打麻将的陈小娇，跟她说："中了 50 注，还有 40 注彩票呢？"

"儿子拿着玩了，不知道丢了没。"

"打个电话问问。"

"急什么，丢了我赔你。"

这一轮打下来，陈小娇还想继续打，一旁的他急了："四万多块钱不比打牌重要啊？"

陈小娇拨通了她妈妈的电话，问儿子睡了没，彩票扔了没有。

她妈说，孩子睡了，彩票不知道扔哪儿了。

余统华更急了，陈小娇见牌打不下去了，起身开车回去了。

过了大约一个小时，他打电话问她。

她说："儿子睡了，彩票找不着，明天再问儿子吧。"

第二天快到中午时，陈小娇说找到了。中午来接余统华时，说她上午已经去体彩中心领奖了，那里人真多啊。钱已拿到了，余统华心里明白，一般来说钱也要到下午才打到卡上。他心知肚明，一言不发。

晚上他到体彩店，把10注彩票交给店主代领，并请他看看那40注是哪天领的，谁领的。

店主告诉他，他那天晚上走了之后，有个女的过来问中奖的事。

又过了一个白天，晚上他到彩票店，店主告诉他，那40注是前天下午领的。

一切水落石出。

余统华伤心了！这一段时间和这个女人一起度过多少美妙的时光，以为彼此交付真心，没想到竟然如此对他。

他越想越明白，她对金钱看得太重了，像葛朗台，像"铁母鸡"，从她身上拔一根毛太难，大雁要是从她身边飞过，她一定不会放过"雁过拔毛"的机会。这或许正是她成功的"秘诀"。

早上刚上班不久，他拿起电话，质问她，为何犯如此错误？你有几千万，四万对你来说根本就是一毛，即使四十万你也未必当回事。

此时的她纵有千种解释万般理由，也是白说。

她终于说："我错了，把钱给你。"

"这件事到此为止，决不再提。中午我请你吃饭。"

陈小娇按时到达。一起去吃她喜欢的饭菜。她喜欢吃的次数最多的就是红烧牛肉刀削面。

陈小娇哥哥的女儿陈雪幼师毕业了，先要安排实习。余统华带着她一起去他当园长的老乡那儿。一路上，余统华对陈雪说："我和你姑妈是好朋友，因此想多说两句，不知你能否听进去。"

"我像你这个年纪，已经是睡不着觉、吃不下饭的时候，操心自己的前途命运，靠什么工作吃饭，能娶到什么样的老婆。我自己认识到，从来就没有什么救世主，也不靠什么神仙皇帝，要创造自己的幸福全靠自己，靠姑妈、靠别人都是暂时的。"

陈小娇在一旁插话道："我今天的成功也全靠自己去奋斗去打拼。"

"如何靠别人，靠领导？当今有不少年轻人，处处以自我为中心，而我那时候，是以别人为中心，以领导为中心，尽最大可能去获得领导赏识，一个人只有这样做，你才能有所进步。"

陈雪听后说："叔叔说得好，是在真正关心我。"

"听了余大哥这番话，我对你更加刮目相看了。平时我有时想对她说，却没有你这样说到点子上，说得这么深，这么透！"陈小娇佩服地说。

陈小娇跟余统华说，她想叫原来的驾驶员去未名湖拿房子的发票，余统华说："既然你已经不用他了，就不要藕断丝连。"

一天，他收到她的信息："我去未名湖你去吗？"

回信是："你定。"

第二天上午，余统华在外办事，一看有"主任"的未接来电，一看便知是陈小娇，手机通讯录名字的设定储存都是陈小娇操作的。他回她电话，一直在通话中。

午饭后，余统华回到办公室，拨通了陈小娇的电话，她说她已在天目湖，下午去未名湖，问他来不来。

他说："我怎么来？"

"我派人来接你。"

下午，办公室开会。余统华接到电话，陈小娇说人已在区委大门口等他。他让她等等，等他散会。

他上了车，车上还有一个小伙子。

"这是公司的小马。"

一路直奔未名湖。

酒桌上，陈小娇自己点了瓶红酒，这是她来未名湖第二次喝酒，第一次是和开发商袁总喝的，她喝的是黄酒，回去后感觉胃不好，以后每次来坚决不沾酒，今天又破例了。

余统华一想到陈小娇从天目湖那么大老远的地方再绕回来接自己，真可谓其情殷殷，其心可鉴。便有些兴奋，自然多喝了两杯。

　　回房间前，陈小娇掏出钥匙，叫余统华到车上拿充电器。很快拿上来了。余统华的房间是318，经过时，打开房门，取电，开空调，虚掩上门。在晚饭主食快上前，他已叫酒店把陈小娇的328房间空调打开，摆两副扑克牌，酒店女经理又安排了茶水和果盘。

　　陈小娇和袁总是对家，余统华和未名湖拆迁办主任是一家，没打两轮，余统华让坐在一旁的李忠打，回里面卫生间冲澡解酒去了。不一会儿，他见陈小娇进来了，见他正裸身冲淋，笑了一下，放心转身出去了。

　　他想她是来看看他是不是喝多了。刷过牙后，他感觉酒精挥发了好多，躺到床上，先睡了。

　　不知过了多长时间，小马问他318的房卡在哪里。

　　他告诉小马，318的门已经打开，房卡在插卡取电。

　　小马说："你就睡这儿，陈总睡你的房间。"

　　又过了一会儿，余统华突然彻底醒了，一看手机11点49分。他拨318，没人接，这么晚了，她会去哪儿？

　　拨通了陈小娇手机："你在哪里？"

　　"我在袁总屋里拿充电器。"

　　"我不是把你的充电器拿上来已充过电了吗？"

　　"上来！"余统华以命令的口气大声道。他穿上睡衣，刚走到318门口，不一会儿，陈小娇来了，还穿着打牌时的衣服，手上还真拿着充电器。

　　但她明显一脸不高兴，还责怪他说："这么晚了打我电话，袁总听到多不好意思，我要洗澡休息了。"

　　余统华知道赶他走，知趣地出来，带上门，回到相隔十几步的328。越想越不对劲，他悄悄地带上门，蹑手蹑脚经过318，过了电梯门，隐蔽到楼梯口，大约十多分钟，他看到手机上有陈小娇的两个未接来电，此前他把手机铃声调到静音上，他回她电话。

　　"打你两次电话，怎么不接？"

"手机放静音了，睡觉呢。"

"我感觉到，未名湖的几个女人在吃我的醋。"

"何以见得？"

陈小娇就列数了一些女人相关的事。

"我还想找袁总谈谈最后还钱的事和二期合作的事，明天可能没时间。"

"这么晚了，你自己定吧。"

挂了没多久，他又拨陈小娇的手机，正在通话中，他拨袁总的手机，也在通话中。

他继续隐蔽在楼梯口，伸出头看着 318 的房门。不一会儿，他见 318 房前露出了亮光，陈小娇从里面轻手轻脚走出来，紧贴着墙角，朝 328 房间方向看去，余统华赶紧缩回头。

他知道有好戏了。

没几分钟，袁总从下面二楼西边的楼梯口向 318 的房间方向走来，余统华从东边的楼梯口也走出来，几乎同时在 318 房间前擦身而过。

"袁总还没休息？"

"手机没电，找个充电器。"

"我是酒喝多了，睡不着，出来走走醒醒酒。"

回到 328，余统华拨通了 318 的电话。

"开门！"他近似命令的口气。

余统华一脸的苦笑。陈小娇的表情冷淡有些不自然。

"你今晚准备做什么？"

"没做什么呀！"

"你开门干什么？"

"袁总说来拿充电器，我看怎么还不来？"

"我在你房间门口遇到他，他怎么没进来拿？"

显然一派谎言。

陈小娇又拨通袁总的手机："你说来拿充电器的，怎么不拿了？"

余统华知道陈小娇这是在圆谎，他已不在意他们说什么。她斜躺在床边沿上，穿着宾馆的白色长袍式睡衣，头靠着墙，外面的一条腿平放着，里面一条腿弓着并不时地晃动着，露出她圆润的臀部，腿裆部黑乎乎的阴毛时隐时现，看得出来下身没穿内裤，上身"V"字形领口敞得很开，两只又白又挺又丰满的乳房时隐时现，真让男人心动！看得出来，她全身只裹了件睡衣。

"你就这样见袁总？"

"有什么不可以吗？"

"一个人不可能不犯错误……"

"随你怎么想吧。"陈小娇已隐约开始承认错误了。

余统华坐到床前，用手摸摸她的下身，她把他的手推开；他又把手伸进她"V"字形衣领，摸摸她那白花花的"馒头"，她又用手推；他凑上嘴想亲吻她的香唇，她把头转到里面。

"你再这样，我喊小马了。"

他本想用温情感召她，用性爱弥补她，见她心思不在他身上，就试探到这儿。

"你让我冷静好好想想。"她对他说。

"你俩的充电器拿来拿去，你俩就一起好好充充电吧！"

说完，他转身回房间，一时半会儿肯定无法入眠，一会儿再探出头看看走廊里有没有动静，一会儿打 318，没人接，他又紧张了，拨她手机。

"你怎么又不在房间？"

"在啊。"

"那你房间电话怎么没人接？"

"我把电话拔了。"

"你把电话接上。"

一会儿电话通了，他才松了口气。他知道看是看不住的，就编了条信息。

"爱是相互的，珍惜也是相互的，得到一个人不容易，失去一个人却很容易；你我已经走近了，希望不要走远；想得到什么，想失去什么，自己想清楚，我也会犯这样那样的错误……"

信息发给她了。

他又拨打 318。

"神经病，你不睡觉了？"

"睡不着，发了条信息给你。"

他又拨通袁总的电话："睡不着，想去跟你聊聊。"

"太晚了，"他停顿了片刻，接着说，"我想休息啦。"

到了凌晨 3 点多，他还是睡不着，发了条信息给袁总。

"今天上午我们把事情结了，以后不再来未名湖打扰您。"

他心里真的很难过，从他们今晚的迹象来看，不像是第一次，那第一次就可能发生在春节前的那一天晚上。

袁总见余统华为房子跑来跑去，是个大功臣，就请他全家来未名湖一游。同时，发了十几条短信，打了几个电话，邀请陈小娇来。她在美容店把头发做得漂漂亮亮，又化了妆，就自己开车来未名湖。余统华在办公室等了两个时辰，一打她手机，已经快到未名湖了。

饭后，又是打牌，才打到 10 点 30 分，陈小娇说："累了，休息吧！"

陈小娇说："手机没电了。"

袁总说："我把我的充电器等会儿送上来。"

后来，陈小娇对余统华说，那天晚上，她从 11 点打袁总手机，没人接，直到 11 点 45 分左右，袁总才回电话给她，说是到外面转转去了。

陈小娇推测说："袁总可能到杨柳那里去了。"

余统华现在想来，陈小娇是在转移视线。恰恰又犯了此地无银三百两的错。

他想来想去，自己牵了红线，房子买卖成了，崇拜自己的女人投到别人的怀抱。他的心受到极大的伤害。

余统华觉得有得有失。他想到他上小学的女儿来趟未名湖，写出了一篇精彩的散文《未名湖游记》。他细细回味着，几乎能倒背如流。

寒假里的一个周末傍晚，我们全家来到了螃蟹之乡——水乡镇，住宾馆，吃晚饭，其时我的心早已飞到未名湖面上游荡。

第二天早饭后，在去未名湖的路上，路旁的蟹塘上有许多白色的鸟，我问大人，他们说那叫白鹭，就是诗句"一行白鹭上青天"的白鹭。我们全家人还有一群游客登上游船，抬头四望，未名湖不见边际，据说有18万亩。湖面上到处是养蟹的网，一些我叫不出名字的鸟在枯萎的芦苇丛中觅食。船开到离岸较远的地方，水波荡漾，水很清，能看到很深的地方。游船掉头靠近水街码头，我们走在水街的栈桥上，下面是水，桥的两旁到处是装修得很漂亮的大船，游客在湖里吃螃蟹等湖鲜，别有一番风味。栈桥两边，还有几条小船在卖未名湖的鱼虾，还有老鳖呢！栈桥很长，据说两旁有60多条大船饭店宾馆，游客还可以在湖上钓鱼过夜。我真想在美丽的未名湖上美美地睡上一夜。

离开未名湖，我们又来到了水城，看到那里陈放着历年来未名湖蟹王蟹后的标本，最大的蟹王重565克，最大的蟹后560克，好大的螃蟹！

在那里吃了两次螃蟹，蟹黄又硬又红，真是又鲜又好吃！

他把女儿的这篇作文读给他的朋友听，都说写得精彩。他投给了《江南报》，没几天就登出来了。

想到这儿，他纠结的心终于舒展了许多。

第二天一早，7点30分，余统华干脆起床，先烧壶水，再洗漱。他接通总台，请把318的房间打开，他倒了杯开水，来到318房前，开门的服务员也来了，卡打不开，门反锁着。

余统华只好敲门，她还是昨夜的穿着。

"给你送杯水来。"

"正好有点渴，空调开得有点高，你到车上帮我把洗漱用品那个小包拿上来。"

他想宾馆有洗漱用品，一定是化妆品，拿着车钥匙，带着房卡，到车上打开小包，果不其然，是化妆品。

"你先回你房间，小马看到不好。"

余统华识相地回到自己房间，看到袁总发来的信息"下来吃早饭"。他回了一条"马上下来"。

正好小马也来到328，等了一会儿，和陈总一起下楼。

袁总已经在用早餐，陈总坐在袁总对面，余统华准备走远些，袁总拉开他旁边的椅子，余统华只好坐上去。一会儿，酒店女经理来了。

袁总跟她说："总台再备几个充电器。"

"买了好几个，容易坏。"女经理答道。

陈总说："你买的是多少钱一个？"

"15块左右的。"

"我那个将近100块，用了好长时间，一直没坏过。"

余统华心里发笑，还在继续圆昨夜的谎。

早饭后，又围着袁总准备二期开发别墅的300多亩土地转了转。

陈小娇问："袁总，还有没有没卖出去的门面房？我要买，什么价？"

袁总说："在现在的基础上让一点。"

"商人啊，总是唯利是图利益至上。"

"那就和你前面买的价一样。"

余统华知道，陈小娇在开玩笑试探袁总。

"我想在你二期开发的别墅拥有一套，怎么买？"

"到时肯定优惠。"

"送我一套还差不多！"陈小娇嘬着嘴，显得不高兴的样子。

原来如此！余统华终于知道陈小娇想得到什么。

她不仅仅是想得到精子，更想得到金子！

回到袁总办公室，陈总说，她和袁总有事谈，余统华和小马离开了。

余统华心想：他俩肯定会谈昨晚的好事被他搅黄了。

小马第一次来这里，到处转转去了。

余统华只好到宾馆客房，门锁了。

太阳这么好，何不到车上坐坐？

他反身经过袁总办公室，门虚掩着，他礼节性地敲敲门。

"进来！"

"把车钥匙给我到车上坐坐。"余统华见他俩坐得还有些距离。

陈小娇把钥匙拿出来。

"就在这儿一块坐，没关系的。"

余统华没搭理袁总的话，径直离开了。

余统华看着后视镜，看到陈小娇离开袁总办公室。

他再一次来到袁总办公室。和他谈起当初他承诺的跑腿费。

他开始耍赖皮，余统华有些激动地说：

"我这人无能，但不会轻易害人。昨晚，你们想干什么，大家心里都清楚。我说过，我有'三不'，酒量虽只有一二两，但从不喝醉，喝酒了也从来不说错一句话，从来不误办一件事。所以昨晚，我非常清醒。"

午饭开始了，余统华往下座坐，袁总请他上坐。

他说："贡献小，没贡献，还是坐这里好。"

余统华本来不想喝酒，面前酒具已经撤走。袁总下位敬酒，敬到余统华面前。

余统华对服务员说："上酒杯，倒满。"

服务员已倒到一半时，陈小娇说："好了，不要倒了！"

余统华还要倒："倒满，我和袁总干一大杯。"

袁总说："等会儿，我敬一圈回来。"

余统华脖子一仰，"咕咚咕咚"先喝了。

袁总也只好跟着喝下去了。

过了一会儿，余统华端起酒杯"打的"来到东道主和上宾之间。

"我这个红娘，敬陈总和袁总一杯。"仰头就喝。

余统华对袁总说："我就是钱比你少，肉也比你少，其他的就不一定喽。"

酒过三巡，菜过五味。

袁总说起女人来了："十个男人九个色，还有一个腰不好。"

陈小娇说："什么腰不好?"

袁总说："就是肾不好。"

"十个女人九个肯，就怕男人嘴不稳。"袁总接着说。

"男人就是那雄性动物，女人就是那雌性动物。有本领的雄性动物想拥有多少雌性动物就可以拥有多少；男人有本领，想拥有多少女人就有多少女人。"

酒桌上的男人都点赞袁总讲得好。

女人即便有想法也不好意思发表。

离余统华老家十来里就是中华麋鹿园，新的麋鹿王通过搏斗产生后，可以随心所欲和母麋鹿交配。而就在离麋鹿园不远处的丹顶鹤保护区，丹顶鹤却是一夫一妻制，钟情的故事感人泪下。余统华到过且听过，他欲言又止。

饭后，像往常一样，袁总给每人安排一些土特产。

到区委大门口，陈总问余统华东西放哪。

"不要。"余统华有尊严地说。

回到办公室，余统华编了条短信。

"从今天起，不再打牌。利用我们的资源好好做事，做一个有志气、有骨气、有尊严的人。请你监督。"

发给陈小娇。

陈小娇回信道：

"这就对了，这才会让爱你的女人更爱你。"

第三十七章

太阳还没升多高，清晨的薄雾尚未散尽。

余玲在学校大门外和爸爸挥手："Byebye！"

"Baby，byebye！"

余统华来到了区委办公大院，门前的四根柱子还是国民政府时期留下的，至今仍保持着原貌。大门两边的哨兵像青松一样挺立。大院里长满了树木花草，桂花树依然飘着香，树下撒了一地的黄金。经过一条绿色通道，进了大楼，走过了坐班的哨兵。他掏出手机，看到一条信息："把杨名的号码发给我。"是远在沈阳部队的张小宝发来的。他现在实职正团，技术级副师。余统华和张小宝战友感情一直很深，源于军校两人同病相怜。

他拿起电话，拨通了小宝："找杨参谋长办什么大事？"杨名是他俩军校时的同学，如今已是省城驻军某师师参谋长。

"我初中同学的母亲得了膀胱癌，医生建议到南总来看。"

"老实交代，是不是第二个丈母娘？"

"她妈住我妈家楼上，两人像姐妹似的，平时对我妈很照顾。"

"我来联系看看，过后给你回电。"

放下电话，他就打电话给在军区总院的牛进。没接。他就编了条信息发了。隔了一会儿，收到回信"来吧"。

第二天，病人和女儿女婿一起来了，正坐在高铁上。余统华打牛进手机，还是没接。不指望他了，余统华又赶紧联系当过院长驾驶员已退伍在市级机关的卓越，一会儿卓越就联系好了泌尿科专家。

专家下午有手术，只有中午有一会儿空，看了病人在当地医院的报告，安排了治疗方案。余统华没来得及赶过去。

下午，张小宝飞来南京，余统华找了一个老板开车一起去机场接人，到夫子庙晚晴楼吃南京小吃。余统华把卓越请来了，张小宝的女同学和老公也来了。

华灯初上，秦淮河迷人的夜景正在上演。

余统华指着窗外的景观对张小宝说："那里就是中央电视台播天气预报时所放的南京画面，在我们旁边就是状元楼酒店，省政府在那里宴请过台湾的连战、宋楚瑜，吃的就是夫子庙的小吃。"

"这么好的地方，这么好的小吃，这么好的兄弟，来喝酒！"小宝酒量和统华一样，都是小酒量，同学的母亲没有生命危险，大家心情都好，放开了喝。

大厅前台上，一位漂亮的女人正在弹奏古筝曲《紫竹调》，最后一个压台节目江苏民歌《茉莉花》，一个美女陶醉在自弹琵琶声里，一个美女陶醉在自己的金嗓里：

"……我有心采一朵戴，又怕来年不发芽！"

第二天晚上，杨名宴请小宝，还有省城的两位军校同学。余统华请陈小娇一起去。

又是一次海喝，张小宝跑到卫生间吐了三次，余统华陪他去了三次。

席间，当童伟东得知陈小娇正想找对象时，就想起一个人，陈小娇对此很感兴趣。

回来的路上，陈小娇问余统华："你说童伟东会不会真的帮我介绍？那个人行不行？"

"应该会的！"

"哎！"陈小娇叹了口气。

"我个人婚姻的失败，自己想了许多次，其中一条重要原因也是好赌造成的。和老公开宾馆时，常常晚上打牌，不回家，也不管老公的感受和需要。结果，老公跟宾馆的女服务员睡到一起。"

陈小娇又叹了口气，接着说："现在的刘强，我父母一直看不上，至今也没办证，我已觉得他读不懂我的心，星星不知我心，又怎能产生共鸣共振？"

陈小娇略有所思地说："要是能找到一个合适的，爱我的，爱我儿子的，就是分他一半财产，我都愿意。"

余统华对陈小娇的资产大体上清楚，有九千多万，如果分一半给哪个人，那就将近五千万。多么诱人的财富！谁得到这笔钱，至少三代人整天双腿翘到天上，什么事不做，也吃不完、用不完呀。

此时的余统华又是多么需要钱啊！他目前还欠人家好几十万，有的还要付息。债主要钱的日子可真不是人过的。

陈小娇见余统华没反应且什么也没说，便又说了一句："那难道不是你余秘书想要的日子？"

这时，余统华开口了："言之有理。真心话，时下的我，确实需要钱。欠债好几十万不说，还要付息，债主堵门的日子也着实不好过，有时甚至还闹到我领导那里。可我是个男人，大脑会思考，双手能创造，谁也不靠，只靠它！"余统华伸出白皙的双手。说完这话的时候，余统华扪心自问："这是真心话吗？有没有口是心非？"

陈小娇有点动情地说："自从和前夫分手后，我就一直留意我遇见的每一个男人。说实在的，比你帅的，比你有钱的，有。有的甚至也向我有所表示，但自从我见了你之后，就发现你身上有种气质，这种气质里有一股力量，一股气势。在棋牌室里，有那么多男人，我偷偷地把你和他们作了比较，觉得你是最好的。在许多大众场合，我也把你和众人比了比，虽然你不是最高的，穿着最好的，但我仍觉得你的综合素质高。我现在才知道，我要找的男人就要有你这种气质、这种素质。"

"谢谢你的夸赞。说句实话，气质素质不是与生俱来的，它是人的经历阅历磨炼出来的！"

听得出来，陈小娇今夜的话是她的真实想法，是不是对余统华的真情流露、真情表白？

余统华沉默以对。

他陪她回到别墅小区大门口，扭过头来，吻了她一下，道了声：

"晚安！你早点休息吧。"

下车后，因为太晚，好不容易才打上车回到自己家。

不管回来得多晚，余统华还是要早起。女儿上学早，要送女儿。他上班时间是9点，自从被打入"冷宫"，马放南山，他的工作很少，便又拾起到办公楼后的小山上散步锻炼的习惯。因此常约女儿的书法老师牛朋一起锻炼。

一次他问起牛朋："你是不是出生在牛棚里？"

"不是我在牛棚里出生，而是我出生时父亲正蹲牛棚。"

"他为何蹲牛棚？"

"我父亲因为字写得好，在国民党当政时做过市长的秘书。解放后，当了一名中学教师。'文革'时，被关进牛棚，受到了非人的折磨，父亲受不了时，曾想过自杀，但转而又想自己毕竟没做过什么害人的事，是被冤枉的，早晚会昭雪的，加之那时我母亲正怀着我，他就一直挺着，得知母亲生下我时，就给我取了'棚'字，父亲姓牛，以此记住那段日子，并教我长大后，能正确对待挫折。后来到我上学时，班主任老师建议我改为朋友的朋，父亲三思后终于同意了。"

余统华记得他买的房子，房主因老公离世留下了一些字画，连书一起卖给他，加上四个书架一起8万元。因为书的主人是省城大学的教授，藏书也比较多，比较好，他如获至宝，开始阅读起来。

这天，余统华和牛朋散步时，隐约记得家中有弘一大师李叔同的字画，牛朋一听弘一大师，就谈起李叔同的生平，书画上的造诣，现在他的字每平方尺能值二三十万，余统华心中不觉一动，牛朋说有机会想去看看。

余统华回到办公室，跟陈小娇联系，看她的朋友圈子里，还有没有老板买字画，他想处理一些。陈小娇细问了字画的情况后，便联系她认识的一位在省城的书画家马仁杰。

不一会儿，陈小娇回电说："人家要看看字画，问什么时候去。"

余统华说办就办。陈小娇开着"白马"来接他，他先打的，赶到家收拾整理要带过去的字画，有的还是装裱好的，带镜框的。

陈小娇告诉马仁杰，有些字画带镜框，不方便拿。马仁杰说他下楼来看，在车子后备厢边上，陈小娇、余统华一件一件展开，马仁杰一件一件地看。

他又展开了一幅《高山流水》画，脑子里立马想起一段往事：

买房后，卖给他的书画中，就有这幅《高山流水》画，落款是石师道人。上网一查，石师道人是清代四大王画家之一王原祁，曾是康熙皇帝御书房的近侍。他的一幅画最高拍卖价4000多万人民币。为此，他到常州一家拍卖公司鉴定过，鉴定人是故宫博物院的一位副研究员，说是真的，一平方尺100多万元，《高山流水》近5平方尺，就是500万左右。当时，他着实兴奋起来，想请那个公司拍卖，但公司要收10万元的宣传费用，他怕拍卖上当受骗，就带回来了。

他按捺不住激动的心情，到办公室给妈妈打了长途，叫她放心，欠人家的钱都可以还了。妈妈听了，连声说好。

动用他的关系，再次请人鉴定。有人说真的，有人说假的。这下，他又迷惑了，并为此专程去了一趟北京，到保利、嘉德拍卖公司鉴定，说是假的。北京电视台的一位朋友告诉他，这一行水很深。余统华还不甘心，又请朋友帮忙，在昌平找了个画家鉴定。他到画家办公楼一看，整栋楼都是画家的。

《高山流水》鉴定的结果让余统华和刘爱玲又一次失望。

回到书画室，马仁杰从保险柜里拿出他的藏品，让余统华大开眼界，有傅抱石的《林下美人图》，一棵树下一个美女图，尺寸不大，可价值100多万。傅抱石的儿子傅小石的《智取生辰纲》人物动作画得栩栩如生，一举一动都十分到位。余统华上学时读过《水浒传》里的《智取生辰纲》，但看到画家用画笔表现出来的艺术大作，还是第一次。他拿起放大镜细看，越看越觉得画得逼真、传神。

傅抱石、钱松嵒的册页对余统华来说，也是陌生的，第一次看到，一本册页价值100多万。册页是画作的载体，一般十二幅画，裱在一起。书法藏品最让余统华开眼的是林散之的草书，有两幅横轴。其中一幅短而长，有3米多长，余统华有些字看不懂，问马仁杰："毛主席的草书与林散之相比如何？"

"毛主席的字气势宏大且具有伟人效应，比林散之价高得多，但当过副县长的林散之，他的专业水平在中国草书界首屈一指，当然至今无人能超王羲之。"

　　余统华想到和牛朋一起谈起林散之。牛朋说，在八九十年代，中国举办书画展时，日本人见到林散之的草书，停下来拜了三拜。此后的一次书画展上，林散之的一幅字，日本朋友估价，值500万元人民币，这在当时，已属天价。

　　马仁杰说，近几年书画市场行情不好，与反腐，与大的经济形势背景也不能说没有关系。他指了指客厅墙上的林散之横式草书匾，当时买价是58万，现在市场价降到40多万。林散之的作品最具"抗跌"能力了，其他人的字价有的甚至降了三分之二。

　　余统华接着说："其实，这是人的因素在起作用。上个星期天，我们一家人到江南街道仙人湖游乐场玩，仙人湖游乐场跟常州恐龙园、嬉戏谷相比，不分伯仲，但环境、景观做得好，游乐场还和高尔夫球场连在了一起。您要是有空，我陪您转转，还有我们的美丽乡村，在全国闻名的。"

　　"听说过，你们区的美丽乡村做得不错。我想过一段时间，写生去。到时少不了麻烦你。"

　　返回的路上，陈小娇对被马仁杰肯定过的圆霖法师的《观音菩萨》像和南京徐培晨的《猴》画产生了兴趣。

　　陈小娇说："我妈信佛，我想把你的那幅观音像请回去。"

　　余统华心中清楚，这两幅画要是遇上喜欢的人价格还要更高一些，更何况这些事还要尊重爱玲的想法，小事不要起矛盾。

　　"等我跟爱玲说过后再说吧。"

　　陈小娇说："把那幅《猴》画卖给我吧。"

　　"我做不了主。"

　　余统华陪陈小娇买了一些她儿子喜欢吃的菜，有的菜钱，余统华主动付了。

　　把画和匾送回家，余统华这次才认认真真地看了圆霖法师的一副对联。

上联：指点迷津见正道；

下联：弘扬佛法证菩提。

余统华对上联"指点迷津见正道"很感兴趣，尤其是对"指点迷津"四个字产生了感悟，人往往是当局者迷，不清楚自己该往何处去，如何去。

余统华对此开始思考起来，不能再迷途忘返。要拨开迷雾，尽快走上正道。

树欲静而风不止。

周日，正在天鹅湖家中看书的余统华听到手机响了。一看显示"主任"，听完后，对刘爱玲说："一会儿上班去，有接待。"

"早点回来，女儿作文还等你指导呢。"

"先逼她自己写。"

余统华在天鹅湖小区门口上了陈小娇的"白马"。出门看天，进门看脸。陈小娇着了一层淡妆，冲他莞尔一笑说："17天没见面了，有点想你了。"

"我哪有那个魅力？"

"我喜欢你这种精干型的男人，不喜欢那种大腹便便的男人，脸还没到，肚子就挺过来了。"

余统华心想：她一定亲身经历过，才有此体会。这种话还是放在肚子里比较好。

两人来到了仙女湖酒店。陈小娇直接把余统华带到19层的一个房间。余统华进来一看，真漂亮！床、卫生间自不必说，那个卫生间旁边的厨房，余统华还是第一次见到。

陈小娇说："这种房子叫自助式公寓酒店，适合长期包房的人，不想吃酒店的饭，自己可以动手做。"

陈小娇冲过澡后，余统华接着进去冲。

上了床，余统华慢慢地发现陈小娇有些心不在焉。但在余统华那把犀利的犁下，陈小娇那片地被他耕得嗷嗷直叫。

从天上飘落回来的时候，陈小娇的眼光瞟了一眼床头上的手机，这一眼被余统华看到了，并发现手机处于拍摄状态。

"你有病呀，拍这个东西干吗？"

"我没老公，一个人孤独寂寞的时候拿出来看看，不行吗？"

"变态。"

两人又分别进去冲洗了出来，穿好了衣服。下了楼，到了总台，余统华要去买单，陈小娇说："我已放了押金，还是我来吧。"

这是余统华第一次见到陈小娇掏钱请他，见鬼了，今天太阳咋从西边出啦？

"去哪里？"

"我回办公室。"

"我送你。"

上车后，余统华发现陈小娇脸色渐渐地变了，说话的口气也不对了，于是就问："谁惹姑奶奶生气了？"

"还能有谁？"

"我？"

"拍你马屁还来不及，哪敢得罪你呀？"

"说的一套，做的一套。"

"我听不懂，你明说吧。"

"我听袁总说，给了你一笔辛苦费。"

"是的。"

"给了多少？"

"你还是问袁总吧。"

"我俩都这种关系啦，你竟然还和袁总合起来骗我，我真把你看走眼了。"

"正因为是这种关系，我才站在利益的角度详尽地分析了房子购买的可行性，我没那么多钱，买不下来，希望你来发这笔财。买不买房子，最终是你拿主意，我只有建议权。那天你在楼下说不买了，我二话没说，谁知你上楼又改变了主意。在这件事上，我没骗你，之所以没跟你说，是生怕你起了疑心，丢了这桩买卖，那就亏大了。"

说着说着，就到了江南区委大门口民警值班室的旁边。

"那笔辛苦费里，你至少分我一半。我不买房子，你一分也拿不到。再说，我要是亏了，怎么办？"

"天太热了，我先给你倒杯水。"说完，余统华拿起车上的玻璃杯，这还是他帮她买的，下了车。

"喝水，慢点别烫着。"

外面太阳很毒，车内空调开着仍显闷热，余统华解开了短袖衬衫的第二个扣子。

"袁总只给了个零头，其余的也不知是水中月，还是镜中花。这样吧，为防止你吃亏，我把我住的房子公证一下，如果你亏啦，我把房子抵给你；如果你赚啦，你从获利中分我一点，分多分少，你看着给！"

陈小娇一时无语，停顿了几分钟又开口了。

"不管怎么说，你那辛苦费里要分我一半。不然，我就找你领导。"

余统华此时才恍然大悟，怪不得她今天主动约他出来，怪不得她拍下他和她做爱的过程，原来是为了这笔钱！可你的阴谋诡计还是不能得逞！

余统华笑了，笑得陈小娇莫名其妙。

"有什么好笑的，我说的是真的。"

余统华笑声更大了，好不容易才止住了笑，一本正经地说："我现在是光棍一条！"

"啊？"

第三十八章

世态炎凉，人情冷暖。

余秘书自从受到冷遇后，饭局也少了。一下班就回老丈人家，开饭了，余玲吃得米粒到处掉。余统华见了，就对女儿说："爸爸给你讲两个在部队时吃饭的故事。"

那还是新兵连的一天，训练结束了。开晚饭了，吃的是馒头。

值班班长见笼里还有多余的馒头，就大声说："不够吃的自己拿。"

一时间，许多新兵蜂拥奔向放在地上的几个馒头笼子，馒头少新兵多，谁动作快谁才能拿到，拿得多。短时间，很快发展成抢馒头。

值班班长像篮球裁判一样，"嘟、嘟"吹响哨子，声音短促有力。拿到馒头的战士心慌了，又赶紧往笼子里扔，慌乱中地上扔了不少馒头。

这下，值班班长更生气了："到门外集合！"

门外，正淅淅沥沥下着小雨。

值班班长叫一班派几个兵把地上的馒头捡来，泡在门前的黄泥巴积水小坑里。然后平均分到各班，再平均分到每个人手上。

"吃！"值班班长下命令了。

抢馒头的自知理亏，就吃了；一些没抢馒头的战士仍在犹豫观望，最后还是不情愿地吃下带着黄泥水的馒头。

此后，抢食的事情再也没发生过。

余统华问余玲："还有一个类似的故事想不想听？"

女儿点了点头说："想！"

余统华又说起了第二个吃馒头的故事。

那是余统华刚上军校时，开学差不多有一个月的时间。一天早饭时，学员队朱教导员见一个学员把两个馒头扔在泔水桶里，就叫值班员吹哨集合全中队学员。又叫两个学员把泔水桶抬来，亲自捞出那两个已被泔水泡开的馒头，充满感情地对全队学员说："我小的时候在安徽农村常常吃不饱，哪里有多少馒头吃？今天，有人把馒头扔在泔水桶里，我替他把这两个馒头吃下去。"

说完，就大口大口吃，不大一会儿，真当着100多名学员的面，把那两个又脏还带有泔水怪味的馒头全都吃下去了。

看着教导员咽下最后一口时，余统华感觉要吐。

教导员最后说："今天我替人受过了，是我之前没教育好个别学员。以后再发生扔馒头的事，对不起，谁扔谁吃！"

此后一直到毕业，余统华再也没见过自己中队里有谁扔馒头。教导员的教育方法，让他暗自佩服。

余玲伸出细嫩的小手把桌上的米粒捡起来，放到了嘴里。

从岳父母家吃完饭出来。刚到院子里，女儿要爸爸蹲下，他蹲下身来，女儿骑在肩上，他直起身来，两手按住女儿两只脚。女儿低头过了院门。妈妈在前边走，女儿叫妈妈：

"妈妈，等等我！"

妈妈没理会。

余统华对女儿说："小孩子黏父母不要太黏，黏过头了会让人生厌，父母也觉得累，自己要有独立精神！"

女儿"噢"了一声。

余统华觉得女儿很优秀，就像她妈妈一样知书达理、通情达理，偶尔也会蛮不讲理，让人不觉得累。

可没过几天，余统华又发现女儿吃过的碗里仍有许多米粒，就叫住女儿："爸爸上次跟你讲了吃馒头的故事，今天问你一个问题，你知道长成一粒米需要多少斤水？"

余玲摇了摇头："不知道。"

"那我告诉你，一粒米的长成需要3.7公斤水，粮食来之不易呀！你还记得《悯农》那首诗吗？"

"记得。"

"背一遍听听。"

"锄禾日当午，汗滴禾下土。谁知盘中餐，粒粒皆辛苦。"

"你该怎么做呢？"

余玲乖乖地吃完了米粒。

"还记得是谁写的吗？"

"记得，唐朝的李绅。"

"不错。这只是《悯农》两首诗中的一首，另一首记得吗？"

"记得。春种一粒粟，秋收万颗子。四海无闲田，农夫犹饿死。"

"这也是李绅写的吗？"

"是。"

"给你点个赞！"余统华边说边竖起右手大拇指。

一直在听父女俩说话的刘爱玲等两人说完才对余统华说："人们都说男孩要穷养，女儿要富养，你认为呢？"

"我的认识是男孩要穷养，女孩也要穷养。就拿你来说，以前在农村不就是一路穷养过来的，身上才具备勤劳、善良、朴实、向上等诸多优点，集东方女性传统美德于一身。如果把女儿养成一个小姑奶奶，将来谁家敢娶？"

刘爱玲笑了："我也给你点个赞。"

清晨，门前湖里起了淡淡的雾。

一对野鸭追赶起来，翅膀拍打着水面，好似站在水面上飞跑起来，溅起两串长长的水花。不知是公鸭追母鸭，还是母鸭追公鸭。

一只老野猫带着两只小猫，一只黄灿灿的，一只黑白相间，在院中的菜地里嬉闹。

余统华看见后，喊女儿看。女儿一骨碌从床上爬起，惺忪的眼睛一下子明亮起来！

"多可爱的小猫呀。"

老猫的两眼警惕地看着人。

"老猫眼睛怎么这么凶?"女儿又说。

"它怕别人抢走它的儿女。"

"它们住在哪?"

"住在钓鱼台下面的草窝里。隔壁爷爷经常喂它们。"

"老猫是小猫的爸爸还是妈妈?"女儿又问。

"老猫是小猫的妈妈。"妈妈接口道。

"那小猫的爸爸呢?"

"就像你爸一样,天天死在外面。"妈妈嗔怪地说。

余统华说:"老公猫和母猫交配以后,母猫怀孕了,孩子生下来了,就由母猫负责抚养,老公猫一点责任心也没有。"

说到这儿,余统华心想,我可不能像那只公猫。

江南的天鹅湖堪比西湖,湖中的鱼一群群、一梭梭。余统华见过一对父子用了五六个小时终于钓上一条80多斤的青鱼。

闲下来了,他就当起渔翁,放起地笼。晚放早收,收获颇丰。鲫鱼、乌鱼、呆子鱼、白条鱼、黄鳝、泥鳅、老鳖、乌龟、龙虾、青虾,成了网中之物。小鱼则给女儿当宠物养着玩。

晚上回来,女儿突然哭了。刘爱玲忙问她为何哭。女儿说:"我辛辛苦苦养的小鱼全死了,没一条活的。"

刘爱玲安慰她说:"我们再养,叫爸爸再逮。"她还在纳闷:"换水、喂食一点都没偷懒,再说天还没热,咋都死了呢?"

刘爱玲倒死鱼时老远就闻到一股浓浓的风油精味。就问女儿是不是在水里滴了风油精,女儿说是的。

"你自己把鱼呛死了,还哭。"

"我没东西玩,就把风油精倒在鱼缸里。"

"这风油精对鱼来说,就好比毒药。做人要有善良之心,对这些小鱼也要有爱心,不能害死它们。"

"Mother,我懂了。"

晚上 10 点刚过，余统华的手机响了，是小外甥周郎打来的。他在送完领导回来的路上，用滴滴顺带了一个客人，被区交通局稽查员逮到，扣下驾照和公车。余统华一听，觉得此事非同寻常、非同小可，赶紧跟刘爱玲打了一下招呼，开了车就出来处理这件事。出门前，他特地拿了几包软中华。

赶到事发地点，余统华找到那位稽查员，自报家门，说自己是区委办秘书，外甥不懂事，他已狠狠地批评了外甥，保证外甥以后不再开公车办私事。他边说边掏出两包软中华，可稽查员不肯收。稽查员问了几个区委办公室的人和区政府办公室的人，余统华说和他们关系都不错。稽查员又问："人社局办公室小方你认识吗？"

"你说的方小美，那可是我们江南一枝花。她常来我们这儿拿文件，跟我很熟。你们是？"

"她是我老婆。"

"太好了，我马上打电话给她，明天晚上请你全家和你的朋友一起聚一下。"说完，余统华就拨通了方小美的手机。

"方主任，我是余统华。"

"余主任，你好，这么晚了，还没休息呀，有什么指示？尽管吩咐！"

"晚上正好遇到你家老公执勤，我姐家小孩不懂事，明天晚上请你全家在仙女湖大酒店吃顿便饭。"

"饭就免了，谢谢您的盛情。您把电话给我老公。"

两人说了几句后，稽查员还手机的同时，把周郎的驾照一并拿给余统华，要周郎把车开走，并说明晚有事。

余统华说："明天上午我跟方主任联系。谢谢你！"

余统华和周郎分手的时候，余统华说得很严重："你知道今晚的小事如果处理得不好，明天你就很有可能回家喝西北风。从现在起，绝对不允许开公车办私事，我没本事再给你安排工作了。"

第三十九章

"再过二十年，我们再相会。伟大的祖国，该有多么美！"

余统华哼着《年轻的朋友来相会》又一次来到长沙，在这次同学聚会上，余统华的一番理想坦言让学院领导、教员和同学们大笑不已，成为一时笑谈。

余统华在全中队来的八十多个同学面前直言不讳地说："刚当新兵时，我的理想是当一名军官；当了军校学员后，我的理想是当一名少将；当了县委秘书后，我的理想是当一名乡镇党委书记；如今我的理想和大多数男人一样，上面为了一张嘴，下面为了一个洞，理想就是……"

"多得几个洞！"不知哪个同学抢先说出这句余统华正想说的话。

满堂哄笑，连女教员也笑弯了腰。

如今已是正师职的牛伦说："你们毕业时，是我去火车站送的。当年路过浏阳河七道湾路段时，河水漫上马路来了。我当时就说，这届学员里头要出人才呀，二十年过去了，如今已出了十多个正团职干部，还出了个区委秘书，更为地方输送了十几个处级干部。再说一件部队上的大事，今年又裁军三十万，原来的北京、沈阳、济南、兰州、成都、南京、广州七大军区，现在变成了北部、西部、东部、南部四大战区，陆军人数减得多一些，空军海军战斗力更强了……"

一旁的余统华止住了笑，听得津津有味，虽然将军梦破灭了，但他仍然关注着军队。

参加完军校同学二十年聚会后不久，余统华觉得意犹未尽，就想出了一招。何不让睡在同一个宿舍的十四名同学轮流来做东，其他十三名同学带老婆孩子去看东道主，既加深了同学之间的感情，又解决了每年旅游度假的去处。他们的同学来自五湖四海，又撒向全国各地，到了这个年龄，或多或少都有些成就。建议一出，一呼百应，一致推举余秘书担当秘书长。

说起来容易做起来难。首先是找人难。当年军校毕业时，还没有手机。加之部队流动性大，能联系上的只有九人，其他五人一直失联。陈阿辉通过转业到云南公安的战友找到了昆明的苏国强，余统华得知苏国强是正团职转业的，心里又有一种说不出的滋味。当年上军校期间，苏国强有些地方反应慢，同学们常喊他"苏迷糊"，可人家能升到正团，又恰恰说明他不迷糊。陈阿辉又特地驱车一百多公里上门找到冯成才老家父母，才找到从北京转业到广东的冯成才。张小宝和李大柱原来都在辽宁，走着走着就走散了。为此，张小宝又专程去了一趟李大柱的老部队，不是去要回李大柱曾借他的几万元。部队的老领导说，李大柱自主择业后，生意惨败，离婚后回老家再婚，就没消息了。余统华和大家形成一个共识，六班就是一个家，十四个人就是十四个兄弟，即便有困难，大家尽力帮一把，也要把他找回来。

首站到太原。

余统华在火车上，遇到一对农民爷奶带着孙女孙子从扬州返回山西。交谈中，得知当奶奶的还比他小一岁，她的孙女恰好比余玲小一岁。他对她说："你真有福气！"

讲过后，他就在想，我和她相比，中间少了一代人，但究竟谁有福气呢？其实并不一定。

进了山西博物馆，更全面了解了山西。

去五台山时，下着毛毛雨。因为早前下了大雨，为了安全起见，高速收费口限制七座以上营运性车辆上高速，他们只好停在路边等。王奇在省级机关工作，他跟当地联系后，没等多久，就对他们开了绿灯。

这是余统华第二次来。第一次是单位组织的公款旅游，那次他就知道了五台山是由东台、西台、南台、北台、中台五座山台得名而来，碰巧的是他的家乡也叫东台。

他们从后门进了菩萨顶，一如当年。导游说："大家看，真容寺前有一对联，上联是：真容容真真容真，下联是：灵鹫鹫灵灵鹫灵。对联都有横批，大家说它的横批是什么？"游人七嘴八舌说了几个，导游都说不对，只好公布说："横批是上下联的第一个字。"游客这才反应过来了。从菩萨顶下来后，看到照壁上有一个大大的"佛"字，导游让他们每人都去抱一下佛脚。于是，人人依次闭着眼，去摸"佛"字的最后一竖的底部，笑声不断。

在五台山住了一夜。次日早上，来到了五爷庙。这里香客很多，香火很旺。庙台上，还愿戏正在上演。王奇对大家说，敬不敬是另外一回事，不敬也不要对菩萨说"不敬"的话。心里有愿，也可以默许。愿望实现了，自己来或托人来还愿都可以。余统华谨记了。

只见孙敏杰虔诚地拿着香，对着东南西北四个方向拜了拜，最后对着香炉口中念念有词。余统华听不清他念的什么，他也不想知道他念的什么，他猜想那一定是他在许什么愿。

导游说："五台山现有 147 座寺庙。"

名山多寺庙。

余统华问导游一个问题："这些寺庙大同小异，有许多雷同相似之处，为什么要如此重复建设？"

王奇反问了一句："你岁数也不小了，为什么还要那么努力？"

"为了生活得更好，为了发展。"

是啊，宗教也要发展，争香客、争香火。

离开了五爷庙往黛螺顶。到了山脚下，导游说："有三种方法上去。一种是爬 1080 个台阶或者走土路，另一种是坐索道，还有一种是骑马。"为了培养女儿的毅力，余统华选择了爬台阶。女儿嚷着要坐索道，在他的道理引导下，只好跟他一起爬台阶。

才爬了一百多级台阶后，就感觉有点累了。他把手中的矿泉水递给女儿。稍作停顿，又开始爬了。越爬越累，感觉腿发软了，气也喘不过来了。旁边的信徒有的一步一磕，有的三步一磕，口中念念有词："南无阿弥陀佛。"这些信徒感染了他们，喝了口水，咬咬牙，又往上爬。爬到七百多级，实在累了，双腿像灌满了铅，举步维艰，实在不想爬了。可余统华仍要做出榜样让女儿看。鼓励女儿不要泄气，骗她说："快了，上面只有三十多个台阶。"

他和女儿一起数，1，2，3，4，5……数到30后，抬头一看，前面还有好多台阶。女儿拽着他的胳膊，往上爬。

当胜利的曙光就在眼前，最后三十多级台阶一览无余时，他和余玲抖起精神，一鼓作气爬了上去。

真不容易爬过1080个台阶，上了黛螺顶，风景这边独好。

他对女儿说："毛主席说过，世上无难事，只要肯登攀。"

下山的时候女儿坐索道了，他还是走土路下山。下山途中，他想到了要指导女儿写好这篇《我爬上了1080个台阶》的作文。

在五台山，当余统华再次听导游说起为建林彪别墅炸毁杨五郎庙的故事，心中颇有感慨。特权毁掉了文物，觉得可惜。心中突想，杨五郎当初为何出家？我想不想出家？

到了平遥古城。导游指着县衙旁边"公安局"的囚车对游客说："这是一个腐败的囚车，为什么说它腐败呢？大家看，这里有三个位置，两边站两个，中间站一个，两边的高，中间的低。那时的囚犯脖子上锁着枷锁，要游街示众，以儆效尤。衙役就把个子矮的放中间，家人给了银子的，就给垫两块砖，或放上一个小凳，这样游街才不至于被吊死。"

听到这里，余统华心想，几千年前，我们的祖先就如此"聪明"，几千年后，他的后人一定更加"聪明"。

卫宝在部队学了开车后，转了志愿兵，在中原省城安了家。他告诉余统华，文安国转业后安排在市委组织部。文安国的字上学时就比余统华写得好，二十多年过去了，他想去看看他。

两人一见面，有说不完的话。文安国说起他的命运与他的字息息相关。因为写得一手好字，他当上了师医院的文书。医院好几个女兵要跟他谈恋爱，他没敢越雷池半步。后来考取了卫校，回到师医院当了协理员。没几天，又因为这一手好字被调到师干部科，认识了政治部打字员，后来就成了他的婆娘。后来又因为文章写得好被调到省军区，转业时还是因为材料写得好，被组织部抢了过去。现在处长干了好多年了，有望调个副县级。文安国问余统华："牛进现在咋样？"

"好长时间没联系了。淡了，冷淡多了。"

想不到文安国竟爆出了惊人的秘密。

"那年牛进考试时，领导授意安排我帮他代考，他考的是初中内容，和我的时间刚好错开来。我俩在同一个省城上军校，开始关系不错。后来他调回了家乡省城，有次我去看他，他竟然说没空，我当时就气得七窍生烟，我是他的大恩人啦，父母给他生命，是我给了他命运。后来他来中原，打我电话，我回敬了他一句，我也没空。"

听得余统华哈哈大笑。

文安国陪余统华重游了少林寺，余统华虽享受很高的礼遇，但怎么也找不到当年的感觉。

回来的路上，余统华给文安国发了一条信息：你的眼睛还是那么有神，你的激情不减当年，你身上还有股冲劲。这就是我二十多年后亲眼看到的文安国！

回信是：谢谢你的夸奖。

余统华眨巴眨巴自己有些干枯的眼睛，他也想让自己的眼睛带点水，像文安国那样有神，那样活力四射。但光靠眨巴几下，还是不那么明显，他干脆拿起矿泉水瓶倒在手心上打湿自己的眼睛，一会儿才觉得那只是一时的，外在的；而文安国那是内在的，与生俱来的。

他也曾经拥有，他要找回那曾经拥有的。

微信里传来了孙敏杰的好消息：我从五台山回来后，不到三个月，在军校合并缩减的情况下，从副师晋职正师。感谢五台山之行，感谢六班的兄弟们，你们给我带来了好运！

六班的同学纷纷跟帖，恭喜的恭喜，祝贺的祝贺，说孙敏杰为我们五队104名学员争了光添了彩。余统华也发了一条：你离少将只差一步啦！孙敏杰马上回复道：谢谢统华！不驰于空想，不骛于虚声！幸福历来都是奋斗来的！

一个周末午后，余统华独自一人驱车百余里来到素有南京"浦东"之称的江宁区，欲到东山之巅看夕阳西下。

好多年前，他就知道"江宁"和"东山"的由来。不知先说哪个好？索性按历史顺序吧。秦始皇巡游到方山，见此地有帝王之气，担心再出一个皇帝与他争夺天下，于是便挥起神鞭削平山头，方山削平如一方印，才又叫"天印山"。神鞭上抖落下的土便形成了"东山"和"竹山"。再说"江宁"吧，晋朝皇帝司马炎巡游到此说："外江无事，宁静于此。"此地从此叫"江宁"。

他把车停在东山公园门前停车处。

拾级而上，尽管脚上的鞋很软很轻便，可双腿却像灌满铅似的沉重！

登上山来，驻足看了一眼公园简介。其实这段历史上中学时就很清楚。

那就是以少胜多的淝水之战。公元 383 年，前秦苻坚率领百万大军南下征讨东晋。东晋宰相谢安在东山上运筹帷幄，派谢石、谢玄统领八万军队迎敌。双方的战斗大致分为三个阶段。第一阶段，寿阳失守。第二阶段，洛涧之战。第三阶段，淝水溃败。淝水之战真正接触的那一仗，是北府军将刘牢之指挥的洛涧之战。随后的淝水溃败，更多的是秦兵惊吓而逃。谢安在会稽东山上留下了"东山再起"的成语故事，在江宁东山上留下了历史传奇。

上得山来，抬头西眺，一大片一大片鱼鳞片状的乌云占据了半空中的三分之二，周围灰白灰白的。三分之一的地方空着，留给了夕阳。夕阳腰中间被一道南北向的乌云带系住，渐渐地，夕阳挣脱了带子，一下子明亮了许多！给他一个错觉，像八九点钟的太阳。他心想，如果能让时间倒流，我会倍加珍惜、倍加努力！

他想起军区总院那个开车的战友说过，如果还能让我再去上学读书，我一定会用功，而不再贪玩。

人啊，总在失去后方知珍惜。世上哪有后悔药？

夕阳白白圆圆的，像一个大筛子，渐渐地下行，不像上午有朝气。

想当初，读书为了什么？辛辛苦苦找了多少人，还送了不少礼，进县委办为了什么？

为了此生能出人头地，衣锦还乡；为了能升官多拿些工资；更为了能当个乡镇党委书记、镇长，为区区几万人做点好事，实现所谓的人生价值。

如今，他的这个梦还只是个梦。

夕阳渐渐地由白色变成黄白色。上面的光透过鱼鳞般的云朵，漏出光来。

来时，余统华上身穿着紫红色羽绒服。那是刚到县委办特地到省城买的，为什么挑紫红？是希望自己今后能像这衣服一样红得发紫。

刚上山时，还觉得有些冷，他用两臂收紧上衣。夕阳西下的时间还较漫长，索性边走边看。沿着半山腰的环山路走，在后山腰见到一座小房子，上书"谢公祠"，站在门外朝里看去，竟是公园管理人员的住所。走了两圈，才觉得身上有些热气；再走两圈，觉得有点冒汗。于是拉开拉链，觉得浑身轻松起来。

一阵风吹来，树上的黄叶像雪花似的纷纷扬扬飘落下来。人到中年，多么像进入眼前的秋境，经历过一番番磨炼和挫折，不再稚嫩，不再单纯，不再浮躁，不再张扬；变得立场坚定，方向明确，内涵丰富，成熟稳重。人生的辉煌，大多出现在这一时期。

向北遥望，紫金山郁郁葱葱中夹杂着一圈圈金黄，山南边的中山陵依稀可见，中国革命的先行者孙中山先生的人生多么辉煌！

"而我呢，辉煌在哪里？何日能像谢安那样东山再起？"余统华默默地问起自己。

想想淝水之战时的谢安那么辉煌，可战后谢安很快被罢去执政权，不久就去世了。他怎么也不会想到，那场大胜仗却加速了东晋的灭亡，30多年后，东晋就被南朝刘宋所取代。

"难道我就这样暮气沉沉，看破红尘，是不是早了点儿？"

"我何不把人生多分几个春天，上学期叫初春，工作的第一个10年为第一春，第二个10年为第二春，第三个10年为第三春。其实大多数人也就工作到30年，就要退休了。这样分，不对，重分，工作的第一个10年为朝气蓬勃的春天，第二个10年为热情似火的夏天，那第三个 10 年自然就是硕果累累的秋天。"

"中年如秋，值得我好好珍惜！"余统华这样想着。

此时的乌云在夕阳和风的作用下，在他的眼里竟然变成一幅幅山水画！

夕阳渐渐地变成红黄色，下边已抵到那座不知名的山头。渐渐地，像鸡蛋被山咬了一小口，进而到半圆，再到大半圆，很快只看到落日的头顶，红黄色的弧形一会儿就变成一根线。太阳的最后一线光辉在山背后完全消失了。山顶上空尚有霞光在映照，渐渐地红霞也收起来了。

东山一片宁静。

下山途中，余统华的脚步早已变得轻快起来，像十几岁的小伙子，他不由得加快了步伐。

第四十章

一上班，余统华就接到一个陌生电话，但声音有点熟，不陌生。

"我是倪明，听不出来了？"

"尼姑啊，你好，好长时间没联系了。一同到人武部的，听说你后来当了部长，我自愧不如，自惭形秽，甚至还自甘堕落，有什么指示？"

"离开老部队，一晃二十多年，当年当作训股长，你给我取了个绰号叫'尼姑'，二十多年没人这样叫我了，今天你一叫，又让我回到了芳华之年的感觉！"

"那我就多叫你几声尼姑，把你叫回去。"

"好哇，言归正传。老部队组织一次聚会，时间定在下周，看你有没有时间？"

余统华离开团队时，心里很不平衡，他记恨领导不公平，记恨新团长扣他两张旧桌子，除了区四套班子领导去老部队过军营一日，他自己从来没单独回去过，也没参加过团队任何聚会。但他参加过军校同学多次聚会，他觉得非常有意义，值得参加。尤其是他们六班的同学聚会形式，在全国都是首创。倪部长喊他，他当然要想一想，于是他回倪部长道："如果没有特殊情况，我肯定去。"

众所周知，无锡有太湖，有灵山大佛，还有阳山水蜜桃。

正是水蜜桃上市的时节，一拨人要来了，不是为了一饱口福，也不是为了大饱眼福。无锡，余统华来过，此前也许是为了水蜜桃，但这次不是冲你而来。

听到老部队的集结号，余统华激动了，其实他早过了激动的岁月，常常是无动于衷；听到战友要相聚了，那夜，余统华失眠了，其实他此前一直睡眠很好。原来，余统华发现自己被激活了，被老部队、老战友激活了……

余统华思前想后，觉得应该去，团里的干部战友多年不见了，到了这个时候还记恨啥呢？当初要是团政委不选我当组织干事，我可能当不了今天这个秘书，我倒要感谢他，虽然当初吃了许多苦。这样一想，余统华心里好多了。他找了个要好的老板，开车送他到太湖之滨的无锡。一上车，他就对小老板说："不急，安全第一。"他心中没有那种马儿你快些跑的感觉。

余统华的头靠在座椅上，脑海中不停地回放着二十年前的军营往事……

刚进山明水秀酒店大厅，余统华就见到他曾熟悉的面孔，听到了他曾熟悉的声音……

一放下行李，他就去看团长。团长说："廉颇老矣！"

余统华笑着说："团长尚能饭。"

政委问余统华还写文章吗。他笑答："生命不息，文章不止。"

战友们互问，你过得好吗？这些年你是如何过来的……

时空好像回到了二十多年前，余统华见到了他的团长，见到了他的兵，见到了他想见的人，说了他想说的话，也听到了他想听的话……

在"八一"建军节那天下午的茶话会上，余统华主动走到主持人黄副政委身边说："黄政委，我想发个言，邀请战友们再回第二故乡看看。"

前面的战友刚讲完，黄副政委就说："各位战友，下面请我们当年驻地的江南区委秘书余统华发言，大家欢迎！"

台下响起了稀稀落落的掌声。

余统华还是有些激动，把话筒凑到嘴边说："团长，政委，副团长，副政委，各位战友，这次发言是我主动要求的，为什么主动要求？那是我感到了部队对我的培养，虽然我不是成功人士，没当大官，但我的今天得益于部队，我的今天得益于我的政委。如果当初我从工兵营调到迎外团，没有政委的亲自考察，我就当不了组织干事，甚至不会有今天的工作，因此我们应该感谢部队感恩领导。在这里我还想说的是，不知是不是人老啦，我常怀旧，怀念新兵连的地方，经常梦到，很想再去那里走一走，看一看。因此我想，我们在座的战友是否也和我一样，想回江南走一走看一看？我想应该是的，如今的江南与往年大不一样，变化可大啦，大得让你认不出来！美得让你不敢相信！不信，你到江南来，我来接待你！"

台下响起如潮般的掌声。

黄副政委接着说："刚才余秘书的话说到我们心坎里了，大家有时间多回第二故乡看看，回忆芳华的岁月。下面请……"

"黄政委等一下，我来说两句。"

副政委把话筒有礼貌地递给政委。政委不紧不慢，仍像当年做报告一样："刚才余统华说到从工兵营调到我们团的事，这让我想起往事，我来解密这段往事。你知道你是如何从工兵营调出来的吗？"

"不知道，真的不知道。"

"那年我们团里五连迎外表演，一个战士把炸药包放在胸前的子弹袋里，取出来拉出拉火管，刚扔出手，就在手前爆炸了。结果出事了，炸掉了两个手指。是倪明股长把战士送到军区总院抢救的，倪股长闻到那个血腥味，几天都吃不下饭。师里在团里召开了反面现场会，参谋长为此主动承担了责任，他本来是团长的最佳人选，结果是战士丢了指头，他丢了团长。在那次现场会上，我们要求师里给团里派一名工兵干部，师长二话没说，说你们看中谁，就调谁。为此，我跟工兵营刘营长说，你们营里哪个排长最优秀？刘营长问我有什么指示。我说肯定是好事。他说，地爆一连的一排长余统华相对出色些，不过我刚给他介绍了女朋友，你可不要再打这个主意啦。几天后，调令到了工兵营，刘营长舍不得放，立马打电话给我说能不能换一个。我说，那是师里定的。刘营长抗不了，只得忍痛割爱，背后说我挖他的墙脚，说我当了五年工兵营教导员一点也不地道。"

听到这里，余统华这才恍然大悟，一个谜今天终于解开了。他觉得有些地方还是要感谢老政委的。

就在这时，老团长站起身，要过话筒说："政委当年慧眼识才，是老伯乐啊！我来出一题，请以《伯乐与千里马》为题，赋诗一首。"

曾在老团长手下当参谋的吴可立马站了起来："我来抛砖引玉。"

吴可边走边说——

马奔千里因有力，
伯乐相马靠智慧。
千里良驹无人识，
伯乐相助显神威！

吴可放下话筒，便响起了掌声。这时，余统华走上前去，接过话筒说："我来附和一下吴可，谨以此诗献给老政委。我虽不是千里马，但也想日行千里。"

伯乐赞

韩愈之《马说》，
世人皆知。
先有伯乐，
后有千里马。

伯乐轻名利，
乐推千里马。
日行千里远，
难忘伯乐情！

"谢谢，不敢当。是你们才华的凸显！"

"老政委，没有初一，何来十五，此情铭记！晚上我再敬您酒。"

老团长又说道："吴可、余统华两人难分伯仲，我再出一题，请以朱毛或周毛为题赋诗一首，时间七步以内，倪股长卡秒表。"

余统华略一思忖，开口道——

赞毛周

当年，
周在前，毛在后。
遵义会议后，
仍是周在前，毛协助。
没过多久，
毛在前，周在后。
周公辅佐毛公，
直至最后。
若问毛周谁前谁后？
为国家为民族，
不计你我谁前谁后！

掌声还没停下来，吴可早按捺不住，接过话筒便道——

危难时势造英雄，
雄才大略毛泽东。
鞠躬尽瘁为人民，
恩来一生立丰功。

掌声再次响起。

老团长说："二比二平，四首诗均佳，我也来附和一首。"

卜算子——庆祝八一建军节·怀念毛主席和周总理

英雄南昌城，八一战旗红。秋收起义洪流激，立地井冈雄。

宏图又大略，忠心赤胆情。仗剑倒悬民族兴，缅怀两
伟人。

会场掌声雷动。

老团长接着说："刚才余统华诗中讲到毛周谁前谁后，诗中赞得
好。当年，周恩来对张闻天等人说，我在黄埔军校当政治部主任时，
对时任校长的蒋介石就很了解，我们当中只有毛泽东才是他的对手。
此后周恩来一直甘居毛泽东之后。"

老团长的讲话又迎来一阵掌声。

"今天是八一节，就以"八一"为题，请余统华再赋诗一首。"

"团长又让我献丑了，那我就从命了。"

又到八一节

又到八一节，
回忆从军时。
行前母裹粽，
话在糯米里。

立正又稍息，
战友如兄弟。
军营大学校，
成才足下始。

天各一方去，
白发催青丝。
谁言廉颇老，
饭量三碗起！

老团长高声喊道:"谁言廉颇老,饭量三碗起! 好,上酒,上菜。"

第一天看了荡口古镇。参观了华蘅芳故居、王莘故居。余统华这才知道王莘出生在一个贫苦家庭,有一次他坐在火车上看到五星红旗迎风飘扬,灵感立马就来了,他从火车地板上捡了一个香烟盒,写出了《歌唱祖国》的词曲。王莘因此成了人民的音乐家,《歌唱祖国》成了经典永流传!

在无锡,余统华才知道李绅十六岁从亳州来到这里,他的《悯农》诗,一直为人们所传诵。在无锡,余统华才真正听懂了阿炳的《二泉映月》,那里有阿炳生活的苦难。在无锡,当余统华再次坐在太湖的游船上,他眼里看到的是碧波万里,可他心里却想的是——太湖碧水千万顷,不及战友当年情!

那天下午的茶话会,茶叶虽不是最好,条件也不是最好,但他觉得那是他人生中开得最好的茶话会。你说了你,我说了我,他说了他。你我他,都在回忆那段芳华的岁月;你我他,都在感谢部队感恩恩人;你我他,都在诚邀到我那儿做客……

欢愉嫌夜短。分别在即,余统华泪眼模糊,下次在哪里再见到我亲爱的首长,我亲如兄弟的战友?

令余统华意想不到的是,这次无锡战友相聚竟让他帮了退伍战友的一个大忙。

沈泉生当年在三炮连当文书,曾获得全师枪械分解组合蒙眼比赛第一,集团军比武第二。五四式手枪为八秒,班用轻机枪、冲锋枪、手枪混合分解组合为一分四十秒。从部队退伍回苏州老家后,经过多年打拼,终于成立了一家羽圣纺器科技有限公司。这次聚会,他拿出两万多元的丝巾做纪念品。余统华在聚会上的才华表现吸引了曾获得全师征文比赛二等奖沈泉生的眼球,为此他上门请余统华为企业做宣传策划,为产品做宣传。同时狠抓产品质量关,使企业步入了良性发展的轨道。

第四十一章

校园里静悄悄的。

教室里。

胡雅婷正声情并茂地读着一封信。

这是余统华致十岁女儿余玲的信。

女儿：

你好！

好多年没写信了，这次是特地为你而写的。

首先，祝贺你 10 岁啦！参加了一个非常有纪念意义的成长仪式。其次，爸爸想对你说些心里话。我也是从小孩子过来的，长大成人成才不容易。

你的出生，是上苍给我们最好的礼物！我们非常珍惜。

你是一个好孩子，不仅仅是一般地好，许多地方还相当优秀！有礼貌、爱学习、能吃苦，这都是你身上的优点。缺点也有一些，不多，最主要的还是在学习上，虽然也用功了，但效果不明显。不急，慢慢来。作文要多看多读多写，"纸上得来终觉浅，绝知此事要躬行"，这是宋代诗人陆游的教子诗，意思是纸上书上得来的东西，还是肤浅不深刻的，要了解得更深、懂得更多，必须亲力亲为，要钻进去，作文要细心观察，写出自己的真情实感，立意要好，要能给人以启发。阅读与理解，要多做多思考，答案都在短文中。数学题要多拿草稿纸推算。英语要多读多记多背，还要多写单词。特殊的语法、特殊的形式一定要记住。切记不能抄作业，知识是一环套一环的，一旦抄下去，那就完了。

学习上的事就说这些。

再说人生理想的事。这是大事，也是与学习分不开的事。我是在五年级时立志上大学的，结果没考上。逼上梁山当兵去，考上了军事大学，也算实现了儿时的理想。

如今，你也有自己的理想，随着时间推移，理想可能也会变。相信你每天都在努力，每天都在缩短与理想的距离，相信你通过艰苦的努力与奋斗，也一定能实现你的理想！

没有贵重的礼物送你，送你一本我读过的《钢铁是怎样炼成的》。主人公保尔钢铁战士般的精神值得你我学习，值得全世界人民学习！

祝我的女儿每天都有小小的进步！

你的爸爸

5 月 20 日下午

读着读着，一丝笑意从胡老师脸上掠过。

课后，回到办公室的胡雅婷又拿出余统华写给她的信。

胡老师：

见信好！

孩子的成长你功不可没！在这个特殊的日子，衷心感谢你为孩子们的付出，感谢所有任课老师和校领导的精心付出、倾心付出！

今随信附上我写给余玲的信，写得不好，自己也算不上成功之人，但一个父亲望子成龙、望女成凤的心情跃然纸上，不知能否在课堂上一读？旨在让余玲及其他学生再一次了解理解每一个做父母的盼望之心，不为出名。

敬祝教安！

再次感谢你为孩子们的真心付出！

余统华

5月20日下午于办公室

晚上，余玲一见到爸爸，就说："今天老师在班上读了你写给我的信，我感到一种光荣，也感到一种责任。"

"这就对了，你这个十岁过得有意义！我那时过十岁，你奶奶为我织了件新毛衣。在我们那时缺吃少穿，我的姐姐哥哥都是到十岁才穿上新毛衣，我的妈妈把这当作生日礼物。于是我就盼自己快快长大，长到十岁我就有新毛衣穿啦。"

"你又在给我忆苦思甜了。"

"我还以为这辈子再也见不到你啦！"不止一个人对余统华说过这句话。

夜阑人静，老班长、老排长、老连长、邓助理员、余秀姐……一个个向余统华走来。他们曾对自己恩重如山，很想去看看他们；还想故地重游，尽管那些地方当年很穷，余统华那时就觉得周边的村庄要是拍日本鬼子进村的场景，几乎可以直拍。但那毕竟是我的第二故乡，是我成长的地方。余秘书问自己如此感恩、如此怀旧，是不是人老了，想想也不是。自己从来就没觉得老，虽说过了不惑之年，可自己从来不想年龄上的事，总觉得自己仍是三十多岁的小伙子。

今年的十五天假，还没休呢，余秘书做着计划，要去看看自己想看的人、想去的地方。

计划终于出炉了，暑假里带女儿余玲一起去，一来让她长见识；二来让她从中受教育；三来也让她放放松；一路上还要按胡雅婷老师的要求写四篇作文，一举多得。

想了多少年了，余统华终于见到了他想见的人，老班长杨剑、老排长朱明、老连长康国华，助理员邓波和余秀姐。他们也都非常想见他，想知道当年的"小苹果"如今怎样了。得知他当了江南区委办公室秘书，竟然都夸他有出息，当初就看得出他会有出息的那一天！

和老排长朱明见面更值得一说，晚上老排长一家人请他喝酒。余统华端起酒杯："老排长，我敬您，您当初一句话，胜我读十年书啊！"余统华想起那个夜晚。

"嫂子，今晚有个请求，把老排长借我再睡一晚，给我再充充电！"

"他哪有这个本事呀，你们就好好叙叙旧，回忆那段青春美好的时光。"

和朱排长同住一个房间的晚上，余统华辗转反侧，此时朱排长已打起了呼噜，女儿余玲也进入梦乡，他们在做什么梦呢？等我睡着时会做什么梦呢？于是，一首《梦》悄悄地来了——

> 彩云追着明月
> 蜜蜂追着花朵
> 小伙追着姑娘
> 人生追着梦想
>
> 梦是什么？梦是向往！
> 梦是什么？梦是追求！
> 梦是什么？梦是奋斗！
>
> 什么时候，做什么梦
> 童年，梦一把糖果
> 青春，梦一位少女
> 事业，梦一蹴而就
>
> 中国有中国梦，个人有个人梦
> 农民，梦一座粮仓
> 工人，梦一堆产品
> 商人，梦一座金山

学生，梦优异成绩

军人，梦长城不倒

你有你的梦，我有我的梦

我曾做过许多梦

昨日将军梦

今日仕途梦

明天又有新的梦

有人说，

你这是白日做梦

有人说，

你这是痴人说梦

我却说，

我的未来不是梦，不是梦！

刚休完假，这不陈小娇那娇滴滴的声音就来了，听得余统华的骨头都酥了。

下班后，她仍开着"白马"到区委门前接走余统华，来到仙女湖威尼斯别墅区。余统华当然知道这是江南风景最好、最高档的别墅，说它风景好，一说你就知道好不好了。大家都知道威尼斯是意大利的一座水城，四周环海，靠刚朵拉游览船进出。仙女湖威尼斯位于仙女湖西北角，四周环湖，一座二郎神桥充当了刚朵拉。传说玉皇大帝派二郎神来此抓七仙女归天庭，拆散董永夫妇。连桥都说成是二郎神施神术变的。

尽管别墅里装潢相当考究，家具相当高档，但余统华却视若无睹，他从小就不太注重物质上的需求，不讲究吃穿。用他嫂子的话说："我家叔子一点也不跩。"更何况他住的院子里在天鹅湖边上还有一个钓鱼台呢。

两人在金丝床上尽情地云雨一番后，余统华给陈小娇倒了一杯水，也顺便给自己倒了一杯。他知道陈小娇在关心人这方面太欠缺了，哪像刘爱玲那样体贴人。

陈小娇喝了一小口水后，轻启朱唇："想请你帮个忙。"

"跟我还客气什么，直说吧。"

于是，陈小娇就把她哥哥买毒品被抓的事一五一十地说出来，并说她的父母要她赶快想法救哥哥。

余统华说："我一定尽力而为。"他拨通了公安局禁毒科肖科长的手机，肖科长是副团转业的，和余统华老家相隔十几里，关系一直不错。

肖科长说："人是我抓的，咋不早说呢？现在已做过笔录，人已关进看守所。"他问明了情况，肖科长也详细说明了问题的关键节点，并一一支招。

"怎么说？"陈小娇迫不及待地问。

"明天上班再一步步办吧。先把他取保候审，从看守所里捞出来。"

"谢谢！"

陈小娇上前在余统华脸颊上亲了一口，留下了一圈口红印："这才是我的好老公。"

"我有几斤几两我心中有杆秤，早称过了。"

第二天，陈小娇做担保，把她哥哥取保候审了。和她哥哥一起买毒的毒友仍关在看守所里受罪呢。

取保候审还是要审的，还是要判的。陈小娇明白这一点，盯住余统华不放。余统华又不是什么大领导，充其量只是一个科级干部，只不过背后有块区委办公室的牌子，有人给面子，也有人不给面子。余统华就给陈小娇支招，你不是钱多吗？那就送礼呗。

陈小娇又非常心疼钱，对余统华说起了她的过去。

"我是个弃婴，被丢弃在黄土高坡一路边的草丛中。养母发现我时已命悬一线，脉搏浮如游丝，是养母给了我第二次生命。家里孩子多，我最小，又是捡来的，挨饿的次数相对较多。上学时，有时中午没饭吃，就跑到外面，等同学吃好了再回来，常常饿得头昏眼花，只好跑到溪边喝水充饥。可越是这样我越是用功学习，我的作文被校长当作范文在操场上读给全校师生听。我从小学就学会做生意，把一些学习用品倒卖给学生，赚取差价。后来我以全省文科第三名的成绩考取了大学，在大学时就恋爱了，毕业时我分到了许多人求之不得的省级机关，而男朋友则回到了江南。我不顾家庭的反对，毅然放弃了铁饭碗，来到江南，只为了爱情。婚后，更知生活的不易。我推销过酒，做过监控，炒过房，炒过股，开过宾馆。只要能赚钱，我都做。那时，到苏南推销监控，一大早，坐火车去，晚上还要赶回来，为的就是省住宿费。有时午饭也顾不上吃，胃病就是那时落下的。有一次，找到一个局长，同意给我订单做。并约我到他在宾馆开的房间谈，我去了，那个局长送我礼品后，就对我动手动脚。我那时新婚燕尔，面若桃花。局长人高马大，黑黝黝的，没我老公好看，当时只想忠于老公，就简单拒绝了他，后来少赚了几十万。赚了钱后，自己开宾馆。后来的事你都知道我就不说了。所以，你不理解我为何把钱看得那么重，我可不像你，身上即使一分钱没有也照过不误，吃饭刷卡，看病刷卡。我不行，没钱会饿死的！"

陈小娇停顿了会儿说："这次找你帮忙，宗旨就是少花钱办成事。"

"我尽力帮你穿针引线。"

陈小娇哥哥买毒品的事要找区司法局法制科科长，余统华只认识副局长以上的干部，还有各局的办公室主任，他通过办公室主任要到朱帆科长的手机号，告诉了陈小娇。由陈小娇直接出面找朱科长。

朱科长也是从黄土高坡上走出来的，两人的乡音一下子就缩短了距离。看到她手上拿着宝马车钥匙，一看就是一个成功的女人。心中也乐意帮她这个忙。一来二往，两人微信来发发去。

陈小娇竟然毫无保留地全告诉了余统华，并问余统华："朱科长是怎么想的？对我有没有那个意思？"

"成功的女人理所当然会得到成功男人的青睐。"

这期间，有人给陈小娇介绍认识了一个黑老大。黑老大让陈小娇出二十万，帮她搞定她哥哥的事。

陈小娇心里没谱，就问余统华。

余统华笑笑说："以前听说过包打听，现在还有包搞定。你自己看着办吧，我不太好说。"

朱科长从中帮了陈小娇好多忙，出了好多主意，支了好多招。陈小娇要请朱科长游黄山。

在这前一天，陈小娇要余统华陪她到金鹰购物中心。她做指甲时，问余统华做哪种颜色好看。她想做那种大红的。余统华说："那种颜色不适合你，那适合小姐做。你是老总，要做稳重、深沉一点的。"

陈小娇采纳了余统华的建议，做了深红色的指甲。

来到化妆品区，陈小娇要挑眉笔，挑来挑去，总算挑好了。接着又要挑香水。余统华记得曾在她面前说过，他喜欢紫罗兰香型。可陈小娇并没有如他所想，但他还是全部帮她买了单，他身上有张人家送他的购物卡，刷过后，卡里还有余额，他就顺手送给了她，她连一个"谢"字也没有。

过了好多天，陈小娇的哥哥处理结果是没判刑没坐牢，说他是个人购买毒品自己吸，且数量不到10克，并有指定医院出具的"胃癌"诊断报告。

陈小娇来了性趣约余统华，再次把他接到仙女湖威尼斯。说起前几天她请朱科长同游黄山的故事。

"到金鹰购物的第二天，我和朱科长两人开车去黄山。我把自己打扮得像新娘子，一路的感觉就像谈恋爱。在登山过程中，他拉到我的手，一股电流流遍我全身，撩得我心痒痒的。一回到宾馆，我暗送秋波请他到我房间坐坐，喝会儿茶。他说他有事处理一下，我把自己上上下下洗得很干净，喷上你给我买的香水，披上我特地从家里带来的粉红色透明纱衣，坐在床上侧耳细听门外的动静。左等右等还是没动静，于是我打他手机，他说他要赶写个材料，晚上就不过来了。我浑身难受死了，恨不得找个'鸭子'。"

陈小娇见余统华仍愣在床边就说："发什么呆呀？上床呀！"

余统华忽然说："想起来了，我也有个材料要写。不行，我得赶回去。"

"一会儿再走不行吗？"

"不行！"

翌日。

一睁眼，余统华便看到了"主任"的文章——

　　窗外的小雨还在下着，滴答的雨声断续地传入耳边，今夜与赏月无缘了。丝丝细雨不免让人觉得有些缠绵。想念亲人朋友，感怀天地万物，在这个多情的夜晚，总让人觉得心沉甸甸的。看不到圆月，心里却分明有一轮明月当空，有形的圆月与无形的月圆往往在这特殊的情境下心里无法分辨虚实。向往美好，祝福生命，是善良人的普遍愿望。人性的美丽在月圆之夜总有着超然物外的情愫，正因如此，人们渴望在今夜能有明月当空，能有婵娟共祝。

　　或许，理想与现实总有差距，就像今晚，本应有诗意的美好与浪漫，却在无休止的细雨中怅然若失。其实，换一种思绪，在茫茫的雨夜，静静地去想象月圆的中秋，又何尝不是更有风情？阴晴圆缺、悲欢离合无非是自然与生命的一种常态，看开了，每一种特殊的经历便都是生命旅程的一道风景，都是感悟自然与生命的最美丽的遇见。

　　生命的旅程，总需要明月相伴。心怀虔诚与美好，不以物喜，不以己悲，正义善良，感念仁厚，便不负苍天明月，不负大地万物，不负为人一世的造化。

　　雨幕天际的遥远处，一轮圆月如烛，照亮你，照亮我，照亮这世间的一草一木……

第四十二章

这一年，年三十前，余统华就回到东台乡下。

刘爱玲还是没一同回来，她说："我没脸回去，你欠人家的钱，就像我自己差人家钱一样。"她不去，余玲就不去，她要跟着妈妈。尽管奶奶很想孙女，余统华仍说服不了刘爱玲。

余统华和妈妈睡在老三间平瓦房。这是当年哥哥的婚房，那时余统荣和老婆住西房，老人住东房。后来余统荣紧邻瓦房把东面的厨房拆了砌了二层楼房，西房就空出来了。余统荣在楼上给余统华留了房间，添置了床铺，可余统华觉得回来就是陪老人的，于是一直住在西房。如今瓦房老了，余统华手上有钱的时候曾几次想翻修，都被老人拦住了，理由是：我们老了还能住几天，你们又很少回来住，没必要浪费这个钱。

余统荣在堂屋里摆桌椅的声音，传到余统华的耳朵里。余统华也是一个不睡懒觉的人，一骨碌就爬起来了，见哥哥正在点纸。以前父亲在的时候都是父亲做，现在轮到了余统荣。余统华还不懂，心想这或许哪一天会落到我头上，于是边看边问。

"这桌上放哪几盘菜？"

"这桌上必须有豆粉。"

这一条余统华知道，这豆粉是农村人用蚕豆做的，用水搅和，煮熟后冷却切成小方块状，放点油盐和蒜花炒出来。这是祭祖常用菜。

"豆腐整块放在锅里加点油不放盐，和豆粉一样盛两小碗，中间放一大碗米饭。堤西的人家跟我们堤东不同，他们放的菜有熟的鱼肉。"

"要祭哪些祖宗呢？"余统华虔诚地问道。

"要祭三代祖宗，从老爷爷、老奶奶，爷爷、奶奶，到爸爸，再到门里的大伯、叔伯伢伢、婶婶。我们家还特殊，亲舅舅没结婚就走了，没有下人，因此外公外婆的纸一直是我家代点的，这也是爸妈教我的。"

余统华见哥哥边说边摆放筷子，一张方桌八个位子摆了八双筷子。

桌上开席了，看不到一个人。祖爷祖奶，余统华没见过。但他依稀可见爷爷奶奶爸爸正坐在桌旁拿着筷子吃饭，爸爸还给长辈夹菜添饭……

余统荣放倒了一矮凳，用打火机在地上点燃一堆草纸，纸燃起了熊熊之火。余统荣念道："老爷爷、老奶奶，爷爷、奶奶……家来拿钱！"边说边磕了三个头，草纸的灰从空中飘落下来，有的掉在哥哥头上，哥哥头顶上的发已掉了不少，余统华不免有些心疼哥哥。

丁风平坐在一旁看着，余统华见哥哥给祖宗磕了头，就问母亲："妈，我要不要磕头？"

"你就不磕了，下次点纸你就不见得在家。"

余统华心想：我是余家的后人，理当给祖宗磕几个头。但他还是依了母亲的话。

余统荣起身，收起筷子，重新摆放，看来还有几个没祭到。他把椅子动了动后，再次跪到小凳子上，又点起一堆黄黄的草纸，边磕头边说："婆爹爹、婆奶奶，小伢伢，婶婶来拿钱！"

点纸结束了，吃过早饭后，余统荣忙着贴春联贴喜盈。余统华知道这喜盈是满族人的年俗衍生物。满族人过年时要挂自己的旗，如正红旗、镶黄旗等，正、镶共八种，简称八旗。后来在汉人中过年也挂旗，不过只是象征性地粘上各种颜色的彩纸，剪成各种图案，人们叫它为挂旗、挂贴、挂钱儿等，各地叫法不同。

下午三四点钟的时候，丁风平早就把她平日折叠好的"金元宝"拿出一大包来，叫儿子们早点到老伴坟上烧纸磕头。床头两个大纸箱里头全是她折的"金元宝"，她还关照二小纸箱上不要压东西，生怕把那宝贝压坏。

余德厚的坟在丰收河的北岸。河是人工开挖的，那时父亲和小霞的父亲同在工地上。工地上偶尔烧了一次红烧肉，小霞的父亲舍不得打，那是要从工分中扣钱的，就要师傅打点肉汤给他。师傅说："这肉汤也要钱，没有肉哪有肉汤呢？"于是，这个故事一直在当地饭桌上流传。

余德厚的坟上长满了半人高的野草，周围栽了八棵松柏，郁郁葱葱的，周边几家田地里新堆了几座坟。上面的干部路过这里，曾要求村干部平过坟头，余德厚的坟头也被村干部带人平过，但很快就被余统荣堆起来了，余统荣对村干部发狠说："谁敢再平我祖坟，我就去扒他祖坟。"后来，就没再发生平坟头的事。

坟头上一大包纸元宝被余统荣点着了，他第一个跪在一叠草纸上给父亲磕了三个头，接着是他老婆。余统华跟在其后，先磕了三个标准的头，说："爸，我再替爱玲、余玲磕几个头。"

最后，轮到余阳，火烧着了野草，呼呼的，突然从草堆中窜出一东西，把正在磕头的余阳吓了一跳。一看，是一只灰色的大野兔正向远处奔去……

"金元宝"烧成了灰烬，仍鼓鼓的，黄灿灿的。

大年初一，余统华来拜大姑爹大姑妈的年。

龙哥正在门前挖田，地头上堆了不少碎砖。

当年龙哥和余统棋的近亲婚姻，在余统棋的科学觉醒中宣告破灭。龙哥找了本村的一个姑娘，生了一个聪明的儿子，在省城上的大学，全家以儿子为荣。

这些余统华早知道，只是不知道龙哥一家还记不记恨余统棋，还感谢不感谢余统棋。但从两家的来往中，余统华知道那道坎还在。

余统华过去跟他打招呼，拉家常，低头一看，他把田挖得较深，底层埋了不少碎砖。余统华很诧异地问："这砖埋到田里会影响庄稼生长，怎么不倒到屋后的河里？"

"埋得深，不影响。现在垃圾倒到河里要罚款，不像以前了。现在河道整治好了，有人看着，河里有漂浮垃圾有人捞，连水花生也不让它疯长了。"

"哟，真想不到，农村里的小河竟然管理到如此地步。"余统华不由得佩服地说。

余统华想起童年时，村庄里的小河绿水清清，一碧如洗。他和玩伴常从村口的小桥上往河里跳，嬉戏打闹，捞鱼捉虾。长大了，他离家远行。河变窄了，变脏了，水变臭了，鱼虾变少了。他回来时也曾把孩子的尿不湿、破碎的奶瓶扔到河边。

如今，家乡的小河变得年轻，恢复了年轻时的貌美。河水清清，鱼翔浅底。两岸芦苇摇曳，炊烟缭绕。

中午吃饭时，姑爹说："我家孙子龙龙年初考上了公务员，在海滨城里买了一套房子，还在省城江北买了一个中套。"

余统华不由得对龙哥刮目相看。

这个春节，余统华喜欢吃的东西，一直没吃到。韭菜爆炒欢子、叉蛤，是他的最爱，他也是从小吃它们长大的。

欢子也叫蛤子，分白嘴、黑嘴，油菜花盛开时最为肥美，俗称"菜花蛤"；文蛤也叫叉蛤，味道更鲜，有"天下第一鲜"的美称。相传当年乾隆皇帝下江南，当地官员以文蛤奉侍，乾隆品尝后，龙颜大悦，曰：此物鲜极，堪称天下第一鲜也。

往年，大哥总在春节前下几次小海，弄些欢子、叉蛤回来过年，并送一些给亲朋好友。可今年却没了，余统华便问哥哥其中缘由。

哥哥说："前段时间我下海，一天下来只能弄到二三十斤，现在比以前少多了，哪像以前一天能弄上百斤。现在市场上卖的绝大多数是人工养殖的。"

靠山吃山，靠海吃海，家乡多少人以海为生。南黄海是家乡的一颗明珠，多少人为之骄傲自豪。

小时候，余统华家曾把海蜇头当咸菜吃。那时海里头的东西可多了，好像取之不尽，吃之不完。

可如今滥捕滥捞成灾，资源少了，再这样下去，资源枯竭，多少人就更吃不到它们了。

余统华读过海明威的《老人与海》，思考过人与自然的关系。在当前生态破坏严重的情况下，人类应融入自然，积极保护自然，摆脱人类中心的价值观念，实现与自然的和谐发展，才能得到大自然的馈赠。想到这里，余统华又拿起了笔。

文章还没写完，家门口来人了。只听高小说："大妈，听说统华回来了。"

"嗯啦，在西房写东西呢。"

"老同学来了。"余统华放下笔，出来给高小倒茶。

他每次回来都要带些好茶回来，家里没有买茶的习惯，吃完了就算了，也从来不花钱去买，现在不像以前不是没那个钱，但家人生活习性养成了，有就喝没有就不喝。倒是大哥的女婿喜欢上了喝茶，嫂子知道叔子当秘书，多少能帮一些人的忙，他又不抽烟，人家就送他一些好茶，她就张口要他带些茶，她再倒手送给女婿。

两个人聊了一些各自情况后，高小说："我听说，你现在欠人家不少钱？"

"听谁说的？"此时余统华已猜到是谁说的，高小家紧挨着余德道家。

"别问听谁说的，欠多少？"

"欠好几十万呢。我也正努力苦钱，早点还人家。"

"当年你给我的一万我带来了，这两万算分红。"高小从随身的钱包里拿出来。

"你还没结婚，我差点钱，有这个能力还，你还是留着娶婆娘吧。"

"这点钱在我们这儿也娶不到老婆，千金千金，要花千金才能娶到千金。"

余统华推让了一下，还是收下了。

高小说："早点把人家的钱还掉，说起来难听，我家周围的人都知道。"

余统华听到这里，他能猜到他伢伢到处说他的目的。当年他和卫宝当了兵，而他家儿子被人写了人民来信，没走成，他一直记恨这事。怀疑是他俩搞的鬼，或是其中的一个。侄子上了军校，当了军官，又转业当了区委秘书，红过一时，如今有点落魄了，他有点幸灾乐祸，好不容易找到侄子的话柄，还不到处说。这样一来，多少也抬高了自己的儿子余统全。

其实余统全在当地早已成了"土豪"，成了农村人挣钱的榜样。

余统华知道，当年余统全复读后连考场都没能上。尽管没考，但他的学习成绩在社会上还是得到公认。好心的人就帮他谈老婆，结果在紧靠海边的镇上一个在当地相对富裕的农家姑娘看上了他，并让他倒插门，倒也过上了不错的小日子。他结婚时，亚男姐姐还待在家，不过那时已经和龙哥分了手。可伢伢和大姑妈两家却少了来往，几乎达到断了来往。这是余统华听家里人说的。

海堤镇在新海堤的西边，离西边当年的范公堤已有百十华里。海堤大桥下，一座沿街三层楼房在小镇上相当气派，招牌上写着：统全农药化肥种子店。这里就是余统全当年倒插门的家。

黄海东退，露出了上万亩盐碱地。当地政府为了鼓励农民种田，出台了前三年免交农业税、三年后五年内只交一半的政策。优惠的政策吸引了大批的种田人。海边的盐碱地含氯化钠盐盐分高，刚开始长笤子草，埋进去做底肥，经过改良，五年就能长棉花了。承包人一包就是上百亩。没几年，到了 2004 年，国家全面实施粮食直补；到了 2006 年，在中国实行了两千多年的农业税一下子取消了。农民包田的尽可能多包，种田的积极性也高涨起来了。

余统全在这期间，并不是一帆风顺。一开始，他承包了三十亩田种西瓜。第一、第二年收成还不错，可到了第三年西瓜就不行了，第四年更亏了。原来，种西瓜的地到了第三年后就要改种别的农作物，两年后，再回长西瓜，西瓜才能长得好。这叫"换茬"。可一开始哪懂这些，忙了几年，白忙活了一场，不仅没赚到钱，相反还把老丈人给的十多万砸了进去。隔壁邻居一家和他一样亏了不到二十万，竟然夫妻两人一起喝农药身亡，留下了一个小孩，丢给了老人。好在他老丈人家底厚，把所有的家底连同准备做棺材的钱一起捧给了女儿女婿。

余统全此时敏锐地感觉到，这里上万亩农田需要大量的农药化肥种子，跟老婆一商量，老婆也觉得好就开了店。按说，这是保赚不亏的事。可事情远远不是如此简单。

刚开始几年就赚了一笔钱，然而不法商家把假农药、假种子推销到余统全店里。说真的，余统全真不知道是假的，结果，从他店里卖出去了，农民损失很大，要找他赔，官司一打，自然败诉。他去找供应商，不是厂没了，就是找不到人，结果又赔了一大笔。这下，余统全有经验了，在当地率先承诺，如再遇到他销售假种子假农药假化肥，所有的损失按田亩中等收成赔付，并且他还承诺销售的东西在全海边最低价。如此一来，他家的生意一天比一天好，几乎垄断了海边上万亩农田的生意。进出货常常用卡车拖拉机运送，门庭若市。

堂姐小鸟嫁到海堤镇，老公在供销社当售货员。余统全的老婆就是小鸟做的媒人，起初两家关系走得很近。后来，小鸟老公回家开了农用物资店。两家经营品种差不多，小鸟家的生意开始还不错，毕竟老公在供销社干过，有一定的人脉。可后来，余统全生意做成了这行老大，小鸟家门可罗雀。他们就认为他抢了他们家的生意，两家关系从此走下坡路了。最后，竟互不来往，成了同行冤家。余统全夫妻二人为此难受过，总觉得良心上过意不去。

余统全手上有了大钱，又开始承包土地。这回他承包了五百亩，种粮、种棉、种薄荷草。请人干，由他开工资，并实行机械化作业。他俨然成了当地小农场主。有时他借口家里缺货，到小鸟家拉农药化肥种子，按她的价付款，两家的关系这才有了好转。

短短几年，余统全成了全市有名的种田能手。这一年，市里表彰农业先进个人，余统全名列种粮大户榜首。红绶带斜挂在胸前，余统全坐在市人民大会堂发言席上谈体会，他深有感触地说："当年，我当兵合格了，想到部队考军校，因为当兵名额的限制没走成。那时，我像一只没头的苍蝇，不知往哪里飞？认为这辈子完了，这辈子再也干不出什么名堂了。可是机遇来了，这几十年，黄海东退，天赐土地上万亩。加之国家实施粮食直补，取消农业税。多好的天时，多好的政策，我生逢其时，又恰恰抓住了这个千载难逢的机会，承包了五百多亩地，实施机械化耕种，这才有幸成了全市的种粮大户。"

余统全停下来喝了口茶，接着说道："如果要说感谢的话，我觉得一是感谢当年命运把我留下来当了农民，当然我一直遗憾没当过兵扛过枪站过岗保卫过祖国。二是感谢国家改革开放的大好政策，没有分田到户，我手里头承包不到这么多田地，没有粮食直补，没有取消农业税的优惠政策，哪里会有如此高的种粮积极性？！因此，今天我富了，饮水思源，深深地觉得应该感谢谁呢？"

余统全又故意停顿了一下，声音提高了八度："感谢自己的辛劳？不，应该感谢改革开放，感谢党，伟大的中国共产党！"

市委书记第一个鼓起了掌，台上台下掌声如潮。

余统全开着市政府奖励的农用卡车行走在乡间的大路上，车头上红绸带迎风飘扬，引得路人驻足观看。

余统全的心里充满了自豪感、成就感，脸上挂着笑，心里开了花。正想着回去后如何继续大干。

仅仅一年，余统全的承包田发展到了一千多亩，家里建起了粮食烘干房，能同时摆下300多桌酒席，真正成了当地农业发展的带头人、风向标。

第四十三章

又到暑假。余玲又要写两篇游记。余统华选择了南昌。

立秋刚过，余统华携女登上了列车。余统华故意买的硬座票，想让女儿一路上吃点苦。

到了南昌，他当年手下的班长胡红开车来接站，一切安排妥当。胡红带着小儿子，这是战友的第三个孩子，前面两个是女儿。胡红陪余统华父女俩来到了滕王阁。到了游客中心，电子大屏上正播放着《国宝档案》的录像片介绍滕王阁，余统华看过一次，那时也是饶有兴趣看的，中国的三大名楼，他只去过岳阳楼，并有感而发，写下了《岳阳楼观感》。如今，和女儿一起来到滕王阁，他必须要仔细认真地去看，看出些名堂来，好指导女儿作文。他站在屏幕前看了一会儿，觉得有点累，干脆坐在台阶上，余玲要到四处走走，余统华叫她看完这个再看别的。余玲乖乖地坐在爸爸身旁认真地看了起来。

余统华边看边问余玲："滕王阁为何叫这个名字？"

女儿接口道："因为李元婴被李世民封为滕王。"

"不错。"余统华赞赏道。

烈日当头，一行人来到阁楼前的台阶下，余统华掏出手机，要给余玲拍照，那是要贴到暑假作业本上的。可余玲说："太阳太毒了，我的眼睛睁不开。"

"你坚持一下不行吗？"

"坚持不了。"

余统华赶紧拍了两张，在烈日下也没看，估计拍了瞎子照。

他们没花钱请讲解员，就跟在别人请的讲解员后面偷听着。才知是当时的洪州府都督阎伯屿重修滕王阁后大请权臣及饱学之士，并提前让自己的女婿作好一序，好在达官贵人前展露才华，以图日后升官发财。于是在宾客中出题作序。哪知年少的王勃当仁不让，一气呵成，写出了《滕王阁序》。当众人听到"落霞与孤鹜齐飞，秋水共长天一色"时，满座叫绝！

余统华在一楼大厅前驻足，没跟着讲解员走，他上学时没学过《滕王阁序》，他倒要细细看看这篇文好在哪里。当他看到"孟尝高洁，空余报国之情；阮籍猖狂，岂效穷途之哭"时，他立马就觉得写得好，我何尝不是空余报国之情？

当他继续往下看，看到"勃，三尺微命，一介书生。无路请缨，等终军之弱冠；有怀投笔，慕宗悫之长风"时，更引起了他的共鸣，我投笔从戎想当将军，结果梦破。想早回地方，当个大一点的官，做点大事，看来也快化成了泡影……

中午吃饭桌上，胡红频频端起啤酒杯要敬老排长，余统华说："等等，我把这首诗写完再喝。"不大一会儿，余统华说道："这下可以尽情喝酒了！你看看你的微信。"

两人碰了杯，干了一玻璃杯南昌冰啤，好舒服啊！

战友翻开微信，一首诗呈现在眼前——

登临滕王阁

慕名千里到赣江，
高楼林立遍两岸。
满目好景不暇接，
滕王阁楼冲霄汉。

父女情深爱如山，
秋老虎威何足谈？
重温王勃名楼序，

继往开来写新篇。

昔日曾上岳阳楼，
今朝登临名楼前。
欲把两楼作比较，
厚此薄彼成两难。

滕王阁大赣江东，
岳阳楼小洞庭南。
王勃佳句夸美景，
范公名言千古传！

看完后，战友回微信当着他的面点了六个赞！

又一个战友吴可从外地赶回南昌，晚上宴请余统华。余统华相邀胡红一起去。在回来的路上，吴可看到了余统华的诗和了一首《滕阁新赋》：

滕王高阁立江边，
赣水悠悠思前贤；
元婴建阁聚宾朋，
王勃风流著名篇。
宋元明清复修建，
历史文化深绵延；
现代新阁坚又美，
秋水长天万万年。

余统华点赞道：赞吴可，历史文化一肚子，出口成章一串子。一表人才人认可，王勃之外是吴可。这可是我抛砖引来的玉，别忘了付我一半稿费。

晚饭安排在一座荷叶池塘中间的亭子里，余统华一到这里，感觉就很好，谈诗，喝酒，岂不快哉？

余统华想起一个人，与他命运有关联的一个人，当年炸掉两个指头的战士就是南昌人，他问吴可那个战士回来后怎样。

吴可说："去年秋天，刘副团长还专程来看他，我陪副团长去的，姜剑现在在一家乡镇卫生院当副院长，作为一个残疾退伍兵，他混得不错。姜剑还挽留副团长喝了一顿大酒，两人感慨万千。副团长一只手抓住姜剑的手腕，一只手抚摸着他的断指处，轻轻地叹了一口气。副院长说，当年都怪我没知识，竟让你这个年轻有为的参谋长受了处分失去了高升的机会。副团长说，这是我一生的憾事，让你丢掉了两个指头，转业后我常常纠结此事，故特意从南京来看看你，看到你如今过得不错，我那不安的心要好过多了。"

饭后，他们来到赣江边看江景，两岸灯光如同白昼，彩灯美轮美奂。在回宾馆的地铁上，余统华写道：

坐在荷塘月色中畅饮

《荷塘月色》我学过，
荷塘月色我赏过，
我，还到过成都的荷塘月色。
但我从未在荷塘月色中饮酒。

今夜，我坐在荷花中饮酒。
恨不能畅饮四特三百杯。
此时，荷塘月色景再美，
也不及吴可待我的一片心！

一会儿，吴可回信，招待不周，建议最后一句改为"不及战友兄弟情"。余统华没改，他觉得那是李白"不及汪伦送我情"的翻本。

第二天，吴可陪余统华父女俩来到了新建区小平楼前。吴可说："你会写小说，一定要来这里看一看。"

小平楼位于一所军校里。楼的左侧矗立着小平铜像。余统华学着伟人的站姿，两手交叉握于胸前，吴可拍下了这一姿势。来到小平楼前，院前小木门上上了把小锁，四周围的是竹篱笆，余统华抱起余玲往里看了一会儿，并说："这里就是'文革'期间邓爷爷住的小楼。"

如今，人去楼空。余统华摸了摸门上的小锁，思绪万千。

院墙外，有小平小道陈列馆，不巧的是周一闭馆。吴可跟工作人员说："我战友从江苏来，能不能通融下？"工作人员说："这是规定。"

三个人走在小平小道上，吴可才思敏捷随口念道——

走小平小道偶得

南昌新建望城岗，
小平小道名响亮；
邓公一生不平凡，
三落三起有担当。
革命岁月立功勋，
改革开放勇领航；
坚持走好小平道，
同心同德奔富强。

余统华赞道："写得好，我也该附和几句吧！"
吴可说："快点，再来一个七步成诗。"
余统华边走边吟：

走小平小道有感

那几年
你三落落在了望城岗
那几年

你在小道上思索
中国该往何处去

一个伟人走了
一个小个子来了
拨乱反正
改革开放

东方风来满眼春
从小道上走出的你
把中国引领上了
康庄大道

末了，余统华又说："你的格律诗我写不来，随口念几句不知能不能说是新诗。"

吴可说："好!"

余玲在一旁听了，似懂非懂。当然到南昌，最重要的是红色教育。余玲回来后，写了一篇《南昌行》，发表在《江南日报》上。

南昌，军旗升起的地方；南昌，一座英雄的城市。

多少次我梦到过她，今夏暑假终于成行。

我和爸爸头顶烈日，来到了八一纪念馆。一进大厅，一座雕塑像下刻着：1927年8月1日凌晨两点，中国共产党领导的人民武装打响了反抗国民党反动派的第一枪。展厅内，那一幅幅图片、那一行行文字，仿佛把我带进那个战火纷飞的年代。在这里，我了解了南昌起义的全过程。南昌起义当时是成功的，起义的部队被迫转移广东，一路上被国民党军队追杀得所剩无几。

接着，我们来到了八一广场。天公不作美，突然下起了大雨，我们在天桥下躲雨，并买了把伞。雨小了些，爸爸要我去广场看看。望着天空飘落下来的雨，我犹豫不决、踌躇不前。这时，爸爸对我大吼了一声："快去!"我从没见过爸爸对我这么狠过，很不情愿地慢腾腾地向广场走去。

国旗台上的五星红旗在雨中低垂着，台座上刻着江泽民的题字：军旗升起的地方。再往后看，是一座高大的纪念塔，塔高53.6米，上面是叶剑英元帅题写的"八一南昌起义纪念塔"九个铜胎鎏金大字。广场周围围有八幅浮雕像。

此时的雨越下越大，雨滴撞击地面溅起串串水花。我漫步在雨中，思绪万千。当年南昌起义的部队还很弱小，犹如襁褓中的婴儿。他们能勇敢地站起来与强大的国民党反动势力斗，好比以卵击石，这需要多大的勇气和自我牺牲精神。南昌起义部队虽然惨败了，但起义的精神深深地激励着革命者前赴后继，英勇奋战，最终迎来了新中国的诞生。

今天，我们仍要继承和弘扬南昌起义精神。这时，我才明白爸爸刚才为何对我如此狠……

第四十四章

天鹅湖面，像一面巨大的镜子，波光粼粼。

余统华家门前湖边漂浮着一块木板，木板上一对老鳖深情地依偎着晒太阳。

连日的天气，忽冷忽热。余统华感到喉咙痒痒的，像鸡毛掸子扫过喉咙一般。他知道这是感冒的前兆，于是泡了两袋板蓝根喝下去了，接下来还是打喷嚏，流鼻涕，浑身无力，撒尿时都能感到枪管里热乎乎的。两三天后，感冒扛过去了，咳嗽又来了。可就是这样，他还是没停笔。他牢牢记住了这样一句话：知耻而后勇！

在丈母娘家吃过晚饭就回到湖边的家，看过女儿的作业，签过名。洗漱后，灌了热水袋。他正躺在沙发床上，盖着被子，看路遥的《平凡的世界》。

刘爱玲端来半碗冰糖蒸梨，放在茶几上，要他趁热吃了。

他边看边吃。

几个小时过去了，他已连续好多天在看这本书，从开始佩服路遥，到折服，再到深深地折服，现在用"五体投地"也不为过！

自己身上许多地方多像孙少平，他更想象得出，其实路遥才像孙少平，他是孙少平的生活原型。更让他深深感动的，路遥是在身患肝癌的情况下，完成这部巨著的。

他从《平凡的世界》里不时地得到启发，从茶几上拿起笔赶紧写下来。

又是一阵猛咳。

刘爱玲打开房门，一副没睡好的样子，边打哈欠边说："你不能早点睡呀？睡着了不就不咳了吗？"

"快了，你睡吧！"

"你咳得我也睡不好。"

外面已经泛白了，他打了个盹，天就蒙蒙亮了。

余统华起床后，先烧开水，再打火热稀饭，开门到牛奶箱里拿牛奶。

刘爱玲也起来了，边刷牙边说："你到医院看看，开点中药吃吃。"

"你不觉得这样咳，家里很有人气吗？"

"是的，看见你就让人生气，简称'人气'。"

余统华和女儿一听，都笑了，刘爱玲也跟着笑了。

几家欢乐几家愁。

一晃好久没跟朱妈妈联系了。

这天余统华收到朱妈妈的来信。

统华：

当你收到这封信时，或许我已不在人世了。

你在这十几年里给我的钱，我都存起来了，一共是9.8万元。我在农村看到许多亲生儿子一年才给父母几百块，而你只是我认的干儿子。这不仅仅是钱，更是你的一片孝心。现在这钱对我这个快死的人，也没什么用处，我也没舍得花，让大女儿日后带给你。

妈妈一直盼你们过得好！你俩没生孩子的时候，我经常在家烧香拜佛，祈求观音送子；多少次做梦，托为民保佑你们，早生孩子。

爱玲终于生了女儿，我高兴得合不拢嘴，我认为我的香没有白烧。你是好人，你会有好报的，即使我走了，也会保佑你，你们一家人，平平安安！

但愿我俩来世还有缘做母子！

妈妈

9 月 9 日

还没看完，余统华的心就碎了。他赶紧拿起电话，打过去，得知朱妈妈得了重度尿毒症，已处于肾衰竭，生命奄奄一息。

余统华请了假，又请了个小老板连夜开了 9 个多小时的车来到朱妈妈身边，看到她老人家的脸已经浮肿，正处于昏迷状态。余统华心中有说不出的难受。他紧紧抓住朱妈妈的手，泪水滴落在朱妈妈的手心上。

好长时间，朱妈妈才睁开了眼，看到余统华在她的床前，忍不住老泪纵横，有气无力地说："这辈子还能见到你，我很高兴，说明你就是我儿。"

余统华使劲地点点头，含着泪说："妈，您要有信心，儿一定带您看好病！"

他和三个姐姐、姐夫商量，带妈妈回军区总院抢救，都同意，就告诉了干爹，马不停蹄开车来到医院，路上他就请战友安排好了医生和床位。一路的颠簸竟然把老人憋了多天的尿颠了出来，老人感觉轻松多了。

第二天一大早，余统华来到军区原政治部主任家，此时已离休的首长刚起床，余统华汇报了来意，请首长救救朱妈妈！

老首长一听，立马打电话给现任领导，现任领导又打电话给总院领导，总院领导召集专家会诊，拿出治疗方案。先换快要衰竭的左肾，需要 10 万元左右。余统华回来前，大姐已把 9.8 万元给了余统华。余统华说："我先拿着，看病肯定要钱。"

马上动手术！

余统华和三个姐姐在手术室门前焦急地等待着！

两个小时后，朱妈妈被推出来了，手术成功，但要看新肾是否排异。几天下来，朱妈妈脸上的浮肿渐渐地消退，她的肾功能在恢复。

全家人都为之高兴，医院领导和医生也为之高兴。

又过了两个半月，医院再次为朱妈妈换了右肾。一周后，朱妈妈已能下地走路了，她痊愈了！

余统华情不自禁抱住朱妈妈，泪流满面。

朱妈妈说："小余，是你救了我一条命啊！让我多活多少年。"

余统华说："不是我，是您培养的宁为民救了您，没有他的牺牲，您哪能受到首长如此关心？"

朱妈妈的泪一滴一滴地掉在地板上……

朱妈妈住院费用共 28.86 万元，在军区领导和总院领导协商后，减免了 18 万。

就在朱妈妈手术后不久，朱东晖从余统华那儿得知朱妈妈住院了，带上舒芳一起来看朱妈妈。

朱妈妈问东晖现在做什么大官了，东晖正要张嘴回答。

余统华抢先说："他现在已从宣传处处长高升副政委啦，副师职干部。那年到您家时，我就预见到他必有大前途！"

朱妈妈对东晖说："你还要上！"

东晖笑着说："托朱妈妈吉言。"

朱妈妈在他俩面前说了余统华好多好处，这深深地打动了一个人，她就是坐在床边的舒芳。

余统华为朱妈妈所做的一切，也深深地感动了另一个人，那就是刘爱玲。

一个上校军官正匆匆地往高干病房走来，后面跟着一个少校一个战士。余统华一看，这不是孙敏杰吗？

"孙师长，你怎么来了？"

"你怎么也在这儿？"

"家人生病今天出院了，我来办出院手续。"

"噢，我先去看一下杨参谋长，回头来看你家人。"

"不用，杨名怎么啦？"

"昨晚突发疾病，我接到调令刚下飞机就赶来了。"

"什么病呀？我陪你一起去看看。"

"病因还在检查中，从昨晚到现在都在重症病房抢救中。"

一名医生带着孙师长和余统华站在重症病房的窗口，透过玻璃看到杨名身上插满了各种管子，医护人员仍在忙碌着。

余统华对孙敏杰说："要不要跟队长教导员说说，发动全队的同学帮助他一把？"

"不用，上级首长明确指示，不惜一切代价。"

几天后，余统华终于可以见到杨名时，一推开病房门，孙敏杰正和杨名低声说着话。杨名见余统华来了，露出一丝微笑，轻声说："兄弟，麻烦你在外面稍等一会儿。"

"好的，你们谈正事。"

余统华转身走向门外的时候，听到了"仁川登陆"的字眼……

他在门外踱着步，心中怅然若失。

几次来看杨名，并和他深聊。余统华走进了杨名的内心世界。出生在安徽境内长江边上的他，好学上进，当将军当英雄更是他的梦想。到了部队后，凭着他的才华，从排长一直干到军区司令部高参，他一方面要钻研业务，一方面要与人为善，必要的应酬尽可能参加，因此常常熬夜。他奉劝余统华莫要贪杯，身体第一。

余统华心想，杨名啊杨名，人生在世，谁不想扬名？

纪立将杨名住院的事私下告诉了朱教导员，已退居二线的他带着爱人一起来看杨名，苏南各个城市的近十个军校同学全来了。

遍布全国的军校同学纷纷来电关心，有东北的张小宝，新疆的马政委，四川的陈阿辉……

不少同学还在微信里发了红包转账，给杨名送上了一份份心意。

童伟东一只手拉住纪立，一只手拉住余统华说："我们三人要为杨名多做点事。"

纪立和余统华郑重地点了点头，三双手紧紧地握在一起……

凌云志回省城看望儿子，余统华请他小酌一下。两杯酒刚下肚，凌云志不无遗憾地说："吴晓红刚刚离婚了，你知道吗？"

"这么远，我怎么知道？谁的原因？"说这话的时候余统华的心里有种说不出的东西。

"我只知道徐卫国净身出户，别的就不知道了。"

"通常都是净身出户的人犯了错，就像我……"余统华突然发现自己说漏了嘴，说出去的话如泼出去的水收不回来了。

凌云志吃了一惊："你也离婚了，啥时离的？咋没听说？"

"有什么说头？"

凌云志转而笑道："这下我又有喜酒喝了，回去我给你当红娘，怎么样？"

"当你个头！"

"当初吴晓红不是你的首选吗？"

"当初是当初。"

"看来爱情并不是一成不变的，也是发展的。"

"你自斟自饮，我想写点东西。"

一支烟的工夫，余统华说："发到你手机上了。"

凌云志打开微信——

重新开始吧

余统华

芳华之年
你来信说
你成了别人的新娘
你可知
一个人咬破了下唇
并发了一个天大的誓

誓言在汗水里
实现了
那个人从此对爱情有了……
从一开始记恨你
慢慢地懂得了
哪个鸟不想攀高枝

今天

得知你家那高枝上又飞来了新的金丝鸟

我心里是何滋味

找遍词库也说不清

我在遥远的异乡

能为你做些啥呢

思来想去

只能草首笨拙的诗

就像当年的我那样

重新开始吧

海风习习，涛声阵阵。

余统华休假回到老家，母亲明显老了许多。她对儿子说："统华，我想到海边看看去。"

余统华知道那是母亲的出生地，于是开车陪母亲来到了海边。先在挡潮闸上下了车，时令已是秋天，海边的风有些凉意，余统华下车时就给母亲披上了一件春秋衫。

放眼东望，近处港口海滩上蒿草红艳艳的，远处的茅草长得有大半人高，在海风中摇来荡去。

余统华想起一句诗"秋天响亮惟闻鹤，夜海朦胧每见珠"，他知道这是宋朝范仲淹当年眼中的西溪海岸风景。他在这里没见到鹤，只有无数的海鸟，离这几十华里，就是丹顶鹤的栖息地。他知道北岸不远处王婷婷的海鲜店仍开着，他和妈妈说起那年还吃了人家一箱海鲜。

母亲说："老啦，没想起来走街上买点东西给人家，下次你要是来，可别忘了。"

"嗯。"

余统华开着车子下了坡，到了小舅母门口。小舅母戴着老花眼镜从门里探出上半身："谁呀？"

"舅母，是我。"余统华回答道。

丁风平也跟着说："小舅母，我来看看你。"

"哎哟！大姑妈来了，快进来。"

"我去打蛋茶。"

"我来烧锅。"余统华说。

"不用烧锅，有煤气灶。"

"舅母，笆斗山没有山，怎么叫这个名字？"

舅母说："很早以前，在笆斗山的孤墩子上居住着兄弟俩，吃饭无桌凳，盛饭无碗具，兄弟俩把大蚌壳当碗，把树条刮削成筷，把装粮用的笆斗翻过来倒扣在地上当饭桌，过着艰难的生活。人们就把兄弟俩在笆斗上吃饭叫作吃'笆斗饭'，慢慢地兄弟俩居住的土墩子就被叫作'笆斗饭'，后来就叫成了'笆斗山'。"

"舅母，那笆斗山北边的蹲门口是不是蹲在门口吃饭得名的？"

"怪不得都说我家统华聪明，你说对了。一百多年前的清朝嘉庆年间，夏、何等姓的渔民来到蹲门口这个地方捕鱼采贝，当时搭了茅草棚儿，支起了土灶，家中缺凳子少桌子。大人小孩都端着碗蹲在门口吃，吃吃谈谈，谈谈吃吃。下海的人便把这块偏僻沙滩叫'蹲门口'。跟笆斗山一样，都是穷名。"

"小时候，我也常蹲在门口吃茶饭。"余统华说。

"那时大家都穷。"丁风平这时才说了一句。

"娘家人中，我们这一辈的就剩我俩了。"

两位老人聊起各自老伴是怎么走的，现在自己身体怎样，家里孩子孝不孝顺，日子过得怎样。聊了好一会儿后，小舅母要起身准备晚饭。

"晚上我伢伢家的孙子结婚，请吃喜酒。你俩多少年没会面啦，多谈会儿家常。我到外面转转。"

两个老人接着聊。

余统华出得门来，心想好在自己嘴紧，爸爸和小舅母一夜情的故事只有他一个人知道，而且他也不会让第二个人知道。

门前的小水塘不知何时填好，上面安装了健身器材。余统华双脚踩上太空漫步机的脚踏板，一前一后锻炼起劈叉来。

见天色差不多了，余统华和舅母说："你没事到我那儿住些日子。"

"乖乖，还是你孝顺。"

"说好了什么时候来？"

"等你表哥有空，我们一起去。"

"没给您买东西，这点钱给您。"余统华边说边把钱搁在方桌上。

"不用，不用，小余玲过十岁，我都不知道，我早准备了一个小红包一直没机会给你。"

两人推来推去，余统华最终还是接受了舅母的心意，心想下次再来看她就是了。

海景大道上，路不再是以前的路。海堤从北到南，铺满了水泥浇筑的框格，在余统华看来，少了份海浪与沙滩那种原始的自然的亲近之美，但多了份海堤对潮水的侵蚀抵御力。路东是海，路西是一排排高大的三轮涡叶风车在海风吹拂下不停地转动，在夕阳的映照下形成了别具一格的风景。此时余统华的感觉真好，母亲也说："我多少年没来了，真好看！"

滨海国际大酒店，面朝大海，桂花盛开。酒店因海鲜享誉苏中苏北。这里曾是新四军海防二团团部。一直流传着《陶勇伏虎》的故事。

酒店大厅，余统全身着藏青色西服，西服口袋上插着一枝鲜花。头上看不到白发，不像五十岁的人，倒像四十出头。

余统华进来后没看到签到席，也没看到收红包的。他就把准备好的红包塞到余统全手里。余统全说："不收，一个都不收。"

这倒让余统华有些吃惊，他在江南这么多年，除了牛辉过生日没收红包以外，其他的红白喜事，很少有不收红包的，进而有人戏称结婚请帖为"红色罚款单"。

过道宽敞，新郎新娘伴郎伴娘站在一排，一对新人不时地和来客打着招呼。两旁十名少女身穿洁白的纱裙正拉着小提琴，动作优雅，爱情曲缠绵动人。

19 点 58 分，婚宴在客人的期待中精彩开始了。

几十米长、一米多宽的白纱在六名少女的侍弄下，越过身着婚纱的新娘头顶，新娘站在鲜花锦簇的四方台上，那阵势就像皇帝女儿出嫁，新娘的父亲郑重地把女儿的手交到新郎的手中⋯⋯

"丹桂飘香橘黄时，佳偶天成又一双。"婚礼进行到余统全讲话了。

他接着说："首先感谢各位亲朋好友参加犬子和金艳的婚礼，也恳请各位在今后的日子里多关心帮助这对年轻人。借此机会，我要衷心感谢那些让我走到今天的人们。想当初，我高考落榜，参军体检政审合格后被人写了人民来信，没走成。那时，我认为今生完了。心里一直记恨那个背后打我黑枪的人⋯⋯"

听到这里，余统华扭头看了一下不远处的另一酒桌上的小姑妈，发觉她的脸上有点变红。余统华心想，小姑妈的脸要不多久会发烫⋯⋯

"可我今天却要感谢那个人，没有那个人，我就不会走上这条路，就不会有我现在这个家，现在这个老婆，现在这个儿子，现在这个儿媳，也就不会有今天这场婚宴⋯⋯"

余统华此时想不出小姑妈是何心理。

"这只是在那时逼我走上一条路，一条农村青年不得不走的路。当然，在这条路上的发展，别忘了要感谢改革开放，没有那些好的政策，哪里会有今天的好日子？！"

台上台下响起了掌声。在婚宴上，这掌声算不上太热烈，七八成吧。余统华在省城参加过不少婚宴，还第一次见有人把婚宴和政治如此联系起来的。

母亲小声地说："统全在北京给儿子买了房子，还把他爸爸的老屋装修了一下，花了好几万哩。"

歌舞演出不时穿插着，少女大胆地露着美，浑身跳出青春的活力⋯⋯

余统华在省城也参加过不少婚宴，但今晚的婚宴精彩绝伦，竟然让他大开眼界，他在心里头为堂兄点了个赞。他没喝酒，因为还要开车回去，他喝的雪碧，高脚玻璃杯里的雪碧中余统全的身影越来越清晰，越来越高大。

之后，又幻化成了他的胞兄余统荣……

一到夏天，余统荣一支扁担就能挑出万把块钱。可这一年，刚挑了没几天，他的脚在墒沟里扭伤了，半个多月都没好。可就这半个月，却又改变了余统荣的一生。他在想，我好歹也是个老高中生，却整天给人家挑西瓜，成了一介挑夫。还不如我来长西瓜，让人家为我挑西瓜。于是，他开始学种西瓜。

没几年，余统荣也成了当地的西瓜大王。每每送西瓜到省城，总要捎带些西瓜给他弟弟。

刘爱玲和余玲以及刘爱玲的父母都特别爱吃这东台的西瓜。

这让余统华对家乡又有了新的认识。想了几天，终于为生他养他的家乡写出了一首诗——

月是东台明

我生在乡野，
孩提时，一直以为东台城在家之东
长大后，
方知，她在家之西
小时候，乡下人说东台是
东海岸边上的一座土台子，渔民上岸的标识
长大后，
方知，她在唐朝时因在海陵之东地势较高而得名

城东一条堤，
人称"范公堤"
堤旁一座塔，
时称"海春轩塔"
范仲淹尉迟恭，

为她披上迷人的面纱
七仙女董永，
为她带来神奇的传说

头灶、三灶、四灶，
旧时都是煮盐灶
一仓、二仓、三仓，
当年都是存盐仓
如今，
芳名依旧
只不过，
换了人间

这里，
人杰地灵，人文荟萃
从这里走出宋代三相
戈宝权译《海燕》，飞遍全球；
吴为山刻雕塑，一代大师

这里，
物产丰饶，鱼米之乡
粮棉油亩产举国之首
鱼汤面美爽众口，
东台瓜甜进万家

这里，
还是丝绸之乡
这里，
也是大海的故乡
就是这里，

被人们称之为"金东台"

长大后，
我到过许多地方
总觉得，
月是东台明
一如她的发绣，
一枝独秀！

第四十五章

河浪湖浪江浪海浪，这些自然界的浪，总是后浪推前浪；而人生之浪对余秘书来说，却遇见了后浪淹没前浪。

仅仅过了几年，叶子就升任余统华的科长，而他仍是主任科员。余统华为叶子高兴的同时，深深地为自己难过了好几天。当年批评叶子不懂得机关的规矩，连卫生都懒得搞，现在几年河东转河西。尽管叶子仍喊他余科长，对他也很尊重，但对余统华这样一个非常有志向的人来说，无异于当头棒喝。

满腹苦水的他，这不又登上了南下的列车。因为欠债，上了黑名单的他坐不了飞机高铁。夜晚，列车"咣当咣当"行驶在京广线上。东方天上一轮清冷的秋月时隐时现，又好像一直跟着车走跟着人走。此时余统华心里时时作痛，不时从心底泛起一种东西，他自己也说不清。但他最清楚的是想如何尽快摆脱眼前的窘境。

他这次南下，是为区委书记到深圳考察打前站。几年前，他在人武部工作时，曾享受过几次公款旅游，到过一次深圳。那次，他在深圳走了两天，皮鞋仍干干净净油光可鉴。给他的第一感觉，这是一个干净的城市；鳞次栉比的摩天大楼给他的第二感觉，这是一个现代化国际化的大城市。那次来，只是看了深圳的几个旅游景点，比如世界之窗，明思克航母。这次可大不相同，书记要探究的是深圳的先进在哪里，深圳有哪些好的经验值得江南学习乃至效仿。这让余统华深深地走进了深圳的内核，他从深圳高度看到了深圳速度，从深圳速度看到了中国速度。他在构思一篇调研文章。深圳同时又是中国对外贸易的重要窗口，而江南又是许多新兴工业的产业基地，世界500强企业已有几十家落户江南开发区，他向主任建议，江南与深圳直航货运航班的时机到了。主任把他的建议加工后，汇报给了区委书记，当即得到采纳，并作为这次考察与深圳合作双赢的一项重要议事内容。书记重重表扬了办公室主任，余统华虽没得到一丝好处，但还是觉得人微言轻的他，毕竟为江南的发展建了言献了策。

余统华没去看转业在深圳的唐人志，也没去看珠海的王安全，更没去广州的穆教授叶戈那儿。他不想让军校同学知道他的落魄。他想起王安全是从海军入的学，他和时成才是老乡，也不知时成才退学后过得怎样？找到老婆没有？

余统华想到这儿，自嘲一笑。也只有自己这个时候才会想起落难的人，当你春风得意的时候，绝对不会想起一个倒霉鬼。余统华又庆幸自己或许比他强多了。

他去了中英街，去了零丁洋。在零丁洋上余统华自然而然想起文天祥的著名诗句；还有一处让他翘首难忘的是，港珠澳大桥像一条巨龙腾飞在一望无际的大海上。

此时，他想起一个叫贾梅士的人，曾经读过他在澳门作的长诗《葡国魂》，当时，他头脑中闪过一个念头，我何不学贾作一首《中华魂》？

回到江南，《中华魂》这个念头像一条巨蟒一样缠绕着他。迫使他去图书馆书店看书，他看余秋雨的《中国文脉》着了迷，好长时间不买书了，他还是买回了余秋雨的一些书。半年下来，他对历朝历代的历史有了更深的认识，他对国家对党有了更深的认识。

他开始翻看牛队长的微信，整天像一个乞丐，每天寻找生活中的美，追寻着诗和远方。以前他眼里哪有什么诗呀？他认为他的一个电话比诗管用多了。以前他没觉得牛队长有多牛，有多少了不起的地方，及至他用心研诗读诗写诗了，他才开始意识到队长的水平高他几筹，他的诗眼灵感那么多那么妙，他的想象力那么丰富，他的语言像鲜鱼一样活蹦乱跳。这一次，他心悦诚服地拜牛队长为师。

牛队长教他先从读诗开始，他能把阿根廷博尔赫斯的《你不是别人》背得滚瓜烂熟——

> 你怯懦地祈助的
> 别人的著作救不了你
> 你不是别人，此刻你正身处
> 自己的脚步编织起的迷宫的中心之地
> 耶稣或者苏格拉底
> 所经历的磨难救不了你
> 就连日暮时分在花园里圆寂的
> 佛法无边的悉达多也于你无益
> 你手写的文字，口出的言辞
> 都像尘埃一般一文不值
> 命运之神没有怜悯之心
> 上帝的长夜没有尽期
> 你的肉体只是时光，不停流逝的时光
> 你不过是每一个孤独的瞬息

余统华之所以喜欢这首诗，那是因为他从这首诗中获取了他要的东西……

清代龚自珍一年中曾写过300多首诗，余统华近一年就写了厚厚的两本诗，没人叫他诗人，也没出版社出他的诗集。当然他的诗绝大多数还是发表了。

又印证了那句"功夫不负有心人"，他的长篇史诗《中华魂》终于发表了——

一、迷人神奇的传说

不知何日

一位天仙娘娘　用一片片蓝瓦
补天
羿射九日　夸父追日
嫦娥奔月　精卫填海
一个比一个
神奇

创世女神抟土造人
一个在黄河　一个在长江
从此有了炎黄
攫取了华山的刚
汲取了夏水的柔
从此有了华夏

尧舜禹
三人一台戏
把传说
演绎
尧像云霞一样灿烂
舜耕田从不鞭牛
大禹治水
三过家门而不入

二、朝之起步夏周商

不知是不是巧合
还是故意
夏　华夏的夏
历朝历代的启明星　升起

殷墟的甲骨
曾被人磨成粉当作中药
《商颂》颂商
祈天以保我后生

武王伐纣　纣王自焚
一缕黑烟上青天
后母戊鼎盛不下　那段历史
周朝八百载可谓长久
成康之治迎盛世

三、五霸争过七雄起

谁不想图腾
谁不想发达
春秋五霸谁不想做大
卧薪尝胆的勾践
至今仍被世人称道

楚国城破
屈原投江　一代《离骚》成绝唱
你哪知你殉的小国与身后一统的大国
你却成了绊脚石
可就是这样
你的爱国仍千古颂扬

诸子百家彼此诘难
争奇斗艳百花齐放
百家争鸣
成了春秋文化的宠儿

怀着同样的心思
做着同样的梦想
战国七雄纷争四起
游说列国
合纵连横
狼烟不绝

易水边
荆轲高歌"壮士一去兮不复还"
刺秦王　图穷匕见
英雄名就
你却差点铸成大错

四、始皇一统我中国

有一个人
很伟大
这个人就是秦始皇
有一个国
很了不起
这个国就是秦国

不知经历了多少场战争
不知磨破了多少张嘴皮
商鞅变法秦国崛起
天下一统

时人自认为
居在世界最中间最富庶最美好最理想的地方

从此
国叫中国
从此
人叫中国人

从此
车同轨
书同文
行同伦

北方
修起了万里长城
意欲阻挡杀戮
焚书坑儒
着实拉过一时的倒车

五、秦时明月汉时关

大泽乡　一个穷乡僻壤
陈胜吴广揭竿而起
成了平民革命的首创
项羽刘邦的接力角力
使鸿门宴成了一桌敢不敢吃的饭
阿房宫那冲天的一把火
把秦时的一轮明月化为灰烬

忍受胯下之辱的韩信
从项羽帐前的卫兵摇身变成
刘邦帐前的大将军
成也萧何败也萧何

至今思项羽不肯过江东
成了一世的憾事
楚河汉界
成了象棋敌我双方的分界

文不如张良
武不如韩信
搞粮草不如萧何
力气不如项羽的刘邦竟得了天下

汉分西东
西有文景之治　汉武盛世　孝宣中兴
东有光武中兴　明章之治　永元之隆
汉朝和罗马并列世界强大帝国

华夏族自汉朝渐叫汉族
蔡伦改进造纸术
张衡发明地动浑天仪
罢黜百家又成灾

六、三国魏晋南北朝

黄巾起义董卓乱
合久必分魏蜀吴
曹操志在千里
刘备欲兴汉室
孙权自保东吴

草船借箭唱空城

赤壁之胜靠周瑜
华容道上现情义
三国终归司马氏

北魏时期行汉化
民族融合大发展
云冈龙门两石窟
佛教盛行两奇葩

七、隋唐宋元明清后

杨坚开凿大运河
南北贯通建奇功
贞观之治唐兴盛
开元盛世万邦来朝

自唐始　海外多称中国人为唐人

李杜二人诗
征服全世界
精忠报国抗金兵
杨家男女战疆场
过河拆桥释兵权
成吉思汗铁骑锐
郑和七下西洋
海上丝绸把名扬
马背铁蹄胜过农耕锄头
却抵挡不了坚船利炮
且不说清朝是否辉煌
圆明园的残壁在诉说

那把惊天大火

甲午海战

北洋水师葬身鱼腹

鸦片战争

东亚病夫的帽子

华人与狗不得入内的牌子

一桩桩耻辱的事件

一个个不平等的条约

一片片国土的沦丧

一船船白银的赔款

一行行控诉的血泪

都是闭关自守故步自封夜郎自大

惹的祸

虎门上燃起了硝烟

孙文领导的辛亥革了封建王朝的命

八、中华民国多难时

国民政府多黑暗

1921 年中国有了共产党

八一南昌有了人民军队

五次反剿四次胜

战略转移始长征

二万五千里史无例

井冈延安放光芒

日寇大举侵中华

国共合作同抗日

赶走日寇又内战

打跑蒋匪去台湾

九、一唱雄鸡天下白

1949　天安门城楼上
一个湖南口音洪亮地发出
中国人民从此站起来了
百废待兴
鸭绿江边烽火起
抗美援朝
多少英雄儿女慷慨赴死
两弹一星
凝聚了多少华夏儿女的智慧
"文化大革命"
动乱的十年　自我折腾的十年　停滞不前的十年

十、中华复兴看今朝

中国人
从站起来富起来到强起来
倾注了几代领导人毕生心血
倾注了几代人全部心血

从历史走来
经历了多少强盛
又经历了多少衰弱

今日之中华
盛况空前　前所未有　闻所未闻
成康之治　文景之治　贞观之治

哪能与今朝盛治相比

古有丝绸之路
驼铃声犹在耳边
今有"一带一路"
中国在世界的跑道上
引跑　助跑　奔跑

我伸着长颈鹿的脖子
遥望昨夜星辰
我庆幸
我是中国人

我用姚明的手臂
掀开今天的华章
我骄傲
我是中国人

我生逢其时
一个伟大的波澜壮阔的前所未有的复兴时代
我自豪
我是中国人

黄皮肤　黑眼睛
流淌着炎黄的血脉
我永做
龙的传人

我
不是诗人

写不出华丽的诗篇
说不出最美的语言

我
不是歌唱家
唱不出最美的赞歌
但我能做的
把我的音量调到大到不能再大

人有人魂
军有军魂
党有党魂
国有国魂

贾梅士在澳门
作《葡国魂》 启发了我
国魂为何物
我却总是说不清道不明
只知
中华魂
是民族的魂　向上的魂　不屈的魂　奋斗的魂

第四十六章

濮塘桃里，湖光山色，如诗如画，一个非常适合诵诗的地方。余统华梦了经年的个人诗歌朗诵会，在这里梦想成真。

余统华手拿话筒正在解密这场朗诵会的由来。就在半年前的市电视台春晚，余统华的一首诗《因为有了你》被编排成一个节目，江南的佳丽一个个身着旗袍，撑着油纸伞，在小桥流水旁尽显女性美丽的魅力。坐在嘉宾席的江南好时光艺术团团长杨丽陶醉在诗里，陶醉在节目里。半年中，她在微信里三天两头就能读到余统华的诗，她被他的诗感动，更被他的精神感动。"徜徉山水，醉美年华"——余统华诗歌朗诵会的构想在杨团长心中悄然生成。

水面作舞台，青山为背景，濮塘桃里就是一个大剧院。这里的听众何止青青草地上那座无虚席的一群人，那山，那水，那树，那翔集的江鸥不都是在欣赏一场诗和远方的盛宴吗？在这充满诗意的地方，朗诵一首首诗，读一行行心仪的文字，让一颗颗尘世的心得到洗涤，得到沉静，得以升华。当太阳熄灭最后一丝光亮时，人们的脸上溢出了不虚此行的满意神情。

就在朗诵会举办前不久，丁风平已处于弥留之际，余统华觉得这场诗歌朗诵会来得正是时候，是献给奄奄一息的母亲最好的礼物。他自己为自己的诗会写了首诗：

濮塘桃里上空的江鸥

濮塘桃里赛桃源
山青水秀居神仙

夕阳西下
诗声初起
阵阵诗语
招来了滚滚长江上空
一群又一群江鸥

盘旋　　盘旋
静寂无声地
盘旋
徜徉山水间
陶醉诗意里
莫非
江鸥也真懂事
莫非
江鸥也都懂诗

空中那无数双羡慕的眼睛
正盯着
一个小个子的中年男人
梦了经年的专场朗诵诗会
在多彩的翅膀上
翻飞

　　诗人夏旭，还是一位朗诵爱好者，他不仅为余统华声情并茂背诵了两首诗，还有感而发：

濮塘·桃里
——余统华先生诗歌朗诵会有感

此地此处

风来竹面　雁过长空

山环抱着水

水依偎着山

满目的绿意在和风中浅笑蔓延

此时此刻

暗香在平仄间浮动

羊群一样洁白的云朵在胸中

飘过来　又飘过去

诗城山水尽归于先生

这里俨然已是诗歌的海洋

是声音的天下

文字在悲欣交集中

缓缓流淌

似曾相识的

那山那水　那屋那人

清晰成一个词　一个段落

一首诗　一个篇章

"好时光"诵读者的抑扬铿锵

不知不觉中

湮没了最后一缕斜阳

水榭边 T 台的灯火仿佛垂钓的渔火

趁着无边的夜色

我在这里

钓到一首好诗

余统华一开完诗歌朗诵会，立马驱车回老家。一路上老母的身影不停地浮现在眼前。年前，他把老母接来过年，大年三十那天，他狠狠心咬了咬牙为老母、岳父、岳母各买了一件波司登羽绒服。春节那十来天里头，刘爱玲又一次尽了"儿媳"之责……

在路上，余统华和镇医院孟副院长通了个电话。一到家，村卫生室的医生已在堂屋坐等。余统华如法炮制，先给母亲买了三瓶人血白蛋白。

一瓶人血白蛋白挂完后，丁凤平恢复了些生机，便对二儿子说："乖乖，你没钱就不要再买啦，这药好贵！"转头又对医生说："明天给我带点止咳药来。"

让余统华始料不到的是，竟和上次父亲挂人血白蛋白发生了同样的故事。

那次余统华为父亲开了八瓶，当挂过六瓶后，母亲站出来不让医生挂，可余统华坚持挂。为这，母亲生气了，跑到西房间，鞋也没脱就气呼呼上了床。余统华只好跟着过来，母亲说："你不要上班去了，请假给你爸揉肚子。这么多天，我和你姐你哥不歇时地给他揉，揉得我们都吃不消了……"

后来那两瓶人血白蛋白送给了余统华的大舅舅。

这次尽管有人不同意挂，但左右不了余统华。

后来，余统华又送回来三瓶。母亲自感无望后，他这才依了母亲和医生的话。

丁凤平是拥在余统华的怀里断气的。

值得一说的是，余统华专程为母亲的追悼会提前踩了点。那天的追悼会上，余统华让余统荣念悼词，余统荣说："这次也该你了。"

余统华接过工作人员递来的话筒，深情地鞠了一躬后说道：

"……我们上学时，都学过朱德的一篇文章《我的母亲》，伟人的母亲是伟大的，而我们姐弟四人的母亲平凡中蕴含着伟大。母亲出生后不久，外婆便过世了。母亲是在她奶奶的抚养下长大，她从小没得到多少母爱，却把数都数不清的母爱给了我们姐弟四人。"

"我不想过多去讲母亲的故事。近一个月，我为母亲写了四首诗。借此机会，送给我即将火化的母亲：

母亲的心跳

十月怀胎
母亲的心跳
搏起了姐姐哥哥和我的
心跳

夜已深
我拉着病床上母亲干瘪如柴的手
此时
母亲的心跳
再次连着我的心跳

我吃着母亲熬夜裹的粽子
离开了家乡
我在母亲望子成龙的目光中
开启新的征程

一字不识的母亲
教了儿女不少道理
如今
母亲的心跳
越来越弱　越来越弱
风烛残年　残年风烛

我拉着病床上母亲干瘪如柴的手
试图让我年轻强劲的心跳

带动母亲
那微弱的心跳

也许　就在某一天
母亲停止了心跳
走上一趟新的
旅程

我多想
阻止她那一趟
旅程

流连的季节

一扉柴门前
油桃红了　枇杷黄了
桑葚紫了　荷叶滴绿

竹匾上的春蚕
昂着头嗷嗷地叫着
苍老的母亲已掐不断
一片桑叶
麦子如金
苍老的母亲已割不断
一秆麦子

母亲的呼吸如丝
母亲的心跳如丝
母亲的一生如
春蚕吐丝

流连的季节
我叩求你
多留留　多留留
我那奄奄一息的老母

亲娘呀，儿唯愿您再多活几天

几天来
你吃了吐
几天来
你吐了吃

你
来日无多
你在
家就在

我姐说
你在
开水瓶始终是
热的
灶台也是
热的

娘呀
儿女总是欠你的
太多　太多
今天驱车千里
为您送药

算不上灵丹妙药

唯愿
您
在这个世界上
多活一月是一月
多活一天是一天
多活一个时辰是一个时辰

忆　母

一个从笆斗山
走出的渔家女
一个大字不识的
农家妇
一个卑微得　普通得
不能再普通的人

母子一场
是我的幸运
母子一场
是我此生莫大的福气

遥想当年
你曾偷过生产队的胡萝卜
遥想当年
我发育时你给过我十元钱买麦乳精
遥想当年
你为我当兵临行前裹的粽子

乡下的你

总是报喜不报忧

乡下的你

总不让我操你的心

你就要走了

儿真舍不得你走

儿情愿

用我的命　换你的

命

"母亲给我们的总是太多太多，我们报答母亲的总是太少太少，儿女亏欠父母的总是太多太多。没多少人知道我母亲的名字，她叫丁风平，小名踏珍。

"愿母亲在天堂里还和父亲在一起，我们姐弟下辈子还做你的儿女。

"最后，愿母亲一路走好，愿母亲在天堂里更幸福！！！

"您的四个儿女：余统菊余统琴余统荣余统华。"

在送行人群的队伍里，刘爱玲哭得真伤心。余阳是奶奶带大的，哭得更伤心。

后来的日子里，余统华又写了两首：

从母亲的红袄说起

那件红袄

是儿给年迈母亲过年的礼物

是母亲一生中最贵的

也是最喜爱的

母亲没怎么舍得穿

总以为还能再活几年
谁料不到半载
母亲已到弥留之际
她无神的眼睛
一旦看到红袄　便有了神

我对母亲说　那红袄让你
带走
姐对我说　那红袄要留给儿女
我对哥姐说　那就留给你们
你们多烧点纸
让她在另一个世界另一个商场去买一件
可哥对我说　你答应了母亲

火化过后
母亲的骨灰做了一个
假人
身着那件深红色的崭崭新的
袄

血盆经

夏日雨后的夜
蛙声如潮

木鱼声声
一群儿女有序地跪在
一扎扎黄草纸上
两个和尚带着哭腔
念着血盆经

让跪着的人觉得这次的钱没白花
尽管跪的时间
很长　很长

柴门前的玉米
长出了一团团胡须
如我心中那片片浮云
母亲走了
老屋的体温
随之降了

第四十七章

这时，才有人喊他诗人，甚至有人喊他大诗人。

随着祖国七十岁生日的一天天临近，他心里头的诗情一天天在加厚——

我有两个母亲

我有两个母亲。
一个在乡下，
给了我生命，
把我喂养大。
另一个母亲，
培养我成才，
给了我一个幸福的家。

乡下的母亲，
没文化，在迷信中把我送给另一个母亲。
另一个母亲，
几千年的文化，在军营中把我锤炼成长。

若问我，
哪个母亲好？

以前，我只知生母好。

现在，才知祖国母亲更好！

若问我，

要孝顺哪个母亲？

以前，只知孝顺生母。

现在，才知更要报答

祖国母亲！

他知道感恩，更知道感恩祖国这个伟大的母亲！

余统华没有陶醉于诗人的光环里。他知道那既不能当饭吃，也不能当钱花。他学会了诗的语言，是想把诗的语言融入他的文学梦中。

读军校期间，余统华每周基本上都要到图书馆借 5 本书，中国的、外国的；古代的、当代的。那时主攻新闻学，他自学的新闻书籍能从脚堆到胸口。他的知识面较广，吸收了当时一些新思想、新观念，自己也便产生一些新思维。

他爱读书，其实更早。小时候读过的小人书连环画有几百本。至今还记得《铁道游击队》里，芳林嫂扔手榴弹没拉弦，没炸死鬼子。《岳飞传》《杨家将》让他从小就崇拜英雄，从小就想当英雄。可时势至今未能造就他成为英雄！

"力挽狂澜者，绝非匹夫，国仕也。"他常感叹命运不济。

三年级写作文，他看了一本书，便在作文中引用了一句"春雷一声震天响，来了救星共产党"。从此，老师几乎把他的每篇作文作为范文读给全班同学听，他也格外用心读书，格外用心去写作文。

到了五年级，余统华从外面借来了一部半白话版的《三国演义》，没有封面。他几个月就读完了，有的生字不认识他就跳过去，也没查字典，但他大体上能读懂了。他至今记得《三国演义》里的开篇句是"天下大势，分久必合，合久必分"。他指导女儿写了一篇《读〈三国〉，早立志》。

到了上初中时，同桌的女同学在偷看手抄本《少女之心》时，也与他一起分享，他那时还不太懂，而他的女同学却辍学私奔了。他从《少女之心》中学会了细节描写、情景描写、心理描写，这时他的作文越来越受到语文老师的好评，进而他的作文写得越来越长，越来越好，老师读得越来越多。

到了上高一时，正值余统华身体发育，母亲给了10元钱让他自己买麦乳精。可当他从新华书店出来，就所剩无几了。《谁是最可爱的人》《战争与和平》《钢铁是怎样炼成的》等中外名著让他看了好长一段时间，以至于身体还是那么瘦小，但他至今没后悔，身体虽没长壮，却长了点脑子。

求学时，他发表了上百篇新闻稿，多次获得了总参、学院新闻奖；还发表了一些散文、诗歌。但至今未写一篇小说。

他有点飘飘然，像阿Q喝醉了酒。

每自比于管仲、乐毅，时人莫许之也。

又每自比于李白、杜甫，时人仍莫许之也。

余统华静下心来，认真读自家的藏书，他读到了司马迁发愤著《史记》——

苏武出使匈奴的第二年，汉武帝派将军李广利带兵三万，攻打匈奴，打了个大败仗，几乎全军覆没，李广利逃了回来。朝中武将李广的孙子李陵当时担任骑都尉，带着五千名步兵跟匈奴作战。单于亲自率领三万骑兵把李陵的步兵团团围困住。尽管李陵的箭法十分好，兵士也十分勇敢，五千步兵杀了五六千名匈奴骑兵，但汉军寡不敌众，后无救兵，最后只剩了四百多汉兵突围出来。李陵被匈奴逮住，投降了，李陵投降匈奴的消息震动了朝廷。汉武帝把李陵的母亲和妻儿都下了监狱，并召集大臣，要他们议一议李陵的罪行。大臣们都谴责李陵不该贪生怕死，向匈奴投降。

司马迁只是一个在朝廷上做记录的小官，本来轮不着他说话，他听了一些大臣如此落井下石李陵，心中不平，想要举手发言，也想表现一下。于是汉武帝就问跃跃欲试的太史令司马迁，想听听他的意见。司马迁说："李陵带去的步兵不满五千，他深入到敌人的腹地，打击了几万敌人。虽然打了败仗，可是杀了这么多敌人，也可以向天下人交代了。李陵不肯马上去死，准有他的主意。他一定还想将功赎罪来报答皇上。"汉武帝听了，认为司马迁这样为李陵辩护，是有意贬低他宠妃的哥哥李广利，勃然大怒，说："你这样替投降敌人的人强辩，不是存心反对朝廷吗？"于是吆喝一声，就把司马迁下了监狱。

司马迁自认为受刑是一件很丢脸的事，他几乎想自杀。但他想到自己还有一件极重要的事情没有完成，当时，他正用全部精力写一部书，这就是我国古代最伟大的历史著作《史记》。原来司马迁的祖上好几辈都担任史官，父亲司马谈也是汉朝的太史令。司马迁十岁的时候，就跟随父亲到了长安，从小就读了不少书籍。为了搜集史料，开阔眼界，司马迁从二十岁开始，游历祖国各地。他到过浙江会稽，看了传说中大禹召集部落首领开会的地方；到过长沙，在汨罗江边凭吊过爱国诗人屈原；他到过曲阜，考察了孔子讲学的遗址；他到过汉高祖的故乡，听取沛县父老讲述刘邦起兵的情况……这种游览和考察，使司马迁获得了大量的知识，又从民间语言中吸取了丰富的养料，给司马迁的写作打下了重要的基础。于是，他把从传说中的黄帝时代开始，一直到汉武帝太始二年（公元前95年）为止的这段时期的历史，编写成一百三十篇、五十二万字的巨大著作《史记》。填补了焚书坑儒毁坏的历史，让中华文明的灿烂历史功照千秋！司马迁创造了人生的奇迹！

余统华记得鲁迅对《史记》的极高评价：史家之绝唱，无韵之《离骚》。觉得"绝唱"二字用得太贴切！前五个字说的是《史记》的史学地位，后五个字说的是它的文学价值，实为绝妙之笔！

他还想起，周文王被关写《周易》，孔子被困编《春秋》，屈原流放写《离骚》，左丘明失明写《国语》，孙膑被剜掉膝盖骨写《孙膑兵法》，等等，大都是古人在心情忧愤的情况下写的。这些著名的著作，都是作者心里有郁闷，或者理想行不通的时候，才写出来的。

想到这里，余统华就想，我为什么就不能学司马迁这些人，写点东西呢？于是他开始回想自己，回放自己，自己有那么远大的理想，有为人民多做事、做好事的心愿为什么就不能实现？是自己不才、无能？还是……？他苦苦地思索。

又是一个春天，余统华想起朱自清的散文名作《春》，有所感悟，便指导女儿写下了《莫负春天》：

> 春天来了，万物复苏。
>
> 小草悄悄地冒出嫩芽。湖边的柳树也发芽了，几夜春风吹过，柳叶长得像剪刀似的。难怪贺知章在《咏柳》中写道：不知细叶谁裁出，二月春风似剪刀。河里的鸭子游来游去，一个猛子扎下去抓鱼虾吃，真是"春江水暖鸭先知"。黄黄的迎春花开了，比油菜花颜色更深一些，也稍微早几天。接着，白玉兰花儿开满一树，洁白洁白的，再过几天，紫玉兰也全开了，两种树上全是花，没一片绿叶。桃花、梨花、杏花，还有许多我叫不出名字的花像比赛似的，又像是赶集似的，竞相开放。红的、白的、粉红的、紫色的，五颜六色，让人目不暇接，赏心悦目。
>
> 春天，是个花姑娘！
> 春天，是个绿姑娘！
> 春天，更是个播种季节！
>
> 常言说得好，一年之计在于春，一日之计在于晨。其实，我在想，人生之少年，就犹如这春天。在这美好的春天里，我们也要像农民那样播种，播下知识的种子，勤奋地读书。
>
> 切莫辜负了这美好的春天！

女儿莫负春天，作为人父的余统华，又岂能虚度年华？

他开始翻看书架上的书，拿起《大校的女儿》看了两页，被吸引住了，竟然从头看到了尾。他想起这是老乡沈爱成送给他的一本书，躺在书架上十几年没看过一页，现在竟然看完了，还觉得写得不错。他在电脑上一搜，《大校的女儿》还拍成电视剧，并录制成有声广播小说，他又看完20集电视剧。心想要是我写本小说也能拍成电视剧，那该多好啊！

余统华从来就不信什么救世主，也不靠什么神仙皇帝，要创造自己的幸福，当然得靠自己！

他学习人家小说的长处，懂得了什么叫厚描，开始构思自己的命运小说《小小公务员》，这个过程不亚于十月怀胎。

孟子的《生于忧患，死于安乐》，余统华早年读过，尤其对那段"故天将降大任于斯人也，必先苦其心志，劳其筋骨，饿其体肤，空乏其身，行拂乱其所为，所以动心忍性，增益其所不能"，不仅解其意，更能倒背如流。

自己受了挫折，受了委屈，总不能就不爱国、爱党。他想想"文化大革命"中那些冤死的开国功臣，那些后来平反的人们，自己的这点挫折真是小巫见大巫，只是把他的处级干部扼杀罢了。

余统华想到像钱学森、袁隆平那些为国家做出巨大贡献的科学家，其爱国之心可鉴。国家也没忘记他们，不但予以精神奖励，而且施以物质奖励。

余统华想，我一定要好好写出来，让年轻人少走弯路，多为国家、为人民作贡献！

如果能达到这样的目的，那就间接地等于他为国家、为社会、为人民作了点贡献！

于是，余统华又拿起笔，开始耕云种月。

为了不影响刘爱玲和女儿睡觉，他一个人睡到了客厅沙发上。在茶几上放上一本稿纸和一块钱一支的黑色通用中性笔，睡觉时想到了什么，就赶紧爬起来记下来，生怕忘了。

清明时节雨纷纷。这雨一会儿下，一会儿止。让余统华心里很不舒服。

江南区委办公室党支部组织党员来到了雨花台烈士陵园。区委书记工作忙没能来，即使有时间他也不一定来，因为余统华经历过六任县（区）委书记，从来没见过书记亲自参加这类活动。办公室一把手主任兼党支部书记要服务大书记也没来。文副主任是前任党支部副书记，已高升青溪街道党工委书记，此时章副主任兼党支部副书记，正准备领着党员重温入党誓词。

两个年轻的秘书党员两手斜拉着党旗的两角，站在队伍的左前方。

章副书记站在党旗的不远处说："重温入党誓词活动开始。请大家举起右拳。"大家举起了右拳，余统华的右拳握得不紧，而且是慢腾腾地举上去的。

"我念一句，大家念一句。"

"我志愿加入中国共产党"，"我志愿加入中国共产党"；"拥护党的纲领"，"拥护党的纲领"；"……""为共产主义奋斗终生"，"为共产主义奋斗终生"；"随时准备为党和人民牺牲一切"，"随时准备为党和人民牺牲一切"；"永不叛党"，"永不叛党"！

"宣誓人：章振华。"……"宣誓人：余统华。"余统华自始至终都处于没精打采、有气无力的状态。与当年当兵时的入党宣誓判若两人。他心想：这么多年，党对我不闻不问，不给我进步，我又何必爱她呢？通过前一段时间写诗，余统华觉得自己是爱国的，你生在这个国家，你都不去爱她，那真的不如一条狗。

接下来，绕烈士纪念碑一周。刚参观烈士纪念馆时，余统华仍处于麻木状态。渐渐地他有些变了，他看烈士的事迹变得认真起来，表情渐渐地变得凝重起来。为了新中国的解放，这么多的烈士就这么牺牲了，他们的命就不重要吗？他们中的人就没受到过领导、组织的不公吗？那他们为啥还那么执着，义无反顾？是他们没头脑吗？呆？傻？

不，是他们看到并懂得只有中国共产党才能救中国！只有跟党走，才有解放全中国的希望，只可惜他们没看到这一天！

当兵前跟父母一起过，感觉不到什么；离开父母了，倍感父母的好，才知道要好好孝顺父母。那时，总觉得妈妈比爸爸好，等到后来，乃至自己为人父时，才知道父亲在家庭中的作用比母亲大，他才是家中的顶梁柱。人们常把党比作母亲，现在在余统华看来，党更像是父亲，是中国千千万万个小家中的顶梁柱。其他的都不算，光算他上军校的费用，国家用在他个人头上就是五六万元。

　　他想到保尔·柯察金全身心热爱的布尔什维克就在一夜之间轰然倒台，那时他曾发问过：中国社会主义何去何从？中国共产党何去何从？如今几十年下来了，中国对香港、澳门实行资本主义，大陆仍实行社会主义，中国共产党不断发展壮大，通过"三讲""三个代表""群众路线"等全党教育活动，一手抓经济，一手抓反腐，中国的红旗在世界的东方高高飘扬！

　　看事情要看长远，看主流，看全局，看……

第四十八章

余玲爱吃桃。

余统华便从老家苏北乡下买回一棵桃树苗，栽在湖边的院子里。当时只有成人手指粗。三年过后，长得比他胳膊还要粗。当时卖树苗的人说是水蜜桃，可结出来的却是油桃。一开始结得少，后来一年比一年多。结了桃后，余玲常围着桃树转，天天望着桃子，盼着快快成熟。可还没熟呢，鸟儿就和余玲争抢着吃。

又是一年阳春三月，桃树上慢慢地长出了米粒大的花苞。过了几天，余统华站在楼上望去，满树都是粉红色的桃花，层层叠叠、密密麻麻，真是繁花一树。他走到树下，仔细欣赏起桃花来，桃花是一种中心对称花，有五片花瓣。有的刚开，桃花呈深粉红色；有的盛开，粉红色浅了些，露出了豆芽似的嫩黄的花蕊，小蜜蜂在花蕊中忙着采蜜；有的还是花骨朵儿，饱胀得快要破裂似的。古人崔护曾用"人面桃花相映红"来赞美少女，一朵朵粉红的桃花像一张张少女的脸。又过了几日，才长出嫩嫩的绿叶。

连日的风雨吹落了一地桃花，殷红片片散在湖边的钓鱼台上，这让他想起唐代周朴写的《桃花》——

> 桃花春色暖先开，
> 明媚谁人不看来。
> 可惜狂风吹落后，
> 殷红片片点莓苔。

这一吹，吹走了女儿多少桃子，他不免心疼起来。

雨过天晴，阳光明媚，花骨朵儿又开了！

就连在救朱妈妈的期间，余统华也没停笔，一有空就写，一有空就边看边学。区委办公楼三层的东南角上有个名叫"书香驿站"的书架，区图书馆每月按时送杂志来。区委办的人很少有人看那些文学之类的书，当官的忙当官，小秘书忙着写材料，这对余秘书来说如获至宝，什么《人民文学》《小说选刊》《十月》《博览群书》《读书》，他每期必看。这些书帮他打开了文学之窗。

又是一年春天时，女儿余玲要写一篇作文《春天在哪里》，余统华和刘爱玲一起带着女儿春游，寻找春天的足迹。回来后，和女儿一起写作文：

风不再像冬天那般刺骨寒冷，变得轻柔了许多；阳光不再像冬天那般苍白无力，变得和煦温暖了许多。

天变得更高更蓝了些，一群大雁排成人字形向北飞去，雁过留声。燕子在树丫间筑起了新巢，孵出了雏燕。

"天街小雨润如酥，草色遥看近却无"，过了几天，草色变得更绿了；田野里绿油油的麦苗正在拔节生长；田边野荠菜长高了秆子，开满了小白花；蚕豆则开出了黑白相间的花。

风像一把把剪刀，裁出了垂柳的细叶，绿绿的枝条在风中翩翩起舞，撩拨着湖水。"忽如一夜春风来，千树万树梨花开"，梨花白得像雪；三月桃花始盛开，四月桃花芳菲尽，粉红的桃花像少女的脸；杏花，还有许多我叫不出名字的花，好像比着赛似的，竞相开放。

池塘里小荷露出尖尖角；"春江水暖鸭先知"，野鸭在嬉戏打闹着，扑棱棱飞跑在河面上，溅起串串长长的水花；小蝌蚪长出了尾巴游来游去。

春天在哪里呢？春天就在这里，还有许多我说不完的地方。

写完了，女儿找到了大自然的春天，可余统华扪心自问："我人生的春天在哪里呢？"

《莫负春天》和《春天在哪里》给了余统华启示，他自然而然想起中学时就会全文背诵朱自清的《春》，不禁又摇头晃脑地背了起来：

盼望着，盼望着，东风来了，春天的脚步近了。
……

背完了，余统华觉得还是朱自清写得好，给了他一种蓬勃向上的生机活力！

胡雅婷给余玲的作文打了个优秀加星后，还在班上读了。余统华把它发给《扬子晚报》，没几天就登出来了。余玲看到报纸很高兴，并带了份报纸给老师。

19个月下来，《小小公务员》终于呱呱坠地了。"这是我生的文学之子，产子之后，我突然觉得肚子空了，真有江郎才尽的感觉。我还有另外一种感觉，那就是没有夏奇才那些人，就不会有这本书的诞生。"

接着，余统华又开始动笔写下一部小说《棋牌室里的故事》。

《棋牌室里的故事》讲完了，余统华再次想起小时候的同学唐尧，想起他那是非特多的家庭，以此为生活原型，写出了小说《人伦》，引起了读者强烈反响。

余统华把自己的散文、诗歌、新闻作品分别整理成集，出了三本书。又把多年日记中的经典加之思考心得写出了一本《余心小语》，有点像《罗兰小语》，也是受《罗兰小语》的启发。

天道酬勤！

三年下来，余统华出了8本书。

这天，他给郝向东老领导送来几本书。

郝向东退休在家，正愁无事可做，这下余秘书送来了这些书，够他看一阵子的。

"你的文章，我零星地读了些，觉得写得不错，有思想，能激发人上进。我也曾年轻过，也有过理想。也一直在奋斗拼搏，结果搏到了一个享受副区级待遇的职位。"他喝了一口水。

"我从一开始就觉得你有点小才，相信经过你的勤奋，一定会积小才为大才。所以，我一直没把你当下级看，而是当朋友看。过去你来我家带东西来，我都尽可能多回送你一些。说句俗话，也是图你今后有大发展。我转业到开发区，你转业到县委办公室当秘书，印证了我当初的判断。后来你发生了件小事，想不到竟然断了你的政治前程。我也不知你究竟会往何处去。只希望你过好现在的安稳生活，培养好女儿。谁知，这几年，你竟然发愤著书，从秘书摇身变成了作家，还成了高产作家，小有名气的作家。而我退休后，只做了一件小有意义的事，就是把我的照片按年度整理，并配上文字。其中有一张是当年陪军区首长到北京人民大会堂参加邓小平同志追悼会的，儿子看过后，觉得父亲能到如此重要的场所，多少也算有些成功！"

他又喝了一口水。

"看到你，使我想起苏东坡与姜唐佐的故事。苏东坡因不容于新旧两党，一连三贬，最终打发到了海南昌化军。他在那里三年多，敷扬文教，著述不辍。收了不少弟子，其中琼州人姜唐佐尤被重视，苏东坡称赞他'气和而言遒，有中州人士之风'。他预言姜唐佐必定登科。并赠诗半首：'沧海何曾断地脉，白袍端合破天荒。'欲待姜唐佐日后登科，再成此篇。崇宁二年（1103年），姜唐佐果然中举，成为海南历史上第一位举人。怎奈此时东坡已逝，姜唐佐遂请苏辙代兄将诗补全——

> 生长茅间有异芳，风流稷下古诸姜。
> 适从琼管鱼龙窟，秀出羊城翰墨场。
> 沧海何曾断地脉，白袍端合破天荒。
> 锦衣他日千人看，始信东坡眼目长。

"这首苏辙的《补子瞻赠姜唐佐秀才》，我也看过。"

"始信向东眼目长！"余统华笑着对老领导说，"敢提领导大名。"

老领导听了哈哈大笑，边笑边说："偷梁换柱的本事不小。"

"俗话说，满瓶不动半瓶摇。我甚至没有半瓶就到处摇。比起'鲁郭茅巴老曹'（鲁迅、郭沫若、茅盾、巴金、老舍、曹禺）来，我充其量就是一个小学生，今天来送书，真是不虚此行，再一次受到您的鼓励、激励、鞭策！"

"夏奇才中风了，你知道吗？"郝向东止住笑，问他。

"白小丽发了条短信给我，没注意，今天才看到。"

"出院了，在家静养。你应该去探望一下，毕竟也是你老领导。"

"原本就打算今天去他家的，顺便送两本拙作给他。"

夏奇才的家临水而居，院子很大，但有些凌乱。他坐在轮椅上，身上盖一床薄被，脑袋歪向一侧。夏奇才的老伴正帮他揉捏手指，旁边备着抽纸，不停地给他擦口水。见到拎着大包小兜的余统华，努力抬手打招呼，结果只是右手动弹了几下。

"夏主任好！"

"呃，啊。"

嫂子说："老夏神智还算清醒，就是讲不了话，大半边身子也动不了。唉！"遂又是搬凳子，又是倒水。

余统华说："谢谢嫂子，我自己来。"

夏奇才唤老伴。嫂子把耳朵贴近他的嘴边。

"哦，哦，晓得了。"

嫂子和余统华说："他想和你聊聊。我去拿笔和纸去。"

夏奇才写下的字歪歪斜斜就像他现在这样：出书了，知道的。

余统华：给您带了两本。

夏奇才写道：好。

余统华：感谢您一如既往地关注、支持。

夏奇才写下：惭愧。以前对你不公。

余统华：没有，怪我没干好。

夏奇才写道：对不住你。

余统华问："嫂子，夏超在省里干得不错吧？成家没？"

嫂子说："不踏实、不扎实。谈了个做生意的，叫什么陈小娇，比他大整整十岁。我看没结果。"

夏奇才脸涨得通红，示意老伴别再多说。

这天下午，江北区纪委原副书记、调研员洪锋到办公室造访。

"统华，我外甥在你们土坝村承包砖瓦厂，上级监管太严，主要是不让取土。我想这事就不找其他领导了，还是找你协调。"

"我尽力。上次你来电后，我已打过招呼，否则早关掉了。"余统华说着话，递给他一本书，扉页上书：请洪书记指正。

"还是你有追求。时事日催人易老，岁月是把杀猪刀。我到二线了，后年就全身而退。回顾这些年，也是虚度，没什么作为。"

"老政委官居至正处，知足吧。我的军旅路，到正营职就中断了。"

"正处副处，最后不知情归何处；正厅副厅，最后都进入告别大厅。"洪锋满是感慨地说。

"正部副部，最后一起散步。"两个人都乐了。

"想想当年，和戴部长那场无谓的内斗，不应该发生，也很可笑。"

"您还记得这事！老戴同志也退了，现在孤身一人，身边连个照应的人都没有。"余统华说。

"我也听人家说了，是挺可怜的。人在一起共事，是缘分。还是要求同存异，与人为善。回过头看看，有啥大不了的事呢！"

余统华颔首，同时竖起大拇指："给老领导点个赞。"

"不论过去关系怎么僵，相逢一笑。毕竟搭档一场，既无弑父之仇，又无夺妻之恨，不应相忘。"

"后来老戴和您有来往吗？"余统华问。

"也就是逢年过节发条祝福短信，最初是我主动发的，他都回复了。"洪锋说，"特别是八一节，必发。"

余统华执意挽留洪锋吃午饭，他连连表示："我还有其他事。"握别洪锋，余秘书专注地投入小说创作。

中年怀旧。阒静无人之夜，是余统华写作的黄金时间。稍有倦怠，他便用凉水擦把脸，不时回想过去——

当年报考军校时，把本来不大的年龄改小了，结果第一次没录取，心想我报效祖国，想长期献身国防，何错之有？看到军队一些腐败现象，社会一些腐败现象，甚至想过上井冈山造反；免去他副科长后，他曾想过退党；现在的余统华，看到钱学森、袁隆平那些人为国家为民族作了那么大贡献，国家器重他们！国人尊敬他们！做钱学森、袁隆平式的人成了余统华的追求！

余统华终于从一个平凡的青年，到自命不凡，受了挫折后，甚至自我堕落，继而醒悟后又不甘平凡、平庸。

余统华不停地思考，不停地笔耕……

他从一个官迷心窍，到财迷心窍，再到今天的文迷心窍！如今这文迷心窍甚至到了鬼迷心窍如痴如醉的程度！

余统华想起《钢铁是怎样炼成的》中的保尔的那段话：

生命是人最宝贵的，因为每个人仅有一次。应当怎样度过人生：回首往事，不因虚度年华而悔恨，也不因平庸无为而羞耻；临终的时候能说：我把整个生命和全部精力都献给了世界上最美丽的事业——为全人类的解放而奋斗。

"这段话太老了，上高中的时候就能背得，可我又觉得它依然年轻，永远年轻。那么，我该怎样度过自己的人生呢？"余统华反复地问自己。保尔只上过三年级，而我上过军校；保尔后来腿瘫眼盲，却著书不辍。而我四肢健全，我怎么就比不上保尔呢？

从现在起，我要像聚光镜一样把自己的时间、精力都聚集到文学上，立志以文报国！

不要小看聚光镜的威力，同样在阳光下照射，一般物体只是升温而已，而它却可以点燃可燃物，进而燃起熊熊大火，甚至会发生奇迹！

如此，当我离开这个世界时，我方可自豪地说："我曾经来过这个世界，我帮助过这个世界，一如我帮助过自己；我为我的人生留下的最好纪念，就是我赋予生命以真正意义！我虽不在人世，但我的精神正能量还能影响后人！这就让我的生命得以延续！！"

正如臧克家诗中所说："有的人活着，他已经死了；有的人死了，他还活着。"

要做就做鲁迅那种死了仍活着的人！

余统华从保尔进而想到了这一层。

以前游桃花源时，他曾佩服陶渊明的脱俗不凡。此时，他又一次想起陶公——

致陶渊明

你的采菊东篱下
多少人在诵读
你的世外桃源
多少人在苦苦找寻
你的华丽转身
多少人在喝彩

我佩服你的文采飞扬
我羡慕你有彭泽的机遇
九九八十一天
你挂印而去

你的心是不是有点狠
置老百姓于不顾
如果都像你
中国能有今天吗

我有过拿破仑的理想

我也有过郑成功的愿望
虽然至今一事无成
但我仍致敬那些
推动社会进步的人

远离不了尘世的喧嚣
便学你在心中修篱种菊
一支素笔　一杯香茶　一双昏花的眼睛
欣赏着

再忆起当年在桃源写的打油诗，余统华自己对自己笑了一下……

围着自家书柜转的次数更多了，时间也更长了。

书柜的第一档里排列着满满的红本本，都是他获得的一些荣誉证书之类的，有四五十本。有起先的新闻获奖证书、学雷锋标兵，有后来的优秀党员、先进个人、先进党务工作者。女儿每年都得几个，如今放在第二档已有十几本了。刘爱玲也得了两本。

余统华心里想着：大概有五六年没得过红本本了，自己也该有所进步啦！

从女儿书法老师牛朋那里受到启发，余统华在他的旁边租了一间房子做教室。每周六给学生上写作课，刘爱玲周六一起来，烧开水，搞卫生，收学费，忙得不亦乐乎！一年多的时间学生就从10多个发展到100多个。

一个艳阳高照的上午，余统华拉着刘爱玲的手走进民政局，拍了结婚照，领了结婚证。从结婚，离婚，再到复婚！只有亲历者才知不易，才倍加珍爱！

刚跨出大门，余统华迫不及待地一把抱住刘爱玲，两人紧紧地拥抱在一起，久久没有分开！余统华眼泪在眶中直打转转，刘爱玲泪花闪闪。

引得旁人驻足观看，而他俩却是如此地旁若无人。

是夜，他趴在她那有些微胖的仍然白白的肚皮上，已有 10 多年没和她过性生活，虽是久别胜新婚，可她是怎么过来的？！他的一滴泪落在她的脸上，她的两行泪顺着眼角在滑落……

婚后的生活若像一本书，怎能轻易撕碎？撕一张回忆一张，看你还忍心撕下去？夫妻两人的浅水塘又怎能培养出一条大鱼或一条蛟龙？

奇迹果真发生了！

没到十年，余统华也像陈锡添那样享受国务院特殊津贴。

余统华开始细读莫言的小说，研读获得过诺贝尔文学奖的诸多作品，他在憧憬着……

此时，从他的口中又传来上军校时就会唱的那首经久不衰的老歌。

> ……
>
> 我知道，我的未来不是梦，
>
> 我认真地过每一分钟；
>
> 我的未来不是梦，
>
> 我的心跟着希望在动！
>
> 我的未来不是梦，
>
> 我认真地过每一分钟；
>
> 我的未来不是梦，
>
> 我的心跟着希望在动！
>
> 跟着希望在动！

新的一轮太阳喷薄而出。按照本周工作安排，余统华早早就到了班上，今天的任务是去阳山街道保障区委领导活动。

车辆驶出民国时期遗留的牌坊。江南区委门前的大街上，电动车、自行车、私家车像溯洄的鱼群。余统华再次看了看手上的行车路线图，他上军校亲手绘制的"少尉—中尉……"，以及进入县委大院之初绘制的"秘书—副科长……"两张路线图，交替叠映在他的视域中。车子驶入乡间，他清晰而分明地嗅到了一阵阵粽香……

家乡的黄海上空海鸟云集，白帆点点。海水在余统华的眼里已不可阻挡地向东退去了三四十里，一大片滩涂变成了良田。而他在这近三十年里像黄海那样倒退了吗？

今天的余统华悟到了一个理儿：

每个人的命运其实最终掌握在一个人手里，那个人就是你自己！

图书在版编目（CIP）数据

年华 / 徐统存著 . -- 北京：作家出版社，2020.11
（2022.8 重印）

　　ISBN 978 - 7 - 5212 - 1002 - 6

　　Ⅰ . ①年… 　Ⅱ . ①徐… 　Ⅲ . ①长篇小说 – 中国 – 当代
Ⅳ . ①I247.5

中国版本图书馆 CIP 数据核字（2020）第 095203 号

年华

作　　者：徐统存
封面题字：丁　楠
责任编辑：田小爽
装帧设计：留白文化
出版发行：作家出版社有限公司
社　　址：北京农展馆南里 10 号　　　邮　　编：100125
电话传真：86 - 10 - 65067186（发行中心及邮购部）
　　　　　86 - 10 - 65004079（总编室）
E – mail: zuojia@zuojia. net. cn
http: // www. zuojiachubanshe.com
印　　刷：唐山嘉德印刷有限公司
成品尺寸：152 × 230
字　　数：379 千
印　　张：26.75
版　　次：2020 年 11 月第 1 版
印　　次：2022 年 8 月第 2 次印刷
ISBN 978 - 7 - 5212 - 1002 - 6
定　　价：58.00 元